Cuando los deseos se hacen realidad

Cuando los deseos se hacen realidad

Nicholas Sparks

Traducción de Ana Duque de Vega

Rocaeditorial

Título original en inglés: *The Wish*

© © Willow Holdings, Inc., 2021
www.nicholassparks.com

Primera edición: septiembre de 2022

© de esta traducción: 2022, Ana Duque de Vega
© de esta edición: 2022, Roca Editorial de Libros, S. L.
Av. Marquès de l'Argentera 17, pral.
08003 Barcelona
actualidad@rocaeditorial.com
www.rocalibros.com

Impreso por EGEDSA
Printed in Spain – Impreso en España

ISBN: 978-84-18870-26-2
Depósito legal: B. 10174-2022

RE70262

Dedicado a Pam Pope y a Oscara Stevick

Ya es Navidad

Manhattan, diciembre de 2019

A principios de diciembre Manhattan se transformaba invariablemente en una ciudad que Maggie no siempre reconocía. Aquellos días, los turistas acudían en masa a los espectáculos de Broadway y abarrotaban las aceras ante los centros comerciales de Midtown, como un río de peatones que se deslizaba lentamente. Las *boutiques* y los restaurantes estaban a rebosar de clientes aferrados a sus bolsas, sonaban villancicos de altavoces ocultos y la decoración navideña brillaba en los vestíbulos de los hoteles. El árbol de Navidad del Rockefeller Center aparecía iluminado por luces multicolores y los *flashes* de miles de iPhones, y el tráfico urbano, que ni en el mejor de sus momentos era fluido, llegaba a congestionarse de tal modo que a menudo era más rápido ir andando que tomar un taxi. Pero caminar suponía un desafío en sí mismo; con frecuencia un viento helado azotaba a los viandantes entre un edificio y el siguiente, por lo que era necesario llevar ropa interior térmica, varias capas de forro polar y chaquetas con la cremallera subida hasta el cuello.

Maggie Dawes, que se consideraba a sí misma un espíritu libre consumido por sus ansias viajeras, siempre había acariciado la idea de pasar unas Navidades en Nueva York, aunque dicha idea se asemejaba más a una postal de las que le hacen exclamar a uno «¡mira qué bonito!». En realidad, como muchos neoyorquinos, hacía lo imposible por evitar Midtown en esa época vacacional. Solía no alejarse demasiado de su casa en Chelsea o, incluso con más frecuencia, volaba a climas más cálidos. Puesto que era fotógrafa de viajes, a veces se veía a sí misma menos como una neoyorquina y más como una nómada que casualmente tenía una dirección permanente en la ciudad. En un cuaderno que guardaba en el cajón de su mesita de noche tenía anotada una lista con más de cien lugares que todavía quería visitar, algunos de ellos tan poco conocidos o recónditos que solo llegar hasta ellos ya sería todo un reto.

Desde que dejó la universidad hacía veinte años, la lista no había dejado de aumentar, con lugares que despertaban su imaginación por una u otra razón, aunque sus viajes le hubieran permitido conocer muchos otros destinos. Con la cámara colgada del hombro había visitado todos los continentes, más de ochenta y dos países, y cuarenta y tres de los cincuenta estados americanos. Había tomado decenas de miles de fotografías, desde imágenes de la vida salvaje en el delta del Okavango en Botsuana a instantáneas de la aurora boreal en Laponia. Algunas tomadas mientras recorría el Camino Inca, otras de la costa de los Esqueletos en Namibia, o de las ruinas de Tombuctú. Había aprendido a bucear hacía doce años, y había pasado diez días documentando la vida marina en Raja Ampat; y hacía cuatro años atrás había subido caminando hasta el famoso Paro Taktsang, también conocido como el «nido del tigre», un monasterio budista construido en un acantilado en Bután con vistas panorámicas de los Himalayas.

Muchos se maravillaban con frecuencia al saber de sus aventuras, pero ella sabía que la palabra «aventura» tiene muchas connotaciones, y no todas ellas positivas. Ejemplo de ello era la aventura en la que se hallaba inmersa en ese momento (así es como ella misma a veces la describía para sus seguidores de Instagram y suscriptores de YouTube), la que la mantenía recluida en gran medida en su galería o bien en su pequeño apartamento de la calle Diecinueve Oeste, en lugar de atreverse con escenarios más exóticos. La misma aventura que en ocasiones le hacía pensar en el suicidio.

Aunque ella nunca lo haría. La idea la aterrorizaba, tal como había reconocido en uno de los muchos vídeos creados para YouTube. Durante casi diez años sus vídeos habían sido bastante simples, tal como solían ser las publicaciones típicas de otros fotógrafos: describía el proceso de toma de decisiones al tomar fotos, ofrecía varios tutoriales de Photoshop, hacía reseñas de nuevas cámaras y sus muchos accesorios, y normalmente publicaba dos o tres vídeos al mes. Esos vídeos de YouTube, además de sus *posts* de Instagram, páginas de Facebook y el blog en su página web, siempre habían sido populares entre los frikis de la fotografía, además de mejorar su reputación profesional.

Sin embargo, hacía tres años y medio que subió, en un impulso, un vídeo a su canal de YouTube sobre el diagnóstico que se le había hecho recientemente, algo que nada tenía que ver con la fotografía. Ese vídeo era una descripción inconexa y sin ningún tipo de filtro del miedo y la incertidumbre que sintió de repente cuando supo que tenía un melanoma en estadio IV; seguramente no debería haberlo subido nunca. Ella suponía que solo recibiría el eco de alguna voz solitaria desde los vacíos confines de Internet, pero por alguna razón el vídeo consiguió captar la atención de otras personas. No sabía por qué ni cómo, pero ese vídeo, de todos los que había publicado en su vida, había suscitado visualizaciones, comentarios, preguntas y votos favorables, primero en un goteo, luego en un flujo constante y finalmente en forma de aluvión, de gente que nunca había oído hablar de ella o de su trabajo como fotógrafa. Sintiéndose en la obligación de responder a aquellos que se habían conmovido con su grave situación, había publicado otro vídeo sobre su diagnóstico que se hizo aún más popular. Desde entonces, una vez al mes, subía un vídeo sobre ese tema, básicamente porque sentía que no tenía otra opción. Durante los últimos tres años, había hablado sobre los distintos tratamientos y cómo se había sentido, y a veces incluso mostraba las cicatrices de la cirugía. Hablaba sobre las quemaduras y las náuseas producidas por la radiación, y sobre la pérdida del cabello, y se preguntaba abiertamente por el sentido de la vida. Reflexionaba sobre el miedo a la muerte y especulaba sobre la posibilidad de la vida eterna. Eran temas delicados, pero, quizá para mantener a raya su propio abatimiento al hablar sobre asuntos tan tristes, hacía todo lo que estaba en su mano para que el tono de los vídeos fuera lo más liviano posible. Suponía que esa era en parte la razón de su popularidad, pero ¿quién podía saberlo realmente? Lo que sí sabía con certeza era

11

que, de alguna manera, casi contra su voluntad, se había convertido en la estrella de su propio *reality* en la red, que había comenzado esperanzada, aunque con el tiempo gradualmente se había centrado en el inevitable y único final.

Y a medida que el gran final se aproximaba, tal vez como cabía esperar, su audiencia aumentó aún más.

En el primero de los *Vídeos sobre el cáncer*, como ella mentalmente denominaba la serie, por oposición a sus «vídeos reales», miraba fijamente a la cámara con una sonrisa irónica y decía: «De buenas a primeras, lo odié. Luego empezó a crecer en mí».

Sabía que probablemente era de mal gusto bromear sobre su enfermedad, pero es que todo aquello le parecía absurdo. ¿Por qué a ella? En esa época tenía treinta y seis años, hacía ejercicio regularmente y su dieta era bastante saludable. No había antecedentes de cáncer en su familia. Había crecido en Seattle, donde casi siempre estaba nublado, y después había vivido en Manhattan, lo cual descartaba un historial de excesiva exposición al sol. Nunca había ido a un centro de bronceado. No tenía sentido, pero eso era lo que pasaba con el cáncer, ¿no? El cáncer no hacía discriminaciones; simplemente sucedía, era una cuestión de mala suerte, y después de algún tiempo finalmente aceptó que la pregunta adecuada era en realidad: ¿por qué a ella NO? No era alguien especial; hasta ese momento de su vida, en ocasiones se había considerado inteligente, interesante o incluso guapa, pero la palabra «especial» nunca se le había ocurrido.

En el momento en que le diagnosticaron el cáncer habría jurado que estaba en perfecto estado de salud. Hacía solo un mes que había visitado la isla Vaadhoo en las Maldivas para hacer un reportaje fotográfico para Condé Nast. Tenía la esperanza de capturar la bioluminiscencia visible en la orilla que hacía que las olas brillaran como una línea de estrellas, como si el océano estuviera iluminado desde dentro. El plancton era la causa de la espectacular luz espectral. Dedicó también algún tiempo a hacer fotografías para su uso personal, para ponerlas quizás a la venta en su galería.

Un día a media tarde, se dedicó a explorar una playa casi desierta cercana a su hotel, cámara en mano, intentando visualizar la imagen que deseaba captar cuando anocheciera. Su intención era inmortalizar la orilla, tal vez con alguna roca en primer plano, el cielo y, por supuesto, las olas justo en el momento en que rompían. Llevaba más de una hora tomando diferentes instantáneas desde ángulos y ubicaciones distintos en la playa cuando una pareja pasó a su lado de la mano. Absorta en su trabajo, apenas registró su presencia.

Poco después, mientras examinaba la línea donde rompían las olas a través del visor, oyó la voz de la mujer tras ella. Hablaba en inglés, aunque con un evidente acento alemán.

—Perdone —dijo—, veo que está ocupada y siento molestarla.

Maggie apartó la cámara.

—¿Sí?

—Me resulta un poco violento decirle esto, pero ¿ya ha pedido que le examinen esa mancha negra en la parte posterior del hombro?

Maggie frunció el ceño intentando sin éxito ver la mancha situada entre las tiras del bañador a la que se refería la mujer.

—No sabía que tenía una mancha ahí… —Miró a la mujer entrecerrando los ojos confundida—. ¿Por qué le interesa tanto?

La mujer, de unos cincuenta años y cabellos cortos y canosos, hizo un gesto comprensivo con la cabeza.

—Tal vez debería haberme presentado. Soy la doctora Sabine Kessel —empezó—. Soy dermatóloga en Múnich. La mancha parece anormal.

Maggie parpadeó.

—¿Se refiere a que podría ser cáncer?

—No lo sé —contestó, con una expresión prudente—. Pero si yo fuera usted, pediría que la examinaran lo antes posible. Por supuesto, puede que no sea nada.

«O podría ser algo grave», era lo que no hacía falta que añadiera la doctora Kessel.

Aunque le llevó cinco noches conseguir lo que quería de la sesión fotográfica, Maggie estaba satisfecha con las imágenes todavía sin procesar. Tendría que trabajar intensamente en su

13

postproducción digital (ese proceso de los nuevos tiempos casi siempre responsable del verdadero arte en fotografía), pero ya sabía que el resultado sería espectacular. Entretanto, y aunque intentó no preocuparse demasiado, concertó una cita con el doctor Snehal Khatri, un dermatólogo del Upper East Side, cuatro días antes de volver a la ciudad.

La biopsia se realizó a principios de julio de 2016 y posteriormente se le recomendaron algunas pruebas complementarias. Ese mismo mes se le hizo una resonancia magnética y una tomografía por emisión de positrones en el hospital Memorial Sloan Kettering. Cuando llegaron los resultados, el doctor Khatri le pidió que tomara asiento en el consultorio, y le informó en un tono suave y con la debida gravedad que tenía un melanoma en estadio IV. Ese mismo día se la derivó a una oncóloga llamada Leslie Brodigan, que sería quien supervisaría su tratamiento. Tras aquellos encuentros, Maggie llevó a cabo sus propias pesquisas en Internet. Aunque la doctora Brodigan le había dicho que esas estadísticas generales no tenían demasiada relevancia a la hora de predecir lo que iba a suceder en cada caso individual, Maggie no podía evitar obsesionarse con las cifras. La tasa de supervivencia después de cinco años en las personas diagnosticadas con un melanoma en estadio IV, según lo que había encontrado, era inferior al quince por ciento.

Todavía atónita y sin podérselo creer, Maggie grabó su primer vídeo sobre el cáncer el día siguiente.

En su segunda cita, la doctora Brodigan, una dinámica rubia de ojos azules que parecía personificar el concepto de «buena salud», volvió a explicárselo todo sobre su enfermedad, puesto que el proceso en conjunto había sido tan abrumador que Maggie apenas podía recordar algunos detalles de su primer encuentro. Básicamente, un melanoma en estadio IV significaba que el cáncer había hecho metástasis no solo en distantes ganglios linfáticos, sino también en otros órganos, en su caso el hígado y el estómago. La resonancia y la tomografía PET habían puesto de relieve la presencia de crecimientos cancerosos que invadían partes todavía sanas de su cuerpo como un ejército de hormigas que devorasen lo dispuesto en una mesa de pícnic.

En resumen: los siguientes tres años y medio quedaron desdibujados entre tratamientos y períodos de recuperación, con ocasionales destellos de esperanza que iluminaban los oscuros túneles de la ansiedad. Se sometió a cirugía para extirpar los nódulos linfáticos afectados, y la metástasis en el hígado y el estómago. A la cirugía siguió la radiación, que resultó ser espantosa, le dejó manchas negras en la piel, además de cicatrices horribles que se sumaron a las del quirófano. También se enteró de que había diferentes tipos de melanoma incluso en estadio IV, lo cual implicaba distintas opciones de tratamiento. En su caso se incluía la inmunoterapia, que aparentemente funcionó durante un par de años, hasta que con el paso del tiempo dejó de hacerlo. Y luego, en el pasado mes de abril, había empezado con la quimioterapia, que se prolongaría durante meses, y aunque odiaba cómo le hacía sentirse, estaba convencida de que sería efectiva. ¿Cómo podría no serlo, se preguntaba, si parecía estar matando todas las demás partes de su cuerpo? En esa época, apenas se reconocía a sí misma en el espejo. La comida casi siempre sabía demasiado amarga o demasiado salada, lo que hacía que le resultara difícil comer, por lo que perdió más de diez kilos de su ya menuda complexión. Sus ojos marrones de forma ovalada ahora parecían hundidos y sobredimensionados por encima de los pómulos salidos, y la piel de su cara se le antojaba como estirada sobre una calavera. Siempre tenía frío y llevaba gruesos jerséis incluso en su caluroso apartamento. Había perdido toda su melena castaña, que empezó a salir de nuevo lentamente pero solo en algunas zonas, de color más claro y con cabellos más finos que los de un bebé; se acostumbró a llevar un pañuelo o un sombrero casi todo el tiempo. El cuello parecía ahora tan frágil y larguirucho que lo escondía bajo una bufanda para evitar vérselo en el espejo.

Hacía poco más de un mes, a principios de noviembre, se había sometido a una nueva ronda de exploraciones TAC y PET, y en diciembre había vuelto a verla la doctora Brodigan. Parecía más apagada de lo habitual, aunque sus ojos rebosaban compasión. Entonces le dijo a Maggie que, aunque más

15

de tres años de tratamiento habían ralentizado el avance de la enfermedad en algunos momentos, su progresión en realidad nunca había cesado del todo. Cuando Maggie le preguntó qué otras opciones de tratamiento tenía a su disposición, la doctora había desviado con delicadeza la atención a la calidad de vida del tiempo que le quedaba.

Era su forma de decirle a Maggie que iba a morir.

Maggie había abierto la galería hacía más de nueve años junto con otro artista llamado Trinity, que usaba la mayor parte del espacio para sus esculturas gigantes y eclécticas. El verdadero nombre de Trinity era Fred Marshburn, y se habían conocido en la inauguración de la exposición de otro artista, la clase de evento a la que Maggie casi nunca asistía. Trinity ya tenía un éxito notable en aquella época y durante mucho tiempo había fantaseado con la idea de abrir su propia galería; sin embargo, no tenía la menor gana de llevar realmente la gestión de una galería, ni de pasar su tiempo en una. Pero al ver que congeniaban y que sus fotografías no podían hacer sombra a su obra, al final llegaron a un acuerdo. A cambio de que gestionara el negocio que pudiera derivar de la galería, ella ganaría un modesto salario y, además, podría exhibir una selección de su propio trabajo. En aquellos tiempos se trataba más de una cuestión de prestigio (podría decirle a todo el mundo que tenía su propia galería) que del dinero que Trinity podía ofrecerle. En los primeros dos años, solo vendió un par de copias de su propia obra.

Como por aquel entonces Maggie seguía viajando continuamente, más de cien días al año de media, la gestión diaria de la galería recayó en una mujer llamada Luanne Sommers. Cuando Maggie la contrató, Luanne era una acaudalada mujer divorciada con los hijos ya mayores. Su experiencia se limitaba a su pasión *amateur* por el coleccionismo y un ojo experto para encontrar gangas en Neiman Marcus. Como puntos a su favor, destacaba su buen gusto en el vestir, que era una persona responsable, diligente y con ganas de aprender; y no tenía inconveniente en ganar poco más que el salario mínimo. Tal como ella misma decía, su pensión conyugal bastaba para permitirle una jubilación de lujo, pero corría el riesgo de volverse loca si solo se dedicaba a hacer vida social.

Luanne resultó tener un talento natural como comercial. Al principio, Maggie la había instruido sobre los elementos técnicos de todas sus fotos, así como sobre la historia que se escondía tras cada una de ellas, lo cual con frecuencia era para los compradores tanto o más interesante que la imagen en sí misma. Las esculturas de Trinity incluían toda clase de materiales (tela, metal, plástico, cola y pintura, además de artefactos procedentes de vertederos, astas de ciervo, tarros de pepinillos y latas), y eran lo suficientemente originales como para inspirar animados debates. Ya era uno de los favoritos habituales de los críticos, y sus obras iban saliendo a pesar de su asombroso precio. Pero la galería no se publicitaba ni alojaba la obra de demasiados artistas invitados, así que el trabajo en sí mismo no era excesivo. Había días en los que solo entraban unas pocas personas, y se podían permitir cerrar la galería las últimas tres semanas del año. Era un arreglo que durante mucho tiempo resultó beneficioso para Maggie, Trinity y Luanne.

Pero sucedieron dos cosas que lo cambiaron todo. En primer lugar, los *Vídeos sobre el cáncer* de Maggie atrajeron a un público nuevo a la galería. No eran los típicos entusiastas avezados en arte contemporáneo o fotografía, sino turistas procedentes de lugares como Tennessee y Ohio, gentes que habían empezado a seguir a Maggie en Instagram y YouTube porque sentían que conectaban con ella. Algunos de ellos se habían vuelto verdaderos fans de sus fotografías, pero muchos otros solo querían conocerla en persona o comprar una de sus copias firmadas como recuerdo. El teléfono empezó a sonar constantemente con pedidos de todos los rincones del país, además de los que no paraban de llegar a través de la página web. Maggie y Luanne hacían todo lo que podían por estar al día, pero el año anterior ya habían tomado la decisión de no cerrar la galería durante las vacaciones porque la gente seguía acudiendo en masa. Cuando Maggie se enteró de que en breve tendría que empezar con la quimioterapia, se dieron cuenta de que no podría trabajar en la galería durante meses, por lo que era evidente que necesitaban contratar a otra per-

17

sona. Al plantearle Maggie esa cuestión a Trinity, él se mostró de acuerdo de inmediato. Y como si hubiera sido cosa del destino, al día siguiente entró en la galería un joven llamado Mark Price que preguntó si podía hablar con ella, algo que en ese momento le pareció a Maggie una posibilidad demasiado buena para ser verdad.

Mark Price acababa de graduarse en la universidad, aunque podría haber pasado por un estudiante de secundaria. Maggie en un principio supuso que era otro admirador más de los *Vídeos sobre el cáncer*, pero tenía razón solo en parte. Admitía que se había familiarizado con su trabajo gracias a su popularidad en la red (le encantaban sus vídeos, reconoció), pero también había traído consigo un currículum. Explicó que buscaba trabajo y que la idea de introducirse en el mundo del arte le resultaba extremadamente atractiva. El arte y la fotografía, añadió, facilitaban la comunicación de nuevas ideas, a menudo de una manera que no estaba al alcance de las palabras.

18

A pesar de su recelo ante la idea de contratar a un admirador, Maggie le recibió ese mismo día, y durante la charla se hizo patente que Mark había hecho los deberes. Sabía mucho de Trinity y su obra; mencionó una instalación específica que estaba exhibiéndose en ese momento en el MoMA, y otra en la universidad New School, estableciendo comparaciones con algunas de las últimas obras de Robert Rauschenberg, demostrando que sabía de qué hablaba, pero sin resultar pretencioso. También contaba con un profundo e impresionante conocimiento de la obra de Maggie, aunque eso no la sorprendió. No obstante, aunque había respondido a todas las preguntas de modo satisfactorio, seguía sin sentirse cómoda; no podía dilucidar si su deseo de trabajar en una galería era sincero o tan solo se trataba de otra persona que quería presenciar su tragedia personal de cerca.

Cuando la entrevista llegaba a su fin, Maggie le dijo que no estaban buscando a nadie (era objetivamente cierto, aunque solo fuera cuestión de tiempo), a lo que él respondió preguntando educadamente si estaría dispuesta a aceptar su currículum. En una visión retrospectiva, Maggie pensaría que fue su manera de formular esa petición lo que la había encandilado. «¿Estaría dispuesta, no obstante, a aceptar mi currículum?» Le pareció anticuado y cortés a un tiempo, y no pudo evitar sonreír cuando alargó la mano para cogerlo.

Esa misma semana Maggie subió una oferta de empleo en algunos sitios web relacionados con la industria del arte y llamó a varios de sus contactos en otras galerías, para dar la voz de que necesitaba contratar a alguien. La bandeja de entrada se llenó de solicitudes y currículums, y Luanne entrevistó a seis candidatos mientras Maggie se recuperaba en casa de la primera perfusión con náuseas o vomitando. Solo una candidata pasó la primera entrevista, pero, al no presentarse a la segunda, también quedó descartada. Frustrada, Luanne visitó a Maggie en su casa para ponerla al día. Maggie no había salido de su apartamento en días, y estaba tumbada en el sofá, dando sorbitos del *smoothie* de helado con frutas que Luanne le había traído, una de las pocas cosas que Maggie todavía conseguía obligarse a ingerir.

—Cuesta creer que no podamos encontrar a nadie cualificado para trabajar en la galería —dijo Maggie moviendo la cabeza de un lado a otro.

—Les falta experiencia y no tienen ni idea de arte —resopló Luanne.

«Tú tampoco», es lo que podría haber replicado Maggie, pero guardó silencio, perfectamente consciente de que Luanne había resultado ser un tesoro como amiga y como empleada, todo un golpe de suerte. Serena y cálida, hacía mucho que Luanne había dejado de ser una mera compañera de trabajo.

—Confío en tu buen juicio, Luanne. Seguiremos buscando.

—¿Estás segura de que no hay nadie más que valga la pena entrevistar entre todas las personas que ya se han ofrecido? —dijo Luanne en un tono quejumbroso.

Por la razón que fuera, en la mente de Maggie surgió como un destello la imagen de Mark Price, preguntando con la máxima educación si estaría dispuesta a aceptar su currículum.

—Estás sonriendo —dijo Luanne.

—No, no es verdad.

—Reconozco una sonrisa cuando la veo. ¿En qué estabas pensando?

Maggie dio otro sorbito del *smoothie*, ganando tiempo, hasta que finalmente decidió soltarlo.

—Un joven acudió un día antes de ofertar el puesto —admitió, antes de empezar a describir su encuentro—. Todavía no lo tengo muy claro —concluyó—, pero su currículum está seguramente encima de mi escritorio, en el despacho. —Se encogió de hombros—. No sé siquiera si todavía está disponible.

Cuando Luanne se enteró de cuál era la motivación original del interés de Mark por el puesto, frunció el ceño. Ella entendía mejor que nadie la composición de los ciudadanos que acudían a la galería, y reconocía a aquellos que seguían los vídeos de Maggie, gente que a menudo la veía como si fuera su confidente, alguien con quien podría empatizar y a quien podría compadecer. Con frecuencia aspiraban a compartir sus propias historias, el sufrimiento que habían tenido que soportar y las pérdidas. Por mucho que Maggie deseara ofrecerles algún consuelo, ese apoyo emocional a menudo resultaba excesivo, teniendo en cuenta que ella misma apenas podía evitar derrumbarse. Luanne hacía todo lo posible por protegerla de quienes buscaban ese contacto de forma más agresiva.

—Déjame que eche un vistazo a su currículum y después hablaré con él —dijo—. A partir de ahí, iremos decidiendo paso a paso.

Luanne contactó con Mark a la semana siguiente. Tras su primera conversación, tuvieron lugar dos entrevistas adicionales de carácter más formal, entre ellas una con Trinity. Cuando posteriormente habló con Maggie, elogió a Mark de forma efusiva, pero ella insistió en volver a encontrarse con él, simplemente para estar segura. Tardó cuatro días en reunir la energía para ir a la galería. Mark Price llegó puntual, y entró en el despacho vestido con traje y acompañado de una delgada carpeta. Mientras estudiaba su currículum, Maggie empezó a sentirse fatal; advirtió que era de Elkhart, Indiana, y al leer la fecha de graduación en la Universidad Northwestern, hizo un rápido cálculo mental.

—¿Tienes veintidós años?

—Sí.

Con el cabello peinado esmeradamente con raya, sus ojos azules y su cara de niño, parecía un adolescente bien arreglado, listo para ir al baile de graduación.

—¿Y te especializaste en teología?

—Sí.

—¿Por qué teología?

—Mi padre es pastor. Con el tiempo quiero matricularme en un máster de Estudios Pastorales también. Para seguir sus pasos.

Nada más decir esas palabras, Maggie se dio cuenta de que no le sorprendía en absoluto.

—En ese caso, ¿a qué se debe ese interés por el arte si tu intención es ordenarte como pastor?

Mark unió las manos por las puntas de sus dedos, como si estuviera eligiendo con cuidado lo que iba a responder.

—Siempre he creído que el arte y la fe tienen mucho en común. Ambos permiten explorar lo sutil de las propias emociones y encontrar la respuesta a la cuestión de qué representa el arte para cada persona. Tu obra y la de Trinity siempre me hacen pensar, y aún más importante, me hacen sentir de una manera que a menudo me provoca una sensación milagrosa. Como la fe.

Era una buena respuesta, y, sin embargo, Maggie sospechaba que Mark estaba ocultando algo. Apartando aquellos pensamientos, continuó con la entrevista, preguntando por aspectos más habituales de su historial laboral, y conocimientos de fotografía y escultura contemporánea, antes de finalmente volver a reclinarse en la silla.

—¿Por qué crees que eres la mejor opción para la galería?

Mark parecía no inmutarse ante aquel interrogatorio.

—Para empezar, tras conocer a la señorita Sommers, tengo la sensación de que podríamos formar un buen equipo de trabajo. Con su permiso, tras nuestra entrevista dediqué algún tiempo a visitar la galería, y después de haber investigado un poco más, he ordenado algunas de mis ideas sobre las obras expuestas actualmente. —Se inclinó hacia delante para ofrecerle la carpeta—. He facilitado una copia a la señorita Sommers también.

Maggie hojeó el contenido de la carpeta. Se detuvo en una

página al azar y leyó atentamente un par de párrafos que había escrito en relación con una fotografía que Maggie había tomado en Djibouti en 2011, cuando el país estaba sumido en una de las peores sequías de las últimas décadas. En primer plano podían verse los restos del esqueleto de un camello; detrás había tres familias ataviadas con ropas de colores brillantes, cuyos miembros caminaban sonrientes, incluso riendo, por la cuenca seca de un río. El cielo cuajado de nubes de tormenta se había tornado naranja y rojo al ocaso, en un vívido contraste con los huesos descoloridos del esqueleto y las grietas de desecación que ilustraban la ausencia de precipitaciones en mucho tiempo.

El comentario de Mark demostraba una sorprendente sofisticación técnica y una madura apreciación de las intenciones artísticas de Maggie: había intentado mostrar una felicidad inverosímil en medio de la desesperación, ilustrar la insignificancia del ser humano frente al caprichoso poder de la naturaleza, y Mark había articulado bien aquellas intenciones.

Maggie cerró la carpeta, sabiendo que no necesitaba examinar el resto.

—Obviamente estás bien preparado y, teniendo en cuenta tu edad, pareces asombrosamente bien cualificado. Pero no es eso lo que más me preocupa. Sigo queriendo conocer la verdadera razón de que quieras trabajar aquí.

Mark frunció el ceño.

—Creo que sus fotografías son extraordinarias. Al igual que las esculturas de Trinity.

—¿Eso es todo?

—No estoy seguro de a qué se refiere.

—Te seré sincera —empezó a decir Maggie, suspirando largamente. Estaba demasiado cansada y enferma, y tenía demasiado poco tiempo como para no ser franca—. Trajiste tu currículum incluso antes de que publicáramos la oferta de trabajo y has reconocido que eres admirador de mis vídeos. Eso me preocupa, porque, a veces, las personas que han visto los vídeos sobre mi enfermedad tienen una falsa sensación de complicidad. No podría trabajar con alguien así. —Alzó las cejas—. ¿Acaso te imaginas que nos haremos amigos y tendremos conversaciones profundas y significativas? Porque eso es bastante improbable. No creo que vaya a pasar mucho tiempo en la galería.

—Lo comprendo —contestó, impasible y con amabilidad—. Si yo fuera usted, seguramente me sentiría igual. Lo único que puedo asegurarle es que tengo la intención de ser un empleado excelente.

Maggie no tomó la decisión en ese momento, sino que prefirió consultarlo con la almohada y deliberarlo al día siguiente con Luanne y Trinity. A pesar de la persistente duda de Maggie, ellos se mostraron dispuestos a ponerlo a prueba, y Mark comenzó en la galería a principios de mayo.

Afortunadamente, desde ese momento Mark no había dado a Maggie ningún motivo para cuestionarle. La quimioterapia siguió dejándola fuera de juego todo el verano, por lo que únicamente pasaba unas pocas horas a la semana en la galería, pero en las pocas ocasiones que coincidían, Mark había demostrado ser un profesional consumado. La recibía saludándola animadamente, sonreía con facilidad y siempre se refería a ella como «señora Dawes». Nunca llegaba tarde al trabajo, nunca había llamado diciendo que se encontraba enfermo y casi nunca la molestaba, limitándose a llamar con suavidad a la puerta de su despacho cuando un comprador o un coleccionista de los de verdad solicitaba específicamente hablar con ella, y Mark le consideraba lo suficientemente importante como para semejante intrusión. Quizá porque se había tomado la entrevista al pie de la letra, nunca hizo referencia a los últimos vídeos que Maggie había subido, ni le hacía preguntas personales. A veces expresaba su deseo de que se encontrara mejor, pero eso no la molestaba, porque en realidad no preguntaba nada, sino que dejaba a su criterio si quería contarle algo o no.

Pero, sobre todo, lo principal era que su trabajo era impecable. Trataba a los clientes con cortesía y de forma encantadora, dirigía con elegancia hacia la salida a los fans de los *Vídeos sobre el cáncer*, y sobresalía en las ventas, probablemente porque no era en absoluto insistente. Contestaba las llamadas de teléfono normalmente al segundo o tercer tono, y se encargaba de envolver con esmero las copias pedidas por correo antes de enviarlas. Solía quedarse un par de horas después de que la galería cerrase sus puertas para acabar todas las tareas pendientes. Luanne estaba tan impresionada que confiaba plenamente en él para dejarle a cargo durante el mes de vacaciones que pasaba casi cada año en Maui, en diciembre, con su hija y sus nietos, desde que empezara a trabajar en la galería.

Maggie había llegado a darse cuenta de que nada de eso había supuesto una gran sorpresa. Lo que la sorprendía era que en los últimos meses sus reservas en relación con Mark lentamente habían dado paso a una sensación cada vez mayor de confianza.

Maggie no podía precisar con exactitud cuándo había sucedido. Al igual que unos vecinos que coincidieran regularmente en el ascensor, su relación de carácter cordial se fue asentando en una confortable familiaridad. En septiembre, tras empezar a sentirse mejor después de la última perfusión, había comenzado a pasar más tiempo en el trabajo. Los sencillos saludos que Mark le dedicaba daban paso a una charla trivial que después fluía suavemente hacia temas más personales. A veces aquellas conversaciones tenían lugar en la salita para hacer la pausa que se encontraba al final del pasillo del despacho; en otras ocasiones, en la misma galería, cuando no había visitantes. Casi siempre tenían lugar cuando ya habían cerrado las puertas, mientras procesaban y empaquetaban entre los tres los pedidos de copias realizados por teléfono o a través de la página web. Normalmente Luanne llevaba la voz cantante en la conversación, comentando las lastimosas citas de su exmarido o anécdotas de sus hijos y nietos. A Maggie y a Mark les gustaba escucharla: Luanne era todo un entretenimiento. De vez en cuando, algunos de los comentarios de Luanne les hacía poner a uno de ellos los ojos en blanco («estoy segura de que mi ex está pagándole la cirugía plástica a esa vulgar cazafortunas»), y el otro sonreía apenas, en una forma de comunicación privada exclusiva entre ambos.

Sin embargo, a veces Luanne tenía que irse enseguida después de cerrar. Mark y Maggie trabajaban entonces mano a mano, y, poco a poco, Maggie aprendió a conocer bastante bien a Mark, aunque él se abstuviera de hacerle comentarios personales. Le hablaba de sus padres y de su infancia, y lo que le contaba a Maggie a menudo se le antojaba como algo parecido a la clase de crianza imaginada por Norman Rockwell, con lectura de cuentos antes de dormir y juegos de hockey y béisbol incluidos, y sus padres asistiendo a todos los eventos del colegio que recordaba. También le hablaba con frecuencia de su novia, Abigail, que acababa de empezar un máster en economía en la Universidad de Chicago. Al igual que Mark, había crecido en una localidad pequeña, Waterloo, en Iowa. Mark le había enseñado innumerables fotos de ambos en su iPhone. En ellas podía apreciarse una bella joven pelirroja con un tono de piel luminoso propio del medio oeste, y Mark había mencionado que pensaba proponerle matrimonio cuando acabara los estudios. Maggie recordaba haberse reído tras oír ese comentario.

—¿Por qué queréis casaros tan jóvenes? —había preguntado—. ¿Por qué no queréis esperar un par de años?

—Porque —respondió Mark— es la persona con la que me gustaría pasar el resto de mi vida.

—¿Cómo puedes saberlo?

—A veces, uno simplemente lo sabe.

Cuanto mejor le conocía, más le parecía que sus padres habían tenido tanta suerte con él como él decía haber tenido con ellos. Era un joven ejemplar, responsable y amable, que desmentía el estereotipo de los milenial como jóvenes vagos que se creían con derecho a todo. Sin embargo, a veces le sorprendía sentir aquel creciente afecto por él, aunque solo fuera porque tenían tan pocas cosas en común. Su juventud había sido... poco usual, por decirlo de algún modo, por lo menos durante un tiempo, y la relación con sus padres con frecuencia tirante. Ella no había sido como Mark en absoluto. Mientras él había sido estudioso y se había graduado con los máximos honores en una de las mejores universidades, ella había tenido que esforzarse durante casi toda su vida escolar, y no había llegado a concluir siquiera tres semestres en una escuela universitaria pública. A la edad de Mark, ella se había contentado con vivir el momento y resolver los problemas sobre la marcha, mientras que él parecía tener un plan para todo. Maggie sospechaba que, de haberlo conocido cuando era joven, no le habría concedido ni un día; a sus veintitantos tenía la mala costumbre de elegir exactamente la clase de hombres que no le convenían.

No obstante, Mark a veces le recordaba a alguien que había conocido hacía mucho tiempo, alguien que antaño lo había sido todo para ella.

Para cuando se acercaba el Día de Acción de Gracias, Maggie ya consideraba a Mark como un miembro de pleno derecho de la familia de la galería. No sentía que su relación con él fuera tan cercana como la que tenía con Luanne o Trinity (después de todo, llevaban años juntos), pero sí se había convertido en algo semejante a un amigo, y dos días después de aquella celebración, los cuatro se habían quedado hasta tarde en la galería después de cerrar. Era un sábado por la noche, y puesto que Luanne pensaba volar a Maui al día siguiente, y Trinity, al Caribe, abrieron una botella de vino para acompañar la bandeja de fruta y quesos que Luanne había encargado. Maggie aceptó una copa, aunque no podía concebir la idea de ser capaz de beber o comer nada.

Brindaron por la galería, ya que aquel había sido el mejor año desde sus inicios, y estuvieron conversando agradablemente durante una hora. Cuando ya iban a despedirse, Luanne le dio a Maggie una tarjeta en un sobre.

—Hay un regalo en su interior —dijo Luanne—. Ábrelo cuando me haya ido.

—No he podido comprarte nada.

—Eso da igual —replicó Luanne—. Poder volver a verte tal y como te conocí estos últimos meses ha sido el mejor regalo para mí. Pero asegúrate de abrirlo antes de Navidad.

Una vez Maggie confirmó que así lo haría, Luanne se acercó a la bandeja y tomó un par de fresas. Trinity estaba hablando con Mark a poca distancia. Como iba a la galería con menos asiduidad incluso que Maggie, pudo escuchar cómo Trinity le hacía la misma clase de preguntas personales que ella misma ya había formulado en los pasados meses.

—No sabía que jugabas al hockey —comentó Trinity—. Soy muy fan de los Islanders, aunque no hayan ganado otra Copa Stanley en siglos.

—Es un deporte fabuloso. Jugué en todos los cursos hasta que empecé en la Northwestern.

—¿Acaso no tienen un equipo?

—Yo no era lo suficientemente bueno para jugar a nivel universitario —admitió Mark—. Aunque a mis padres pareció no importarles. Y eso que creo que no se perdieron ninguno de mis partidos.

—¿Vendrán en Navidades a verte?

—No —respondió Mark—. Mi padre ha preparado un viaje para visitar Tierra Santa con una veintena de miembros de nuestra iglesia estas vacaciones. Nazaret, Belén, etcétera.

—¿Y tú no vas a ir con ellos?

—Es su sueño, no el mío. Además, tengo que estar aquí.

Maggie vio cómo Trinity la miraba de reojo antes de volver a prestar toda su atención a Mark. Se inclinó hacia delante para susurrarle algo, y aunque Maggie no pudo oírlo, supo exactamente qué le había dicho Trinity, porque tan solo hacía unos minutos que le había comunicado a ella misma su preocupación: «Asegúrate de echar un ojo a Maggie mientras Luanne y yo estamos fuera. Estamos un poco preocupados por ella».

En respuesta, Mark simplemente hizo un gesto de asentimiento con la cabeza.

Trinity tenía una percepción más amplia de la que seguramente era consciente, aunque cabe decir que tanto él como Luanne ya estaban al corriente de la cita que Maggie tenía con la doctora Brodigan el 10 de diciembre. Y en aquella visita, la doctora Brodigan había conminado a Maggie a concentrarse en su calidad de vida.

A 18 de diciembre, había pasado más de una semana desde aquel día funesto y Maggie seguía sintiéndose casi como paralizada. Todavía no le había hablado a nadie de su pronóstico. Sus padres siempre se habían mostrado convencidos de que, si rezaba lo suficiente, Dios de algún modo conseguiría sanarla, y decirles la verdad le requería más energía de la que podía hacer acopio. Y lo mismo era aplicable a su hermana, aunque de un modo distinto; en resumen, no tenía el coraje suficiente. Mark le había enviado un par de mensajes para ver cómo estaba, pero comentar su situación por esa vía le parecía absurdo, y, además, no se había sentido preparada para ver a nadie todavía. En cuanto a Luanne, o incluso Trinity, suponía que podía llamarlos, pero ¿para qué? Luanne se merecía disfrutar del tiempo que estaba pasando con su propia familia sin preocuparse por Maggie, y Trinity también tenía su propia vida. Por otra parte, ninguno de los dos podía hacer nada al respecto.

En lugar de eso, abrumada por su nueva realidad, había pasado gran parte de los últimos días en su apartamento, o dando breves y lentos paseos por el vecindario. A veces simplemente se quedaba al lado de la ventana, con la mirada perdida, acariciando con aire ausente el pequeño colgante que pendía de la cadena que nunca se quitaba; en otras ocasiones, se sorprendía observando a la gente. Cuando se mudó a Nueva York, se había sentido fascinada por la incesante actividad a su alrededor, viendo cómo la gente se precipitaba hacia el metro o escudriñando los altos edificios de oficina a medianoche, sabedora de que todavía había gente sentada ante su escritorio. Al seguir el movimiento frenético de los peatones bajo su ventana, le venían a la cabeza recuerdos de su primera edad adulta en la ciudad y de la mujer más joven y más saludable que había sido. Le parecía que había transcurrido una eternidad desde entonces; al mismo tiempo, tenía la sensación de que los años habían pasado en un abrir y cerrar de ojos, y su incapacidad para comprender esa contradicción provocaba una introspección más profunda de lo que era habitual en ella. El tiempo, pensó, siempre le resultaría inaprensible.

Aunque no había esperado un milagro, ya que en lo más profundo de su interior siempre había sabido que la cura era algo imposible, ¿no habría sido fantástico saber que la quimioterapia había ralentizado un poco el cáncer para concederle uno o dos años más? ¿O que había un nuevo tratamiento experimental disponible? ¿Acaso sería mucho pedir que se le otorgara un último entreacto antes de que empezara el final?

Eso era lo que tenía luchar contra el cáncer. La espera. Los últimos años habían venido marcados en gran parte por la espera. Esperar la cita con el doctor, esperar el tratamiento, esperar la mejoría tras el tratamiento, esperar que funcionase realmente, esperar hasta que estuviese lo suficientemente recuperada como para probar algo nuevo. Hasta que la diagnosticaron, siempre había considerado el hecho de esperar como algo irritante, pero poco a poco la espera se había convertido sin lugar a dudas en la realidad que definía su vida.

«Incluso ahora —pensó de repente—. Aquí estoy, a la espera de morir.»

En la acera, al otro lado del cristal, veía a la gente arrebujada en su ropa de invierno, exhalando vaho por la boca mientras se apresuraba hacia destinos desconocidos; en la calzada brillaban las luces traseras de los automóviles que formaban largas hileras y se desplazaban lentamente por estrechos carriles flanqueados por bonitos edificios de ladrillo. Gente que se dirigía a sus ocupaciones diarias, como si no sucediera nada fuera de lo ordinario. Pero ahora nada le parecía normal y corriente, y dudaba que algún día pudiera volver a sentir que algo volvía a ser normal.

Los envidiaba, envidiaba a esos extraños a los que nunca conocería. Vivían sus vidas sin contar los días que les quedaban, algo que ella nunca volvería a hacer. Y como de costumbre, había toda una muchedumbre. Se había acostumbrado a que la ciudad siempre estuviera abarrotada, independientemente de la hora o la época del año, lo que lo hacía todo mucho más complicado, incluso las cosas más simples. Si necesitaba ibuprofeno de la farmacia Duane Reade, siempre había cola; si tenía ganas de ver una película, también. Cuando tenía que cruzar la calle, estaba inevitablemente rodeada por otras personas, gente que se apresuraba y daba empujones para subir a la acera.

¿Para qué tanta prisa? Ahora se planteaba esa cuestión, igual que otras muchas. Como todo el mundo, se arrepentía de algunas cosas, y ahora que se le acababa el tiempo, no podía evitar regodearse en ellas. Deseaba que el tiempo volviese atrás para deshacer algunas de sus acciones; había perdido algunas oportunidades que ya nunca podría recuperar. En uno de sus vídeos había hablado honestamente sobre algunas de esas cosas que lamentaba, admitiendo que no se había reconciliado con ellas, y que tampoco estaba más cerca de

29

encontrar respuestas que cuando se enteró por primera vez de su diagnóstico.

Tampoco había llorado desde su última visita a la doctora Brodigan. En lugar de eso, cuando no estaba mirando por la ventana o dando un paseo, se concentraba en lo mundano. Dormía una media de catorce horas al día, y ya había comprado los regalos de Navidad por Internet. Había grabado otro vídeo sobre el cáncer sobre esa última cita con la doctora Brodigan, pero todavía no lo había subido. Se hacía traer *smoothies* e intentaba tomárselos sentada en la sala de estar. Había intentado incluso en los últimos días comer en el restaurante Union Square Cafe. Siempre había sido uno de sus locales preferidos para tomar una comida deliciosa en la barra, pero aquella visita acabó siendo un desperdicio, ya que seguía sin poder saborear todo lo que pasaba a través de su boca. El cáncer le arrebataba otra de las alegrías de su vida.

Ahora faltaba una semana para Navidad, y mientras el sol iniciaba su descenso, sintió la necesidad de salir del apartamento. Se puso múltiples capas, suponiendo que pasearía un rato sin rumbo fijo, pero en cuanto puso un pie en la calle, las ganas de deambular sin más se desvanecieron con la misma rapidez con que habían venido. En lugar de eso, empezó a caminar hacia la galería. Aunque no haría gran cosa, sería reconfortante comprobar que todo estaba en orden.

La galería se encontraba a varias manzanas de distancia y ella avanzaba con lentitud, intentando evitar a cualquiera que pudiera tropezar con ella. El viento era gélido y cuando empujó las puertas del establecimiento media hora antes del cierre, estaba temblando de frío. Estaba más concurrida que de costumbre; esperaba una menor afluencia de público debido a las fiestas, pero obviamente se había equivocado. Por suerte, Mark parecía tenerlo todo bajo control.

Como sucedía siempre que hacía su aparición en la galería, algunas cabezas se giraban hacia ella, y podía advertir por la expresión de algunas caras que la reconocían. «Lo siento, amigos. Hoy no», pensó repentinamente, ofreciendo un rápido saludo antes de precipitarse hacia el despacho. Cerró la puerta tras de sí. Había un escritorio y una silla de oficina, y en una de las paredes había estanterías llenas de libros de fotografía y recordatorios de sus viajes a lugares remotos. Al otro lado del escritorio había un pequeño sofá doble de color gris, justo lo bastante grande para que pudiera acurrucarse en él si sentía la necesidad de tumbarse. En la esquina había una mecedora profusamente grabada, con cojines estampados de flores, que Luanne había traído de su casa de campo, y que daba un toque cálido a la moderna oficina.

Tras depositar los guantes, el gorro y la chaqueta sobre el escritorio, Maggie se ajustó de nuevo el pañuelo y se dejó caer en la silla de oficina. Dirigió su atención hacia el ordenador, comprobó con gesto automático las cifras de ventas semanales y advirtió un repunte en el volumen, pero se dio cuenta de que no estaba de humor para estudiar los números de forma detallada. En lugar de eso, abrió otra carpeta y empezó a repasar sus fotos favoritas, hasta detenerse por fin en una serie de imágenes de su viaje a Ulan Bator, Mongolia, el pasado enero. En ese momento no podía saber que iba a ser su último viaje internacional. Durante su estancia allí, la temperatura había permanecido muy por debajo de cero, con ráfagas de viento que congelaban la piel expuesta en menos de un minuto; le había costado mucho conseguir que la cámara siguiera funcionando, porque los mecanismos empezaban a quejarse con tan bajas temperaturas. Recordaba haber guardado de forma repetida la cámara bajo su chaqueta para que recibiera su calor corporal, pero aquellas fotos eran tan importantes para ella que se había enfrentado a los elementos durante casi dos horas.

Quería encontrar la manera de documentar los niveles tóxicos de la contaminación del aire y sus efectos visibles en la población. En una ciudad de un millón y medio de personas, casi todas las casas y negocios usaban carbón en invierno, lo cual hacía que el cielo apareciera gris incluso en los días más luminosos. Se trataba de una crisis sanitaria, además de medioambiental, y su intención era que aquellas imágenes impulsaran a la gente a pasar a la acción. Había publicado innumerables fotos de niños cubiertos de suciedad por salir afuera a jugar. Había capturado una asombrosa imagen en blanco y negro de una tela mugrienta que se había usado como cortina para una ventana abierta, con el fin de poner

31

en relieve que en el interior no podía haber unos pulmones sanos. También quería capturar una panorámica con marcado contraste de la ciudad, y finalmente había conseguido la imagen que deseaba: un brillante cielo azul que de forma repentina daba paso, sin ninguna clase de transición, a una bruma pálida, casi de un amarillo enfermizo, como si el mismo Dios hubiera trazado una línea recta perfecta, dividiendo el cielo en dos partes. El efecto era absolutamente impresionante, especialmente después de haber pasado varias horas retocándola en la postproducción.

Mientras miraba la imagen en la tranquilidad de su despacho, fue consciente de que nunca podría volver a hacer algo parecido. Probablemente nunca volvería a viajar por trabajo; tal vez ni siquiera saldría de Manhattan, a menos que cediera ante la insistencia de sus padres y regresara a Seattle. Tampoco había conseguido cambiar nada en Mongolia. Además del reportaje fotográfico que había enviado al *New Yorker*, varias revistas de información, incluidas *Scientific American* y el *Atlantic*, habían intentado también sensibilizar sobre los peligrosos niveles de contaminación en Ulan Bator, pero en todo caso la calidad del aire solo había empeorado en los últimos once meses. Había sido, pensó, un nuevo fracaso en su vida, igual que su batalla contra el cáncer.

Aquellos pensamientos no tenían por qué estar relacionados, pero en ese instante se conectaron, y de pronto notó cómo se agolpaban las lágrimas en sus ojos. Se estaba muriendo, estaba muriéndose de verdad, y de repente se dio cuenta de que esas serían sus últimas Navidades.

¿Qué debería hacer en esas últimas y preciosas semanas? ¿Y qué suponía eso en relación con la realidad de su día a día? Ya dormía más que nunca, pero ¿significaba «calidad de vida» dormir más para estar mejor o dormir menos para que los días parecieran más largos? ¿Y qué tenía que ver eso con sus rutinas? ¿Debería molestarse en concertar una cita para hacerse una limpieza dental? ¿Debería gastar el mínimo con sus tarjetas de crédito o despilfarrar su dinero? ¿Acaso importaba? ¿Qué podría importar todo eso realmente ahora?

Cientos de pensamientos y preguntas aleatorios invadieron su mente; perdida en ellos, sintió que se ahogaba antes de dejarse llevar por completo. No era consciente de cuánto tiempo había durado aquel arrebato; el tiempo se desvaneció. Cuando por fin se hubo desahogado, se puso en pie y se enjugó las lágrimas. Echó un vistazo por la ventana de espejo situada por encima de su escritorio y advirtió que la galería estaba vacía y la puerta de entrada cerrada. Curiosamente, no podía ver a Mark, a pesar de que las luces seguían encendidas. Se preguntó dónde podría estar y de pronto percibió unos toquecitos en la puerta. Incluso su manera de llamar era amable.

Consideró la posibilidad de justificarse de algún modo hasta que su crisis dejara de ser evidente, pero ¿por qué debería molestarse? Hacía tiempo que había dejado de preocuparle su aspecto físico; sabía que estaba horrible hasta en su mejor momento.

—Pasa —dijo. Extrajo un pañuelo de una caja que había sobre el escritorio y se sonó la nariz mientras Mark atravesaba el umbral.

—Hola —dijo en tono suave.

—Hola.

—¿La pillo en mal momento?

—No, está bien.

—Pensé que esto le podría gustar —dijo, ofreciéndole un vaso de papel—. Es un *smoothie* de banana y fresa con helado de vainilla. Puede que sirva de ayuda.

Maggie reconoció la marca estampada en el vaso de papel, era de un restaurante a dos portales de la galería, y se preguntó cómo podía haber sabido Mark cómo se sentía. Tal vez había sospechado algo al verla ir directamente al despacho, o quizá simplemente se acordó de lo que Trinity le había dicho.

—Gracias —dijo aceptándolo.

—¿Está usted bien?

—He tenido momentos mejores. —Maggie dio un sorbo, agradecida de que fuera lo suficientemente dulce como para llegar hasta sus confusas papilas gustativas—. ¿Cómo ha ido hoy?

—Ha habido mucho trabajo, pero no tanto como el pasado viernes. Hemos vendido ocho copias, entre ellas el número tres de *Rush*.

33

Cada una de sus fotos se vendía en una edición limitada de veinticinco copias numeradas: a un número inferior, un precio más alto. La foto que Mark mencionaba recogía la hora punta en el metro de Tokio, el andén rebosante de miles de hombres vestidos con lo que parecían trajes negros idénticos.

—¿Le ha ido bien a Trinity?

—Hoy no, pero creo que tiene buenas posibilidades en un futuro próximo. Jackie Bernstein pasó por aquí con su asesor.

Maggie asintió. Jackie ya había comprado anteriormente dos de sus obras, así que a Trinity seguro que le encantaría saber que estaba interesada en adquirir otra.

—¿Qué tal ha ido la página web y la venta telefónica?

—Seis confirmaron, dos pidieron más información. No debería costarnos demasiado preparar las ventas para su envío. Si quiere irse a casa, puedo encargarme yo.

En cuanto Mark dijo eso, en su mente surgieron otras preguntas: «¿Quiero irme a casa realmente? ¿A un apartamento vacío? ¿Regodearme en mi soledad?».

—No, prefiero quedarme —objetó, rechazando la propuesta con la cabeza—. Por lo menos un rato.

Percibió la curiosidad que sentía Mark, pero sabía que él no preguntaría nada más. De nuevo se dio cuenta de que las conversaciones mantenidas durante las entrevistas de trabajo habían dejado su impronta.

—Estoy segura de que estás siguiendo mis publicaciones y vídeos en redes sociales —empezó a comentar—, de modo que seguramente tienes una idea general de lo que está pasando con mi enfermedad.

—En realidad no. No he visto ninguno de sus vídeos desde que empecé a trabajar aquí.

Maggie no esperaba eso. Incluso Luanne miraba sus vídeos.

—¿Por qué no?

—Supuse que preferiría que no lo hiciera. Y al recordar su preocupación inicial a la hora de contratarme, me pareció que lo correcto era no hacerlo.

—Pero sí sabías que tuve que someterme a quimioterapia, ¿no?

—Luanne lo comentó, pero no conozco los detalles. Y por supuesto, las pocas veces que usted estaba en la galería parecía…

Al ver que dejaba la frase por terminar, Maggie la acabó por él:

—¿Como muerta?

—Iba a decir que parecía un poco cansada.

«Por supuesto que parecía cansada. Si es que quedarse calva, tener la piel de color verde, estar demacrada y encogida pudiera explicarse diciendo que nos hemos levantado demasiado temprano.»

Pero Maggie sabía que Mark solo estaba intentando ser amable.

—¿Tienes un momento antes de que empieces a preparar los envíos?

—Por supuesto. No tengo nada planeado esta noche.

En un impulso Maggie se dirigió hacia la mecedora y le indicó por señas que se pusiera cómodo en el sofá biplaza.

—¿No vas a salir con amigos?

—Sale un poco caro —dijo—. Y salir normalmente significa ir a tomar unas copas, y yo no bebo.

—¿Nunca?

—No.

—Guau —exclamó—. Creo que nunca he conocido a un joven de veintidós años que no haya bebido nunca.

—En realidad tengo veintitrés.

—¿Ha sido tu cumpleaños?

—No fue nada del otro mundo.

«Seguramente no», pensó Maggie.

—¿Lo sabía Luanne? No me dijo nada.

—Tampoco se lo comenté.

Maggie se inclinó hacia delante y alzó su vaso de papel.

—Felicidades con retraso por tu cumpleaños.

—Gracias.

—¿Hiciste algo divertido? Me refiero para celebrar tu cumpleaños.

—Abigail vino para pasar el fin de semana y vimos *Hamilton*. ¿La has visto?

—Hace algún tiempo. —«Pero no volveré a verla», pensó

sin molestarse en hacer el comentario en voz alta. Era una de las razones de no querer estar sola. Para que pensamientos como aquellos no desencadenaran otra crisis. La presencia de Mark de algún modo hacía que le resultara más fácil mantenerse entera.

—Nunca había ido a un espectáculo de Broadway —prosiguió Mark—. La música era fantástica y me encantó el componente histórico y la danza y... En realidad, todo. Abigail estaba como electrificada; juraba que nunca había experimentado algo parecido.

—¿Cómo está Abigail?

—Está bien. Acababa de empezar sus vacaciones, así que ahora seguramente estará de camino a Waterloo para ver a su familia.

—¿No quiere venir aquí a verte?

—Hay una especie de pequeña reunión familiar. Es una gran familia, no como la mía. Cinco hermanos y hermanas mayores que viven repartidos por todo el país. La Navidad es el único momento del año en el que pueden reunirse.

—¿Y no querías ir con ella?

—Estoy trabajando. Ella lo entiende. Además, va a venir el día 28. Pasaremos algún tiempo juntos, veremos cómo cae la bola en fin de año y cosas así.

—¿Me la presentarás?

—Si usted quiere, sí.

—Si necesitas más tiempo libre, dímelo. Estoy segura de que puedo arreglármelas sola durante un par de días.

Maggie no estaba segura de conseguirlo, pero sintió que debía ofrecérselo.

—Se lo diré si me hace falta.

Maggie dio otro sorbito del *smoothie*.

—No sé si te lo he dicho últimamente, pero lo estás haciendo realmente bien.

—Disfruto con el trabajo —contestó.

Mark no dijo nada más y ella nuevamente se dio cuenta de que él había elegido no preguntarle nada personal, lo que significaba que tendría que facilitarle la información voluntariamente o quedársela para sí misma.

—La semana pasada tuve una cita con mi oncóloga —afirmó esperando darle un tono neutro a su voz—. Cree que otra ronda de sesiones de quimioterapia será más perjudicial que positiva.

La expresión en el rostro de Mark se suavizó.

—¿Puedo preguntar qué significa eso?

—Significa que ya no habrá más tratamientos y que comienza la cuenta atrás.

Mark palideció al comprender lo que no había dicho de forma explícita.

—¡Oh, señora Dawes!, eso es terrible. Lo siento. No sé qué decir. ¿Hay algo que pueda hacer?

—No creo que nadie pueda hacer nada. Pero, por favor, llámame Maggie. Creo que llevas trabajando aquí lo suficiente como para que ambos utilicemos nuestros nombres de pila.

—¿Está la doctora segura?

—Los resultados de las exploraciones no son buenos —continuó Maggie—. Está muy extendido por todas partes. En el estómago, el páncreas, los riñones, los pulmones. Y aunque sé que no vas a preguntar, me quedan menos de seis meses. Probablemente unos tres o cuatro, tal vez incluso menos.

Para sorpresa de Maggie, los ojos de Mark empezaron a llenarse de lágrimas.

—¡Oh, Dios mío…! —dijo, y la expresión de su rostro se suavizó de repente aún más—. ¿Te importa si rezo por ti? No ahora, me refiero a cuando llegue a casa.

Maggie no pudo evitar sonreír. Por supuesto que Mark quería rezar por ella, como futuro pastor que era. Sospechaba que nunca había dicho una palabra malsonante en su vida. Maggie pensó que era un chico muy dulce. Bueno, técnicamente era un hombre joven, pero…

—Me gustaría mucho.

Durante unos instantes ninguno de los dos habló. Luego Mark movió suavemente la cabeza en un gesto de negación y apretó los labios.

—No es justo —dijo.

—¿Desde cuándo la vida es justa?

—¿Puedo preguntarte cómo estás? Espero que me perdones si me estoy entrometiendo.

—No pasa nada —respondió Maggie—. Supongo que he estado un poco aturdida desde que me enteré.

—Tiene que parecer una pesadilla.

—A veces sí. Pero otras veces no. Lo curioso es que físicamente me siento mejor que en otros momentos de este año, cuando hacía quimio. A veces me parecía que morir seguramente era mejor. Pero ahora…

Maggie dejó vagar la mirada por las estanterías, fijándose en los *souvenirs* que había coleccionado, cada uno de ellos conectado a los recuerdos de algún viaje. De Grecia a Egipto, Ruanda y Nueva Escocia, Patagonia y la Isla de Pascua, Vietnam y Costa de Marfil. Tantos lugares, tantas aventuras.

—Es extraño saber que el fin es tan inminente —admitió—. Origina muchas preguntas. Le hace a una cuestionarse en qué consiste todo esto. A veces creo que he vivido una vida maravillosa, pero luego, pasados unos instantes, me sorprendo obsesionándome con las cosas que me he perdido.

—¿Como por ejemplo?

—El matrimonio, para empezar —dijo—. Sabes que nunca he estado casada, ¿verdad? —Mark asintió, y ella prosiguió—. Cuando era joven, no podía imaginarme seguir soltera a mi edad. Me criaron de otra manera. Mis padres eran muy tradicionales y suponía que yo sería como ellos. —Permitió que su mente divagara hacia el pasado, y los recuerdos emergieron hacia la superficie—. Por supuesto, no se lo puse fácil. Por lo menos no como tú.

—No siempre he sido el hijo perfecto —protestó—. Yo también me metí en líos.

—¿De qué tipo? ¿Algo serio? ¿Tal vez porque no ordenaste tu cuarto o porque llegaste un minuto tarde después de la hora acordada? Ah, no. Nunca llegaste tarde, ¿verdad?

Abrió la boca, pero de ella no salió una palabra, porque sabía que estaba en lo cierto. Debía de haber sido la clase de adolescente que se lo pone más difícil al resto de su generación, simplemente porque él estaba destinado a ser fácil.

—El caso es que he empezado a preguntarme qué habría pasado de haber elegido otro camino. Pero no me refiero solamente al matrimonio. Qué habría pasado si hubiera sido más aplicada en los estudios, o si me hubiera graduado en la universidad, o si hubiera trabajado en una oficina, o mudado a Miami o Los Ángeles en lugar de Nueva York. Cosas así.

—Resulta obvio que no necesitabas un título universitario. Tu carrera como fotógrafa es admirable, y los vídeos y publicaciones sobre tu enfermedad han inspirado a mucha gente.

—Es muy amable por tu parte, pero en realidad no me conocen. Y en última instancia, ¿no es eso lo más importante en la vida? ¿Que las personas que eliges te conozcan y te quieran?

—Quizá —concedió Mark—. Pero eso no anula lo que has ofrecido a los demás con tu experiencia. Es una acción poderosa, que incluso puede cambiar la vida a algunas personas.

A Maggie volvió a sorprenderla cuánto le recordaba a alguien que había conocido hacía mucho tiempo, tal vez debido a su sinceridad o a sus maneras anticuadas. No había vuelto a pensar en Bryce en años, por lo menos no de forma consciente. Durante la mayor parte de su vida adulta, había intentado mantener a una distancia prudencial los recuerdos que tenía de él.

Pero ya no había motivos para seguir haciéndolo.

—¿Te importa que te haga una pregunta personal? —preguntó Maggie, imitando su estilo discursivo peculiarmente formal.

—En absoluto.

—¿Cuándo te diste cuenta de que estabas enamorado de Abigail?

En cuanto pronunció su nombre, pareció estar bañado de ternura.

—El año pasado —respondió, reclinándose en los cojines del sofá—. Poco después de graduarme. Habíamos salido cuatro o cinco veces, y quería que conociera a sus padres. El caso es que íbamos de camino a Waterloo, los dos solos. Paramos a comer algo y, a la salida, decidió que quería tomar un helado. Afuera hacía un calor abrasador y, desgraciadamente, el aire acondicionado del coche no funcionaba demasiado bien, de modo que el helado empezó a derretírsele, claro está. Mucha gente se habría sentido molesta, pero ella simplemente empezó a reír como si fuera lo más divertido del mundo mientras intentaba comerse el helado antes de que se derritiera del todo. Tenía helado por todas partes, en la nariz y los dedos, en el regazo, incluso en el pelo, y recuerdo que pensé que me gustaría tener a alguien así a mi lado para toda la vida. Alguien que pudiera reírse de las contrariedades y ver la alegría en toda ocasión. En ese momento supe que era ella.

—¿Se lo dijiste?

—Oh, no. No fui lo bastante valiente. El pasado otoño por fin conseguí reunir el valor necesario.

—¿Y ella también te dijo que te amaba?

—Sí. Fue un alivio.

—Debe de ser una persona maravillosa.

—Sí que lo es. Tengo mucha suerte.

Aunque Mark sonreía, sabía que seguía afligido.

—Ojalá pudiera hacer algo por ti —dijo, en un tono suave.

—Basta con tu trabajo aquí. Bueno, eso y también que te quedes hasta tarde.

—Estoy contento de poder estar aquí. Pero me estaba preguntando…

—Adelante —le animó Maggie, con un gesto de la mano que sostenía el *smoothie*—. Puedes preguntarme lo que quieras. Ya no tengo nada que ocultar.

—¿Por qué no te has casado? Me refiero a que tú creías que acabarías casada, ¿no?

—Hubo varias razones. En los inicios de mi carrera quería concentrarme en ella hasta que me hubiera establecido. Después empecé a viajar mucho, y luego llegó la galería y… Supongo que estaba demasiado ocupada.

—¿Nunca conociste a nadie que te hiciera replantearte todo eso?

En el silencio que se hizo a continuación, Maggie se llevó la mano de forma inconsciente a la cadena que pendía de su cuello, buscando el pequeño colgante con forma de concha, comprobando que seguía allí.

—Creo que sí. Sé que le amé, pero no era el momento adecuado.

—¿Por el trabajo?

—No —respondió—. Eso pasó mucho antes. Pero estoy bastante segura de que no habría sido bueno para él. No en aquel entonces, de todos modos.

—No puedo creerlo.

—No sabes cómo era yo. —Dejó el vaso a un lado y juntó las manos sobre su regazo—. ¿Quieres que te cuente la historia?

—Sería un honor.

—Es un poco larga.

—Esas suelen ser las mejores historias.

Maggie bajó la cabeza, percibiendo cómo las imágenes empezaban a emerger hacia la superficie en su mente. Sabía que con aquellas imágenes las palabras saldrían por sí solas.

—En 1995, cuando tenía dieciséis años, empecé a llevar una vida secreta —comenzó a contar.

41

Varada

Ocracoke, 1995

*A*decir verdad, para ser honesta, mi vida secreta en realidad empezó cuando tenía quince años y mi madre me encontró en el suelo del baño, con mala cara, abrazando la taza del váter. Llevaba vomitando cada mañana durante la última semana y media, y mi madre, con más experiencia sobre esas cosas que yo, se precipitó a la farmacia y me hizo orinar sobre un palito en cuanto volvió a casa. Cuando apareció la marca de color azul, se quedó mirando fijamente el palito largamente sin decir nada, y luego se retiró a la cocina, donde estuvo llorando a intervalos intermitentes durante el resto del día.

Eso fue a principios de octubre, y para entonces estaba de algo más de nueve semanas. Seguramente lloré tanto como mi madre aquel día. Me encerré en mi cuarto aferrada a mi peluche favorito (no estoy segura de que mi madre siquiera se diera cuenta de que no había ido al instituto), mirando fijamente por la ventana con los ojos hinchados, viendo cómo diluviaba sobre las brumosas calles. Era el típico tiempo de Seattle; incluso ahora dudo que haya un lugar más deprimente en el mundo entero, sobre todo si tienes quince años y estás embarazada, con la certeza de que tu vida ha concluido antes incluso de tener la oportunidad de comenzar.

No hace falta decir que no tenía ni idea de qué iba a hacer. Eso es lo que recuerdo con más claridad. Me refiero a que ¿cómo podía saber qué quería decir ser madre o tan siquiera ser adulta? Claro está, por supuesto, que a veces me sentía mayor de la edad que tenía, como cuando Zeke Watkins, el jugador estrella del equipo de baloncesto universitario, me dirigió la palabra en el aparcamiento del instituto, pero una parte de mí seguía sintiéndose como una chiquilla. Me encantaban las películas de Disney y celebrar mi cumpleaños con tarta de helado de fresa en la pista de patinaje; siempre dormía con una osita de peluche y ni siquiera sabía conducir. Francamente, tampoco tenía siquiera tanta experiencia con el sexo opuesto. Solo había besado a cuatro chicos en toda mi vida, pero, en una ocasión, los besos dieron paso a algo más, y, poco después de pasadas tres semanas tras aquel día lleno de lágrimas y vómitos, mis padres me enviaron a Ocracoke, en las islas Outer Banks de Carolina del Norte, un lugar que ni siquiera sabía que existía. Supuestamente una pintoresca localidad costera que los turistas adoraban. Allí viviría con mi tía Linda Dawes, la hermana de mi padre, mucho mayor que él, una mujer que solo había visto una vez en mi vida. También hablaron con mis profesores para que no perdiera demasiado en cuanto a los estudios. Mis padres mantuvieron una larga conversación con el director del instituto, y una vez este hubo hablado con mi tía, decidió confiar en ella para que supervisara mis exámenes, se asegurara de que no hacía trampa y de que enviaba todas las tareas. Y de esa forma tan simple, de pronto me convertí en el secreto de la familia.

Mis padres no me acompañaron a Carolina del Norte, lo cual hizo mi partida mucho más difícil. En lugar de eso, nos despedimos en el aeropuerto en una gélida mañana de noviembre, pocos días después de Halloween. Acababa de cumplir dieciséis, estaba de trece semanas, aterrorizada, pero no lloré en el avión, gracias a Dios. Tampoco lloré cuando mi tía me recogió en ese aeropuerto de mala muerte en medio de la nada, ni siquiera cuando nos registramos en un motel cochambroso cerca de la playa, ya que teníamos que esperar para coger el ferri hacia Ocracoke a la mañana siguiente. Para entonces, casi me había convencido a mí misma de que ya no iba a llorar.

No sabía cuánto me equivocaba.

Tras desembarcar del ferri, mi tía me enseñó rápidamente el pueblo antes de llevarme a su casa, y para mi desgracia, comprobé que Ocracoke no se parecía nada a lo que me había imaginado. Supongo que había visualizado bonitas casitas en colores pastel entre las dunas, con vistas tropicales del océano que se extendían hasta el horizonte; un paseo marítimo lleno de hamburgueserías y heladerías, lleno de adolescentes, quizás incluso una noria o un tiovivo. Pero Ocracoke no era así en absoluto. Tras dejar atrás las barcas de pesca del puerto diminuto en el que atracaba el ferri, lo que vi era… feo. Las casas viejas y ajadas por las inclemencias del tiempo; no había playa, ni paseo, ni palmeras a la vista; y el pueblo (que es como mi tía lo llamaba) parecía completamente desierto. Mi tía comentó que Ocracoke era básicamente un pueblo pesquero habitado por menos de ochocientas personas durante todo el año, pero yo únicamente llegué a preguntarme cómo alguien podría querer vivir allí en cualquier estación.

La casa de la tía Linda estaba justo en la orilla, encajada entre otras casas igual de ruinosas. Se alzaba sobre pilones, con vistas a la ensenada de Pamlico Sound, con un comprimido porche delantero y otro de mayor tamaño al que se accedía por la sala de estar, que daba a la laguna. El interior tampoco era amplio: la sala de estar también era pequeña, con una chimenea y una ventana cerca de la puerta de entrada; había una zona reservada a la cocina y al comedor, dos dormitorios y un único baño. No pude localizar el televisor, lo que de repente me hizo sentir pánico, aunque no creo que ella se diera cuenta. Me enseñó la casa y al final me llevó al cuarto que me había destinado, al otro lado del pasillo, frente a su habitación, que solía estar destinado a la lectura. Lo primero que pensé es que no se parecía en nada a mi dormitorio. No era ni la mitad de grande. Había una cama doble encajada bajo la ventana, además de una mecedora acolchada, una lámpara de lectura y una estantería repleta de libros de Betty Friedan, Sylvia Plath, Ursula K. Le Guin y Elizabeth Berg, además de algunos tomos sobre catolicismo, santo Tomás de Aquino y la madre Teresa. Tampoco había un televisor allí, pero había una radio, aunque parecía que tuviera más de cien años, y un reloj antiguo. El armario, si es que merecía ese nombre, tenía apenas treinta centímetros de fondo, y la única manera que se me ocurrió de organizar mi ropa fue plegarla y apilarla en montones verticales en el suelo. No había mesita de noche, ni cajonera, lo que de repente me hizo sentir como si fuera un huésped inesperado que iba a pasar una sola noche, en lugar de los seis meses previstos.

—Me encanta esta habitación —dijo mi tía dando un suspiro, dejando mi maleta en el suelo—. Es tan confortable…

—Es bonita —me obligué a decir. Una vez me dejó sola para deshacer la maleta, me desplomé en la cama, todavía sin poder creer que estuviera allí. En esa casa, en ese lugar, con esa pariente. Miré por la ventana y advertí las planchas de madera de color óxido de la casa del vecino, deseando a cada pestañeo poder ver el estrecho de Puget o las montañas nevadas de la cordillera de las Cascadas, o incluso la costa rocosa y agreste que había conocido toda mi vida. Me acordé de los abetos de Douglas y los cedros rojos, incluso de la niebla y la lluvia. Pensé en mi familia y mis amigos, que bien podrían encontrarse en otro planeta, y el nudo que tenía en la garganta se intensificó aún más. Estaba embarazada y sola, varada en un lugar horrible, y lo único que deseaba era dar marcha atrás al reloj y cambiar el pasado. Todo, los ups, los vómitos, la salida del instituto, el viaje hasta allí. Quería volver a ser una adolescente normal (qué diablos, habría aceptado volver a ser una niña), pero de pronto recordé la marca azul del test de embarazo, y sentí que iba aumentando la presión detrás de los ojos. Puede que fuera fuerte durante el viaje, incluso hasta ese momento, pero cuando abracé a mi osita de peluche contra mi pecho, inhalando su olor familiar, el dique simplemente cedió. No fue un sollozo hermoso como los de las películas de Hallmark; era un llanto furioso, con gemidos y resoplidos que me estremecían y que parecía que no iba a parar nunca.

Mi osita de peluche no era bonita ni había sido cara, pero dormía a mi lado desde que podía recordar. La fina capa de pelo color café aparecía desgastada en algunas partes y uno de los brazos estaba unido por una costura al estilo Frankenstein. Le dije a mi madre que le cosiera un botón cuando se le cayó uno de los ojos, pero ese defecto la hacía aún más especial, porque a veces yo también me sentía defectuosa. En tercero utilicé un rotulador permanente para escribir mi nombre en la planta del pie de la osita y así marcarla como mía para siempre. Cuando era más pequeña solía llevarla conmigo a todas partes, mi propia versión de un arrullo. En una ocasión la dejé por descuido en Chuck E. Cheese, donde se había celebrado una fiesta de cumpleaños de un niño, y cuando llegué a casa lloré tanto que acabé vomitando. Mi padre tuvo que conducir cruzando toda la ciudad para volver allí y recuperarla, y después de aquello estoy bastante segura de que la mantuve aferrada a mí durante casi una semana.

En todos esos años se había rebozado en barro, manchado de salsa de espaguetis y empapado de babas mientras dormía; cuando mi madre decidía que había llegado el momento de lavarla, la ponía junto a mi ropa en la lavadora. Yo me sentaba en el suelo, observando la lavadora y después la secadora, y me la imaginaba dando vueltas entre los pantalones y las toallas, con la esperanza de que no acabara destrozada en el proceso. Pero «osita-Maggie», que era una contracción de «la osita de Maggie», al final salía limpia y todavía caliente. Mi madre me la devolvía y de repente volvía a sentir que no me faltaba nada, como si el mundo volviera a estar en orden.

Cuando fui a Ocracoke, osita-Maggie era la única cosa que sabía con certeza que tenía que venir conmigo.

La tía Linda vino a ver cómo estaba durante mi crisis, pero parecía no saber qué hacer o decir, y aparentemente decidió que seguramente era mejor dejarme resolverlo por mí misma. Me alegré por una parte, pero por otra me sentí triste, porque me hizo sentir aún más aislada de lo que ya estaba.

De alguna manera sobreviví a aquel primer día, y luego el siguiente. Me enseñó una bicicleta que había comprado de segunda mano en un mercadillo, que parecía tener más años que yo, con un sillín cómodo, ancho como para alguien el doble de grande que yo, y una cesta al frente, colgada del enorme manillar. Hacía años que no iba en bici.

—Hice que un joven del pueblo me la arreglara, o sea, que debería funcionar correctamente.

—Genial —fue lo único que conseguí decir.

Al tercer día, mi tía volvió al trabajo y salió de casa mucho antes de que me despertara. Sobre la mesa había dejado una carpeta con mis deberes, y me di cuenta de que ya me estaba quedando atrasada. Nunca había sido una buena estudiante, ni en mis mejores momentos, sino más bien mediocre, y odiaba el momento en que salían las notas. Y si antes no me preocupaba en exceso destacar en los estudios, ahora incluso estaba menos motivada. También me había dejado una nota para recordarme que tenía dos pruebas al día siguiente. Aunque intenté estudiar no conseguía concentrarme, y ya sabía que iba a suspenderlas, lo que al final se cumplió.

Después de eso, quizá porque sentía aún más pena por mí de lo habitual, mi tía pensó que sería buena idea que saliera de casa y me llevó a su trabajo. Era una pequeña cafetería restaurante que ofrecía mucho más que comida. Se especializaba en bollos que se horneaban frescos cada mañana y se servían con salsa de salchicha, o como una especie de sándwich, o como postre. Además de desayunos, también había libros de segunda mano a la venta y se alquilaban videocasetes, se podían enviar paquetes por UPS, se ofrecía la posibilidad de tener buzón de correo, enviar un fax, escanear documentos y hacer fotocopias; y, además, ofrecía los servicios de Western Union. Mi tía era la propietaria, junto a su amiga Gwen, y abría a las cinco de la mañana para que los pescadores pudieran tomar un bocado antes de salir a faenar, lo cual significaba que ya solía estar allí a las cuatro para empezar a cocinar. Me presentó a Gwen, ataviada con un delantal sobre los pantalones vaqueros y una camisa de franela, y con su cabello rubio canoso recogido en una desaliñada cola de caballo. Parecía bastante amable, y aunque solo pasé una hora en el local, tuve la impresión de que se trataban mutuamente como un viejo matrimonio. Podían comunicarse con una simple mirada, predecir lo que la otra necesitaba, y se movían tras el mostrador como si estuvieran bailando.

Había un flujo de trabajo constante pero no excesivo, y me pasé casi todo el rato hojeando los libros usados. Había novelas de misterio de Agatha Christie y wésterns de Louis L'Amour, junto con una nada despreciable selección de libros de autores superventas. También había una hucha para donativos, y mientras estaba allí, una mujer que había ido a tomar un café y un bollo dejó una caja con libros, casi todos ellos novelas románticas. Mientras les echaba un vistazo, pensé que, si mi mes de agosto hubiera sido menos romántico, no me encontraría en ese lío.

El local cerraba a las tres entre semana, y después de que Gwen y la tía Linda salieran a la calle, mi tía me enseñó el pueblo de nuevo con más detenimiento. Nos llevó quince minutos, pero no cambió en lo más mínimo mi primera impresión. Después fuimos a casa, y me recluí en mi cuarto durante el resto del día. Por muy rara que me pareciera la habitación, era el único sitio en el que tenía algo de intimidad cuando la tía Linda estaba en casa. En los momentos en que no estaba haciendo como buenamente podía mis deberes, podía escuchar música, deprimirme y pasar demasiado tiempo reflexionando sobre la muerte, cada vez más convencida de que el mundo y, sobre todo, mi familia, estarían mejor sin mí.

Tampoco estaba muy segura de qué pensar de mi tía. Tenía el pelo corto, gris y unos cálidos ojos color miel, el rostro profundamente marcado por las arrugas. Siempre caminaba con prisas. Nunca se había casado ni tenido hijos, y a veces resultaba un poco mandona. Había sido monja y, aunque había dejado las Hermanas de la Caridad hacía casi diez años, seguía creyendo en la máxima «todo tan limpio como el alma». Tenía que ordenar mi cuarto diariamente, lavar mi ropa y limpiar la cocina antes de que volviera a casa a media tarde, y también después de cenar. Supongo que era lo justo, puesto que estaba viviendo en su casa, pero, por mucho que me esforzara, nunca parecía hacerlo todo lo bien que se esperaba. Nuestras conversaciones al respecto solían ser breves, una afirmación seguida de una disculpa. Más o menos así:

—Las tazas todavía estaban húmedas cuando las pusiste en el armario.

—Perdón.

—Todavía hay migas en la mesa.

—Lo siento.

—Olvidaste usar 409 cuando limpiaste la cocina.

—Perdón.

—Tienes que estirar la colcha de la cama.

—Lo siento.

Debí pedir perdón unas cien veces la primera semana en su casa, y la segunda fue aún peor. Suspendí otra prueba y cada vez aborrecía más las vistas desde el porche. Con el paso del tiempo llegué a pensar que, incluso aunque hubiera estado en una fabulosa isla tropical, las vistas habrían acabado siendo aburridas. Me refiero a que el océano nunca parece cambiar. Cuando lo miras, siempre hay agua. Claro que las nubes pueden ser distintas, y justo antes de la puesta de sol el cielo tal vez brilla con tonos anaranjados y amarillos y rojos, pero ¿qué tiene de bueno ver una puesta de sol cuando no se puede compartir con nadie? Mi tía no era la clase de mujer que parecía apreciar esas cosas.

Y por cierto, estar embarazada era un asco. Seguía sintiéndome indispuesta cada mañana, y a veces me costaba llegar al baño a tiempo. Había leído que algunas mujeres nunca se marean, pero no era mi caso. Llevaba cuarenta y nueve mañanas seguidas devolviendo y tenía la sensación de que mi cuerpo quería batir algún tipo de récord.

Lo único positivo de vomitar era que no había engordado mucho, tal vez un kilo como máximo a mediados de noviembre. Francamente, no quería engordar, pero mi madre me había comprado el libro *Qué se puede esperar cuando se está esperando*, y aunque solo lo hojeé a regañadientes una noche, aprendí que muchas mujeres solo ganan un kilo o dos el primer trimestre, lo cual hacía que mi caso no fuera tan especial. Después de eso, se engordaba medio kilo de media por semana, hasta justo antes del parto. Cuando hice el cálculo, serían unos catorce kilos más para mi complexión más bien pequeña, y me di cuenta de que mis abdominales probablemente quedarían reemplazados por un barril. Aunque tampoco es que antes tuviera un abdomen de tabla de lavar.

Aún peor que los vómitos eran las hormonas enloquecidas, lo cual en mi caso significaba acné. Por mucho que me lavara la cara, los granos erupcionaban en mis mejillas y en la frente como constelaciones en el cielo nocturno. A Morgan, mi perfecta hermana mayor, no le había salido un grano en la vida, y cuando me miraba en el espejo, pensaba que podría haberle dado una decena de los míos y todavía su piel tendría mejor aspecto que la mía. Aun así seguramente seguiría siendo gua-

49

pa, lista y popular. En casa nos llevábamos bien, aunque cuando éramos más pequeñas habíamos estado más unidas, pero en el instituto mantenía las distancias y prefería la compañía de sus propios amigos. Sacaba todo sobresalientes, tocaba el violín y salía en no uno, sino dos anuncios de televisión para unos grandes almacenes de la ciudad. Si a alguien le puede parecer fácil que me comparasen con ella durante toda la infancia, debería replanteárselo. Y encima con el embarazo, estaba bastante claro por qué era de lejos la favorita de mis padres. Francamente, creo que también hubiera sido mi hija preferida.

Para el Día de Acción de Gracias estaba oficialmente deprimida. Eso le sucede, por cierto, aproximadamente a un siete por ciento de las embarazadas. Entre los vómitos, los granos y la depresión, había hecho triplete. Era una suertuda. Me estaba quedando atrás en los estudios y la música de mi *walkman* era cada vez más triste. Incluso Gwen intentó sin éxito animarme. Había llegado a conocerla un poco mejor desde que nos presentamos por primera vez (venía a cenar dos veces por semana) y me había preguntado si quería ver el desfile del Día de Acción de Gracias de Macy's. Trajo un pequeño televisor y lo puso en la cocina, y aunque para entonces ya casi se me había olvidado qué aspecto tenía semejante aparato, no consiguió tentarme para que abandonara mi cuarto. En lugar de eso, me quedé sola intentando no llorar mientras imaginaba a mi madre y a Morgan preparando el relleno o haciendo pasteles en la cocina, y a mi padre en la butaca disfrutando del partido de fútbol. Aunque mi tía y Gwen hicieron una comida similar a la que solía cocinar mi familia, simplemente no era lo mismo, y apenas tenía apetito.

También pensaba mucho en mis mejores amigas, Madison y Jodie. No me habían dejado contarles la verdad sobre mi marcha; en vez de eso, mis padres le habían dicho a todo el mundo, incluidos los padres de Madison y Jodie, que me había ido a vivir con mi tía en un lugar remoto debido a su «delicado estado de salud», y que mi disponibilidad para atender el teléfono era «limitada». Sin duda habían hecho que sonara como si me hubiera ofrecido voluntaria para ayudar a la tía Linda, siendo como era una persona tan altruista. Sin embargo, para evitar que se descubriera la mentira, se suponía que no debía hablar con mis amigas mientras estaba fuera. No tenía móvil (en aquella época pocos jóvenes disponían de uno), y cuando mi tía se iba a trabajar, se llevaba el cable del teléfono fijo con ella, lo cual supongo que convertía en verdad lo de que tenía disponibilidad «limitada» para atender el teléfono, en la misma medida en que era cierto lo del «delicado estado de salud». Me di cuenta de que mis padres podían ser igual de taimados que yo, lo cual era toda una revelación.

Creo que fue más o menos en aquella época cuando mi tía empezó a preocuparse por mí, aunque intentaba minimizar su inquietud. Mientras comíamos las sobras del Día de Acción de Gracias, mencionó en tono indiferente que últimamente no parecía especialmente vivaracha. Esa fue la palabra que usó: «vivaracha». Se había relajado un poco en cuanto a la limpieza también, o tal vez eso se debía a que estaba limpiando mejor, pero, por la razón que fuera, no se quejaba tanto en los últimos tiempos. Estaba segura de que se estaba esforzando por entablar conversación.

—¿Estás tomando tu vitamina prenatal?

—Sí —respondí—. Está rica.

—En un par de semanas irás al ginecólogo en Morehead City. He concertado la cita esta mañana.

—Genial —dije. Removí la comida que había en el plato, con la esperanza de que no advirtiera que no estaba comiendo.

—La comida en realidad tiene que entrar en la boca —dijo—. Y luego tienes que tragártela.

Creo que estaba intentando ser graciosa, pero yo no estaba de humor, de modo que simplemente me encogí de hombros.

—¿Quieres que te prepare otra cosa?

—No tengo tanta hambre.

Apretó los labios antes de recorrer con la mirada la sala, como si estuviera buscando las palabras mágicas que volverían a ponerme vivaracha.

—Oh, se me olvidó preguntarte: ¿llamaste a tus padres?

—No. Iba a hacerlo antes, pero te llevaste el cable.

—Podrías llamarles después de cenar.

—Supongo que sí.

Blandió el cuchillo para cortar un poco de pavo.

—¿Cómo vas con los estudios? —preguntó—. Vas atrasada con los deberes y las pruebas no te han salido demasiado bien últimamente.

—Me estoy esforzando —respondí, aunque en realidad no era cierto.

—¿Qué hay de las matemáticas? ¿Te acuerdas de que tienes unos cuantos exámenes importantes justo antes de las vacaciones de Navidad?

—Odio las mates, y la geometría es absurda. ¿Por qué importa si sé cómo medir el área de un trapecio? No es que vaya a necesitar usar eso en la vida real.

La oí suspirar. Volvió a mirar a su alrededor.

—¿Has redactado el trabajo de Historia? Creo que también hay que entregarlo la semana que viene.

—Ya está casi listo. —mentí. Me habían mandado hacer una reseña sobre Thurgood Marshall, pero ni siquiera había empezado.

Podía sentir sus ojos posados en mí, preguntándose si debía creerme o no.

52

Aquella noche volvió a intentarlo.

Estaba en la cama con osita-Maggie. Me había retirado a mi cuarto después de cenar, pero ahora mi tía estaba ahí de pie, ya en pijama.

—¿Se te ha ocurrido salir a tomar el aire? —preguntó—. Por ejemplo, ¿dar un paseo o dar una vuelta en bici antes de empezar a hacer los deberes por la mañana?

—No sé adónde ir. Casi todo está cerrado en invierno.

—¿Y la playa? Es un lugar tranquilo en esta época del año.

—Hace demasiado frío para ir a la playa.

—¿Cómo lo sabes? No has salido en días.

—Eso es porque tengo demasiados deberes y demasiadas labores domésticas.

—¿Has pensado en intentar conocer personas de tu edad? ¿Hacer amigos?

Al principio no estaba segura de haber oído bien.

—¿Hacer amigos?

—¿Por qué no?

—Porque nadie de mi edad vive aquí.

—Claro que sí. Te enseñé la escuela.

El pueblo tenía una sola escuela para los niños desde educación infantil a la secundaria; habíamos pasado al lado cuando hicimos el recorrido por la isla. No era como el colegio de una sola aula que había visto en las reposiciones de *La casa de la pradera*, pero tampoco era mucho más grande.

—Supongo que podría ir al paseo marítimo, o tal vez a los bares. Ah, no, Ocracoke tampoco tiene nada de eso.

—Solo digo que igual te iría bien hablar con alguien aparte de mí o Gwen. No es sano estar tan aislada.

«No me cabe la menor duda», pensé. Pero lo cierto es que no había visto ni un solo adolescente en Ocracoke desde mi llegada, y... Ah, sí, estaba embarazada, lo cual se suponía que era un secreto, entonces, ¿qué sentido tendría buscar otros jóvenes de todos modos?

—Estar aquí no es positivo para mí, pero eso no parece importarle a nadie.

Se recolocó el pijama, como si estuviera buscando palabras en la tela, y decidió cambiar de tema.

—He pensado que quizá sería buena idea que tuvieras un profesor particular —prosiguió—. En todo caso para Geometría, aunque tal vez también para las demás materias. Para revisar tu trabajo de Historia, por ejemplo.

—¿Un profesor particular?

—Creo que conozco a la persona perfecta.

De pronto me visualicé a mí misma sentada al lado de un vejestorio que olería a Old Spice y naftalina, y al que le gustaría hablar de los viejos buenos tiempos.

—No quiero un profesor particular.

—Los exámenes finales son en enero, y tienes muchas pruebas en las próximas tres semanas, algunas importantes. Les prometí a tus padres que haría todo lo que estuviera en mi mano para que no tengas que repetir tu segundo año en el instituto.

Odiaba que los adultos usaran eso de la lógica y la culpa, así que inicié la retirada hacia lo que era obvio.

—Lo que tú digas.

Alzó una ceja y permaneció en silencio.

—No olvides que el domingo iremos a la iglesia —dijo finalmente.

53

«¿Cómo podría olvidarlo?»

—Lo tengo presente —mascullé.

—Tal vez podríamos comprar un árbol de Navidad a la salida.

—Genial —dije, pero lo único que deseaba en realidad era taparme la cabeza bajo las sábanas con la esperanza de que eso la impulsara a abandonar su lugar bajo el umbral. Pero no fue necesario; tía Linda se dio la vuelta y se fue. Poco después oí cómo cerraba la puerta de su dormitorio y supe que estaría sola el resto de la noche, con mis oscuros pensamientos como única compañía.

Por muy horrible que fuera el resto de la semana, los domingos eran lo peor de lo peor. En Seattle no me importaba ir a la iglesia porque había una familia con cuatro chicos, los Taylor, todos ellos mayores que yo, el más joven tenía como mínimo un año más. Eran la perfecta banda de chicos, con dientes blancos y el pelo que siempre parecía peinado con secador. Al igual que nosotros se sentaban en el primer banco, ellos siempre a la izquierda y nosotros a la derecha, y yo los miraba a hurtadillas aunque se suponía que estaba rezando. No podía evitarlo. Desde que tengo memoria, siempre estaba locamente enamorada de uno u otro, aunque nunca llegué a hablar con ninguno de ellos. Morgan tuvo mejor suerte; Danny Taylor, uno de los hermanos medianos, que en esa época era un jugador de fútbol bastante bueno, la llevó a tomar un helado un domingo después de la iglesia. Yo entonces estaba en octavo, y sentí unos celos terribles de que se lo hubiera pedido a ella y no a mí. Recuerdo que me quedé esperando sentada en mi habitación y mirando fijamente el reloj, viendo cómo pasaban los minutos; cuando Morgan por fin volvió a casa, le supliqué que me explicara cómo era Danny. Morgan, en su línea, simplemente se encogió de hombros y dijo que no era su tipo, lo que hizo que deseara estrangularla. Morgan hacía que los chicos casi babearan al verla simplemente caminar por la calle, o tomando un refresco de cola en la zona de restauración del centro comercial del barrio.

El caso es que en Seattle había algo interesante que ver

en la iglesia, más concretamente cuatro «algos» muy guapos, y eso hacía que el tiempo pasase rápido. Aquí, en cambio, la iglesia no era solo una obligación, sino un evento de todo el día. No había iglesia católica en Ocracoke; la más cercana era la de Saint Egbert en Morehead City, y eso significaba que había que tomar el ferri de las siete de la mañana. El ferri solía tardar dos horas y media en llegar a la isla Cedar, y desde allí había que conducir cuarenta minutos más hasta la iglesia. El servicio era a las once, lo cual quería decir que teníamos que esperar otra hora hasta que empezara, y la misa duraba hasta mediodía. Por si eso no fuera suficiente, el ferri de regreso a Ocracoke no salía hasta las cuatro de la tarde, y eso significaba que teníamos que seguir matando el tiempo.

Por supuesto, después de la misa, comíamos con Gwen, que siempre venía con nosotras. Al igual que mi tía, había sido monja, y para ella asistir al servicio el domingo era lo mejor de la semana. Era amable, sin duda, pero si se pregunta a cualquier adolescente si le gustaría salir a comer con dos exmonjas de cincuenta años, se puede adivinar la respuesta. Después íbamos a comprar, pero no era divertido como en el centro comercial del paseo marítimo de Seattle. Me llevaban a un Wal-Mart de alimentos al por mayor (o sea, para comprar harina, manteca, huevos, beicon, salchichas, queso, suero de leche, distintas clases de café y otros ingredientes para hornear); después visitábamos mercadillos donde buscaban libros a buen precio de autores superventas y escogían películas en videocasete para alquilarlas luego en Ocracoke. Si a eso sumábamos el trayecto en ferri por la tarde, eso significaba que no volvíamos a casa hasta casi las siete, mucho después del ocaso.

Doce horas. Doce largas horas. Solo para poder asistir al oficio en la iglesia.

Cabe decir, por cierto, que había un millón de maneras mejores de pasar un domingo, pero hete aquí que cuando estaba amaneciendo me encontraba esperando en el muelle con la chaqueta abrochada hasta la barbilla, saltando de un pie a otro, mientras el aire gélido hacía que pareciera que estuviéramos fumando cigarrillos invisibles. Entretanto, mi tía y Gwen se susurraban cosas al oído, riendo, con aspecto feliz, segu-

55

ramente porque no estaban sirviendo bollos y café antes del alba. Llegado el momento, mi tía subía con el coche al ferri, donde esperaba aparcado junto a una decena de vehículos más.

Desearía poder decir que el trayecto era placentero, o interesante, pero no era así, sobre todo en invierno. No había nada que ver a menos que una disfrutase mirando fijamente el cielo gris y el agua aún más gris, y si hacía frío en el muelle, en el ferri era cincuenta veces peor. El viento parecía atravesarme, y no habían transcurrido ni cinco minutos cuando mi nariz empezaba a gotear y las orejas se me ponían de color rojo escarlata. Gracias a Dios había una cabina de gran tamaño en el centro del ferri, en la que era posible guarecerse del mal tiempo, con un par de máquinas que ofrecían tentempiés y unos cuantos asientos, y allí era donde solían acomodarse Gwen y mi tía. Yo me iba al coche y me tumbaba en el asiento trasero, mientras deseaba estar en cualquier otro sitio y pensaba en el lío en que me había metido.

El día después de que mi madre me hiciera orinar sobre el test de embarazo, fuimos a ver a la doctora Bobbi, que debía tener diez años más que mi madre. Fue la primera vez que iba a un médico que no fuera un pediatra. El nombre real de la doctora Bobbi era Roberta, y era ginecóloga. Ella me había traído al mundo, y también a mi hermana, de modo que con mi madre se conocían desde hacía tiempo, y estoy bastante segura de que mamá se sentía avergonzada por el motivo de nuestra visita. Una vez la doctora Bobbi confirmó mi embarazo, me hizo una ecografía para comprobar que el bebé estuviera bien. Me subí la camiseta, uno de sus ayudantes me puso una sustancia viscosa en la barriga, y pude escuchar el latido. Fue bonito y absolutamente aterrador a la vez, pero lo que más recuerdo es cuán surrealista parecía todo, y cuánto deseaba que todo fuera simplemente una pesadilla.

Pero no era un sueño. Como era católica, el aborto ni siquiera era una alternativa, y cuando supimos que todo estaba en orden, la doctora Bobbi nos dio una charla. Nos aseguró a ambas que yo era lo suficientemente madura físicamente para llevar a buen término el embarazo, pero el componente emocional era otra historia. Dijo que iba a necesitar mucho apoyo, en parte porque se trataba de un embarazo inesperado, pero sobre todo porque todavía era una adolescente. Además de sentirme deprimida, podría sentir rabia y decepción. La doctora Bobbi nos avisó de que también era probable que me sintiera desligada de las amistades, lo que lo haría todo mucho más difícil. Si con posterioridad hubiera podido ponerme en contacto con la doctora Bobbi, le habría dicho que había acertado en todo.

Con la charla todavía como un eco en mis oídos, mi madre me llevó a un grupo de apoyo para adolescentes embarazadas en Portland, Oregón. Estoy segura de que había grupos de apoyo similares en Seattle, pero no quería que ningún conocido se enterase accidentalmente, y mis padres tampoco. De modo que, después de casi tres horas en el coche, me encontraba en el cuarto trasero de una asociación cristiana para jóvenes, donde me senté en una de las sillas plegables que habían dispuesto en círculo. Había otras nueve chicas, algunas de las cuales parecían estar intentando pasar sandías de contrabando escondidas debajo de la camiseta.

La persona a cargo de la reunión, la señorita Walker, era una trabajadora social, y nos hizo presentarnos una a una. Después se suponía que debíamos hablar de nuestros sentimientos y experiencias. Lo que pasó en realidad es que las demás chicas hablaron de sus sentimientos y experiencias, mientras yo simplemente guardaba silencio.

De veras que fue lo más deprimente del mundo. Una de las chicas, aún más joven que yo, comentó cuánto habían empeorado sus hemorroides, mientras que otra habló largo y tendido de cuánto le dolían los pezones, para después levantarse la camiseta y mostrarnos las estrías. Casi todas seguían yendo al instituto, aunque no todas, y comentaban la vergüenza que sentían cada vez que tenían que pedir al profesor que las dejase ir al baño, a veces hasta dos y tres veces en una sola clase. Todas ellas se quejaban de que el acné había empeorado. Dos de ellas habían dejado los estudios, y aunque ambas decían que su intención era volver al instituto, no creo que nadie las creyera. Todas habían perdido amigos, y a una la habían echado de casa y ahora vivía con sus abuelos. Solo una de ellas, una guapa chica mexicana que se llamaba Sereta, mantenía contacto con el padre de la criatura, y aparte de ella, ninguna iba a casarse. Todas pensaban criar a sus bebés con ayuda de su familia, excepto yo.

Cuando acabó la reunión, mientras caminábamos hacia el coche, le dije a mi madre que nunca volvería a asistir. Se suponía que eso debería ayudarme y hacerme sentir menos sola, pero me hizo sentir exactamente lo contrario. Lo que yo quería simplemente era que acabara todo lo antes posible para recuperar mi vida anterior, o sea, lo mismo que deseaban mis padres. Eso era, por supuesto, lo que les hizo tomar la decisión de enviarme aquí, y aunque me aseguraron que era por mi propio bien, y no del suyo, no acababa de creerles.

Después de la misa, la tía Linda y Gwen me arrastraron por la rutina «almuerzo/tienda de comestibles/mercadillo» antes de dirigirse a un solar de gravilla cercano a una ferretería, en el que había tantos árboles de Navidad a la venta que parecía un bosque en miniatura. Mi tía y Gwen intentaban que disfrutara de la experiencia y no paraban de pedirme mi opinión; por mi parte, me limité a encogerme de hombros con frecuencia, y al final les dije que eligieran el que quisieran, puesto que de todos modos a nadie parecía importarle lo que yo pensaba, por lo menos en lo relativo a las decisiones que afectaban a mi vida.

En algún momento entre el sexto o el séptimo árbol, tía Linda dejó de preguntarme, y al final escogieron sin mí. Una vez pagado el árbol, observé cómo dos hombres ataviados con monos de trabajo lo ataban a la baca del vehículo, al que después nos subimos.

No sé por qué razón, el trayecto de regreso al ferri me recordó el del aeropuerto en mi última mañana en Seattle. Tanto mi madre como mi padre me habían acompañado para despedirse, lo cual era un tanto sorprendente, ya que mi padre apenas había sido capaz de mirarme desde que supo que estaba embarazada. Me llevaron hasta la puerta y esperaron hasta que llegó la hora de embarcar. Ambos estaban muy callados, y yo tampoco es que dijera gran cosa. Pero a medida que se acercaba la hora de salida, recuerdo que le dije a mi madre que tenía miedo. Lo cierto es que estaba tan aterrorizada que habían empezado a temblarme las manos.

Había mucha gente a nuestro alrededor y ella debió de notar mis estremecimientos, porque me tomó de las manos y me las apretó con fuerza. Luego me llevó a una zona menos concurrida, para tener un poco de privacidad.

—Yo también tengo miedo.

—¿Por qué? —pregunté.

—Porque eres mi hija. No hago más que preocuparme por ti. Y lo que ha ocurrido es… un suceso desafortunado.

«Desafortunado.» Últimamente usaba mucho esa palabra. Acto seguido, me recordaba que debía irme por mi propio bien.

—No quiero irme —respondí.

—Ya lo hemos hablado —replicó—. Sabes que es por tu propio bien.

«Bingo.»

—No quiero dejar a mis amigas. —A esas alturas, fueron las únicas palabras que conseguí decir, con la voz sofocada—. ¿Y si la tía Linda me odia? ¿Y si me pongo enferma y tengo que ir al hospital? Ni siquiera tienen un hospital.

—Tus amigas seguirán aquí cuando vuelvas —me aseguró—. Y ya sé que parece mucho tiempo, pero mayo llegará mucho antes de que te des cuenta. En cuanto a Linda, cuando estaba en el convento solía ayudar a chicas que igual que tú se quedaban embarazadas. ¿Te acuerdas de que te lo conté? Te cuidará. Te lo prometo.

—Ni siquiera la conozco.

—Tiene buen corazón —dijo mi madre—, si no, no irías allí. En cuanto al hospital, tu tía sabrá qué hacer. Pero aún en el peor de los casos su amiga Gwen es una comadrona cualificada. Ha traído al mundo a montones de bebés.

No estaba segura de que eso me hiciera sentir mejor.

—¿Y si el pueblo me parece horrible?

—¿Cómo puede ser tan malo? Está justo en la playa. Y, además, te acuerdas de nuestra conversación, ¿no? Que a corto plazo tal vez sería más fácil si te quedaras, pero en el futuro seguramente te complicaría la vida.

Se refería a las habladurías, no solo las que me afectarían a mí, sino también a mi familia. Aunque ya no estábamos en la década de los cincuenta, los embarazos en adolescentes no casadas seguían estando estigmatizados; incluso yo misma tenía que admitir que ser mamá a los dieciséis era demasiado pronto. Si se corría la voz, para los vecinos, los compañeros de clase y los demás feligreses, siempre sería «esa chica». Para ellos siempre sería «esa chica» que se quedó embarazada después del primer año de instituto. Tendría que soportar sus miradas moralizantes y su condescendencia; tendría que ignorar las murmuraciones al pasar a su lado por los pasillos. La fábrica de rumores produciría una profusión de preguntas sobre quién adoptó el bebé, o si querría volver a ver al niño en el futuro. Aunque no me lo dirían a la cara, se preguntarían por qué no me había preocupado de usar algún método anticonceptivo, o por qué no insistí en que se pusiera un preservativo; sabía que muchos padres (incluidos los amigos de la familia) me utilizarían como ejemplo ante sus propios hijos, refiriéndose a mí como «esa chica», aquella que tomó malas decisiones. Y todo eso caminando como un pato por los pasillos y con necesidad de orinar cada diez minutos.

Claro está que mis padres me habían hablado de todo ello muchas veces. Mi madre se daba cuenta, sin embargo, de que yo no tenía ganas de repetir la conversación, y entonces cambiaba de tema. Solía hacerlo con frecuencia cuando no quería discutir, sobre todo si estábamos en público.

—¿Te lo has pasado bien en tu cumpleaños?

—Estuvo bien.

—¿Solo bien?

—Estuve vomitando toda la mañana. Me resultó un poco difícil entusiasmarme.

Mi madre juntó las manos.

—Aun así, me alegro de que tuvieras la posibilidad de visitar a tus amigas.

No hacía falta que añadiera: «Porque será la última vez que las verás en mucho, mucho tiempo».

—No me puedo imaginar que no voy a poder estar en casa por Navidad.

—Estoy segura de que la tía Linda hará que también sea especial.

—Pero no será lo mismo —me quejé.

—No —admitió mi madre—. Seguramente no. Pero iremos a verte en enero y será estupendo.

—¿Vendrá papá?

Mi madre tragó saliva.

—Tal vez —respondió.

«Lo cual significa que tal vez no», pensé. Les había oído hablar sobre el tema, pero mi padre no se había comprometido. Si ahora apenas podía soportar mirarme, ¿cómo se sentiría cuando mi cuerpo estuviera esforzándose en personificar un Buda femenino?

—Desearía no tener que irme.

—A mí también me gustaría que no tuviera que ser así —dijo—. ¿Quieres hablar con tu padre un momento?

«¿No deberías preguntarle tú a él si quiere hablar conmigo?» Pero de nuevo me guardé para mí la pregunta. ¿Qué sentido tenía hacérsela?

—No pasa nada —respondí—. Es solo que…

Al no acabar la frase, mi madre me ofreció una mirada empática. Y, curiosamente, a pesar de que tanto ella como mi padre se estaban deshaciendo de mí, tuve la sensación de que realmente se sentía mal al respecto.

—Sé que todo esto es muy difícil —susurró.

Me sorprendió al rebuscar en el bolso para sacar un sobre que me entregó. Estaba lleno de dinero, y me pregunté si mi padre estaría al corriente. No es que a mi familia le sobrara el dinero, pero mi madre no me dio ninguna explicación. En lugar de eso, permanecimos juntas sentadas unos cuantos minutos más hasta que nos llegó el aviso de embarque. Antes de subir, mis padres me abrazaron, pero incluso en ese momento, mi padre miró hacia otra parte.

No había pasado ni un mes, pero ya tenía la sensación de que mi vida era completamente distinta.

61

En el trayecto de regreso en el ferri hacía casi tanto frío como por la mañana, y el gris del cielo se había convertido en un azul casi brillante. Había decidido quedarme en el coche un rato, aunque las compras hacían imposible que me tumbara en el asiento de atrás. Intentaba hacerme la mártir, ya que ni la tía Linda ni Gwen parecían comprender que, a pesar del árbol de Navidad, los domingos seguían siendo lo peor.

—Como quieras —había dicho mi tía encogiéndose de hombros después de que hubiera rechazado su ofrecimiento de acompañarlas a la cabina. Ambas habían salido del coche y subido las escaleras que conducían al nivel superior, y enseguida desaparecieron de mi vista. De algún modo, aunque estaba incómoda, conseguí conciliar el sueño, y me desperté pasada una hora. Encendí mi *walkman* y escuché música durante otra hora hasta que se acabaron las pilas y se hizo de noche, y no pasó mucho tiempo hasta que empecé a sentirme agarrotada y aburrida. A través de la ventana, bajo las brillantes luces del ferri, pude ver a unos cuantos hombres mayores congregados al lado de los coches, con el mismo aspecto que solían tener los pescadores, y probablemente lo fueran. Al igual que mi tía y Gwen, al final subieron a la cabina.

Me removí en el asiento y sentí la llamada de la naturaleza. De nuevo. Por sexta o séptima vez ese día, aunque apenas había bebido nada. Olvidé mencionar que mi vejiga se había transformado de repente: de ser algo en lo que casi nunca había reparado a un órgano hipersensible y altamente inoportuno, que hacía imperativo saber exactamente dónde podía encontrar un aseo en todo momento. Las células de mi vejiga empezaban de pronto y sin previo aviso a vibrar de forma histérica con el mensaje «Tienes que vaciarme en este mismo instante, o si no...», y había aprendido que no tenía otra opción. «¡Si no...!» Si Shakespeare hubiera intentado describir la urgencia de la situación, seguramente habría escrito: «Orinar o no orinar..., esa nunca es la cuestión».

Salí del coche, subí corriendo los escalones y entré en la cabina, donde vagamente advertí que mi tía y Gwen estaban charlando con alguien en una de las mesas. Encontré el servicio rápidamente, y por suerte no estaba ocupado, pero cuando me disponía a volver a la salida, tía Linda me hizo una seña para que me uniera a ellas. En lugar de eso bajé la cabeza y salí de la cabina. Lo último que me apetecía era mantener otra conversación con adultos. Mi primer instinto tras bajar la escalera fue dirigirme al coche de nuevo. Pero hacerme la mártir no estaba surtiendo efecto y las pilas del *walkman* se habían muerto, así que ¿para qué volver al coche? En vez de eso decidí explorar, con la idea de matar algo de tiempo. Me imaginé que probablemente debía quedar media hora hasta que el ferri atracara (ya podían verse las luces de Ocracoke en la distancia), pero desafortunadamente el recorrido turístico no fue mucho más interesante que en Pamlico Sound. Estaba la cabina situada en el centro, los coches aparcados en la cubierta inferior y lo que supuse era la sala de control, donde estaba el capitán, justo encima de la cabina, y adonde estaba prohibido subir. No obstante, sí advertí que había unos cuantos bancos vacíos hacia la proa, y sin nada mejor que hacer, me dirigí hacia allí.

No tardé mucho en darme cuenta de por qué estaban vacíos. El aire era gélido, el viento parecía traer consigo agujas que se clavaban en la piel, y aunque me metí las manos en los bolsillos de la chaqueta, todavía podía notar que temblaban. A ambos lados avisté las crestas de pequeñas olas en medio de las oscuras aguas del océano, breves destellos que parecían centellear, pero la visión de aquellas olas de poca altura me hizo pensar en él, aunque no es lo que quería.

J., el chico que me metió en este lío.

¿Qué podría decir de él? Era un surfista de diecisiete años de California del Sur, guapo y moreno, que estaba pasando el verano en Seattle con un primo que resultó ser amigo de una de mis amigas. La primera vez que le vi fue en una pequeña fiesta a finales de junio, aunque no era de esas sin la presencia de padres, ríos de alcohol y humo de marihuana saliendo por debajo de las puertas de los dormitorios. Mis padres me habrían matado. Ni siquiera era en una casa, sino en el lago Sammamish, y mi amiga Jodie conocía al primo de J., quien le trajo consigo. Jodie me convenció de que fuera, aunque yo no tenía muchas ganas, pero en cuanto llegué, no tardé ni dos segundos en advertir su presencia. Tenía el pelo largo, rubio, hombros anchos y estaba muy moreno, en un tono casi imposible para mí; mi piel prefería imitar a una brillante manzana roja cuando se veía expuesta al sol. Incluso de lejos pude ver cada músculo de su abdomen, como si fuera una especie de exhibición de anatomía humana viviente.

Estaba hablando con una chica de último año de uno de los institutos públicos que me pareció reconocer vagamente, Chloe, aunque en realidad no la conocía, y que también era guapísima. Era obvio que estaban juntos; estaba segurísima, no podía evitar darme cuenta, puesto que se estaban besando y básicamente uno encima del otro. Pero eso no me impidió seguir mirándolo desde mi toalla el resto de la tarde, casi del mismo modo en que me comía con los ojos a los Taylor en la iglesia. Tengo que admitirlo, en los últimos tiempos me había obsesionado un poco por los chicos.

Todo debería haber acabado ahí, pero, curiosamente, no fue así. Debido a mi amistad con Jodie, volví a verlo el Cuatro de Julio, y esa sí que fue una fiesta nocturna, obviamente por los fuegos artificiales, pero había muchos padres presentes. Y de nuevo un par de semanas después en el centro comercial. Siempre estaba con Chloe y parecía no advertir mi presencia en absoluto.

Pero entonces llegó el sábado 19 de agosto.

¿Qué puedo decir? Acababa de ver con Jodie *La Jungla de Cristal 3: la venganza*, aunque ya la había visto antes, y después fuimos a su casa. Esta vez sus padres no estaban. Su primo había venido con J., pero Chloe no. Por alguna razón, J. y yo acabamos hablando en el porche trasero y, como si fuera un milagro, parecía interesado en mí. También fue más amable de lo que esperaba. Me habló de California, me preguntó por mi vida en Seattle, y al final mencionó de pasada que él y Chloe habían roto. Poco después me besó, y era tan guapo que, simplemente, perdí el control. En resumen, acabé en el asiento de atrás del coche de su primo. No tenía la intención de tener relaciones sexuales con él, pero, seguramente como todo el mundo a mi edad, tenía curiosidad, ya sabemos a qué me refiero. Quería saber qué tenía eso de maravilloso. No me forzó. Simplemente pasó, y en menos de cinco minutos había acabado todo.

Después siguió siendo amable. Cuando me iba para llegar a tiempo a casa antes de mi hora límite, las once, me acompañó hasta el coche y volvió a besarme. Me prometió volver a llamarme, pero no lo hizo. Tres días después, le vi abrazado a Chloe, y cuando se besaron, me giré antes de que pudiera verme, sintiendo la garganta como si acabara de tragar papel de lija.

Más adelante, cuando supe que estaba embarazada, le llamé a su casa en California. Jodie consiguió su número gracias a su primo; J. no me lo había dado, y cuando le dije quién era, pareció no acordarse de mí. Solo cuando le recordé lo que había pasado le vino a la memoria el tiempo que pasamos juntos, pero incluso entonces tuve la sensación de que no tenía la menor idea de qué habíamos hablado, ni siquiera de qué aspecto tenía. A eso hay que sumar que me preguntó por qué le llamaba, en un tono más bien enfadado, y no hacía falta sacar la mejor puntuación en un test de aptitud para darse cuenta de que yo no le interesaba lo más mínimo. Aunque mi intención era decirle que estaba embarazada, colgué antes de contárselo, y nunca más volví a hablar con él.

Mis padres no sabían nada de eso, por cierto. Me negué a contarles nada del padre, lo agradable que parecía al principio, ni siquiera que me había olvidado por completo. Eso no habría cambiado nada, y para entonces ya sabía que daría al bebé en adopción.

Hay otra cosa que tampoco les conté.

Tras aquella llamada que hice a J., me sentí estúpida, y por muy decepcionados y enfadados que estuvieran mis padres, yo me sentía aún peor conmigo misma.

Mientras estaba sentada en el banco, con las orejas rojas y la nariz empezando a gotear, vi algo que se movía con el rabillo del ojo. Me di la vuelta y vi a un perro trotando con un envoltorio de Snickers en la boca. Era casi igual que Sandy, mi perra en Seattle, tal vez un poco más pequeño.

Sandy era un cruce de golden retriever y labrador, y parecía que nunca dejaba de mover la cola. Sus ojos, de un suave color caramelo, eran muy expresivos; de haber intentado jugar al póquer, lo habría perdido todo porque sería incapaz de tirarse un farol. Siempre sabía exactamente qué estaba sintiendo. Si la alababa por algo, sus ojos brillaban de alegría; si estaba disgustada, mostraban de lleno compasión. Hacía nueve años que formaba parte de la familia, desde que estaba en primero de primaria, y casi siempre había dormido a los pies de mi cama. Ahora solía dormir en la sala de estar porque sus caderas empezaban a fallar y le costaba subir escaleras. Pero, aunque le estaban saliendo canas en el hocico, sus ojos no habían cambiado nada. Seguían expresando la misma dulzura, especialmente cuando le acariciaba la peluda cabeza con las manos. Me preguntaba si se acordaría de mí cuando volviera a casa. Por supuesto, eso era una tontería. Sandy no podría olvidarme nunca. Siempre me querría.

¿Verdad?

«¿Verdad?»

La nostalgia hizo que acudieran las lágrimas a mis ojos. Me los restregué con las manos, pero mis hormonas volvieron a aflorar, insistiendo en que ¡ECHABA TANTO DE MENOS A SANDY! Sin pensar, abandoné el banco. Vi al doble de Sandy trotando hacia un tipo sentado cerca del final de la cubierta en una tumbona, con las piernas estiradas. Llevaba una chaqueta de color verde oliva y advertí que tenía al lado una cámara montada en un trípode.

Me detuve en seco. Por mucho que quisiera ver y, sí, también acariciar al perro, no estaba segura de si quería entablar una conversación forzada con el propietario, sobre todo si se daba cuenta de que había estado llorando. Estaba a punto de dar media vuelta cuando el chico murmuró algo al perro. Observé al perro mientras retrocedía y trotaba hacia una papelera, en la que se apoyó subido a sus patas traseras y cuidadosamente depositó el envoltorio de Snickers.

Parpadeé sorprendida, pensando «Guau, eso es bastante chulo».

El perro regresó al lado de su amo, se acomodó, y estaba a punto de cerrar los ojos cuando el hombre dejó caer un vaso de papel vacío sobre la cubierta. El perro se levantó rápidamente, cogió el vaso y lo dejó en la basura antes de volver a su sitio. Poco después volvió a caer otro vaso al suelo, y no me pude contener.

—¿Qué estás haciendo? —pregunté al final.

El hombre se giró y solo entonces me di cuenta de mi error de cálculo. No era un hombre, sino más bien un adolescente, quizás uno o dos años mayor que yo, con el pelo de color chocolate y ojos oscuros que chispeaban divertidos. La chaqueta, confeccionada con lona de color verde oliva con intrincadas costuras, era curiosamente elegante, especialmente para ese lugar del mundo. Enarcó una ceja, y tuve la incómoda sensación de que me estaba esperando. En medio del silencio, me embargó el asombro al pensar que mi tía estaba en lo cierto. En verdad había alguien de mi edad en la zona, o como mínimo se encontraba de camino a Ocracoke. La isla no estaba únicamente habitada por pescadores y exmonjas, o mujeres mayores que comían bollos y leían novelas románticas.

El perro también parecía examinarme. Alzó las orejas y movió la cola con fuerza, la suficiente como para que se oyeran los golpes en las piernas del chico. Pero a diferencia de Sandy, que amaba a todo el mundo inmediata e intensamente, y habría venido trotando a saludarme, de nuevo puso su atención en el vaso para repetir velozmente su actuación anterior y depositarlo en la papelera.

Entretanto, el chico no dejaba de observarme. Aunque estaba sentado, pude ver que era musculoso, esbelto y guapo, pero mi fase de volverme loca por los chicos prácticamente se había desvanecido desde que la doctora Bobbi me puso aquel pringue en la barriga y escuché los latidos. Bajé la mirada, deseando haber vuelto al coche antes y arrepentida de haber empezado a hablar. Nunca había sido buena en contacto visual, con excepción de las fiestas de pijamas en las que hacíamos duelos de miradas con mis amigas, y lo último que necesitaba era otro chico en mi vida. Sobre todo, en un día como hoy; no solo había estado llorando, sino que no me había puesto maquillaje, y llevaba unos pantalones vaqueros anchos, unas Converse de caña alta y una chaqueta de plumas que seguramente me hacía parecer el muñeco gigante de Michelin.

—Hola —aventuró finalmente, interrumpiendo mis pensamientos—. Estoy disfrutando del aire fresco, simplemente.

No respondí. En lugar de eso, seguí concentrándome en el agua, fingiendo no haberle oído y con la esperanza de que no me preguntara si había estado llorando.

—¿Estás bien? Parece que hayas estado llorando.

«Estupendo», pensé. Aunque no quería hablar con él, tampoco quería que pensara que era una desgracia emocional.

—Estoy bien —afirmé—. Estaba en la proa y el viento ha hecho que me lloren los ojos.

67

No estoy segura de que me creyera, pero fue lo suficientemente amable como para actuar como si así fuera.

—El cielo está bonito.

—No hay mucho que ver cuando se pone el sol.

—Tienes razón —convino—. Todo el viaje ha sido hasta ahora bastante tranquilo. No valía la pena siquiera coger la cámara. Soy Bryce Trickett, por cierto.

Tenía la voz suave y melódica, aunque eso me daba igual. Mientras tanto, el perro había empezado a mirarme fijamente, dando golpetazos con la cola. Lo cual me recordó por qué había comenzado a hablar.

—¿Entrenas a tu perro para que tire la basura?

—Lo intento —dijo, antes de esbozar una sonrisa, con hoyuelos incluidos—. Pero es joven y todavía tengo que insistir. Se escapó hace un rato, y por eso teníamos que volver a practicar.

Ahora mi atención estaba fija en aquellos hoyuelos y tardé un instante en recuperar el hilo.

—¿Por qué?

—¿Por qué qué?

—¿Por qué entrenas a tu perro para que sepa dónde se tira la basura?

—No me gusta ver basura tirada, y no quiero que el viento acabe llevándola al océano. No es bueno para el medio ambiente.

—Me refiero a por qué no la tiras tú simplemente.

—Porque estaba sentado.

—Eso es medio egoísta.

—A veces el medio justifica el fin, ¿no?

«Ja, ja», pensé. Pero en realidad me había dejado atrapar por el juego de palabras, reconociendo a regañadientes que era un tanto original, en lo que a juegos de palabras se refiere.

—Además, a Daisy no le importa —prosiguió—. Cree que es un juego. ¿Quieres conocerla?

—Pausa —le dijo al perro antes incluso de que pudiera responder, y Daisy rápidamente se puso en pie. Se acercó a mí para dar vueltas alrededor de mis piernas, gimiendo y lamiéndome los dedos con la lengua. No solo se parecía a Sandy, sino que además tenía el mismo tacto, y mientras la acariciaba me sentí transportada a una vida más simple y feliz en Seattle, antes de que todo empezara a torcerse.

Pero la realidad volvió con idéntica rapidez, y me di cuenta de que no tenía ganas de prolongar aquello. Le di un par de palmaditas a Daisy como despedida y me metí las manos en los bolsillos intentando pensar en una excusa para marcharme de allí. Pero Bryce no desistió.

—Creo que no he pillado tu nombre.

—No te lo he dicho.

—Es cierto —dijo—. Pero seguramente puedo adivinarlo.

—¿Crees que puedes adivinar mi nombre?

—Suelo acertar —contestó—. También sé leer la palma de la mano.

—¿En serio?

—¿Quieres que te lo demuestre?

Antes de que pudiera responder, se levantó con elegancia de la tumbona y avanzó hacia mí. Era un poco más alto de lo que esperaba y desgarbado como un jugador de baloncesto. No como un pívot como Zeke Watkins, pero sí tal vez como un escolta.

Al acercarse a mí, pude apreciar motitas de un tono avellana en sus ojos marrones, y de nuevo advertí la expresión un tanto guasona que había visto antes. Parecía estar examinando mi rostro, y cuando pareció satisfecho, hizo un gesto para señalar mis manos, que seguían metidas en los bolsillos.

—¿Puedo ver tus manos? Simplemente pon las palmas hacia arriba.

—Hace frío.

—No tardaré mucho.

Me parecía todo un poco raro, cada vez más, pero pensé que daba igual. Tras mostrarle las palmas de mis manos, se inclinó hacia ellas, concentrado. Alzó un dedo.

—¿Te importa que pase el dedo por encima? —preguntó.

—Adelante.

Repasó con delicadeza las líneas de mis manos, una tras otra. Me pareció un gesto extrañamente íntimo, y me sentí un poco incómoda.

—No eres de Ocracoke, eso es seguro —entonó.

69

—Guau —comenté, intentando evitar que se diera cuenta de cómo me sentía en ese momento—. Increíble. Y que hayas acertado seguramente no tiene nada que ver con el hecho de que nunca antes me habías visto por la zona.

—Me refiero a que no eres de Carolina del Norte. Ni siquiera eres del sur.

—Tal vez te hayas dado cuenta de que no tengo un acento sureño.

De pronto me di cuenta de que él tampoco tenía acento de allí, lo cual era curioso; siempre había creído que todo el mundo en el sur debía sonar como Andy Griffith. Siguió recorriendo las líneas de mis manos unos instantes antes de retirar el dedo.

—Vale, creo que lo tengo. Puedes volver a poner las manos en los bolsillos.

Así lo hice. Esperé, pero no dijo nada.

—¿Y?

—¿Y qué?

—¿Ya tienes todas las respuestas?

—No todas. Pero sí unas cuantas. Y estoy bastante seguro de cuál es tu nombre.

—No, no lo sabes.

—Si tú lo dices…

Aunque fuera guapo, ya había tenido bastante de aquel juego, y había llegado el momento de irme.

—Creo que me voy a sentar en el coche un rato —dije—. Hace cada vez más frío. Encantada de conocerte.

Me di la vuelta y di un par de pasos antes de escuchar cómo se aclaraba la voz.

—Eres de la costa oeste —exclamó—. Pero no de California. Déjame pensar… ¿Washington? ¿Tal vez Seattle?

Esas palabras hicieron que detuviera mis pasos y, cuando me giré hacia él, me di cuenta de que no podía ocultar mi sorpresa.

—Tengo razón, ¿a que sí?

—¿Cómo lo has sabido?

—De la misma forma que sé que tienes dieciséis años y eres estudiante de segundo año. Sé también que tienes hermanos mayores y estoy casi seguro de que es… ¿una chica? Y tu nombre empieza con «M»… No es Molly ni Mary, tampoco Marie, es más formal. Como… ¿Margaret? Solo que seguramente te haces llamar Maggie o algo parecido.

Noté que mi mandíbula se desplazaba hacia abajo ligeramente, demasiado sorprendida como para decir algo.

—Y no te has mudado a Ocracoke de forma permanente. Solo te vas a quedar unos meses, ¿verdad? —Movió la cabeza de un lado a otro, y de nuevo hizo aparición su sonrisa—. Pero creo que ya es suficiente. Como ya te dije antes, yo soy Bryce, y me ha gustado conocerte, Maggie.

Pasaron unos cuantos segundos hasta que pude finalmente articular como un graznido la pregunta:

—¿Has sabido todo eso solo con mirar mi cara y mis manos?

—No. Casi todo me lo dijo Linda.

Tardé un momento en comprender.

—¿Mi tía?

—He estado hablando con ella un rato mientras estaba sentado con ellas. Señaló en tu dirección cuando pasaste al lado de nuestra mesa y me habló un poco de ti. Soy el que te arregló la bicicleta, por cierto.

Le escruté con más detenimiento y recordé vagamente que mi tía y Gwen estaban hablando con alguien en la cabina.

—Entonces ¿qué ha sido todo ese rollo sobre mi cara y las palmas de mis manos?

—Nada. Simplemente una broma.

—No me ha hecho mucha gracia.

—Tal vez no. Pero tendrías que haber visto tu cara. Eres muy guapa cuando no sabes qué decir.

Casi no estaba segura de haber oído bien. «¿Guapa? ¿Acaba de decir que soy muy guapa?» Volví a recordarme a mí misma que eso ya no tenía importancia.

—Yo también te habría dicho todo eso, sin que hiciera falta el truco de magia.

—Tienes razón. No volverá a suceder.

—¿Por qué te ha hablado mi tía de mí? —Me preguntaba qué más le habría contado.

—Quería preguntarme si estaría interesado en ser tu profesor particular. Ya lo he hecho en alguna ocasión.

71

«Debe estar tomándome el pelo», pensé.

—¿Vas a ser mi profesor particular?

—No me he comprometido todavía. Antes quería conocerte.

—No necesito un profesor particular.

—Entonces perdona.

—Mi tía se preocupa demasiado.

—Ya veo.

—Entonces, ¿por qué suena como si no me creyeras?

—No tengo la menor idea. Supongo que todavía estoy pensando en lo que me dijo tu tía. Pero si no necesitas un profesor particular, me parece perfecto. —La expresión de su rostro era relajada, los hoyuelos seguían en su sitio—. ¿Qué te parece la zona de momento?

—¿Qué zona?

—Ocracoke —respondió—. Ya llevas unas cuantas semanas, ¿no?

—Es un poco pequeño.

—Eso seguro. —Se rio—. También me llevó un poco acostumbrarme.

—¿No has crecido aquí?

—No —contestó—. Soy un *dingbatter*, como tú.

—¿Qué es un *dingbatter*?

—Alguien que no es originariamente de aquí.

—Eso no existe.

—Aquí sí —repuso—. Mi padre y mis hermanos también son *dingbatters*. Pero mi madre no. Nació y creció aquí. No hace muchos años que nos mudamos. —Señaló con el pulgar por encima del hombro un modelo antiguo de ranchera de color rojo desvaído y enormes neumáticos—. Tengo otra tumbona en el coche, si prefieres sentarte. Es mucho más cómoda que los bancos.

—Debería irme. No quiero molestarte.

—No me molestas en absoluto. El trayecto estaba siendo bastante aburrido hasta que has hecho tu aparición.

No estaba exactamente segura de si estaba flirteando, y debido a esa misma incerteza, no dije nada. Bryce aparentemente interpretó mi silencio como un «sí» y siguió hablando.

—Estupendo —dijo—. Voy a por la tumbona.

Antes de darme cuenta la había colocado mirando hacia el océano, al lado de la suya, y me quedé mirando mientras él volvía a sentarse. De pronto me sentí en cierto modo atrapada, pero me dirigí hacia la tumbona y me senté cautelosa a su lado.

Estiró las piernas y dijo:

—Es mejor que el banco, ¿no?

Estaba intentando asimilar lo guapo que era, y que mi tía, la exmonja, había preparado todo aquello. O tal vez no. Lo último que mis padres seguramente querrían para mí es que volviera a conocer a alguien del sexo opuesto, y probablemente ya se lo habrían dicho.

—Supongo que sí. Aunque sigue haciendo frío.

Mientras decía eso, Daisy se acercó lentamente y se tumbó en el espacio entre nosotros. Alargué la mano hacia ella y le di una palmadita.

—Ten cuidado —dijo Bryce—. En cuanto empiezas a acariciarla, se pone algo así como insistente, para que no pares nunca.

—No pasa nada. Me recuerda a mi perra. En casa de mis padres, me refiero.

—¿Ah, sí?

—Aunque Sandy es más vieja y un poco más grande. La echo de menos. ¿Cuántos años tiene Daisy?

—Cumplió uno en octubre. O sea, que debe tener unos catorce meses.

—Parece muy bien entrenada para ser tan joven.

—Debería estarlo. Llevo entrenándola desde que era un cachorro.

—¿Para tirar la basura?

—Y otras cosas. Como no escaparse. —Volvió la atención hacia el animal, para hablarle en un tono más animado—. Pero sigue encontrando la manera de hacerlo, ¿verdad que sí? Buena chica.

Daisy gimió, moviendo la cola enérgicamente.

—Si no eres de Ocracoke, ¿hace cuánto que vives aquí?

—En abril hará cuatro años.

—¿Qué trajo a tu familia a Ocracoke?

—Mi padre era militar, y cuando se jubiló, mi madre que-

73

ría estar más cerca de sus padres. Y como nos hemos tenido que mudar varias veces debido a su trabajo, mi padre pensó que sería justo que mi madre decidiera dónde establecernos por más tiempo. Nos dijo que sería una aventura.

—¿Y lo ha sido?

—A veces —dijo—. En verano es muy divertido. La isla puede llegar a estar abarrotada, especialmente hacia el Cuatro de Julio. Y la playa es verdaderamente hermosa. A Daisy le encanta correr por la arena.

—¿Puedo preguntar para qué es la cámara?

—Para lo que me parezca interesante, supongo. No he visto gran cosa hoy, tampoco antes de que oscureciera.

—¿Alguna vez pasa algo interesante?

—El año pasado un bote de pesca se incendió. El ferri se desvió para ayudar a rescatar a la tripulación, puesto que la guardia costera todavía no había llegado. Fue muy triste, pero la tripulación salió ilesa y conseguí hacer unas fotos alucinantes. También hay delfines, y cuando salen a la superficie a veces puedo tomar una buena instantánea. Pero la verdad es que hoy la he traído para mi proyecto.

—¿Cuál es tu proyecto?

—Conseguir el rango de Eagle Scout. Estoy entrenando a Daisy, quería hacer algunas fotos bonitas de ella.

Fruncí el ceño.

—No lo pillo. ¿Puedes convertirte en Eagle Scout por entrenar a tu perro?

—La estoy preparando para que más adelante pueda recibir un entrenamiento más avanzado —explicó—. Está aprendiendo para convertirse en un perro de ayuda a la movilidad. —Como si pudiera anticipar mi próxima pregunta, aclaró—: Para gente en silla de ruedas.

—¿Quieres decir como los perros lazarillo?

—Algo así. Necesita otras capacidades, pero el principio es el mismo.

—¿Como tirar la basura?

—Exactamente. O coger el mando de la tele o el auricular del teléfono. O abrir cajones, armarios o puertas.

—¿Cómo puede abrir puertas?

—Hace falta un picaporte, con un pomo no funciona, claro

está. Se incorpora sobre sus patas traseras y usa las pezuñas, y luego empuja la puerta para acabar de abrirla con la nariz. Es bastante buena. Puede abrir cajones también, siempre que haya un cordón en el tirador. En lo que más tengo que trabajar es en la concentración, pero creo que eso se debe en parte a su edad. Espero que la acepten en el programa oficial, estoy casi seguro de que así será. No se le exigen capacidades avanzadas, para eso están los entrenadores profesionales, pero quiero que empiece con un poco de ventaja. Y cuando esté lista, tendrá que irse a su nuevo hogar.

—¿Tendrás que despedirte de ella?

—En abril.

—Si fuese mi perra, me la quedaría y me olvidaría del proyecto Eagle Scout.

—Se trata más bien de ayudar a alguien que lo necesita. Pero tienes razón. No va a ser fácil. Hemos sido inseparables desde que está conmigo.

—Excepto cuando estás en el instituto, ¿no?

—Incluso entonces —respondió—. Ya no voy al instituto, pero hacía las clases en casa con mi madre. Mis hermanos también estudian en casa.

En Seattle, solo conocía una familia que educaba a sus hijos en casa, y eran fundamentalistas religiosos. No los conocía demasiado bien; solo sabía que las niñas siempre tenían que llevar vestidos largos y que la familia colocaba un enorme belén en el patio delantero de la casa por Navidad.

—¿Te gustó? Me refiero a estudiar en casa.

—Me encantaba —respondió.

Pensé en el aspecto social del colegio, de todas sus características, con diferencia, mi favorita. No podía imaginarme no encontrarme con mis amigas.

—¿Por qué?

—Porque podía aprender a mi propio ritmo. Mi madre es maestra, y como nos mudábamos con tanta frecuencia, mis padres creyeron que de ese modo recibiríamos una mejor educación.

—¿Tenéis escritorios en alguna habitación? ¿Con una pizarra y un proyector?

—No. Trabajábamos en la mesa de la cocina cuando necesitábamos alguna explicación. Pero también estudiábamos mucho por nuestra cuenta.

—¿Y eso funciona? —No pude evitar que mi voz revelara mi escepticismo.

—Creo que sí —respondió—. En el caso de mis hermanos lo sé con seguridad. Son muy listos. Aterradoramente inteligentes, de hecho. Son gemelos, por cierto. A Robert le gusta la aeronáutica, y a Richard, la programación informática. Seguramente empezarán a ir a la universidad con quince o dieciséis años, pero desde el punto de vista académico, ya están preparados.

—¿Cuántos años tienen?

—Apenas doce. Pero no te dejes impresionar demasiado, también son inmaduros y hacen estupideces, y me sacan de mis casillas. Y si llegas a conocerlos, te pondrán de los nervios a ti también. Creo que debo advertirte con antelación para que no tengas una mala opinión de mí o de ellos. Para que sepas lo listos que son, aunque a veces actúen como si no lo fueran.

Por primera vez desde que empezamos a hablar, no pude evitar sonreír. Por encima de su hombro, cada vez se veía más cerca Ocracoke. A nuestro alrededor, la gente había empezado a dirigirse a sus respectivos coches.

—Lo tendré en cuenta. ¿Y tú? ¿Eres tú también aterradoramente inteligente?

—No como ellos. Pero esa es una de las estupendas ventajas de aprender en casa. Normalmente se pueden tener listas las tareas en dos o tres horas, de modo que queda tiempo para aprender otras cosas. A ellos les van las ciencias, pero a mí me gusta la fotografía, y tuve mucho tiempo para practicar.

—¿Y la universidad?

—Ya me han aceptado. Empezaré el otoño próximo.

—¿Tienes dieciocho años?

—Diecisiete. Cumpliré dieciocho en julio.

No pude evitar pensar que parecía mucho mayor que yo, y más maduro que ninguno de mis compañeros del instituto. Con más seguridad en sí mismo, más cómodo con el mundo y su papel en él. Cómo era eso posible en un lugar como Ocracoke; era algo que se me escapaba.

—¿Dónde vas a ir para continuar con tu formación?

—A la Academia Militar de West Point. Mi padre fue allí, de modo que me viene de familia, por decirlo de algún modo. ¿Y tú? ¿Cómo es Washington? Nunca he estado allí, pero me han dicho que es bonito.

—Sí, lo es. Las montañas son preciosas, hay excelentes rutas de senderismo, y Seattle es muy divertido. Mis amigos y yo íbamos al cine y dábamos vueltas por el centro comercial, cosas así. Pero nuestro vecindario es bastante tranquilo. Vive mucha gente mayor.

—Hay ballenas en Puget Sound, ¿verdad? ¿Son ballenas jorobadas?

—Claro.

—¿Has visto alguna?

—Muchas veces. —Me encogí de hombros—. En sexto fuimos con toda la clase en un barco y pudimos acercarnos bastante. Fue muy guay.

—Tenía la esperanza de ver alguna antes de irme a la Academia. Se supone que también se pueden ver aquí algunas veces frente a la costa, pero nunca he tenido esa suerte.

Pasaron dos personas caminando a nuestro lado; oí cómo se cerraba la puerta de un coche tras de mí. El motor del ferri gimió y noté que empezaba a reducir la marcha.

—Creo que ya estamos llegando —comenté, pensando que el trayecto me había parecido más corto de lo habitual.

—Sí, ya casi estamos —contestó—. Debería llevar a Daisy a la ranchera. Y supongo que tu tía estará buscándote.

Cuando saludó a alguien mirando más allá de donde yo estaba, me giré y vi acercarse a mi tía. Recé porque no saludara ni hiciera una escena, y que todo el mundo en el ferri supiera que había conocido al chico que ella quería que fuera mi profesor particular.

Saludó con la mano.

—¡Ahí estás! —gritó. Noté cómo me hundía aún más en la tumbona mientras se aproximaba—. Te busqué en el coche pero no te encontré —prosiguió—. Veo que has conocido a Bryce.

—Hola, señora Dawes —saludó Bryce. Se puso en pie y plegó la tumbona—. Sí, hemos podido conocernos un poco.

—Me alegro de oír eso.

77

A continuación se produjo una pausa y tuve la sensación de que ambos estaban esperando a que dijera algo.

—Hola, tía Linda. —Observé a Bryce colocando la tumbona en la caja de la ranchera, y consideré que había llegado el momento de levantarme también. Plegué la silla y se la di a Bryce, que la dispuso en la caja del vehículo antes de bajar el portón trasero.

—Sube, Daisy —ordenó. Daisy se puso en pie y saltó a la plataforma.

Podía sentir cómo mi tía le observaba, luego a mí, después a ambos a un tiempo, no muy segura de qué debía hacer, antes de poder recordar sus años anteriores al noviciado, cuando seguramente estaba más cercana a la normalidad, con los sentimientos típicos de todo el mundo.

—Esperaré en el coche —dijo por fin—. Ha sido agradable hablar contigo, Bryce. Me alegro de haber podido ponernos al día.

—Cuídese —respondió Bryce—. Estoy seguro de que volveré a por más bollos esta semana, por cierto, así que nos veremos pronto.

La tía Linda nos miró detenidamente antes de dar finalmente media vuelta para irse. Cuando ya estaba lo bastante lejos como para no oírnos, Bryce volvió a mirarme.

—Me caen muy bien Linda y Gwen, de veras. Sus bollos son los mejores que he probado nunca, pero estoy seguro de que eso ya lo sabes. He intentado que compartan conmigo su receta secreta, en vano. Mi padre y mi abuelo siempre van a por unos cuantos antes de salir en la barca.

—¿La barca?

—Mi abuelo es pescador. Cuando mi padre no está trabajando como asesor para el DOD ayuda a mi abuelo haciendo reparaciones en la barca y el equipo, o sale a la mar con él.

—¿Qué es el DOD?

—El Departamento de Defensa.

—Ah —exclamé, sin saber qué más añadir. Era difícil concebir la idea de un asesor del DOD que realmente hubiera decidido vivir en Ocracoke. Pero para entonces el ferri ya se había detenido y oí las puertas de los coches cerrándose y los motores volviendo a la vida—. Supongo que debo irme.

—Sí, claro. Pero oye, ha sido genial hablar contigo, Maggie. Normalmente no hay nadie siquiera cercano a mi edad en el ferri, de modo que has hecho que el trayecto fuera mucho más agradable.

—Gracias —contesté, intentando no fijarme en sus hoyuelos. Me di la vuelta y me sorprendí al sentir una repentina mezcla de alivio y decepción al ser consciente de que el tiempo que habíamos pasado juntos había llegado a su fin.

Esperé hasta el último minuto antes de subir al coche porque no quería enfrentarme al interrogatorio, algo a lo que me había acostumbrado con mis padres. «¿De qué habéis hablado? ¿Te gusta? ¿Puedes imaginarlo enseñándote Geometría y revisando tus trabajos si hace falta? ¿He elegido bien?»

Mis padres no me habrían dejado en paz. Casi cada día después del instituto, hasta justo antes del día en que devolví y oriné en el test, siempre me preguntaban cómo había ido, como si asistir a clases fuera una especie de *show* mágico y misterioso que a todo el mundo le parecía fascinante. Daba igual cuántas veces simplemente les dijera que todo iba bien, lo cual en realidad significaba «dejad de preguntarme cosas tan tontas», ellos seguían haciendo preguntas. Y honestamente, aparte de «bien», ¿qué se supone que debía decir? Ellos habían ido al instituto. Sabían cómo era. Un profesor se ponía delante y nos enseñaba cosas que se suponía que debíamos aprender para sacar buena nota en los exámenes, ninguna de las cuales era en cualquier caso divertida.

El almuerzo, por ejemplo, podía ser a veces interesante. O cuando era más pequeña, el recreo podía haber sido algo digno de comentar. Pero ¿el instituto? El instituto era solamente… el instituto.

Afortunadamente, mi tía y Gwen hablaban sobre el sermón que habíamos escuchado en la iglesia, que yo apenas recordaba, y obviamente el trayecto solo duraba unos cuantos minutos. Primero fuimos a la tienda, donde las ayudé a descargar las compras, pero en lugar de dejar allí a Gwen, se vino con nosotras a la casa de mi tía para ayudarnos a entrar el árbol de Navidad.

A pesar de mi embarazo, y de que ellas eran mujeres de avanzada edad, de algún modo conseguimos salvar los escalones y colocarlo en un soporte que la tía Linda había sacado del fondo del armario del recibidor. Para entonces empezaba a sentirme un poco cansada, y creo que ellas también. En lugar de comenzar a decorarlo enseguida, mi tía y Gwen se pusieron a trastear en la cocina. La tía Linda preparó bollos mientras Gwen calentaba las sobras restantes del Día de Acción de Gracias.

No era consciente del hambre que tenía, y por primera vez en bastante tiempo dejé el plato vacío. Y quizá porque Bryce había hecho aquel comentario sobre los bollos me pareció que estaban aún más ricos de lo normal. Cuando alargué la mano para coger otro, vi sonreír a la tía Linda.

—¿Qué pasa? —pregunté.

—Nada, es solo que me alegro de que estés comiendo —respondió mi tía.

—¿Qué tienen estos bollos?

—Los ingredientes básicos: harina, suero de leche, manteca.

—¿Hay algún ingrediente secreto?

Tal vez se cuestionó la razón por la que ahora me importaba, pero no dijo nada. Lanzó una mirada cómplice a Gwen antes de volver a mirarme.

—Por supuesto.

—¿Qué es?

—Es un secreto —dijo guiñando un ojo.

No hablamos más, y cuando acabé de fregar los platos me retiré a mi cuarto. Por la ventana veía el cielo lleno de estrellas y la luna flotando sobre el agua, haciendo que el océano brillara con un resplandor casi plateado. Me puse el pijama y estaba a punto de meterme en la cama cuando de pronto recordé que todavía tenía que hacer el trabajo sobre Thurgood Marshall. Fui a por mis apuntes (por lo menos había tomado esas notas) y empecé con la redacción. Siempre había sido buena escribiendo, tampoco un genio, pero en todo caso mejor que en mates, y había conseguido llenar un folio y medio cuando oí golpes en la puerta. Alcé la vista y vi a tía Linda asomando la cabeza. Cuando se dio cuenta de que estaba haciendo deberes alzó una ceja, pero estoy segura de que inmediatamente pensó que era mejor no decir nada para evitar que mis progresos sufrieran una lamentable interrupción.

—La cocina ha quedado estupenda —dijo—. Gracias.

—De nada. Gracias por la cena.

—Solo eran restos de comida. —Se encogió de hombros—. Excepto los bollos. Deberías llamar a tus padres esta noche. Allí todavía es temprano.

Miré el reloj.

—Seguramente están cenando. Les llamaré en un rato.

Se aclaró la garganta carraspeando suavemente.

—Quería que supieras que, cuando hablé con Bryce, no le conté lo de…, bueno, tu situación. Solo le he dicho que mi sobrina había venido para estar conmigo unos cuantos meses, no expliqué nada más.

No era consciente de que eso me preocupara, pero sentí que respiraba aliviada.

—¿No preguntó la razón?

—Puede que lo hiciera, pero yo insistí en la cuestión de si estaría dispuesto a ser tu profesor.

—Pero sí le contaste cosas de mí.

—Solo porque me dijo que necesitaba saber algo de ti.

—Te refieres en el caso de que yo quiera que sea mi profesor particular.

—Sí —afirmó—. Y aunque no tenga importancia, es el mismo chico que arregló la bicicleta para ti.

Eso ya lo sabía, pero todavía estaba considerando la perspectiva de verle cada día.

—¿Y si te prometo que me pondré al día yo solita? ¿Sin su ayuda?

—¿Podrás hacerlo? Porque sabes que yo no puedo ayudarte. Ha pasado mucho tiempo desde que estudié.

Vacilé.

—¿Qué digo si me pregunta por qué estoy aquí?

Mi tía reflexionó un momento.

—Es importante recordar que nadie es perfecto. Todo el mundo comete errores. Lo único que podemos hacer es intentar ser la mejor versión de nosotros mismos cuando seguimos adelante. En este caso, si te pregunta, puedes decirle la verdad o mentir. Supongo que al final todo se reduce a la clase de persona que quieres ver cuando te miras al espejo.

Me estremecí, consciente de que nunca debía haber preguntado a una exmonja una cuestión relacionada con la moralidad. Sin posibilidad de volver atrás, regresé a lo obvio.

—No quiero que nadie lo sepa. Tampoco él.

Mi tía me ofreció una triste sonrisa.

—Ya lo sé. Pero no olvides que un embarazo es un secreto difícil de ocultar, especialmente en una localidad como Ocracoke. Y cuando empiece a notarse…

No necesitaba acabar la frase. Sabía a qué se refería.

—¿Y si no salgo de casa?

Mientras hacía esa propuesta, me di cuenta de lo poco realista que era. Iba al ferri con más gente de Ocracoke para acudir a la iglesia los domingos; tendría que ir a ver a un doctor en Morehead City, lo cual significa aún más viajes en ferri. Había estado en la tienda de mi tía. La gente ya sabía que estaba en la isla, y sin duda algunos ya se habrían preguntado por qué. Por lo que sabía, Bryce ya lo había hecho. Tal vez no estuvieran pensando en un embarazo, pero sospecharían que tenía alguna clase de problema. Con mi familia, con las drogas, con la ley, con… algo. ¿Por qué si no había aparecido en pleno invierno como caída del cielo?

—Crees que debería contárselo, ¿verdad?

—Creo —empezó, arrastrando lentamente las palabras— que va a enterarse de la verdad, lo quieras o no. Es solo cuestión de tiempo, y de quién será quien se lo cuente. Creo que sería mejor que fueses tú.

Miré fijamente por la ventana, sin ver.

—Va a pensar que soy una persona horrible.

—Lo dudo.

Tragué saliva, odiando esa sensación, odiando todo aquello. Mi tía se había quedado callada, para permitirme pensar. En ese sentido, tengo que admitir que era mejor que mis padres.

—Supongo que Bryce puede ser mi profesor particular.

—Se lo diré —dijo en un tono suave. Luego, aclarando la voz, preguntó—: ¿En qué estás trabajando?

—Quería acabar el primer borrador de mi trabajo esta noche.

—Estoy segura de que será muy bueno. Eres una jovencita muy inteligente.

«Cuéntaselo a mis padres», pensé.

—Gracias.

—¿Necesitas algo antes de que me vaya a acostar? ¿Un vaso de leche, quizá? Mañana me levantaré temprano.

—Estoy bien, gracias.

—No olvides llamar a tus padres.

—Lo haré.

Se dio media vuelta para salir de la habitación, pero de pronto se detuvo.

—Ah, otra cosa: estaba pensando que podríamos decorar el árbol mañana por la noche después de cenar.

—Vale.

—Que duermas bien, Maggie. Te quiero.

—Yo también te quiero —contesté. La frase salió de forma automática, como cuando se lo decía a mis amigas, pero más tarde, cuando hablé con mis padres y me preguntaron qué tal me llevaba con Linda, me di cuenta de que era la primera vez que nos habíamos dicho mutuamente aquellas palabras.

El cascanueces

$\mathcal{M}$ark estaba sentado con los dedos juntos cuando Maggie finalmente dejó de hablar, con una expresión impenetrable. Guardó silencio un momento y al final movió la cabeza de un lado a otro, como si de repente se hubiera dado cuenta de que era su turno para hablar.

—Lo siento —dijo—. Supongo que estoy intentando asimilar lo que acabas de contarme.

—Mi historia no es exactamente lo que esperabas, ¿verdad?

—No estoy seguro de saber qué esperaba —admitió—. ¿Qué pasó después?

—Estoy un poco cansada para contarte el resto ahora mismo.

Mark alzó una mano en un gesto de comprensión.

—Lo comprendo. Pero de todos modos… guau. Cuando tenía dieciséis años dudo mucho que hubiera podido gestionar una crisis semejante.

—No tenía otra opción.

—Con todo… —Se rascó una oreja con aire ausente—. Tu tía Linda parece una persona interesante.

Maggie no pudo evitar sonreír.

—Eso es cierto.

—¿Seguís en contacto?

—Solíamos estar siempre en contacto. Vino a verme con Gwen a Nueva York unas cuantas veces y fui a verla a Ocracoke una vez, pero sobre todo nos escribíamos y hablábamos por teléfono. Falleció hace seis años.

—Siento oír eso.

—Sigo echándola de menos.

—¿Guardas las cartas?

—Todas y cada una de ellas.

Apartó la mirada a un lado y luego volvió a centrar su atención en Maggie.

—¿Por qué dejó el noviciado tu tía? ¿Se lo preguntaste alguna vez?

—No en aquella época. Me habría sentido incómoda haciéndole esa pregunta, y además, estaba demasiado enfrascada en mis propios problemas como para que la pregunta siquiera se me hubiera pasado por la mente. Tardé años en sacar el tema a colación, pero cuando lo hice, no obtuve una respuesta que realmente pudiera entender. Creo que esperaba algo más explícito.

—¿Qué te respondió?

—Dijo que la vida constaba de estaciones, y la estación había cambiado.

—¿Cómo? Eso es un tanto misterioso.

—Supongo que se cansó de tratar con todas aquellas adolescentes embarazadas; es un colectivo que puede convertirse en un puñado de jóvenes malhumoradas, te lo digo por experiencia.

Se rio entre dientes y después adoptó un aire reflexivo.

—¿Todavía se acoge en los conventos a adolescentes embarazadas?

—No tengo la menor idea, pero casi lo dudo. Los tiempos cambian. Hace unos cuantos años, cuando me picó el gusanillo de «querer saber», busqué en Internet «las Hermanas de la Caridad» y me enteré de que habían dejado de existir hacía más de una década.

—¿Dónde estaba su convento? Me refiero a antes de que abandonara la orden.

—Creo que en Illinois. O tal vez era Ohio. En algún lugar del medio oeste, eso seguro. Y no preguntes cómo acabó en Ocracoke. Al igual que mi padre, era de la costa oeste.

—¿Cuántos años fue monja?

—Veinticinco aproximadamente. Quizás algo más o algo menos, no estoy segura del todo. Gwen también. Creo que Gwen tomó los hábitos antes incluso que mi tía.

—¿Crees que eran…?

Al hacer aquella pausa, Maggie enarcó una ceja.

—¿Amantes? Lo cierto es que no lo sé. Al hacerme mayor, consideré esa posibilidad, puesto que siempre iban juntas, pero nunca las vi besarse o darse la mano, ni nada parecido. Pero sí tengo la certeza de que se amaban profundamente. Gwen permaneció al lado del lecho de muerte de mi tía Linda hasta que falleció.

—¿Mantienes contacto con ella?

—Me sentía más cercana a mi tía, claro está, pero después de su muerte me aseguré de acordarme de llamar a Gwen unas cuantas veces al año. Aunque últimamente no tanto. Tiene Alzheimer y no estoy segura de que recuerde siquiera quién soy. Pero sí se acuerda de mi tía, y eso me hace feliz.

—Me cuesta creer que nunca le hayas contado nada de esto a Luanne.

—Se ha convertido en un hábito. Hasta mis padres siguen fingiendo que nada de eso sucedió. Y Morgan también.

—¿Has sabido algo de Luanne? ¿Desde que se fue a Hawái?

—No le he dicho lo que me ha comunicado la doctora, si es eso lo que preguntas.

Tragó saliva.

—Odio que te esté pasando esto —dijo—. De veras.

—Ambos lo odiamos. Hazte un favor a ti mismo y no te enfermes de cáncer nunca, especialmente cuando se supone que estás en la flor de la vida.

Mark bajó la cabeza y Maggie supo que se había quedado sin palabras. Bromear sobre la muerte la ayudaba a mantener a raya otros sentimientos más siniestros, pero la pega era que nadie sabía exactamente qué responder. Finalmente, Mark alzó la vista.

—Luanne hoy me ha escrito un mensaje. Me dijo que te había escrito a ti también, pero que no habías contestado.

—No he mirado el móvil hoy. ¿Qué decía el mensaje?

—Me decía que te recordara que abrieras la tarjeta, si es que todavía no lo habías hecho.

«Ah, sí. Porque hay un regalo dentro.»

—Seguramente sigue en el escritorio, en algún sitio, por si quieres ayudarme a buscarla.

Se puso en pie y empezó a rebuscar en el casillero mientras Maggie hurgaba en el cajón superior. Mientras ella ordenaba su contenido, Mark extrajo un sobre de un montón de facturas y se lo entregó.

—¿Es este?

—Sí —respondió Maggie, tomándose un momento para examinarlo—. Espero que no sea una Polaroid sexi de ella misma.

Mark abrió los ojos desconcertado.

—No es esa la impresión que tengo de ella…

Maggie se rio.

—Estoy bromeando. Solo quería ver tu reacción.

Abrió el sobre; en su interior había una elegante tarjeta con una felicitación típica y una breve anotación de Luanne agradeciendo a Maggie que fuera un «placer trabajar con ella». Luanne siempre insistía en emplear la gramática y el lenguaje correctos. En el sobre había también dos entradas para *El cascanueces* del Ballet de la Ciudad de Nueva York en el Lincoln Center. El espectáculo era el viernes, dos días después.

Enseñó las entradas a Mark.

—Me alegro de que me lo hayas recordado. Están a punto de caducar.

—¡Qué regalo tan estupendo! ¿Lo has visto alguna vez?

—Siempre decía que quería verlo y nunca lo hice. ¿Y tú?

—Puedo decir lo mismo.

—¿Te gustaría acompañarme?

—¿Yo?

—¿Por qué no? A modo de compensación, ya que últimamente has tenido que quedarte hasta tan tarde.

—Sí que me gustaría.

—Estupendo.

—También me ha encantado tu historia, aunque la hayas dejado en el momento de máximo suspense.

—¿Qué suspense?

—Respecto a ti, el resto de tu embarazo. El hecho de que estuvieras empezando a forjar una relación con tu tía. Bryce. Sé que aceptaste que fuera tu profesor particular, pero ¿cómo fue? ¿Te ayudó? ¿O te decepcionó?

En cuanto Mark pronunció aquel nombre, Maggie sintió

una punzada de incredulidad de que hubiera pasado casi un cuarto de siglo desde aquellos meses en Ocracoke.

—¿De veras te interesa el resto?

—Sí —admitió.

—¿Por qué?

—Porque me ayuda a entender más cosas sobre ti.

Maggie dio otro sorbito al *smoothie*, con el helado ya casi derretido, y de pronto le vino a la cabeza como un destello su más reciente conversación con la doctora Brodigan. «En este momento —se dijo a sí misma con cinismo—, estás manteniendo una agradable conversación con alguien, pero en el siguiente instante, solo puedes pensar en el hecho de que te estás muriendo.» Intentó sin éxito apartar aquella idea antes de preguntarse repentinamente si Mark estaba actuando como un espejo que reflejaba sus propios pensamientos.

—Sé que hablas con Abigail cada día. Puedes contarle el diagnóstico si quieres.

—Yo no lo haría. Eso es... asunto tuyo.

—¿Mira los vídeos?

—Sí.

—Entonces se enterará igualmente. Estaba planeando subir un apunte sobre estas últimas novedades después de comunicárselo a mis padres y a mi hermana.

—¿Todavía no se lo has dicho?

—He decidido esperar hasta después de Navidad.

—¿Por qué?

—Si se lo cuento ahora, seguramente querrán que coja el primer vuelo a Seattle, algo que no deseo hacer, o insistirían en venir aquí, cosa que tampoco quiero. Se estresarían y tendrían que lidiar con su propia pena, y sería más duro para todos. Además, eso arruinaría todas sus Navidades futuras. Y prefiero que eso no suceda por mi culpa.

—Va a ser duro independientemente de cuándo se lo cuentes.

—Lo sé. Pero mi familia y yo tenemos una relación... única.

—¿Qué quiere decir eso?

—No he vivido exactamente la clase de vida que mis padres habían previsto para mí. Siempre tuve la sensación de haber nacido en la familia equivocada y hace mucho tiempo que aprendí que nuestra relación funciona mejor cuando mantenemos cierta distancia. Ellos no han comprendido mis decisiones. En el caso de mi hermana, ella es más como mis padres. Se casó, tuvo hijos, una casa en una zona residencial, en fin, el pack completo, y sigue siendo tan guapa como siempre. No resulta fácil competir con alguien así.

—Pero mira todo lo que tú has conseguido.

—No estoy segura de que eso le importe demasiado a mi familia.

—Siento oír eso. —En el silencio que se hizo a continuación, Maggie repentinamente bostezó, y Mark carraspeó para aclararse la voz—. ¿Por qué no te vas antes si estás cansada? —dijo—. Me aseguraré de que todo quede debidamente registrado y prepararé todos los envíos.

En el pasado, Maggie habría insistido en quedarse. Ahora sabía que eso no serviría para nada.

—¿Estás seguro?

—Me vas a llevar al ballet. Es lo menos que puedo hacer.

Después de que se hubiera abrigado, Mark la acompañó a la puerta y la abrió para ella, lo justo para poder cerrar enseguida. El viento era inclemente y agredía sus mejillas.

—Gracias de nuevo por el *smoothie*.

—¿Quieres que llame un Uber o un taxi? Hace frío fuera.

—No está lejos. No será tan terrible.

—¿Nos vemos mañana?

No quería mentir; ¿quién podría saber cómo estaría al día siguiente?

—Quizá —respondió.

Mark asintió, los labios apretados en una expresión de aceptación que daba a entender a Maggie que podía comprenderla.

Para cuando llegó a la esquina, Maggie ya se había dado cuenta de que había cometido un error. No era solo que el viento fuera cortante; parecía que venía del Ártico, y Maggie siguió tiritando incluso después de haber entrado en el apartamento. Sentía como si un bloque de hielo se hubiera alojado en su pecho, y se acurrucó en el sofá bajo una manta durante casi media hora antes de conseguir aunar fuerzas para realizar cualquier movimiento.

Una vez en la cocina, se hizo una infusión de camomila. Pensó tomar un baño de agua caliente también, pero le suponía demasiado esfuerzo. En lugar de eso, fue hacia su dormitorio, se puso dos gruesos pijamas de franela, una sudadera, dos pares de calcetines y un gorro de noche para mantener la cabeza caliente, y se arrebujó bajo las colchas. Tras tomarse media taza de té, se quedó dormida y no se despertó hasta pasadas dieciséis horas.

Se despertó sintiéndose fatal, como si hubiera trabajado toda la noche. Y lo peor era que el dolor parecía irradiar de distintos órganos, agudizándose con cada latido de su corazón. Armándose de valor, consiguió levantarse de la cama y llegar al baño, donde tenía los calmantes que le había recetado la doctora Brodigan.

Se tomó dos pastillas con la ayuda de un vaso de agua y luego se sentó en el borde de la cama, sin moverse, concentrada, hasta estar segura de que no las vomitaría. Solo entonces se sintió dispuesta a comenzar el día.

Se preparó un baño porque le parecía que en la ducha se sentiría como si la estuvieran apuñalando, y estuvo en el agua caliente y jabonosa durante casi una hora. Después escribió un mensaje a Mark, para informarle de que no podría ir a la galería, pero que se pondría en contacto al día siguiente respecto a la hora y el lugar en el que podrían encontrarse para ir al ballet.

Tras ponerse ropa cómoda, se hizo el desayuno, aunque ya era por la tarde. Se obligó a comer un huevo y media tostada, que le supieron en ambos casos a cartón salado, y después, como ya era costumbre desde hacía una semana y media, se acomodó en el sofá para ver el mundo a través de la ventana.

Había ráfagas de nieve y los diminutos copos titilaban frente al cristal con destellos hipnóticos. Vislumbró una flor de Pascua en la ventana de un apartamento al otro lado de la calle y recordó sus primeras Navidades en Seattle después de regresar de Ocracoke. Aunque quería sentirse emocionada con aquellas vacaciones, se había pasado la mayor parte de diciembre simplemente actuando de forma mecánica. Se acordó de que incluso en la mañana de Navidad abrió los regalos con fingido entusiasmo.

Sabía que eso tenía que ver en parte con hacerse mayor. Atrás quedaban las creencias de la infancia, y había llegado a la edad en que incluso oler una galleta significaba calcular las calorías. Pero había algo más. Los meses en Ocracoke la habían convertido en alguien a quien ya no reconocía, y en ocasiones Seattle ya no le parecía su hogar. En una mirada retrospectiva, Maggie se daba cuenta de que incluso entonces había estado contando los días hasta que por fin pudiera irse de casa de una vez por todas, para siempre.

Pero lo cierto es que llevaba sintiéndose así desde hacía meses. Poco después de regresar a Seattle, cuando empezaba a sentir vagamente como si hubiera vuelto a la normalidad, Madison y Jodie habían demostrado su voluntad de continuar su amistad donde la habían dejado. En la superficie, no había cambiado gran cosa. Pero cuanto más tiempo pasaba con ellas, más le parecía que ella había madurado, mientras que sus amigas seguían exactamente igual. Tenían los mismos intereses e inseguridades de siempre, los mismos encaprichamientos repentinos hacia distintos chicos, les seguía entusiasmando pasar la tarde del sábado en la zona de restauración del centro comercial. Maggie estaba familiarizada con aquella amistad, resultaba cómoda, y sin embargo poco a poco empezó a comprender que en algún momento desaparecerían por completo de su vida, de la misma forma que Maggie a veces sentía como si ella estuviera yendo a la deriva con la suya.

91

También pasó gran parte de aquellos primeros meses de vuelta a casa pensando en Ocracoke y echándolo de menos mucho más de lo que habría podido imaginar. Pensaba en su tía y la playa desolada, barrida por el viento, los trayectos en ferri y los mercadillos. Cuando reflexionaba sobre todo lo que había pasado mientras estaba allí, se quedaba atónita, hasta tal punto que, incluso pasados tantos meses, a veces los recuerdos la dejaban sin aliento.

ϒ

Maggie estuvo viendo un drama en Netflix protagonizado por Nicole Kidman, aunque no podía recordar el título, echó una siesta a última hora de la tarde y luego pidió que le trajeran dos *smoothies*. Sabía que no sería capaz de acabarse los dos, pero se sentía mal pidiendo solo uno, porque la factura era ridícula. Y en realidad, ¿qué importaba si al final tiraba el sobrante?

También estuvo decidiendo si se tomaba un vaso de vino. No ahora, sino tal vez más tarde, antes de irse a la cama. No había bebido en meses, ni siquiera en la pequeña reunión en la galería a finales de noviembre, cuando básicamente se había limitado a sostener la copa por cortesía. Durante la quimioterapia, solo pensar en tomar alcohol le daba náuseas, y después sencillamente no le había apetecido. Sabía que en el frigorífico había una botella de vino del Valle de Napa que había comprado por capricho, y aunque ahora le parecía buena idea, sospechaba que más tarde se le pasarían las ganas, y lo único que le apetecería sería irse a dormir. Lo cual, reconoció para sí misma, sería lo mejor. No podía saber cómo le afectaría el vino. Estaba tomando calmantes y comía tan poco que apenas un par de sorbos podrían dejarla inconsciente, o tal vez le harían precipitarse al cuarto de baño para hacer una ofrenda al dios de la porcelana.

Tal vez fuera una manía, pero Maggie no quería que nadie la viera u oyera vomitar, ni siquiera las enfermeras que la monitorizaban durante la quimioterapia. La ayudaban a ir al baño, donde se encerraba e intentaba hacer el menor ruido posible. Aparte de la mañana en la que su madre la había encontrado en el baño, solo podía recordar otra ocasión en la que alguien la había visto vomitar. Eso había sucedido mientras hacía fotos desde un catamarán en la costa de Martinica. Las náuseas habían surgido de repente, como un maremoto; su estómago de improviso había empezado a revolverse, y apenas consiguió llegar a la borda a tiempo. No pudo parar de devolver en las siguientes dos horas. Fue la experiencia más desagradable que había tenido trabajando, tan exagerada que no le había importado en absoluto que alguien la observara. Era lo único que podía hacer si quería obtener alguna toma esa tarde (solo consiguió tres que valieran la pena de más de cien), y entre toma y toma, había hecho todo lo posible para estar lo más quieta posible. Las náuseas matinales (diablos, ni siquiera las producidas por la quimioterapia) no tenían ni punto de comparación, y se preguntaba por qué se quejaba tanto cuando tenía dieciséis años.

¿Quién era en realidad en aquel entonces? Había intentado recrear la historia para Mark, especialmente lo terrible que habían sido aquellas primeras semanas en Ocracoke para una adolescente de dieciséis años que se sentía muy sola. En esa época, su exilio se le había antojado eterno; y ahora, al mirar atrás, solo veía que aquellos meses habían pasado demasiado deprisa.

Aunque nunca se lo dijo a sus padres, había deseado regresar a Ocracoke. Ese deseo había sido especialmente intenso en los dos primeros meses de vuelta en Seattle; en algunos momentos, era casi abrumador. Con el paso del tiempo, el anhelo fue disminuyendo, pero nunca desapareció del todo. Hacía algunos años, en la sección de viajes del *New York Times*, alguien había escrito un relato de sus viajes por la cadena de islas Outer Banks. El viajero tenía la esperanza de ver los caballos salvajes de las islas, y finalmente había podido encontrarlos cerca de Corolla, pero era la descripción de la austera belleza de aquella cadena de islas que formaban una barrera de baja altura lo que tocó la fibra sensible de Maggie. El artículo invocaba el aroma de los bollos que hacían la tía Linda y Gwen para los pescadores cada mañana y la tranquila quietud que la localidad ofrecía en los días desapacibles de invierno. Se acordó de que recortó el artículo para enviárselo a su tía, junto con unas cuantas copias de algunas de sus fotografías recientes. Como siempre, la tía Linda había respondido por correo ordinario, dando las gracias a Maggie por el artículo y entusiasmada con las fotografías. La carta acababa expresando cuán orgullosa se sentía de Maggie y cuánto la quería.

Le había dicho a Mark que con los años cada vez se había sentido más unida a la tía Linda, pero sin dar más detalles. Con sus largas cartas, la tía Linda se había convertido en la persona más constantemente presente en la vida de Maggie, más que el resto de su familia al completo. Había algo reconfortante en el hecho de saber que alguien la quería y la aceptaba tal como era; los meses que pasaron juntas le demostraron a Maggie el significado del amor incondicional.

Pocos meses antes de que tía Linda falleciera, Maggie le había confesado que siempre había querido ser más como ella. Fue durante su primera y única visita a Ocracoke desde que se fuera cuando era adolescente. La localidad no había cambiado demasiado y la casa de su tía desencadenó una riada de recuerdos agridulces. El mobiliario seguía siendo el mismo, los olores también, pero el paso del tiempo lentamente había pasado factura. Todo estaba un poco más desgastado, desvaído y destartalado, incluida su tía. Para entonces, las líneas de expresión de su rostro eran profundas arrugas y su cabello canoso raleaba, dejando al descubierto en algunas partes el cuero cabelludo. Pero sus ojos seguían siendo los mismos, con aquel brillo siempre reconocible. Aquella confesión tuvo lugar un día en que las dos mujeres estaban sentadas ante la misma mesa de la cocina donde Maggie hacía antaño sus deberes.

—¿Por qué te gustaría ser más como yo? —preguntó tía Linda, atónita.

—Porque eres… maravillosa.

—Ay, cariño. —Linda había alargado la mano, tan frágil que a Maggie le recordó un pajarillo, y casi le rompe el corazón. Apretó suavemente los dedos de su sobrina—. ¿No te das cuenta de que yo podría decir exactamente lo mismo de ti?

El viernes, tras despertar de un sueño más parecido al estado de coma y dar vueltas sin hacer nada por su apartamento, Maggie engulló unas insípidas gachas de avena de preparación instantánea mientras escribía un mensaje a Mark sobre sus planes de encontrarse después en la galería. También reservó en el Atlantic Grill y contrató un coche para que les recogiera después de la cena, puesto que encontrar un Uber o un taxi en aquel vecindario por la noche a menudo era imposible. Después volvió a la cama. Con una velada que acabaría más tarde de lo habitual a la vista, Maggie necesitaba estar lo bastante descansada como para no desmayarse ante el primer plato de la cena. No puso la alarma y durmió tres horas más. Solo entonces empezó a prepararse.

«El caso es —pensó entonces Maggie— que cuando un rostro está tan demacrado como el de un esqueleto, con la piel tan frágil como un pañuelo de papel, no se puede hacer gran cosa para tener un aspecto presentable.» Con solo dar un vistazo a su pelo, que parecía la pelusa de un bebé, cualquiera sabría que estaba en el umbral de la muerte. Pero tenía que hacer un esfuerzo, y tras darse un baño, se tomó tiempo para maquillarse, intentando poner algo de color («vida») a sus mejillas; después probó tres pintalabios distintos antes de encontrar el que ofrecía una tonalidad remotamente natural.

Podía elegir entre un pañuelo y un sombrero, y finalmente se decidió por un gorro de lana roja. Se planteó si debía ponerse un vestido, pero sabía que se congelaría, de modo que optó por unos pantalones con un grueso suéter con bultitos, que añadía algo de entidad a su cuerpo. Como de costumbre, la cadena seguía en su sitio, y todavía añadió una preciosa bufanda de brillante cachemira para mantener el cuello caliente. Cuando dio un paso atrás para verse de cuerpo entero en el espejo y hacer una valoración de su aspecto, le pareció que estaba casi igual de bien que antes de empezar la quimioterapia.

Cogió el bolso y se tomó un par de pastillas más. El dolor no era tan intenso como el día anterior, pero no tenía por qué arriesgarse, y pidió un Uber. Llegó a la galería pocos minutos después de la hora de cierre y vio a Mark por la ventana, hablando sobre una de sus fotografías con una pareja en la cincuentena. Mark le ofreció un leve y disimulado saludo cuando Maggie pasó al interior y se dirigió a la oficina. En el escritorio había un pequeño montón de correo; estaba echando un rápido vistazo para seleccionarlo cuando Mark de pronto dio unos golpecitos en la puerta abierta.

—Hola, perdona. Creía que ya se habían decidido antes de que llegaras, pero todavía tenían muchas preguntas.

—¿Y?

—Han comprado dos copias.

«Increíble», pensó. En los primeros tiempos de la galería podían pasar semanas sin que se vendiera ni una sola foto. Y aunque las ventas habían ido en aumento al mismo ritmo que su carrera profesional, el verdadero renombre había llegado con los *Vídeos sobre el cáncer*. La fama lo cambiaba todo, incluso aunque se debiera a una razón que no le deseaba a nadie. Mark entró en el despacho y de repente se paró en seco.

—Guau —dijo—. Estás fantástica.

—Me he esforzado.

—¿Cómo te sientes?

—He estado más cansada de lo normal, y he dormido mucho.

—¿Estás segura de querer ir al teatro?

Maggie pudo ver la preocupación en la expresión de su rostro.

—Es el regalo de Luanne, tengo que ir. Y, además, me ayudará a conectar con el espíritu navideño.

—Estoy ansioso por ir desde que me invitaste. ¿Estás lista? El tráfico va a ser terrible esta noche, sobre todo por el mal tiempo.

—Estoy lista.

Tras apagar las luces y cerrar la puerta, salieron a la noche glacial. Mark levantó una mano para hacer señas a un taxi y sostuvo a Maggie por el codo al subir al interior.

De camino a Midtown, Mark le puso al corriente sobre la clientela y le informó de que Jackie Bernstein había vuelto para comprar la escultura de Trinity que había estado admirando en otras ocasiones. Era una pieza cara, pero valía la pena, según la opinión de Maggie, aunque solo fuera como inversión. En los últimos cinco años, el valor de las obras de arte de Trinity se había disparado. Nueve de las fotos de Maggie se habían vendido también, incluyendo las últimas dos de esa noche, y Mark le aseguró que había conseguido hacer todos los envíos antes de su llegada.

—Me escabullía a la trastienda siempre que tenía un minuto libre, quería estar seguro de que los envíos saldrían hoy. Muchos de ellos están pensados como regalos.

—¿Qué haría sin ti?

—Seguramente contratar a otra persona.

—No te haces valer. Te olvidas de que hubo muchos candidatos al puesto y no fueron seleccionados.

—¿Ah, no?

—¿No lo sabías?

—¿Cómo iba a saberlo?

Maggie se dio cuenta de que lo que decía tenía lógica.

—También quiero darte las gracias por asumir toda la carga de trabajo sin Luanne, y encima en vacaciones.

—De nada. Me gusta hablar con la gente de tu trabajo.

—Y del de Trinity.

—Por supuesto —añadió—. Pero su clientela es un poco más intimidatoria. He aprendido que suele dar mejor resultado escuchar más y hablar menos. La gente que se muestra interesada en su obra normalmente sabe más que yo.

—Pero tú tienes un don. ¿Has pensado alguna vez ser conservador de museo o tener tu propia galería? Quizá podrías hacer un máster en Historia del Arte, en lugar de la maestría en Estudios Pastorales.

—No —respondió en un tono de voz afable pero con determinación—. Sé cuál es el camino que debo tomar en mi vida.

«Estoy segura de ello», pensó Maggie.

—¿Cuándo empieza? Me refiero a tu camino.

—El próximo mes de septiembre se inicia el curso.

—¿Ya te han aceptado?

—Sí —contestó—. Asistiré a las clases en la Universidad de Chicago.

—¿Con Abigail?

—Por supuesto.

—Me alegro por ti. A veces me pregunto cómo habría sido la experiencia universitaria.

—Fuiste a un colegio universitario.

—Me refiero a permanecer cuatro años en la universidad, con su dormitorio universitario, fiestas, escuchando música mientras juegas a *frisbee* en el patio.

Mark alzó una ceja.

—Y también yendo a clase, estudiando y preparando trabajos.

—Ah, sí. Eso también. —Sonrió con una mueca—. ¿Le has dicho a Abigail que vamos al ballet esta noche?

—Sí, y está un poco celosa. Me ha hecho prometerle que la llevaré algún día.

—¿Cómo va la reunión familiar?

—La casa es un caos y siempre hay ruido. Pero le encanta. Uno de sus hermanos está en las fuerzas aéreas y ha venido desde Italia. No le había visto desde hacía un año.

—Seguro que sus padres están entusiasmados de tenerlos a todos en casa.

—Sí, lo están. Supongo que están construyendo una casa de pan de jengibre. Enorme. Lo hacen todos los años.

—Y de no haberte necesitado tu jefa, podrías haberles ayudado.

—A buen seguro que sería una experiencia educativa. No se me da demasiado bien la cocina.

—¿Y tus padres? Oí decir a Trinity que se habían ido al extranjero.

—Hoy y mañana están en Jerusalén. En Nochebuena estarán en Belén. Han enviado fotos de la iglesia del Santo Sepulcro. —Sacó el móvil para enseñárselas—. Mis padres deseaban hacer este viaje desde hace años, pero esperaron a que yo acabara la universidad, porque solo podía volver a casa durante las vacaciones escolares. —Mark devolvió el móvil al bolsillo—. ¿Dónde fuiste la primera vez que saliste del país?

—A Vancouver, Canadá —respondió Maggie—. Sobre todo porque se podía ir en coche. Me pasé un fin de semana haciendo fotos en Whistler tras el paso de una fuerte nevada.

—Yo todavía no he salido del país.

—Tienes que hacerlo —respondió ella—. Visitar otros lugares cambia la perspectiva. Ayuda a comprender que da igual dónde se esté, en qué país, la gente es bastante parecida en todas partes.

El tráfico empezó a congestionarse al salir de la West Side Highway, para ir empeorando aún más en las intersecciones a medida que se dirigían hacia el este. A pesar del frío, las aceras estaban abarrotadas; Maggie observó a la gente cargada con bolsas de compra y haciendo cola en los puestos de comida callejeros; otros se apresuraban hacia sus casas tras salir del trabajo. Finalmente llegaron a ver las ventanas iluminadas del Lincoln Center, lo que les daba la opción de quedarse sentados en el taxi al ralentí diez o quince minutos más, o salir y caminar.

Decidieron caminar y lentamente se abrieron paso a través

de una multitud que se extendía más allá de las puertas de entrada. Maggie cruzó los brazos y se puso a alternar el peso de su cuerpo de un pie a otro con la esperanza de entrar en calor. Por suerte, la cola avanzaba rápidamente, y al cabo de pocos minutos pudieron acceder al vestíbulo. Los acomodadores les condujeron hasta sus asientos en la primera grada del palco del teatro David H. Koch.

Siguieron charlando en voz baja antes de que empezara el espectáculo, mirando a su alrededor y observando cómo se llenaban los asientos con una mezcla de adultos y niños. Cuando llegó la hora de inicio, las luces fueron apagándose, empezó a oírse la música y se presentó ante el público la casa de la familia Stahlbaum en Nochebuena.

A medida que se desarrollaba el relato, Maggie se quedó embelesada por la gracia y la belleza de los bailarines, sus delicados y ágiles movimientos que daban vida a las notas de ensueño de la partitura de Tchaikovsky. De vez en cuando, Maggie miraba de reojo a Mark, advirtiendo que estaba cautivado. Parecía no ser capaz de apartar la mirada del escenario, lo que le recordó que era un chico del medio oeste que probablemente nunca había visto nada parecido.

99

Una vez concluido el espectáculo, se unieron a la muchedumbre festiva que se dirigía a Broadway. Maggie daba gracias de que el Atlantic Grill estuviera justo enfrente. Se sentía helada y tambaleante, quizá debido a las pastillas, o porque no había comido casi nada en todo el día, y enlazó su brazo al de Mark al aproximarse al paso de peatones. Mark redujo la marcha y permitió que Maggie se apoyara en él.

Hasta que no se hubieron sentado a la mesa, Maggie no empezó a sentirse mejor.

—¿Estás segura de que no prefieres dar por terminada la noche?

—Estaré bien —respondió, no convencida del todo—. Y realmente necesito comer algo. —Puesto que no parecía del todo tranquilo, continuó—: Soy tu jefa. Piensa que se trata de una cena de negocios.

—No es una cena de negocios.

—Negocios personales —repuso—. Creía que querías saber más de mi época en Ocracoke.

—Sí, quiero saber más —confirmó—. Pero solo si tú tienes ganas de contármelo.

—De veras que necesito comer. No es broma.

Con cierta renuencia, Mark asintió justo cuando la camarera llegó para ofrecerles la carta. Maggie se sorprendió al decidir que quería tomar una copa de vino y escogió un borgoña. Mark pidió un té helado.

Cuando la camarera se marchó, Mark lanzó una mirada apreciativa al restaurante.

—¿Has estado antes aquí?

—En una cita, ¿hará tal vez cinco años? No podía creer que tuvieran mesa para nosotros esta noche, supongo que alguien debe haber cancelado la reserva.

—¿Cómo era? ¿El tipo que te trajo aquí?

Maggie ladeó la cabeza, intentando recordar.

—Alto, un fabuloso pelo entrecano, trabajaba para Accenture como consultor de gestión. Divorciado, un par de niños y muy listo. Entró en la galería un día, nos tomamos un café y acabamos saliendo unas cuantas veces.

—Pero ¿no funcionó?

—A veces simplemente no hay química. En su caso lo supe cuando me fui a Cayo Largo para hacer un reportaje y al regresar me di cuenta de que no le había echado para nada de menos. Esa es básicamente la historia de todas las citas de mi vida, sin importar con quién estuviera saliendo.

—Tengo miedo de preguntar qué quiere decir eso.

—Cuando tenía veintipico y vine a vivir aquí frecuenté la escena nocturna durante unos cuantos años… Salía a medianoche y me quedaba casi hasta el amanecer, incluso entre semana. Ninguno de los tipos que conocí en esas circunstancias era la clase de persona que podría presentar a mi familia. La verdad es que seguramente ni siquiera era buena idea llevármelos a casa.

—¿No?

—Piensa un poco… Muchos tatuajes y sueños de convertirse en raperos o pinchadiscos. Tenía un gusto curioso en aquellos tiempos.

Mark hizo una mueca que la hizo reír. La camarera regresó con una copa de vino y Maggie alargó la mano para cogerla con una seguridad que no sentía del todo. Dio un sorbo y esperó hasta comprobar si su estómago se rebelaba, pero aparentemente lo aceptó bien. Para entonces ambos ya habían decidido qué tomarían: ella bacalao del Atlántico y él optó por un filete. Y cuando la camarera preguntó si deseaban empezar con algún aperitivo o una ensalada, ambos declinaron el ofrecimiento.

Mientras la camarera se alejaba, Maggie se inclinó por encima de la mesa.

—Podrías haber pedido algo más —le reprendió—. Solo porque yo no coma demasiado, no tienes por qué seguir mi ejemplo.

—Comí un par de trozos de pizza antes de que llegaras a la galería.

—¿Por qué?

—No quería que la cena subiera mucho. Estos sitios son caros.

—¿Lo dices en serio? Eso es una tontería.

—Es lo que hacemos Abigail y yo.

—Eres de lo que no hay, ¿lo sabías?

—Quería preguntarte algo... ¿Cómo empezaste tu carrera como fotógrafa de viajes?

—Pura insistencia. Y un poco de locura.

—¿Eso es todo?

Se encogió de hombros.

—También tuve suerte, porque los viajes pagados por las revistas han dejado de existir. El primer fotógrafo para el que trabajé en Seattle ya contaba con una buena reputación en reportajes de viajes, porque había colaborado mucho con *National Geographic*. Tenía una lista bastante buena de contactos con revistas, empresas turísticas y agencias publicitarias, y en ocasiones le había acompañado como ayudante. Tras un par de años, me volví un poco loca y acabé viviendo aquí. Compartí piso con algunas azafatas de vuelo y así conseguí volar con descuentos y hacer fotos en todos los lugares que podía permitirme visitar. Además, encontré trabajo con un fotógrafo innovador. Fue uno de los primeros en pasarse a la fotografía digital, y siempre invertía lo que ganaba en más equipo y *software*, lo que significaba que yo también debía hacerlo. Preparé mi propia página web, con consejos y reseñas y lecciones de Photoshop, y uno de los editores gráficos de Condé Nast dio conmigo. Me contrató para hacer un reportaje en Mónaco, y eso condujo a un segundo trabajo y a un tercero. Entretanto, mi antiguo jefe en Seattle se jubiló y básicamente me cedió su cartera de clientes, además de facilitarme una recomendación, de modo que en gran parte seguí con sus encargos.

—¿Qué te permitió ser completamente independiente?

—Mi reputación fue aumentando hasta el punto en que podía vender mis propios viajes. Mis tarifas, que mantuve reducidas aposta para los reportajes internacionales, siempre resultaban tentadoras para los editores. Y la popularidad de mi página web y mi blog, que con el tiempo condujo a mis primeras ventas *online*, me ayudaba a pagar las facturas. Además, fui una temprana usuaria de Facebook, Instagram y sobre todo YouTube, lo que ayudó a que se conociera mi nombre. Y después, por supuesto, vino la galería, que me consolidó en mi carrera. Durante años tuve que luchar para que me pagaran los viajes de trabajo, y de pronto, como si hubiera apretado un interruptor, tenía todo el trabajo que podía desear.

—¿Qué edad tenías cuando hiciste el reportaje en Mónaco?

—Veintisiete.

Maggie advirtió que a Mark le brillaban los ojos.

—Es una gran historia.

—Tuve suerte, ya te lo he dicho.

—Quizás al principio. Después lo hiciste tú sola.

Maggie lanzó una mirada apreciativa al restaurante; como muchos otros locales en Nueva York, presentaba la decoración típica de esas fechas, con un árbol de Navidad y también una *menorah* encendida en la zona de la barra. Calculó que había más gente ataviada con vestidos y suéteres rojos de lo habitual, y mientras examinaba el aspecto de los clientes, se preguntó qué harían en Navidad, incluso qué haría ella.

Dio otro sorbito de vino, cuyos efectos ya empezaba a notar.

—Hablando de historias, ¿quieres que continúe donde lo dejamos o prefieres que esperemos a que llegue la cena?

—Si estás preparada, me encantaría escucharla.

—¿Te acuerdas de dónde me quedé?

—Aceptaste que Bryce fuera tu profesor particular y acababas de decirle a la tía Linda que la querías.

Cogió de nuevo su copa y se quedó mirando fijamente el fondo púrpura.

—El lunes —comenzó a decir—, el día después de haber comprado el árbol de Navidad…

Los comienzos

Ocracoke, 1995

*M*e desperté cuando los rayos del sol atravesaban mi ventana. Sabía que mi tía hacía rato que se había ido, pero en mi abotargamiento imaginé oír a alguien rebuscando algo por la cocina. Todavía grogui, y temiéndome que tendría que devolver porque era lo típico de la mañana, me puse la almohada sobre la cara y me quedé con los ojos cerrados hasta estar segura de que podía moverme.

Estaba esperando la llegada de las náuseas mientras lentamente volvía a la vida; para entonces ya eran tan predecibles como el amanecer, pero, curiosamente, seguía sintiéndome bien. Poco a poco me incorporé, esperé un minuto más, y nada. Finalmente, tras poner los pies en el suelo, me levanté, segura de que mi estómago empezaría a dar volteretas en cualquier momento, pero seguía sin pasar nada.

«¡Aleluya!»

Como la casa estaba helada, me puse una sudadera por encima del pijama y luego deslicé los pies en las zapatillas. En la cocina mi tía había tenido el detalle de apilar todos los libros de texto y varias carpetas de color manila sobre la mesa, seguramente para animarme a arrancar desde primera hora de la mañana. Deliberadamente ignoré aquel montón, no solo porque no me sentía mareada; de nuevo tenía hambre de veras. Me freí un huevo y recalenté un bollo para desayunar, sin dejar de bostezar. Estaba más cansada de lo habitual porque me había quedado hasta tarde para acabar el primer borrador de mi trabajo sobre Thurgood Marshall. Eran cuatro páginas y media, no las cinco exigidas, pero no estaba mal, y me sentía algo así como orgullosa de mi laboriosidad, así que decidí recompensarme olvidándome del resto de los deberes hasta que estuviera más despierta. En lugar de eso, cogí un libro de Sylvia Plath de la estantería de mi tía, me abrigué con una chaqueta y me senté en el porche a leer un rato.

El caso es que hasta entonces nunca me había gustado realmente leer por placer. Eso era más bien cosa de Morgan. Yo siempre había preferido echar una ojeada aquí y allá para tener una visión general, por lo que abrí el libro por una página cualquiera y vi unas cuantas líneas que mi tía había subrayado:

> El silencio me deprimía. No el silencio del silencio. Era mi propio silencio.

Fruncí el ceño y volví a leerlo, intentando comprender lo que Plath había querido decir con eso. Creía entender la primera parte; sospechaba que hablaba de la soledad, aunque de forma vaga. La segunda parte no era tan complicada tampoco; en mi mente, simplemente estaba dejando claro que hablaba de la soledad de forma específica, no del hecho de que estar en un sitio tranquilo fuera deprimente. Pero la tercera parte era más delicada. Suponía que se refería a su propia apatía, tal vez el producto resultante de su soledad.

Entonces, ¿por qué no había escrito simplemente «estar sola es un asco»?

Me pregunté por qué algunas personas tenían que complicarse tanto la vida. Y, francamente, ¿por qué esa reflexión era siquiera tan profunda? ¿Acaso no sabía todo el mundo que la soledad podía ser un rollo? Yo también se lo podía haber dicho y solo era una adolescente. Demonios, yo sentía esa soledad desde que estaba varada en Ocracoke.

Pero tal vez estaba malinterpretando todo el fragmento. Yo no era un académico inglés. La verdadera cuestión era por qué mi tía lo había subrayado. Obviamente debía significar algo para ella, pero ¿qué? ¿Se sentía sola mi tía? No lo parecía, y pasaba mucho tiempo con Gwen, pero ¿qué sabía realmente de ella? No es que hubiéramos tenido profundas conversaciones personales desde mi llegada.

Seguía pensando en eso cuando oí un motor y el ruido de de unos neumáticos sobre la gravilla de la entrada. Y después cómo se cerraba la puerta de un coche. Dejé el asiento, abrí la puerta corredera y escuché, aguardando. Y como era de esperar, finalmente oí unos golpecitos en la puerta. No tenía la menor idea de quién podría ser. Era la primera vez que oía a alguien llamar a la puerta desde que estaba allí. Tal vez debería haberme puesto nerviosa, pero Ocracoke no era exactamente un hervidero de actividad criminal, y tenía mis dudas sobre la posibilidad de que un delincuente llamara a la puerta antes de entrar a robar. Sin pensarlo dos veces fui a la entrada y abrí la puerta de par en par, donde vi a Bryce de pie ante mí, lo que paralizó considerablemente la actividad de mi confundido cerebro. Era consciente de que había aceptado que fuera mi profesor particular, pero por alguna razón pensé que pasarían algunos días hasta que empezáramos con las clases.

—Hola, Maggie —saludó—. Tu tía me dijo que viniera para ponernos manos a la obra.

—¿Eh?

—Con las clases —continuó.

—Eh...

—Me comentó que tal vez necesitarías algo de ayuda para preparar los exámenes. Y quizá ponerte al día con los deberes...

No me había duchado, no me había peinado, no me había puesto maquillaje. En pijama, zapatillas y con una chaqueta por encima, probablemente parecía una indigente.

—Acabo de levantarme —conseguí finalmente balbucear.

Bryce ladeó la cabeza.

—¿Duermes con la chaqueta?

—Hacía frío ayer. —Como Bryce seguía mirándome fijamente, añadí—: Cojo frío con facilidad.

—Ah, entiendo, a mi madre también le pasa. Pero... ¿estás lista? Tu tía me dijo que viniera a las nueve.

—¿A las nueve?

—Hablé con ella esta mañana después de entrenar. Me dijo que había vuelto a casa y te había dejado una nota.

Supongo que sí había oído a alguien pululando por la cocina. Ups.

—Ah —me limité a responder intentando ganar tiempo. De ningún modo le dejaría entrar tal y como iba vestida—. Creía que la nota decía a las diez.

—¿Quieres que vuelva a las diez?

—Sería mejor —confirmé, intentando no echarle el aliento. Su aspecto era…, bueno, muy similar al del día anterior. Con el pelo levemente despeinado por el viento y los hoyuelos marcados, vestía pantalones vaqueros y la chaqueta de color verde oliva que ya conocía.

—Ningún problema —respondió—. Hasta entonces, ¿podrías facilitarme los materiales que ha preparado Linda? Me dijo que podrían ayudarme a hacerme una idea de lo que necesitas.

—¿Qué materiales?

—Los que según ella te ha dejado en la mesa de la cocina.

«Ah, sí —pensé de repente—. Ese montón que ha dejado con tanta consideración para que aprovechara el día desde primera hora de la mañana.»

—Espera —contesté—. Déjame ver qué hay.

Le dejé esperando en el porche y volví a la cocina. Efectivamente, encima del montón había una nota de mi tía.

> Buenos días, Maggie,
>
> Acabo de hablar con Bryce y hemos acordado que vendrá a las nueve para empezar con las clases. He fotocopiado la lista de trabajos y deberes, así como las fechas de las pruebas y exámenes. Espero que pueda explicarte las materias en las que yo no te puedo ayudar. Que tengas un día maravilloso, nos vemos por la tarde. Te quiero.
>
> Te doy mi bendición,
>
> TU TÍA LINDA

Hice mentalmente el propósito de estar atenta a posibles notas en el futuro. Estaba a punto de cargar con todo el montón cuando recordé el trabajo que había empezado a escribir. Fui a mi cuarto para cogerlo y añadirlo a la pila que llevé en brazos hasta la entrada, donde enseguida me di cuenta de mi error.

—¿Bryce? ¿Todavía estás ahí?

—Sí, estoy esperando.

—¿Puedes abrir la puerta? Tengo las manos ocupadas.

La puerta se abrió y le entregué todo aquello.

—Creo que esto es lo que ha dejado para ti. Ayer por la noche redacté el borrador de un trabajo, está encima de todo.

No sé si le sorprendió el voluminoso montón; en todo caso, no lo dejó ver.

—Genial —dijo, alargando los brazos para cogerlo. Se balanceó levemente por el peso hasta recuperar el equilibrio—. ¿Te importa que lo mire en el porche, para no tener que ir a casa y volver?

—En absoluto —dije, deseando de veras haberme lavado los dientes antes—. Necesito un poco de tiempo para prepararme, ¿sí?

—Claro —contestó—. Cuando estés lista empezamos. Tómate el tiempo que necesites.

Tras cerrar la puerta, fui directa a mi habitación para buscar la ropa. Me desvestí con rapidez y me puse mis pantalones vaqueros favoritos que estaban amontonados en el armario, pero al intentar abrochar el botón superior, se me clavó en la piel de forma dolorosa. Lo mismo sucedió con mis segundos favoritos, lo que significaba que seguramente tendría que llevar los mismos pantalones de cintura elástica que llevaba en el ferri. Rebusqué entre mis camisetas y gracias a Dios todavía me servían. Escogí una de color granate de manga larga. En cuanto a los zapatos, no tenía mucho donde elegir: zapatillas deportivas, pantuflas, botas de agua y unas botas forradas por dentro, las Ugg. Esas me irían bien.

Una vez hube decidido qué ponerme, me duché, me lavé los dientes y me sequé el pelo. Me di un toque de maquillaje ligero y me puse la ropa elegida. Como mi tía insistía tanto en la cuestión de la limpieza, mi cuarto estaba arreglado y lo único que realmente quedaba por hacer era estirar las sábanas, airear el edredón y colocar a osita-Maggie sobre la almohada. Por supuesto, no tenía la menor intención de enseñarle mi habitación, pero si tenía que ir al baño y se asomaba a la puerta, vería que lo tenía todo recogido.

Aunque no es que eso fuera muy importante.

Lavé y sequé el plato, el vaso y los utensilios que había usado en el desayuno, pero aparte de eso, la cocina estaba perfecta. Descorrí las cortinas, permitiendo que entrara más luz en la casa y, con una profunda respiración, fui hacia la puerta.

Al abrirla le vi sentado en el porche, con las piernas apoyadas en los escalones.

—¡Eh! —saludó; sin duda me había oído. Volvió a rehacer el montón y se puso en pie, pero luego se quedó paralizado. Me miró como si fuera la primera vez que me veía—. Guau. Estás muy guapa.

—Gracias —contesté, pensando que quizá mi aspecto no estaba tan mal, aunque nunca fuera a ser tan guapa como Morgan. Aun así, noté que me sonrojaba—. Me he puesto lo primero que he encontrado. ¿Estás preparado?

—Deja que recoja todo esto.

Di un paso atrás para dejarle pasar, cargado como iba con aquella pila de libros y otros materiales. Se detuvo un momento, sin duda preguntándose adónde debía ir.

—Puedes dejarlo todo en la mesa de la cocina —dije, indicándola con un gesto—. Es donde suelo trabajar.

«En las escasas ocasiones en las que hago algo», pensé. Y eso cuando no trabajaba en la cama, algo que no pensaba decirle.

—Perfecto —dijo. Ya en la cocina, lo dejó todo sobre la mesa, cogió la carpeta de color manila que estaba encima del montón y se acomodó en la silla que había usado para desayunar. Entretanto, yo seguía pensando en lo que me había dicho en el porche y, aunque le había invitado a pasar, el hecho de que estuviera en ese momento sentado a la mesa de la cocina se me antojaba extraño, como si fuera una de esas escenas que se ven en la tele o en el cine, pero que nunca esperas experimentar en la vida real.

Cabeceé mientras pensaba: «Tengo que controlarme». Empecé a avanzar y me desvié hacia los armarios situados al lado del fregadero.

—¿Quieres un vaso de agua? Yo me voy a poner uno.

—Sí, gracias.

Llené dos vasos y los llevé a la mesa; luego me senté en el lugar que habitualmente ocupaba mi tía. Me sorprendí al ocurrírseme que la casa se veía totalmente distinta desde aquel ángulo, lo que me hizo pensar también qué le parecería a Bryce.

—¿Has leído el trabajo que escribí?

—Sí —contestó—. Es uno de los magistrados más prominentes. ¿Lo elegiste tú o fue el profesor quien te lo asignó?

—El profesor lo escogió.

—Tienes suerte porque el tema da para mucho. —Cruzó las manos sobre la mesa—. Empecemos con esto: ¿cómo crees que te está yendo en tus estudios?

No esperaba esa pregunta y tardé unos segundos en responder.

—Supongo que bien. Sobre todo si tenemos en cuenta que se supone que debería aprender todo esto yo sola sin ayuda de los profesores. Las últimas pruebas no me han ido demasiado bien, pero todavía tengo tiempo de mejorar las notas.

—¿Quieres que tus notas sean mejores?

—¿A qué te refieres?

—Crecí oyendo decir a mi madre una y otra vez: «No hay enseñanza, solo hay aprendizaje». Debo haberlo escuchado más de cien veces, y durante mucho tiempo no sabía a qué se refería. Porque ella era mi maestra, ¿no? ¿Me estaba diciendo que en realidad no lo era? Pero cuando me hice un poco mayor, finalmente comprendí que lo que quería decirme es que es imposible enseñar a menos que el alumno desee aprender. Supongo que podía haberlo expresado de otra forma. ¿Quieres aprender? ¿De verdad y sinceramente? ¿O simplemente quieres hacer lo mínimo para ir pasando?

Al igual que en el ferri, me pareció más maduro que la gente de su edad; y quizá porque su tono de voz era tan amable, me hizo reflexionar sobre lo que realmente estaba preguntando.

—Bueno… No quiero tener que repetir mi segundo año.

—Lo pillo. Pero sigues sin dar respuesta a mi pregunta. ¿Qué notas quieres sacar? ¿Con qué estarías contenta?

«Todo excelente sin tener que trabajar», por supuesto; pero me pareció que decirlo en voz alta no sería lo más conveniente. Lo cierto es que normalmente sacaba un bien o un suficiente, con predominio de estos últimos. A veces sacaba un excelente en las asignaturas más fáciles, como música o plástica, pero también había tenido un par de suspensos. Sabía que nunca podría compararme con Morgan, pero una parte de mí seguía queriendo complacer a mis padres.

—Creo que estaría satisfecha si sacara un notable de media.

—Vale —respondió. Volvió a sonreír, y de nuevo los hoyuelos hicieron su aparición—. Ahora ya lo sé.

—¿Eso es todo?

—No exactamente. Lo que quieres ahora no está en consonancia con tu realidad actual. Te falta entregar por lo menos ocho deberes de Matemáticas y tus resultados en las pruebas son bastante deficientes. Vas a tener que destacar por tus trabajos en general el resto del semestre para sacar un notable en Geometría.

—Vaya…

—También vas atrasada en Biología.

—Ya.

—Lo mismo te pasa en Historia de América. Y en Inglés y Español.

Para entonces ya no podía mirarle a los ojos, consciente de que seguramente pensaba que era idiota. Sabía que era casi igual de difícil entrar en West Point que en Stanford.

—¿Qué te parece el trabajo? —pregunté, casi temiendo la respuesta.

Miró de reojo mi escrito; no estaba en la carpeta: lo había colocado sobre la pila de libros de texto.

—También quería comentártelo.

Como nunca antes había tenido un profesor particular, no estaba segura de qué cabía esperar. A eso había que añadir que el profesor era muy guapo, por lo que estaba aún más confusa. Supongo que imaginaba que trabajaríamos y luego haríamos una pausa para conocernos mejor y tal vez flirtear un poco, pero el día no transcurrió en absoluto de ese modo; solo se cumplió la primera parte.

Trabajamos. Fui al baño. Trabajamos aún más. De nuevo otra pausa para ir al baño. Y así durante horas.

Aparte de revisar mi trabajo, que él quería que redactara de forma cronológica en lugar de saltar hacia atrás y hacia delante en el tiempo, dedicamos casi todo el día a Geometría, para ponerme al día con las tareas pendientes. Me resultó imposible hacerlas todas, porque Bryce me obligaba a solucionar cada problema por mí misma. Cuando le pedía ayuda, hojeaba el libro de texto y encontraba la sección que explicaba el concepto. Me hacía leerla y, si no lo entendía, intentaba descomponerlo en partes para mí. Si con eso todavía no bastaba (como solía ser el caso), examinaba la cuestión que me confundía y entonces creaba una pregunta original que fuera similar. Después me enseñaba pacientemente a responder esa cuestión de prueba paso a paso. Solo entonces volvíamos al problema del libro, que tenía que resolver yo sola. Todo lo cual era verdaderamente frustrante, porque enlentecía el proceso y eso suponía un aumento de la cantidad de trabajo que tenía que hacer.

Mi tía llegó a casa justo cuando Bryce estaba a punto de irse y acabaron charlando en la entrada. No tengo ni idea de qué hablaban, pero en todo caso era en un tono animado; yo permanecí en la silla sentada con la frente sobre la mesa. Justo antes de que mi tía llegara, y después de todo lo que había hecho, Bryce me puso más deberes, o más bien, deberes que se suponía que tenía que haber terminado. Además de reescribir mi trabajo, quería que leyera algunos apartados de mis libros de texto de Biología e Historia. A pesar de que al pedírmelo sonreía (como si fuera algo completamente razonable tras horas de freírme el cerebro), los hoyuelos ya no significaban nada para mí.

«Solo que…»

El caso es que era realmente bueno a la hora de explicar, de manera que las cosas adquirían sentido de forma intuitiva, y no perdía la paciencia en ningún momento. Al final del día casi me parecía como si hubiera entendido un poco mejor la materia, y me sentía menos intimidada ante la visión de las figuras, de los números y de los signos de igualdad. Pero no hay que dejarse engañar: no me había convertido de repente en una especie de genio de la geometría. Cometí errores importantes y otros más leves durante toda la jornada, y al final estaba bastante desanimada. Morgan, en cambio, no habría tenido que esforzarse.

En cuanto se fue, me eché una siesta. La cena estaba lista cuando por fin me desperté, y después de cenar y limpiar la cocina regresé a mi habitación y afronté la lectura de los libros de texto. Todavía tenía que volver sobre la redacción del trabajo, así que encendí el *walkman* y empecé a escribir. Mi tía asomó la cabeza por la puerta poco después y me dijo algo; fingí haberla oído, aunque no era cierto. Supuse que si se trataba de algo importante volvería después para repetírmelo.

Tras escribir durante un rato, cometí el error de olvidarme de que estaba embarazada. Cambié de posición para estar más cómoda y de pronto sentí la llamada de la naturaleza. «Otra vez.» Cuando abrí la puerta me sorprendió oír una conversación procedente de la sala de estar. Me asomé tras la esquina para ver quién era y vi a Gwen dejando una caja llena de adornos y lucecitas frente al árbol de Navidad, y recordé vagamente que mi tía me había dicho que íbamos a decorarlo esa noche después del trabajo.

Lo que no esperaba era ver a Bryce charlando con mi tía mientras esta sintonizaba una emisora de radio, hasta encontrar una cadena con villancicos. Noté que el estómago me daba un vuelco cuando me vieron, pero por lo menos no iba en pijama y zapatillas, con aspecto de polizón vagabundo.

—Aquí estás —anunció tía Linda—. Estaba a punto de subir a buscarte. Bryce acaba de llegar.

—Hola, Maggie —dijo Bryce. Todavía llevaba los mismos pantalones y la misma camiseta, y no pude evitar fijarme en la esbelta figura perfilada por las caderas y los hombros—. Linda me invitó a venir para adornar el árbol. Espero que no te importe.

Me quedé sin habla momentáneamente, pero no creo que nadie se diera cuenta. Tía Linda se estaba poniendo la chaqueta para salir de nuevo.

—Gwen y yo vamos un momento a la tienda para comprar ponche de huevo. Si queréis poner las luces, empezad sin nosotras, volveremos enseguida.

Me quedé en el umbral antes de acordarme con dolorosa urgencia de por qué había salido de la habitación. Fui al baño

113

y, mientras me lavaba las manos, escudriñé mi imagen en el espejo y pensé que hasta yo me daba cuenta de que estaba cansada, pero no podía hacer nada al respecto. Me cepillé el pelo, respiré hondo y salí, preguntándome por qué de pronto estaba nerviosa. Bryce y yo habíamos estado solos en la casa durante horas; ¿por qué ahora era distinto?

«Porque ahora no está aquí como profesor. Está aquí porque Linda quería que viniera, no por ella, sino porque pensó que a mí me gustaría», susurró mi voz interior.

Para cuando salí del baño, tía Linda y Gwen ya se habían ido, y Bryce había sacado una guirnalda de luces de la caja. Le observé luchando por desenredarla y, disimulando, me hice con otra guirnalda y empecé a imitarle.

—He acabado la lectura. Y también parte del trabajo.

—Ahora que la luz del sol no entraba por las ventanas, su pelo y sus ojos parecían más oscuros.

—Me alegro por ti —dijo—. Yo fui a dar una vuelta con Daisy por la playa y luego mis padres me hicieron cortar leña. Gracias por invitarme.

—De nada —respondí, aunque yo no hubiera tenido nada que ver en eso.

Acabó de desenmarañar la guirnalda y examinó la habitación.

—Tengo que comprobar que las luces funcionan. ¿Hay algún enchufe cerca?

No tenía la menor idea. Nunca había necesitado saber dónde estaban los enchufes, pero creo que básicamente estaba hablando consigo mismo, porque se agachó para buscar bajo la mesa cercana al sofá.

—Aquí hay uno.

Se puso en cuclillas con un movimiento ágil y alargó el brazo por debajo de la mesa para enchufar la tira de luces. Me quedé observando las parpadeantes luces multicolores.

—Me encanta decorar árboles de Navidad —declaró, mientras volvía a rebuscar en la caja—. Me ayuda a entrar en el espíritu navideño. Sacó otra guirnalda justo cuando yo acababa de desenredar la mía. La enchufé junto a la otra y también me la quedé mirando mientras empezaba a parpadear, y luego volví a sacar otra de la caja.

—Nunca he decorado un árbol.

—¿De veras?

—Mi madre es la que suele hacerlo. Le gusta que esté a su manera.

—Ah —exclamó suavemente, y pude ver que estaba perplejo—. En nuestra casa es justo al revés. Mi madre solo nos da indicaciones y los demás lo adornamos.

—¿No le gusta decorarlo?

—Sí, pero tendrías que conocerla para entenderlo. El ponche de huevo fue idea mía, por cierto. Forma parte de nuestra tradición y, en cuanto lo mencioné, tu tía pensó que debería tener un poco aquí también. Le estaba comentando lo bien que has trabajado hoy. Sobre todo al final. Casi no he tenido que ayudarte.

—Todavía voy muy atrasada.

—No me preocupa —repuso—. Si continúas como hoy, te pondrás al día enseguida.

No estaba tan segura. Obviamente tenía más confianza en mí que yo misma.

—Gracias por tu ayuda. No estoy segura de habértelas dado antes de que te fueras, estaba así como embobada.

—No importa. —Cogió mi guirnalda y comprobó las luces—. ¿Desde cuándo vives en Seattle?

—Desde que nací —respondí—. En la misma casa. En el mismo dormitorio, de hecho.

—No puedo imaginarme cómo debe ser eso. Hasta que vinimos aquí, nos mudábamos prácticamente cada año. Idaho, Virginia, Alemania, Italia, Georgia, incluso Carolina del Norte. Mi padre estuvo en Fort Bragg durante algún tiempo.

—No sé dónde está.

—En Fayetteville. Al sur de Raleigh, a unas tres horas de la costa.

—Me quedo igual. Mi conocimiento de Carolina del Norte se limita básicamente a Ocracoke y Morehead City.

Sonrió.

—Háblame de tu familia. ¿Qué hacen tu madre y tu padre?

—Mi padre trabaja en la línea de montaje de Boeing. Creo que se ocupa del remachado, pero no estoy segura del todo. No habla demasiado sobre su trabajo, pero tengo la sensación de que todos los días es igual. Mi madre trabaja a tiempo parcial como secretaria en nuestra iglesia.

—Y tienes una hermana, ¿verdad?

—Sí —asentí al tiempo con la cabeza—. Morgan. Tiene dos años más que yo.

—¿Os parecéis?

—Ya me gustaría —contesté.

—Estoy seguro de que ella dice lo mismo cuando habla de ti. —Aquel cumplido me pilló desprevenida, igual que cuando me dijo por la mañana que estaba muy guapa. Mientras tanto, Bryce estaba sacando de la caja un cable alargador—. Supongo que ya hemos acabado. —Enchufó el cable y conectó la primera guirnalda—. ¿Quieres colocar las guirnaldas sobre el árbol o prefieres ajustarlas en el sitio adecuado?

No sabía con exactitud a qué se refería.

—Ajustar, creo.

—Vale —aceptó. Sujetó el árbol y con cuidado lo apartó de la ventana para dejar más espacio libre—. Así es más fácil moverse alrededor del árbol. Podemos volver a ponerlo en su sitio cuando acabemos.

Se aseguró de que el cable no estuviera demasiado tenso y empezó a colocar las luces por la parte posterior del árbol, y luego lo rodeó hasta llegar al otro lado.

—Simplemente comprueba que no haya huecos o que las luces no estén demasiado cerca en algunos puntos.

«Ajustar.» Ahora lo entendía.

Hice lo que me pedía; no tardamos mucho en colocar la primera guirnalda, y entonces conectó la siguiente. Repetimos el proceso, trabajando juntos.

Se aclaró la voz.

—Quería preguntarte qué es lo que te ha traído a Ocracoke.

Ya había salido. La pregunta. En realidad, estaba sorprendida de que no hubiera surgido antes, y me vino a la cabeza la conversación que había tenido con mi tía, además de la inviabilidad de tener secretos en Ocracoke. Y que, tal como ella había observado, sería mejor que se enterara por mí. Respiré hondo y sentí un estremecimiento causado por el miedo.

—Estoy embarazada.

Bryce seguía inclinado hacia delante cuando alzó la vista para mirarme a los ojos.

—Lo sé. Me refiero a por qué estás aquí en Ocracoke y no con tu familia.

Noté que me había quedado boquiabierta.

—¿Sabías que estaba embarazada? ¿Te lo dijo mi tía?

—Linda no me ha contado nada. Simplemente encajé las piezas.

—¿Qué piezas?

—El hecho de que sigas matriculada en un instituto en Seattle; que te vas en mayo; que tu tía daba explicaciones vagas sobre la razón de tu repentina visita; que me pidió un sillín más cómodo de lo habitual para la bicicleta; que no has parado de ir al baño en todo el día. Un embarazo era la única explicación con sentido.

No estaba segura de si me sorprendía más la idea de que se lo hubiera imaginado con tanta facilidad y precisión o el hecho de que ni en su tono de voz ni en su expresión pudiera apreciarse que me estuviera juzgando.

—Fue un error —dije atropelladamente—. Hice una estupidez el agosto pasado con un chico que apenas conocía, y ahora estaré aquí hasta que tenga al bebé porque mis padres no querían que nadie se enterara. Y preferiría que tú tampoco se lo contaras a nadie.

Empezó de nuevo a dar vueltas alrededor del árbol.

—No voy a decir nada. Pero ¿no lo sabrá todo el mundo cuando te vean por ahí con un bebé?

—Voy a darla en adopción. Mis padres ya lo tienen todo arreglado.

—¿Es una niña?

—No tengo ni idea. Mi madre cree que sí lo es porque dice que mi familia solo sabe hacer chicas. O sea…, mi madre tiene cuatro hermanas, y mi padre, tres. Tengo doce primas y ningún primo. Mis padres solo nos tuvieron a nosotras dos.

—Qué guay. Aparte de mi madre, solo hay hombres en mi familia. ¿Puedes pasarme otra guirnalda?

El cambio de tema me descolocó.

—Pero… ¿no quieres hacerme más preguntas?

117

—¿Como cuáles?

—No sé. Cómo sucedió, por ejemplo.

—Sé cómo funciona eso —respondió en un tono neutro—. Y ya has mencionado que fue un chico que apenas conocías y que fue un error, y que vas a dar el bebé en adopción, así que no se me ocurre qué más decir.

Mis padres sin duda tuvieron mucho más que decir, pero a esas alturas ¿qué importaban los detalles? Todavía atónita, cogí otra guirnalda y se la pasé.

—No soy mala persona…

—Nunca he pensado que lo fueras.

Volvió a girar en torno al árbol con la nueva guirnalda; las luces ya casi llegaban a media altura.

—¿Por qué no te importa?

—Porque —empezó a decir, sin dejar de colocar las luces— a mi madre le pasó lo mismo. Era una adolescente cuando se quedó embarazada. Supongo que la única diferencia es que mi padre se casó con ella, y después llegué yo.

—¿Te lo han contado tus padres?

—No hacía falta. Sé la fecha de su aniversario de bodas y la de mi cumpleaños. No cuesta mucho echar cuentas.

«Guau», pensé. Me pregunté también si mi tía lo sabría.

—¿Cuántos años tenía tu madre?

—Diecinueve.

No parecía mucha diferencia de edad, pero para mí sí era significativa, aunque él no lo dijera. Después de todo, con diecinueve años eres una persona adulta legalmente y ya no vas al instituto.

—Vamos a dar un paso atrás para ver cómo está quedando.

Desde la distancia, era más fácil advertir los huecos y los puntos donde las luces estaban demasiado cerca unas de otras. Ambos ajustamos las guirnaldas, retrocedimos un poco y rectificamos lo necesario. El aroma a pino llenaba la sala de estar con el movimiento de las ramas. Se oían de fondo temas de Bing Crosby y las luces parpadeantes iluminaban los rasgos de Bryce. En medio del silencio, me pregunté qué estaría pensando realmente y si era tan tolerante como parecía.

Continuamos con la parte superior del árbol. Puesto que él era más alto, prácticamente lo hizo todo, y yo me limité a observar. Una vez hubo acabado, volvimos a apartarnos un poco para examinar el resultado.

—¿Qué te parece?

—Ha quedado bonito —respondí, aunque mi mente seguía a un millón de kilómetros de distancia.

—¿Sabes si tu tía pone una estrella o un ángel en la parte de arriba?

—No tengo ni idea. Y… gracias.

—¿Por qué?

—Por no hacer más preguntas. Por ser tan comprensivo respecto a la razón por la que estoy en Ocracoke. Por acceder a ser mi profesor particular.

—No tienes por qué darme las gracias —dijo—. Aunque no te lo creas, me alegro de que estés aquí. Ocracoke puede ser un tanto aburrido en invierno.

—¡No me digas!

Se rio.

—Supongo que ya te habrás dado cuenta, ¿no?

Por primera vez desde su llegada sonreí.

—No está tan mal.

119

Pocos minutos después llegaron mi tía y Gwen, quienes exclamaron maravilladas al ver las luces y acto seguido sirvieron el ponche de huevo en vasos para todos. Los cuatro bebimos a sorbitos mientras añadíamos espumillón y otros adornos al árbol, además del ángel que lo coronaba, que estaba guardado en el armario del vestíbulo. No tardamos mucho en acabar de decorarlo. Bryce volvió a colocarlo en su sitio y después regó la maceta un poco. A continuación, mi tía nos atiborró de rollitos de canela que había comprado en la tienda, y a pesar de que no eran tan frescos como sus bollos, nos sentamos a la mesa para degustarlos.

Aunque no era muy tarde, seguramente ya era hora de que Bryce se fuera, porque Linda y Gwen se levantaban muy temprano. Por suerte pareció darse cuenta y llevó su plato al fregadero. Se despidió y después se dirigió hacia la puerta.

—Gracias por invitarme —dijo mientras sujetaba el picaporte—. Ha sido muy divertido.

No estaba segura de si se refería a decorar el árbol o a pasar la tarde conmigo, pero sentí una oleada de alivio por haberle contado la verdad. Y porque hubiera sido más que empático al respecto.

—Me alegro de que hayas venido.

—Nos vemos mañana —dijo con voz tranquila, y las palabras curiosamente sonaron como una promesa y una oportunidad.

—Se lo he dicho —le conté a mi tía después de que Gwen se hubiera ido. Estábamos en la sala de estar, transportando las cajas vacías al armario del vestíbulo.

—¿Y?

—Ya lo sabía. Se lo había imaginado.

—Es muy… inteligente. Toda la familia lo es.

Cuando dejé una de las cajas en el suelo, los vaqueros se me clavaron en la cintura, y ya había comprobado que los demás pantalones me iban aún más apretados.

—Creo que voy a necesitar ropa más amplia.

—Precisamente iba a proponerte que vayamos de compras después de la misa del domingo.

—¿Te habías dado cuenta?

—No. Pero ya va siendo hora. Fui de compras con muchas adolescentes embarazadas cuando era monja.

—¿Se pueden comprar pantalones que disimulen un poco mi situación? Ya sé que todo el mundo al final lo va a saber, pero…

—Es bastante fácil ocultar el embarazo en invierno al llevar jerséis y chaquetas. Dudo que nadie advierta tu barriga hasta marzo. Tal vez incluso hasta abril, y cuando sea inevitable, siempre puedes intentar dejarte ver poco, si eso es lo que deseas.

—¿Crees que, como Bryce, otras personas ya se lo han imaginado y están hablando de mí?

Mi tía parecía estar eligiendo cuidadosamente sus palabras.

—Creo que la gente siente curiosidad sobre el motivo de tu visita, pero nadie me ha preguntado directamente. Si alguien llega a hacerlo, simplemente le diré que es una cuestión personal. Se darán cuenta de que no deben insistir.

Me gustaba la forma que tenía de protegerme. Miré de reojo la puerta abierta de mi cuarto y pensé en lo que había leído antes en el libro de Sylvia Plath.

—¿Puedo preguntarte algo?

—Claro.

—¿A veces te sientes sola?

Ella bajó la mirada, en su rostro una expresión indescifrable.

—Todo el tiempo —respondió. Su voz era apenas algo más que un susurro.

No voy a abundar en los detalles de la primera semana de clases, puesto que sería aburrido, ya que básicamente fue siempre igual; solo cambió la materia de estudio. Acabé de reescribir mi trabajo, pero Bryce me hizo corregirlo por segunda vez hasta que finalmente estuvo satisfecho. Poco a poco empecé a ponerme al día, y pasamos casi todo el jueves estudiando para el examen de Geometría del viernes. Era consciente de que mi cerebro estaría demasiado cansado para hacerlo cuando mi tía volviera del trabajo, de modo que volvió de la tienda para supervisar el examen a las ocho de la mañana siguiente, antes de que llegara Bryce.

Estaba bastante nerviosa. Por mucho que hubiera estudiado, temía cometer errores estúpidos o que alguno de los problemas me pareciera que estaba escrito en chino. Justo antes de que mi tía me pasara el examen, recé una breve oración, aunque no creyera realmente que eso me fuera a ayudar.

Por suerte me pareció que entendía lo que la mayoría de las preguntas pedían, y después fui respondiendo paso a paso tal y como Bryce me había enseñado. Aun así, cuando por fin lo entregué, seguía sintiéndome como si me hubiera tragado una pelota de tenis. Había sacado cincuenta o sesenta de cien en las pruebas anteriores, y no pude soportar contemplar a mi tía mientras lo corregía. No quería verla usar el boli rojo para tachar las respuestas, así que me dediqué a mirar fijamente por la ventana. Cuando tía Linda por fin me devolvió el examen, estaba sonriendo, pero no supe dilucidar si era por lástima o porque me había ido bien. Dejó el examen so-

121

bre la mesa ante mí, respiré hondo y finalmente tuve el valor de mirarlo.

No lo había clavado ni sacado sobresaliente. Pero el notable estaba más cerca del excelente que del suficiente, y cuando sin poder evitarlo proferí un grito de incredulidad y alegría, tía Linda me extendió los brazos, yo corrí hacia ellos y las dos nos abrazamos largo rato en la cocina. Y entonces me di cuenta de cuánto había necesitado ese abrazo.

Cuando Bryce llegó, lo primero que hizo fue repasar el examen; luego se lo devolvió a mi tía.

—La próxima vez lo haré mejor —dijo, aunque hubiera sido yo la que se había examinado.

—Estoy encantada —dije—. Y no te molestes en sentirte mal, porque no voy a aceptarlo.

—De acuerdo —respondió, pero todavía podía percibir su malestar.

Después de que la tía Linda recogiera todos mis deberes (lo enviaba todo al instituto los viernes) y se dirigiera a la puerta, Bryce me miró de reojo, con expresión inquieta.

—Quería preguntarte algo —empezó a decir—. Sé que es un poco precipitado y, además, tengo que consultarlo con tu tía, pero no quería hacerlo antes de hablar contigo. Porque si no te apetece, no tiene sentido preguntarle a ella, ¿no? Y, obviamente, si ella no está de acuerdo, pues entonces tampoco pasa nada.

—No tengo la menor idea de qué estás hablando.

—Conoces la flotilla de Navidad de New Bern, ¿verdad?

—Nunca he oído hablar de ella.

—Ah, debería haberlo imaginado. New Bern es una pequeña localidad situada hacia el interior desde Morehead City, que todos los años acoge una flotilla de Navidad. Básicamente consiste en un puñado de botes decorados con luces navideñas que se deslizan río abajo como si fuera un desfile. Después de presenciarlo, solemos ir a cenar con mi familia y luego visitamos una finca con una decoración alucinante en Vanceboro. El caso es que es una tradición familiar anual y tiene lugar mañana.

—¿Y por qué me lo estás contando?

—He pensado que tal vez te gustaría venir con nosotros.

Tardé un par de segundos en darme cuenta de que me estaba pidiendo algo parecido a una cita. No una cita de verdad, puesto que íbamos con sus padres y hermanos pequeños, era más bien una salida familiar, pero por la manera de abordar el tema, torpe y enrevesada, sospeché que era la primera vez que le pedía a una chica que fuera con él a algún sitio. Me sorprendió porque en todo momento me había parecido mucho mayor que yo. En Seattle los chicos simplemente preguntaban: «¿Quieres salir un rato?», y eso era todo. J. ni siquiera había preguntado nada; simplemente se había sentado a mi lado en el porche y había empezado a hablar.

Pero por alguna razón me gustó esa desmañada y excesiva complejidad, aunque no pudiera imaginar ningún romanticismo entre los dos. Daba igual que fuera guapo o no, mi sentido romántico se había ajado y resecado como una pasa en una acera calentada por el sol, y dudaba que en el futuro pudiera volver a experimentar la sensación de deseo. Y sin embargo, era... adorable.

—Si mi tía dice que le parece bien, suena divertido.

—Pero tengo que avisarte que nos quedamos a dormir en New Bern porque no hay ferris tan tarde. Mi familia alquila una casa, pero tú tendrías tu propio cuarto, por supuesto.

—Tal vez es mejor que se lo preguntes antes de que se vaya.

Para entonces mi tía ya estaba en la puerta a punto de bajar la escalera. Bryce se precipitó tras ella, y mientras tanto lo único en lo que yo podía pensar era que acababa de pedirme una cita.

No... Una excursión familiar.

Me preguntaba qué diría mi tía; enseguida volvió Bryce. Atravesó el umbral sonriendo.

—Quiere hablar con mis padres y ha dicho que me lo confirmaría esta tarde.

—Suena bien.

—Entonces supongo que deberíamos empezar. Con las clases, me refiero.

—Estoy lista cuando tú lo estés.

123

—Genial —respondió, sentándose a la mesa, y sus hombros de pronto se relajaron—. Hoy empezaremos con Español. Tienes una prueba el martes.

Y como si hubiera accionado un interruptor, volvió a ser mi profesor, un papel en el que obviamente se sentía más cómodo.

La tía Linda volvió a casa pocos minutos después de las tres. Aunque me pareció que estaba cansada, sonreía al entrar mientras se desembarazaba del abrigo. Me llamaba la atención que siempre sonriera al entrar.

—Hola. ¿Cómo ha ido hoy?

—Bien —contestó Bryce mientras recogía sus cosas—. ¿Cómo ha ido en la tienda?

—Mucho trabajo —respondió. Colgó el abrigo en el perchero—. He hablado con tus padres para confirmar que me parece bien que Maggie vaya con vosotros mañana, si ella quiere. Han dicho que quedaremos en la iglesia el domingo.

—Gracias por hablar con ellos. Y por estar de acuerdo.

—Ha sido un placer —dijo. Y luego, mirándome a mí, añadió—: Y después de la iglesia, el domingo, iremos de compras, ¿sí?

—¿De compras? —dijo Bryce sin pensar.

Mi tía me miró de reojo por una milésima de segundo y al instante supo lo que yo estaba pensando.

—Regalos de Navidad —respondió.

Y así de sencillo, tenía una cita.

O algo parecido.

A la mañana siguiente dormí hasta tarde y por sexto día seguido no tuve náuseas. Eso era con toda seguridad una ventaja, que vino seguida de otra sorpresa al desvestirme antes de ducharme. Mi... busto había aumentado de tamaño. Admito que pensé en la palabra «busto» en vez de la que normalmente surgiría espontáneamente en mi cabeza debido al crucifijo que colgaba de la pared del baño. Supuse que sería la palabra que habría usado mi tía.

Había leído que eso era normal, pero no me lo imaginaba

así. No de un día para otro. Vale, tal vez no me había fijado demasiado antes y mis senos habían ido creciendo sin que me diera cuenta, pero al ponerme ante el espejo, de repente pensé que parecía una Dolly Parton en miniatura.

La parte negativa era que mi antes fina cintura empezaba a desvanecerse, siguiendo el ejemplo de la Atlántida. Me puse de lado para examinar mi cuerpo y comprobé que era más ancho y más grande. Aunque había una báscula en el baño, no conseguí reunir el coraje de ver cuánto peso había ganado.

Por primera vez desde que Bryce había empezado a darme clases tenía la casa para mí sola casi todo el día. Probablemente debería haber aprovechado la tranquilidad para ponerme al día con los deberes, pero en vez de eso decidí ir a la playa.

Tras abrigarme busqué la bicicleta, que estaba detrás de la casa. Se tambaleó un poco cuando me puse en marcha (hacía mucho que no iba en bici), pero en cuestión de minutos le cogí el tranquillo. Pedaleé lentamente con el frío viento en la cara y cuando llegué a la arena dejé la bici apoyada contra un poste que indicaba una senda entre las dunas.

La playa era hermosa, aunque fuera completamente distinta a la costa de Washington. Estaba acostumbrada a rocas y acantilados, olas embravecidas que levantaban espuma, y allí solo había un oleaje suave, arena y juncos. No había gente, ni palmeras, ni puestos protegidos para los socorristas o casas con vistas al océano. Mientras caminaba por la vacía franja costera era fácil imaginar que era la primera persona que ponía el pie allí.

Sola con mis pensamientos, intenté imaginarme qué estarían haciendo mis padres. O qué harían más tarde, porque allí todavía era temprano. Me pregunté si Morgan estaría practicando con el violín (solía hacerlo a menudo los sábados) o si iría a comprar regalos al centro comercial. Me pregunté si ya tendrían el árbol o si lo comprarían más tarde ese mismo día o mañana, o incluso el fin de semana siguiente. Pensé en qué estarían haciendo Madison y Jodie, si alguna de ellas habría conocido a algún chico nuevo, qué películas habrían ido a ver últimamente, o adónde irían de vacaciones, si es que iban a algún sitio.

Y sin embargo, por primera vez desde que me fui de

125

Seattle, esos pensamientos no me hicieron daño inundándome con una tristeza abrumadora. En lugar de eso me di cuenta de que la decisión de venir aquí había sido la correcta. Con eso no quiero decir que no siguiera deseando que nunca hubiera pasado nada de lo que pasó, pero de algún modo supe que mi tía Linda era exactamente lo que necesitaba en ese momento de mi vida. Parecía comprenderme de una manera que mis padres nunca podrían.

Quizá porque, al igual que yo, siempre se sentía sola.

Al volver a casa, me duché y metí las cosas que necesitaría para la iglesia en una de las bolsas de lona que traje de Seattle, y luego pasé el resto del día leyendo varios temas de mis libros de texto, intentando ponerme al día con la esperanza de que algunos de los contenidos permanecieran en mi cabeza el tiempo suficiente como para ser capaz de acabar los deberes sin tener que hacer los problemas adicionales que Bryce sin duda confeccionaría para mí.

La tía Linda regresó a las dos (los sábados la tienda cerraba antes) y se aseguró de que no me dejara las demás cosas que necesitaba y que había olvidado, desde pasta de dientes a champú. Luego la ayudé a colocar el belén sobre la repisa de la chimenea. Mientras lo hacíamos, me di cuenta por primera vez de que tenía los mismos ojos que mi padre.

—¿Qué planes tienes para esta noche, ya que tienes la casa para ti sola? —pregunté.

—Gwen y yo vamos a cenar juntas —respondió—. Y luego jugaremos a *gin rummy*.

—Suena relajante.

—Estoy segura de que tú también pasarás una velada agradable con Bryce y su familia.

—No es para tanto.

—Ya me contarás. —Por la manera de decirlo mientras desviaba la mirada me vi compelida a formular la siguiente pregunta de forma automática.

—¿No quieres que vaya?

—Ya habéis pasado mucho tiempo juntos esta semana.

—Estudiando. Porque tú creías que lo necesitaba.

—Lo sé —aceptó—. Y aunque he dado mi consentimiento para que vayas, tengo mis reservas.

—¿Por qué?

Ajustó las figuritas de María y José antes de contestar.

—A veces a los jóvenes les resulta fácil... perderse en los sentimientos del corazón.

Tardé unos cuantos segundos en procesar las palabras que había empleado, anticuadas y propias de una monja, pero me di cuenta de que puse los ojos como platos.

—¿Crees que me voy a enamorar de él? —Al no responder, casi me eché a reír—. No tienes que preocuparte por eso —proseguí—. Estoy embarazada, ¿lo has olvidado? No tengo ningún interés en él.

Mi tía profirió un suspiro.

—No estoy preocupada por ti.

Bryce llegó pocos minutos después de que acabáramos con el belén. Aunque todavía estaba un poco descolocada por el comentario de mi tía, la besé en la mejilla y salí de la casa con la bolsa de lona mientras él seguía subiendo los escalones.

—Hola —saludó. Al igual que yo, iba vestido para una noche glacial. Había reemplazado la chaqueta tan chula de color aceituna por una de plumas bien gruesa parecida a la mía—. ¿Estás lista? ¿Quieres que te lleve la bolsa?

—No es tan pesada, pero si insistes.

Tras hacerse con mi bolsa, se despidió de mi tía con un gesto y se dirigió hacia la ranchera, la misma que había visto en el ferri. De cerca era más alta y grande de lo que recordaba. Abrió la puerta del pasajero para mí, pero me pareció como si estuviera escalando una pequeña montaña hasta que por fin pude acomodarme en el asiento. Cerró mi puerta y luego subió por el otro lado, dejando la bolsa de lona entre los dos. Aunque el cielo estaba despejado, la temperatura ya estaba descendiendo en picado. Con el rabillo del ojo pude ver a mi tía encendiendo las luces del árbol, que brillaban a través de la ventana, y por alguna razón de pronto pensé en el momento en que vi a Bryce por primera vez con su perro en la cubierta del ferri.

127

—Olvidé preguntarte si Daisy viene con nosotros.

Bryce negó con la cabeza.

—No. La acabo de dejar con mis abuelos.

—¿No querían venir? ¿Tus abuelos?

—No les gusta salir de la isla a menos que sea necesario. —Sonrió—. Y por cierto, mis padres me han dicho que están deseando conocerte.

—Yo siento lo mismo —respondí, con la esperanza de que no me hiciesen la pregunta obvia, pero no tuve tiempo de darle muchas vueltas. El trayecto solo duró unos pocos minutos; su casa estaba en la misma zona que la tienda de mi tía, cerca de los hoteles y el ferri. Bryce aparcó la furgoneta en la entrada, al lado de un monovolumen blanco más grande, y de pronto me puse a observar la casa que en un primer momento me pareció idéntica a las demás del pueblo, tal vez un poco más grande y mejor cuidada. Mientras la examinaba, la puerta principal se abrió de repente de par en par y dos chicos se precipitaron por las escaleras, dándose empellones. Mi mirada se desvió alternativamente de uno a otro, mientras pensaba que eran idénticos.

128

—Richard y Robert, por si no te acuerdas —dijo Bryce.

—Nunca podré distinguirlos.

—Están acostumbrados. Y se aprovecharán de eso para tomarte el pelo.

—¿Tomarme el pelo? ¿Cómo?

—Robert lleva la chaqueta roja. Richard la azul. De momento. Pero puede que se la cambien, así que estate preparada. Simplemente recuerda que Richard tiene un pequeño lunar bajo el ojo izquierdo.

Para entonces ambos se habían detenido cerca de la furgoneta de Bryce y nos miraban con detenimiento. Bryce cogió mi bolsa y abrió la puerta antes de descender del vehículo. Yo le imité, con la sensación de que me caería al suelo antes de conseguir poner los pies sobre la gravilla. Nos esperaban en la parte delantera de la furgoneta.

—Richard, Robert —dijo Bryce—. Os presento a Maggie.

—Hola, Maggie —dijeron al unísono. Sus voces sonaban a un tiempo robóticas y forzadas, como si fueran máquinas. Luego, también de forma simultánea, ambos ladearon la cabeza hacia la izquierda y, cuando volvieron a hablar, me di cuenta de que estaban actuando—. Es un placer conocerte y tener el honor de tu compañía esta tarde.

Les seguí el juego haciendo el saludo de *Star Trek*.

—Larga vida y prosperidad.

Ambos profirieron unas risitas y, aunque estaban bastante cerca y era de día, no pude detectar el lunar. Pero Richard (chaqueta azul) se inclinó hacia Robert (chaqueta roja), el cual empujó a Richard, que acto seguido golpeó a Robert, y después de eso Robert empezó a perseguir a Richard, para finalmente desaparecer detrás de la casa.

Advertí de reojo que algo se movía a mi derecha, a un nivel inferior al de la casa. Al volverme en esa dirección vi a una mujer de aspecto juvenil en una silla de ruedas, seguida de un hombre alto con un corte de pelo militar, que supuse que era su padre.

No era la primera vez que veía a alguien en silla de ruedas, por supuesto. En tercero y cuarto de primaria había una chica que se llamaba Audrey que iba en silla de ruedas, y el señor Petrie, que además era diácono en la iglesia, también. Pero no esperaba ver a su madre en una, aunque solo fuera porque Bryce no me había comentado nada. ¿Cómo era posible que me contase que se quedó embarazada siendo adolescente y se olvidara de decirme esto?

De algún modo conseguí mantener una expresión amistosa y neutra. Los dos niños se acercaron al oír a su madre llamándoles:

—R y R…, ¡al coche! ¡O nos iremos sin vosotros!

Pocos segundos después los dos hermanos llegaron rugiendo desde el otro lado de la casa, por donde les había visto esfumarse. Ahora Richard (chaqueta azul) perseguía a Robert (chaqueta roja)…

¿O me estarían tomando el pelo?

No había forma de saberlo.

—¡Al coche! —gritó el padre de Bryce, y después de rodearlo, los gemelos abrieron el portón lateral y saltaron hacia el interior, haciendo que el vehículo se balanceara levemente.

Listos o no, a buen seguro tenían energía.

Para entonces, los padres de Bryce se habían acercado a

129

nosotros y pude ver una expresión de bienvenida en sus rostros. La chaqueta de su madre parecía aún más voluminosa que la mía, y su pelo, de un tono cobrizo, contrastaba con sus ojos verdes. Su padre, me fijé, se mantenía erguido, con el pelo negro veteado de plata en las sienes. La madre de Bryce me ofreció la mano.

—Hola, Maggie —dijo con una sonrisa tranquila—. Soy Janet Trickett, y este es mi marido, Porter. Me alegra mucho que puedas venir con nosotros.

—Hola, señor y señora Trickett —saludé—. Gracias por invitarme.

Le di la mano también a Porter.

—Un placer —añadió—. Es agradable ver una cara nueva por aquí. Me han dicho que estás en casa de tu tía Linda.

—Por unos cuantos meses —respondí. Y luego añadí—: Bryce me ha ayudado mucho con mis estudios.

—Me alegro de oír eso —comentó Porter—. ¿Estáis listos?

—Sí —contestó Bryce—. ¿Queda algo más en casa que deba traer?

—Ya he cargado las bolsas. Deberíamos ponernos en marcha, porque nunca se sabe cómo irá de lleno el ferri.

Cuando me disponía a caminar hacia el monovolumen, Bryce me retuvo con suavidad por el brazo, indicándome que esperara. Observé cómo sus padres iban hacia el lado opuesto del portón por el que habían subido sus hermanos. Su padre alargó una mano hacia el interior y después oí el zumbido de un sistema hidráulico, y vi que del vehículo emergía una pequeña plataforma que descendía hasta el nivel del suelo.

—Ayudé a mi padre y a mi abuelo a modificar el coche para que mi madre también pueda conducir.

—¿Por qué no comprasteis otro?

—Son caros. Y no encontramos un modelo que nos fuera bien. Mis padres querían poder conducir los dos, por lo que es necesario que el asiento delantero pueda intercambiarse fácilmente. Básicamente se desliza de un lado a otro, y luego queda fijado.

—¿Y entre los tres ingeniasteis este mecanismo?

—Mi padre es bastante listo para estas cosas.

—¿Qué hacía en el Ejército?

—Estaba en Inteligencia —contestó—. Pero también es un genio con cualquier cosa mecánica.

¿Por qué no me sorprendía?

La madre de Bryce ya estaba en el interior y la plataforma empezó a elevarse, la señal para que Bryce empezara a avanzar. Abrió la puerta del lado opuesto y ambos subimos, apretujándonos al lado de los gemelos en el asiento trasero.

El monovolumen dio marcha atrás y se dirigió hacia el ferri, y yo miré al chico situado a mi lado. Llevaba la chaqueta azul y, mirándole detenidamente, me pareció apreciar el lunar.

—Eres Richard, ¿verdad?

—Y tú eres Maggie.

—¿Eres tú al que le gustan los ordenadores, o la ingeniería aeronáutica?

—Los ordenadores. La ingeniería es para frikis.

—Mejor que ser un empollón —replicó veloz Robert. Se inclinó hacia delante en su asiento y giró la cabeza para mirarme.

—¿Qué pasa? —pregunté finalmente.

—No parece que tengas dieciséis años —dijo—. Pareces mayor.

No estaba segura de si era un cumplido.

—Gracias, supongo —respondí.

Su mirada seguía clavada en mí.

—¿Por qué has venido a vivir aquí?

—Motivos personales.

—¿Te gustan los ultraligeros?

—¿Perdón?

—Son aviones pequeños, muy ligeros, que van despacio y necesitan muy poco espacio para aterrizar. Estoy construyendo uno en el patio de atrás. Igual que hicieron los hermanos Wright.

Richard le interrumpió:

—Yo hago videojuegos.

Me giré hacia él.

—No estoy segura de a qué te refieres.

—Un videojuego utiliza imágenes manipuladas de forma electrónica en un ordenador o cualquier otro dispositivo con pantalla, que permite al usuario participar en misiones, aventuras o viajes, desempeñar una función, o realizar otras tareas, solo o con otros jugadores, como parte de una competición o un juego.

—Sé lo que es un videojuego. No sabía a qué te referías al decir «hago videojuegos».

—Significa —aclaró Bryce— que concibe un juego, escribe el código y luego lo diseña. Y estoy seguro de que Maggie tendrá ganas de escuchar todos los detalles más tarde, también sobre el avión, pero ¿qué os parece si ahora nos dejáis tranquilos mientras llegamos al ferri?

—¿Por qué? —preguntó Richard—. Solo intento hablar con ella.

—¡Richard! ¡Déjalo ya! —oí exclamar al señor Trickett.

—Vuestro padre tiene razón —añadió la señora Trickett, mirándolos por encima de su hombro—. Y ahora disculparos.

—¿Por qué?

—Por ser unos maleducados.

—¿Por qué soy un maleducado?

—No voy a discutir con vosotros —prosiguió su madre—. Disculpaos. Los dos.

Robert saltó de sopetón.

—¿Por qué tengo que disculparme?

—Porque estáis presumiendo. Y no voy a pedíroslo otra vez.

Con el rabillo del ojo vi que ambos se hundían en sus respectivos asientos.

—Perdón —dijeron a un tiempo. Bryce se inclinó hacia mí y noté su cálido aliento en mi oreja al hablar.

—Intenté avisarte.

Reprimí una sonrisita, pensando: «Y yo que creía que mi familia era rara».

Esperamos al ferri detrás de una larga cola de vehículos, pero había mucho sitio disponible y salimos a la hora programada. Richard y Robert salieron precipitadamente del monovolumen nada más subir al ferri, y nosotros lo hicimos a continuación, observando cómo corrían hacia la borda. Mientras me ponía el gorro y los guantes, oí detrás de mí el elevador hidráulico. Señalé con un gesto la cabina con asientos situada en un nivel superior a la cubierta.

—¿Va a poder subir tu madre? Me refiero a si hay un ascensor.

—Normalmente se quedan casi todo el viaje en el monovolumen —contestó Bryce—. Pero les gusta disfrutar del aire fresco un rato. ¿Quieres que compremos un refresco?

Cabeceé para rechazar la propuesta al ver la multitud moverse en esa dirección.

—Vamos a la proa un rato.

Nos dirigimos hacia allí junto con un pequeño grupo de viajeros y pudimos encontrar un sitio donde no estábamos apiñados con otra gente. A pesar del aire glacial, el mar se veía en calma en todas direcciones.

—¿De veras Robert está construyendo un avión? —pregunté.

—Lleva casi un año trabajando en él. Mi padre le ayuda, pero el diseño es suyo.

—¿Y tus padres le dejarán volar en él?

—Tendría que sacarse una licencia de piloto. Básicamente lo hace para poder participar en una competición estudiantil de ciencias a nivel nacional y, conociéndole, estoy convencido de que volará. Pero mi padre se asegurará de que no corra ningún riesgo.

—¿Tu padre también sabe volar?

—Sabe hacer muchas cosas.

—Pero es tu madre la profesora. ¿Por qué no tu padre?

—Siempre ha trabajado.

—¿Cómo es posible que tu madre os enseñe?

—Es muy inteligente también. —Se encogió de hombros—. Empezó en el MIT, el Instituto de Tecnología de Massachusetts, con dieciséis años.

«Entonces, ¿cómo es posible que se quedara embarazada siendo aún adolescente? —me pregunté a mí misma—. Ah, sí. A veces basta con tener un desliz.» No obstante..., ¡vaya familia! Nunca había oído hablar de una parecida.

—¿Cómo se conocieron tus padres?

—Estaban haciendo prácticas en Washington, pero no sé mucho más. No comparten esa clase de cosas con nosotros.

133

—¿Ya estaba tu madre en silla de ruedas? Lo siento, sé que seguramente no debería preguntarlo.

—No pasa nada. Estoy seguro de que mucha gente se lo pregunta. Tuvo un accidente de tráfico hace ocho años. En una carretera de dos carriles un coche adelantaba a otro en sentido contrario al que conducía mi madre. Para evitar un choque frontal, mi madre dio un volantazo, se salió de la carretera y colisionó contra un poste de teléfono. Estuvo a punto de morir; en realidad, es un milagro que sobreviviera. Pasó casi dos semanas en la UCI, tuvo que someterse a varias operaciones y muchísima rehabilitación. Pero la médula espinal quedó dañada. Estuvo totalmente paralizada de cintura para abajo durante más de un año, pero al final recuperó algo de sensibilidad en las piernas. Ahora puede moverlas un poco, lo suficiente para que le resulte más fácil vestirse, pero nada más. No puede ponerse de pie.

—Es horrible.

—Es triste. Antes del accidente era una persona muy activa. Jugaba al tenis y salía a correr cada día. Pero no se queja.

—¿Por qué no me lo contaste?

—Supongo que no se me ocurrió. Sé que puede parecer extraño, pero ya no me doy cuenta. Sigue enseñando a los gemelos, cocina, se va de compras, toma fotografías, etcétera. Pero tienes razón. Debí habértelo comentado.

—¿Es por eso por lo que tu familia se mudó a Ocracoke? ¿Para que sus padres pudieran ayudaros?

—Es más bien al revés. Como ya te dije, cuando mi padre se jubiló del Ejército y empezó a trabajar como consultor, podríamos haber ido a cualquier sitio, pero mi abuela había tenido una apoplejía el año anterior a la jubilación. Aunque no fue muy grave, el doctor nos dijo que podría repetirse en el futuro. En cuanto a mi abuelo, su artritis está empeorando cada vez más, y esa es otra de las razones por las que mi padre les ayuda siempre que está en casa. El caso es que mi madre pensó que podría ayudar a sus padres, no al revés, y por eso quería vivir cerca de ellos. Aunque parezca increíble, es bastante independiente.

—¿Y por eso estás educando a Daisy? ¿Para ayudar a alguien como tu madre, que lo necesite?

—En parte. Mi padre pensó que me gustaría tener un perro, puesto que viaja tanto.

—¿Cuánto tiempo está fuera?

—Depende, pero normalmente cuatro o cinco meses al año. Volverá a marcharse después de las vacaciones. Pero ahora te toca a ti. Solo hablamos de mí y de mi familia y tengo la sensación de que no sé nada de ti.

Podía notar cómo el viento agitaba mi cabello y el sabor a sal del aire gélido.

—Ya te hablé de mis padres y mi hermana.

—Háblame de ti entonces. ¿Qué te gusta hacer? ¿Tienes algún *hobby*?

—Solía bailar cuando era pequeña y hacía deporte en los primeros años de secundaria. Pero no tengo ningún *hobby* propiamente dicho.

—¿Qué haces después del instituto o durante los fines de semana?

—Quedo con amigas, hablo por teléfono, veo la tele. —Al decir esas palabras me di cuenta de lo aburrido que sonaba y de que necesitaba urgentemente cambiar de tema—. Te has olvidado la cámara.

—¿Para tomar fotos de la flotilla? Se me ocurrió, pero pensé que sería una pérdida de tiempo. Lo intenté el año pasado y no conseguí que salieran buenas tomas. Las luces de colores salieron blancas.

—¿Probaste con el ajuste automático?

—Lo intenté todo, pero sin éxito. No me di cuenta de que debía haber usado un trípode y ajustar la sensibilidad, pero aun así seguramente las imágenes no habrían salido bien. Creo que los barcos estaban demasiado lejos de la costa y, además, obviamente, estaban en movimiento.

No tenía ni idea de sobre qué estaba hablando.

—Parece complicado.

—Lo es, y a la vez no tiene por qué serlo. Es como aprender cualquier cosa en que se requiera práctica y dedicación. Incluso cuando creo saber exactamente qué debo hacer para tomar una foto, me sorprendo cambiando la abertura del diafragma constantemente. Cuando hago fotos en blanco y negro, lo cual es bastante habitual, tengo además que controlar el temporizador en el cuarto oscuro para conseguir el tono adecuado. Ahora con Photoshop hay muchas más opciones de postedición.

—¿Tienes tu propio cuarto oscuro?

—Mi padre lo preparó para mi madre, pero yo también lo uso.

—Debes ser un experto.

—Mi madre es la experta, yo no. Cuando tengo un problema con una copia ella me ayuda, a veces también Richard. En ocasiones ambos.

—¿Richard?

—Me refiero con el Photoshop. Richard comprende de forma automática todo lo relacionado con ordenadores, así que si tengo alguna dificultad al usar Photoshop, él puede resolverla. Da mucha rabia.

Sonreí.

—Imagino que fue tu madre quien te enseño fotografía, ¿no?

—Sí. Ha hecho fotos extraordinarias en los últimos años.

—Me gustaría verlas. Y también el cuarto oscuro.

—Me encantará enseñártelo.

—¿Cómo empezó tu madre a hacer fotos?

—Dice que, un buen día, mientras estaba en el instituto, una cámara cayó en su manos, aprovechó para hacer algunas fotos y se enganchó. Cuando nací yo, mis padres no querían dejarme en la guardería, así que empezó a trabajar como *free lance* con un fotógrafo local los fines de semana, cuando mi padre podía quedarse conmigo. Cuando nos mudábamos, buscaba trabajo como ayudante de otro fotógrafo. Siguió haciéndolo hasta que llegaron los gemelos. Para entonces ya había empezado a darme clases, además de ocuparse del cuidado de los críos, de modo que la fotografía pasó a ser más bien un *hobby*. Pero siempre que puede sigue cargando con su cámara.

Pensé en mis padres, en cuáles eran sus pasiones, pero aparte del trabajo, la familia y la iglesia, no se me ocurría nada. Mi madre no jugaba al tenis ni al bridge, ni nada parecido; mi padre nunca había jugado al póquer ni participado en ninguna actividad de las que solían practicar los hombres. Ambos trabajaban; mi padre se ocupaba del jardín y el garaje, y sacaba la basura, y mi madre cocinaba, ponía lavadoras y limpiaba la casa. Aparte de salir a cenar algún viernes, mis padres eran bastante caseros. Esa seguramente era la razón por la que yo tampoco hacía gran cosa. Pero en cambio, Morgan tocaba el violín, así que tal vez solo me estaba justificando.

—¿Seguirás con la fotografía cuando vayas a West Point?

—No creo que tenga tiempo. El horario es bastante apretado.

—¿Qué quieres hacer en el Ejército?

—Tal vez Inteligencia, como mi padre. Pero también me pregunto a veces cómo sería formar parte de las fuerzas especiales y llegar a ser un boina verde, o que me seleccionaran para el destacamento Delta.

—¿Como Rambo? —pregunté, pensando en el personaje de Sylvester Stallone.

—Exactamente, pero sin el trastorno de estrés postraumático, espero. Otra vez estamos hablando de mí. Preferiría que me contases cosas sobre ti.

—No hay mucho que contar.

—¿Cómo ha sido para ti el cambio al venir a vivir a Ocracoke?

Vacilé, preguntándome si quería hablar de eso, o hasta dónde podría contarle, pero la duda duró pocos segundos y dio paso al pensamiento: «¿Por qué no?». Entonces las palabras simplemente empezaron a salir por sí solas. No le hablé de J. (¿qué podría contarle, aparte de que fui una estúpida?), sino que le conté cómo mi madre me había encontrado vomitando en el baño y seguí a partir de ahí, explicando todo lo sucedido hasta el momento en que él había aparecido en mi vida para darme clases. Creía que me resultaría más difícil, pero Bryce apenas me interrumpió, dejándome el espacio que necesitaba para contar mi historia.

Cuando terminé de hablar solo quedaba media hora para que el ferri llegara al muelle, y recé en silencio una oración de gracias por haberme abrigado tan bien. Hacía mucho frío y nos retiramos hacia el interior del monovolumen, donde Bryce sacó un termo y sirvió dos tazas de chocolate caliente. Sus padres estaban charlando en la parte delantera, les saludamos brevemente y siguieron con su conversación.

137

Dimos unos sorbitos al chocolate caliente y mi cara recuperó poco a poco su tonalidad habitual. Seguimos hablando de los temas típicos de adolescentes: películas favoritas y programas de televisión, música, qué pizza nos gustaba más (masa fina con doble de queso para mí, salchichas y salami picante él), y todo lo que nos vino a la cabeza. Robert y Richard subieron al monovolumen justo cuando el padre de Bryce estaba arrancando el motor y el ferri a punto de atracar.

Condujimos en la oscuridad por carreteras vacías, pasando al lado de granjas y caravanas decoradas con luces navideñas. Al dejar atrás un pueblo, enseguida empezaba el siguiente. Podía notar la pierna de Bryce tocando la mía y, cuando se reía de algo que habían dicho los gemelos, pensaba con qué facilidad parecía relacionarse con su familia. Su madre, seguramente preocupada porque me sintiera desplazada, me hizo las preguntas que suelen hacer los padres, y aunque no me molestaba contestar generalidades, me preguntaba cuánto les habría contado Bryce de mí.

Al llegar a New Bern, me maravilló lo pintoresco que era. A la orilla del río se alineaban casas históricas, el centro estaba lleno de tiendas pequeñas, y había farolas en cada cruce decoradas con guirnaldas de luces. Las aceras estaban abarrotadas de gente que se dirigía al parque Union Point, y tras aparcar, nos unimos a ellos.

Para entonces la temperatura había descendido aún más y nuestro aliento salía en forma de nubecitas de vapor. En el parque tomamos de nuevo chocolate caliente, acompañado de galletas de mantequilla de cacahuete. Cuando di el primer bocado me di cuenta de lo hambrienta que estaba. La madre de Bryce, como si pudiera leerme la mente, me ofreció otra en cuanto acabé la primera, pero cuando los gemelos pidieron repetir les contestó que tendrían que esperar hasta después de la cena. Me guiñó un ojo cómplice que inmediatamente me hizo sentir como si fuera una más de la familia.

Todavía estaba mordisqueando la galleta cuando empezó a salir la flotilla. Desde una tienda de campaña se retransmitía en directo, la radio local anunciaba con un altavoz el nombre del propietario y la clase de embarcación mientras pasaban desfilando lentamente. Por alguna razón esperaba ver yates, pero al margen de un puñado de veleros, los barcos eran similares en tamaño a los botes de pesca que había visto en el muelle de Ocracoke, incluso más pequeños. Algunos estaban engalanados con luces; otros mostraban personajes como Winnie the Pooh o el Grinch; y también los había que simplemente llevaban árboles decorados sobre la cubierta. El conjunto tenía un aire a las comedias de situación Mayberry, y aunque creí que me haría sentir nostalgia, no fue así. En lugar de eso, me sorprendí concentrada en la proximidad de Bryce y en observar a su padre señalando los barcos y hablando y riendo con los gemelos. Su madre simplemente daba sorbitos a su chocolate, con expresión satisfecha. Poco después, cuando el padre de Bryce se inclinó hacia ella y la besó con ternura, intenté recordar la última vez que había visto a mi padre besar a mi madre de ese modo.

Después cenamos en el Chelsea, un restaurante situado no demasiado lejos del parque. No éramos los únicos que nos habíamos dirigido allí cuando acabó de pasar la flotilla; el local estaba atestado. No obstante, el servicio era rápido y la comida sustanciosa. Ya en la mesa, básicamente me dediqué a escuchar a Richard y a Robert debatiendo con sus padres sobre apasionantes temas científicos. Bryce se reclinó en su silla y permaneció también en silencio.

Cuando acabamos de cenar, volvimos al monovolumen y condujimos hacia un lugar que parecía estar en medio de la nada, y finalmente aparcamos al lado de la carretera con las luces de emergencia encendidas.

Bajamos del coche y me quedé maravillada mirando fijamente para asimilar lo que estaba viendo.

Aunque era habitual adornar las casas con luces navideñas en Seattle, y los centros comerciales estaban decorados de forma profesional, estábamos ante otro nivel, con una exhibición que alcanzaba como mínimo los doce mil metros cuadrados. A mi izquierda había una casita en las lindes de la propiedad con luces enmarcando las ventanas y bordeando el tejado; un Santa Claus con trineo colgaba cerca de la chimenea. Pero era todo lo demás lo que más me impresionó. Incluso desde la carretera podían verse decenas de árboles iluminados, una bandera gigante de Estados Unidos resplandeciendo en lo más alto de las copas de los árboles, conos de la altura de un tipi confeccionados únicamente con luces, un estanque «helado» con una nítida superficie de plástico iluminada desde el fondo por diminutas y brillantes bombillas, un tren decorado y unas luces sincronizadas que creaban la ilusión de renos volando en el cielo. En medio de la propiedad, una radiante noria en miniatura giraba lentamente, con peluches sentados en las góndolas. Aquí y allá podían distinguirse personajes de cómic y de dibujos animados pintados sobre madera laminada, rigurosamente fidedignos.

Los gemelos corrieron en una dirección, mientras los padres de Bryce se dirigían lentamente hacia la contraria, dejándonos a Bryce y a mí solos. Dimos vueltas zigzagueando entre las distintas decoraciones, con la mirada vagando de un lado a otro. El rocío mojaba las puntas de mis zapatos y arrebujé las manos aún más en el fondo de los bolsillos. A nuestro alrededor había otras familias deambulando por la finca y los niños corrían de un decorado a otro.

140

—¿Quién organiza todo esto?

—La familia que vive en la casa —contestó Bryce—. Lo organizan todos los años.

—Realmente debe encantarles la Navidad.

—Sin duda —confirmó—. Siempre me pregunto cuánto tardan en decorarlo todo. Y dónde guardan todas las decoraciones después, para poder volver a ponerlas al año siguiente.

—¿Y no les molesta que haya gente paseándose por su jardín?

—Supongo que no.

Ladeé la cabeza.

—No estoy segura de que me gustara tener a desconocidos pululando por mi jardín durante un mes entero. Creo que siempre estaría recelosa de que alguien fisgoneara por las ventanas.

—Creo que la mayoría de la gente entiende que eso simplemente no se debe hacer.

Durante la siguiente media hora serpenteamos entre los decorados, charlando con ligereza. De fondo podía oírse música navideña procedente de altavoces ocultos, acompañada por los gritos de júbilo de los niños. Muchas personas hacían fotos, y por primera vez sentí que realmente captaba el espíritu de esa festividad, algo que no habría podido imaginar antes de conocer a Bryce. Parecía saber qué estaba pensando, y cuando su mirada se cruzó con la mía, rememoré nuestras recientes conversaciones y cuánto había compartido con él. De repente me di cuenta de que Bryce probablemente conocía mi verdadero yo mejor que ninguna otra persona en mi vida.

Esa noche nos alojamos en el barrio antiguo de New Bern, no muy lejos del parque desde el que habíamos visto la flotilla. Cogí la bolsa de lona y seguí a la familia al interior de la casa, y el padre de Bryce me indicó cuál era mi habitación. Tras ponerme el pijama, me quedé dormida en pocos minutos.

Por la mañana, el padre de Bryce preparó tortitas para desayunar. Me senté al lado de Bryce y escuché al resto de la familia haciendo planes para ir de compras. Pero se hacía tarde y nadie quería hacer esperar a mi tía en el aparcamiento de la iglesia. Tras una ducha rápida, recogí mis cosas y emprendimos el camino de regreso a Morehead City, con el pelo todavía mojado y secándose al aire.

La tía Linda y Gwen ya estaban esperando, y tras decir adiós a los Trickett (la madre de Bryce me dio un abrazo), fuimos a la iglesia. A la misa le siguió el almuerzo y la ronda de compra de provisiones para la tienda, y aunque había mencionado que necesitaba ropa más amplia, mi tía me recordó en un tono despreocupado algo que había olvidado.

—Quizá quieras comprar algún regalo para tus padres y Morgan aprovechando que estamos aquí.

«Ah, sí.» Y mientras pensaba en algún regalo adecuado, consideré que probablemente también debería comprarle algo a mi tía, teniendo en cuenta que ahora vivía con ella.

Nos aventuramos en un centro comercial cercano y me separé de ellas para ir por mi cuenta. Compré una bufanda para mi madre, una sudadera para mi padre, una pulsera para Morgan y un par de guantes para mi tía. En el camino de salida, Linda me prometió empaquetar y enviar los regalos para mi familia la semana siguiente.

141

A continuación, fuimos a una tienda especializada en ropa premamá. No tengo la menor idea de cómo podía saber de su existencia (no podía ser porque ella lo hubiera necesitado), pero encontré un par de pantalones vaqueros con cintura elástica, uno para usar inmediatamente y otro para cuando mi barriga fuera del tamaño de una sandía. Para ser franca, ni siquiera sabía que algo así existiera.

Me aterraba la idea de tener que pasar por caja; sabía la clase de mirada que me lanzaría la cajera, pero afortunadamente mi tía pareció darse cuenta de ello.

—Si quieres, puedes irte al coche y esperarnos allí —dijo como con indiferencia—, yo los pagaré y Gwen y yo nos reuniremos contigo después.

Noté que mis hombros de pronto se relajaban.

—Gracias —murmuré, y al empujar la puerta me sobrevino la revelación de que esa monja (o exmonja, daba igual) era en realidad una de las personas más guais que conocía.

Nos encontramos con Bryce y su familia en el ferri, y advertí que en la baca llevaban un enorme abeto. Bryce y yo estuvimos charlando casi todo el trayecto, hasta que mi tía se nos acercó para decirle que el martes nos tomaríamos un día de asuntos «personales», así que no tendría que venir a darme clases. No tenía la menor idea de a qué se refería, pero intuía que era mejor no preguntar; Bryce se tomó el comentario con naturalidad, y esperé a llegar a casa para preguntar a mi tía de qué se trataba.

Me explicó que tenía cita con el ginecólogo y que Gwen nos acompañaría.

Curiosamente, aunque acabábamos de comprar los vaqueros premamá, me sorprendió que durante los últimos días casi no hubiera pensado en mi embarazo.

A diferencia de la doctora Bobbi, mi nuevo ginecólogo, el doctor Chinowith, era hombre y de más edad, con canas y unas manos tan enormes que podría hacer botar una pelota de baloncesto el doble de grande de lo normal. Estaba de dieciséis semanas, y por su forma de actuar me hizo pensar que, con casi toda seguridad, no era la primera adolescente no casada y embarazada a la que visitaba. Era evidente, además, que había colaborado con Gwen en numerosas ocasiones en el pasado y que tenían una cómoda relación laboral.

Me hizo un chequeo, renovó la receta de vitaminas prenatales que la doctora Bobbi me había recomendado desde el principio y después hablamos brevemente de cómo me iría encontrando probablemente en los próximos meses. Me dijo que solía ver a las embarazadas una vez al mes, pero como Gwen era una comadrona experimentada, y acudir a las citas para nosotras suponía el inconveniente de perder todo un día, le pareció bien verme con menos frecuencia, a no ser que se tratase de una emergencia. Me dijo que hablara con Gwen si tenía preguntas o alguna preocupación, y también me recordó que ella se encargaría de supervisar con mucho más detenimiento mi salud durante el tercer trimestre, así que en ese sentido tampoco había de qué preocuparse. Cuando Gwen y mi tía salieron de la consulta, mencionó la cuestión de la adopción y me preguntó si deseaba coger al bebé después del parto. Al ver que no respondía enseguida, me dijo que me lo pensara, tranquilizándome al decir que todavía tenía tiempo para decidir. Durante todo el rato que estuvo hablando, no pude apartar mi vista de sus manos; lo cierto es que me daban miedo.

Me hicieron pasar a una sala contigua para hacer una ecografía, y la especialista me preguntó si quería saber el sexo del bebé. Negué con la cabeza. Pero después, mientras volvía a ponerme la chaqueta, oí que le decía a mi tía en un murmullo: «Me ha costado obtener una buena perspectiva, pero estoy casi segura de que es una niña». Lo cual confirmaba la sospecha de mi madre.

A medida que pasaban los días y las semanas, mi vida empezó a acomodarse a una rutina regular. El tiempo en diciembre trajo días aún más fríos; acabé las tareas asignadas, repasé los temas, escribí mis trabajos y estudié para los exámenes. Cuando hice la última ronda de pruebas antes de las vacaciones de invierno, tenía la sensación de que mi cerebro estaba a punto de explotar.

143

La parte positiva era que mis notas habían mejorado mucho y cuando hablaba con mis padres no podía evitar presumir un poco. Aunque no estaban al nivel de las de Morgan (y nunca lo estarían), eran mucho mejores que antes de irme de Seattle. Y a pesar de que mis padres no dijeran nada, casi podía oírlos preguntándose por qué estudiar de repente me parecía tan importante.

Y lo que era aún más sorprendente, me estaba acostumbrando lenta pero inexorablemente a la vida en Ocracoke. Sí, era pequeño y aburrido, y seguía echando de menos a mi familia, y pensaba qué estarían haciendo mis amigas, pero el hecho de tener un horario lo hacía todo más fácil. A veces, después de clase, Bryce y yo dábamos una vuelta por el barrio; en dos ocasiones, trajo consigo la cámara y el fotómetro. Hacía fotos de forma aleatoria (casas, árboles, barcos), desde ángulos interesantes, explicándome lo que quería conseguir en cada toma con un entusiasmo evidente.

En tres ocasiones acabamos el paseo en casa de Bryce. En la cocina había una encimera a menor altura para que su madre pudiera cocinar más fácilmente. El árbol de Navidad se parecía mucho al que habíamos decorado juntos y su casa siempre olía a galletas. Su madre las preparaba en pequeñas cantidades cada día y, en cuanto entrábamos, nos servía dos vasos de leche y nos hacía compañía en la mesa. Gracias a esas charlas con pastas, poco a poco fuimos conociéndonos. Solía hablarnos de su infancia en Ocracoke (aparentemente era aún más tranquilo que ahora, lo cual me resultaba casi imposible de creer), y cuando le pregunté cómo era posible que la aceptaran en el MIT a una edad tan temprana, se limitó a encogerse de hombros, y comentó que siempre había tenido un don para la ciencia y las mates, como si eso lo explicara todo.

Sabía que tenía que haber algo más (mucho más), pero como el tema parecía aburrirla, normalmente hablábamos de otras cosas: de cómo eran Bryce y los gemelos de más pequeños, qué pasaba al mudarse cada pocos años, la vida de la mujer de un militar, la escolarización en casa, incluso sobre su lucha tras el accidente. También me hizo muchas preguntas, pero a diferencia de mis padres, no sobre qué pensaba hacer con mi vida. Creo que se daba cuenta de que no tenía ni idea. Tampoco me preguntó por qué me había mudado a Ocracoke, pero yo sospechaba que debía saberlo. No porque Bryce hubiera dicho nada (creo que era más bien una especie de radar de adolescentes embarazadas), siempre insistía en que me sentara mientras charlábamos y nunca cuestionó por qué llevaba los mismos vaqueros elásticos y sudaderas holgadas.

También hablábamos de fotografía. Me mostraron el cuarto oscuro, que me hizo pensar un poco en el laboratorio de ciencias del instituto. Había una máquina llamada ampliadora y unos tubos de plástico que se usaban con los productos químicos, además de un tendedero donde se colgaban las copias para su secado. Había un fregadero y tableros de trabajo alineados junto a las paredes, la mitad de ellos a menor altura para que la madre de Bryce pudiera trabajar, además de una impactante luz roja que daba la sensación de que estábamos en Marte. Las paredes de la casa estaban llenas de fotos y la señora Trickett a veces contaba la historia que había detrás de cada una de ellas. Mi favorita era una hecha por Bryce: una luna de dimensiones imposibles, cuya luz iluminaba el faro de Ocracoke; aunque era en blanco y negro, casi parecía una pintura.

—¿Cómo hiciste esa foto?

—Coloqué un trípode en la playa y usé un disparador de cable especial porque el tiempo de exposición tenía que ser superlargo —respondió—. Está claro que mi madre me asesoró bastante a la hora de revelar el negativo.

Puesto que mostré sentir curiosidad, Robert me enseñó el ultraligero que estaba construyendo con su padre. Al examinarlo pensé que no me subiría en aquella cosa ni por un millón de dólares, aunque en efecto sí pudiera volar. Richard a su vez me mostró el videojuego que estaba creando, cuyo escenario era un mundo con dragones y caballeros con armadura incluidos, portando todas las armas imaginables. Los gráficos no eran la octava maravilla, hasta él mismo lo reconocía, pero el juego parecía interesante, lo cual ya era algo, teniendo en cuenta que nunca me había atraído sentarme frente al ordenador durante horas.

Pero, bueno, ¿qué iba a saber yo? Sobre todo si me comparaba a un chico como ese, incluso a toda su familia.

ϒ

—¿Has pensado qué regalarle a Bryce? —me preguntó tía Linda—. Era viernes por la noche y faltaban tres días para Navidad. Estaba en el fregadero lavando los platos y ella los secaba, aunque no tenía por qué hacerlo.

—Todavía no. Pensé en comprarle algo para la cámara, pero no sabría el qué. ¿Crees que podríamos pasarnos por alguna tienda el domingo después de misa? Sé que es Nochebuena, pero sería mi última oportunidad. Tal vez pueda encontrar algo.

—Claro que sí. Tenemos tiempo de sobras. Será un día largo.

—Los domingos siempre son largos.

Sonrió.

—Extralargo, entonces, porque Navidad cae en lunes. Tenemos la misa habitual del domingo por la mañana y luego la de medianoche porque es Nochebuena. Y un par de cosas más entre las dos misas. Nos quedaremos a pasar la noche en Morehead City y cogeremos el ferri de vuelta por la mañana.

—Ah —exclamé. Si percibió la decepción en mi tono de voz, lo disimuló. Lavé y aclaré un plato antes de pasárselo, consciente de que no habría manera de que cambiara de idea—. ¿Qué has comprado para Gwen?

—Un par de jerséis y una antigua caja de música. Colecciona esas cosas.

—¿Crees que debería comprarle algo?

—No —dijo—. Añadí tu nombre a la caja de música. Será de parte de las dos.

—Gracias —dije—. ¿Qué crees que debería comprarle a Bryce?

—Le conoces mejor que yo. ¿Le has preguntado a su madre qué le gustaría?

—Se me olvidó —respondí—. Supongo que podría acercarme a su casa mañana y preguntárselo. Espero que no me aconseje algo demasiado caro. Tengo que comprarle algo a su familia también y estaba pensando en un marco para fotos bonito.

Dejó el plato en el armario.

—Recuerda que no tienes por qué comprarle nada a Bryce. A veces los mejores regalos son gratis.

—¿Como qué?

—Una experiencia, o quizá puedas hacer alguna manualidad o enseñarle algo.

—No creo que pueda enseñarle nada. A menos que le interese saber cómo maquillarse o pintarse las uñas.

Puso los ojos en blanco, pero pude apreciar un atisbo de risa en ellos.

—Tengo fe en que se te ocurrirá algo.

Pensé en ello mientras acabábamos de recoger la cocina, pero fue cuando pasamos al salón cuando me llegó finalmente el momento de inspiración. El único problema era que iba a necesitar la ayuda de mi tía en varias ocasiones. Cuando le expliqué mi idea sonrió satisfecha.

—Puedo ayudarte —dijo—. Y estoy segura de que le va a encantar.

Una hora después sonó el teléfono. Supuse que seguramente serían mis padres y me sorprendió que tía Linda me pasara el auricular, mientras me decía que Bryce estaba en el otro extremo de la línea. Por lo que sabía, era la primera vez que llamaba a casa.

—Hola, Bryce. ¿Qué tal?

—Quería preguntarte si podría pasar a verte un momento en Nochebuena. Quiero darte un regalo.

—No voy a estar aquí. —Le expliqué el plan de la doble misa del domingo—. No volveremos hasta el día de Navidad.

—Ah —exclamó—. Vale. Bueno, mi madre quiere, además, que te pregunte si quieres venir a la comida de Navidad. Sería hacia las dos.

¿Su madre quería que fuera? ¿O era él quien lo deseaba?

Tapé el auricular con la mano y le pregunté a mi tía, la cual accedió, pero solo si él nos acompañaba después durante la cena.

—Perfecto. Tengo algo para ti y también para tu tía Linda y para Gwen, así os podré dar los regalos.

Únicamente tras colgar me di cuenta de la realidad de la situación. Una cosa era ir a ver la flotilla con su familia, o pasar por su casa después de caminar por la playa, pero estar juntos en ambas casas el día de Navidad parecía algo más serio, casi como si estuviéramos dando un paso en una dirección hacia la que estaba bastante segura que no quería ir. Y sin embargo...

No podía negar que me alegraba de ello.

El domingo la Nochebuena fue distinta a como era en mi casa en Seattle, y no solo por el trayecto en ferri y las dos misas. Supongo que era lo que cabía esperar de un par de exmonjas; era importante encontrar la manera de honrar el verdadero significado de la festividad, y eso fue exactamente lo que hicimos.

Después de la iglesia, hicimos nuestra visita habitual al Wal-Mart, donde encontré un bonito marco para los padres de Bryce y una tarjeta para él, pero en lugar de seguir con el recorrido por los mercadillos, como de costumbre, visitamos un lugar llamado Hope Mission, donde pasamos unas cuantas horas preparando comida en la cocina para los pobres y los sin techo. Mi trabajo consistió en pelar patatas, y aunque al principio no iba muy rápido, al final me sentí como una experta. En el camino de salida, después de que Linda y Gwen hubieran abrazado como mínimo a diez personas (tuve la sensación de que trabajaban allí como voluntarias de tanto en tanto), vi que mi tía deslizaba subrepticiamente un sobre en manos del coordinador del refugio, sin duda un donativo económico.

Al ocaso asistimos a un pesebre viviente en una de las iglesias protestantes (mi madre habría hecho la señal de la cruz de haberse enterado). Vimos cómo echaban a José y a María de la posada, y cómo acababan en un establo, el nacimiento de Cristo y la aparición de los tres Reyes Magos. Se representaba en el exterior, y la temperatura glacial de algún modo hacía que la obra pareciera aún más real. Cuando acabó la representación empezó el coro, y mi tía me dio la mano mientras nos uníamos a las voces que cantaban villancicos.

Luego cenamos, y después, como todavía debían pasar algunas horas hasta la misa del gallo, fuimos al mismo motel en el que habíamos pasado la noche al llegar de Seattle. Compartí la habitación con mi tía, y tras poner el despertador, hicimos una siesta vespertina. A las once ya estábamos despiertas, y aunque me preocupaba estar somnolienta durante la misa, el cura empleó el suficiente incienso como para mantener a todo el mundo despierto; mis ojos no podían dejar de llorar. Tenía algo de escalofriante, pero en un sentido espiritual. Había velas dispuestas por toda la iglesia, y un órgano añadía profundidad y resonancia a la música solemne. Cuando miré a mi tía, advertí que sus labios se movían articulando oraciones en silencio.

Luego volvimos al motel, y a primera hora de la mañana subimos al ferri. No tenía demasiadas ganas de celebrar la Navidad, pero mi tía intentó compensarlo. En la zona con asientos, ella y Gwen compartieron conmigo las historias de sus Navidades favoritas. Gwen, que había crecido en una granja en Vermont, nos habló de cuando le regalaron un cachorro de pastor ovejero australiano. Tenía nueve años y había deseado tener un perro desde que tenía memoria. Tras desenvolver los regalos por la mañana, se había mostrado cabizbaja y no se había dado cuenta de que su padre se había escabullido por la puerta trasera. Apareció de nuevo un minuto después con el cachorro, que llevaba un lazo rojo por collar; incluso casi medio siglo después podía seguir recordando la dicha que sintió cuando el cachorro dio un salto y empezó a jugar con ella. Linda rememoró un recuerdo más tranquilo: cómo preparaba galletas con su madre en Nochebuena; era la primera vez que su madre no solo permitía que la ayudara, sino que le dejaba medir los ingredientes y mezclarlos. Se acordaba de lo orgullosa que se había sentido cuando todos los miembros de la familia elogiaron entusiasmados las galletas, y por la mañana recibió su propio delantal con su nombre bordado, así como unos utensilios para hornear. Contaron otras historias similares, y mientras estaba sentada a su lado, recuerdo que pensé lo normal que sonaban, como cualquier otro relato de otra persona. Nunca se me había ocurrido que las futuras monjas podían tener experiencias infantiles corrientes; simplemente suponía que habían crecido rezando todo el tiempo y buscando biblias y rosarios bajo los árboles.

149

De regreso a casa hablé por teléfono con mis padres y Morgan, escribí la postal para Bryce y luego empecé a arreglarme. Me duché, peiné y maquillé. A continuación, me puse los vaqueros elásticos, por los que daba gracias a Dios, por cierto, y un jersey rojo. Al otro lado de la ventana unas oscuras nubes llenaban el cielo, de modo que me puse las botas de agua por si acaso. Me examiné en el espejo y, con excepción de mis pechos en continua expansión, pensé que apenas podía notarse que estaba embarazada.

Perfecto.

Con el regalo bajo el brazo, empecé a caminar hacia la casa de los Trickett. En Pamlico Sound pude apreciar las crestas blancas de las olas y me di cuenta de que el viento había arreciado, echando a perder mi peinado, lo cual me hizo pensar para qué me había molestado siquiera en arreglarme.

Bryce abrió la puerta mientras todavía estaba subiendo las escaleras. A lo lejos oí un estruendo cuyo eco se expandía en el cielo. Sabía que la tormenta no tardaría en llegar.

—Hola. ¡Feliz Navidad! Estás guapísima.

—Gracias. Tú también —dije mientras lanzaba una mirada apreciativa a los pantalones de lana oscuros, la camisa y los relucientes mocasines.

En el interior, la casa era una versión de la imagen de postal de la Navidad. El papel de regalo usado y arrugado estaba guardado en una caja de cartón bajo el árbol; el aroma a jamón, a tarta de manzana y a maíz cocinado con mantequilla impregnaba el aire. La mesa estaba puesta, algunos platos con sus guarniciones ya en su sitio. Richard y Robert estaban en el sofá en pijama y calzados con pantuflas leyendo libros de cómics, y eso me recordó que, por muy listos que fueran, todavía eran niños. Daisy, que se había acomodado a sus pies, se puso en pie y se acercó a mí moviendo la cola. Entretanto, Bryce me presentó a sus abuelos. Aunque se mostraron increíblemente amigables, apenas comprendí una palabra de lo que dijeron. Asentí y sonreí, y cuando por fin Bryce consiguió maniobrar en otra dirección, me susurró al oído.

—*Hoi Toider* —dijo—. Es un acento único de la isla. Tal vez haya un centenar de personas en el mundo que hablan así. La gente de las islas no tuvo mucho contacto con el continente durante siglos, de modo que surgió un dialecto propio. Pero no te sientas mal; casi la mitad de las veces yo tampoco les entiendo.

Los padres de Bryce estaban en la cocina y, después de saludarnos y darnos un abrazo, su madre me pasó el puré de patatas para que lo llevara a la mesa.

—Richard y Robert —llamó—. La comida está casi lista, así que lavaos las manos y sentaos.

Durante la comida, pregunté a los gemelos qué les habían regalado por Navidad y ellos hicieron lo mismo. Pero cuando les expliqué que mi tía y yo pensábamos abrir los regalos más tarde, Robert o Richard (seguía sin poder distinguirlos) desvió la mirada hacia sus padres.

—A mí me gusta abrirlos el día de Navidad por la mañana.

—A mí también —dijo su hermano.

—¿Por qué nos decís eso ahora? —preguntó la madre.

—Porque no queremos que se te metan ideas raras en la cabeza en el futuro.

Sonaban tan serios que su madre soltó una carcajada.

Cuando todos acabamos de comer, la madre de Bryce abrió el regalo que les había traído, por el que tanto ella como su marido me dieron las gracias afectuosamente, y todos ayudamos a limpiar la cocina. Los restos fueron a parar a táperes y luego a la nevera, y cuando la mesa estuvo despejada, la madre de Bryce sacó un rompecabezas. Tras vaciar el contenido de la caja, los padres de Bryce, sus hermanos e incluso los abuelos empezaron a darles la vuelta a las piezas.

—Siempre hacemos un puzle en Navidad —me susurró Bryce—. No me preguntes por qué.

Sentada a su lado, intentando encontrar piezas que encajaran junto al resto de la familia, me pregunté qué estaría haciendo la mía. Era fácil imaginar a Morgan guardando su ropa nueva, y a mi madre cocinando, mientras mi padre veía un partido en la televisión. Se me ocurrió que tras la emocionante mañana abriendo los regalos, aparte de comer juntos, cada miembro de mi familia iba por libre. Sabía que había familias con sus propias costumbres, pero las nuestras parecían separarnos mientras que las de Bryce parecía que les mantenían unidos.

151

Afuera empezó a llover y luego a diluviar. Mientras oíamos tronar y veíamos los relámpagos, seguíamos concentrados en el puzle. Era de mil piezas, pero esa familia parecía estar formada por genios de los puzles, sobre todo el padre de Bryce, y conseguimos acabarlo más o menos en el plazo de una hora. De haberme puesto a hacerlo yo sola, estaba casi segura de que no lo habría acabado hasta las siguientes Navidades. Después pusieron una versión musical del clásico de Dickens, *Canción de Navidad*, y cuando terminó enseguida llegó la hora de que Bryce y yo nos pusiéramos en marcha. Tras recoger un par de regalos sin abrir de debajo del árbol, Bryce cogió un paraguas y las llaves de su furgoneta mientras yo daba un abrazo a cada miembro de su familia para despedirme.

La noche era más oscura de lo habitual mientras conducíamos por las carreteras vacías. Los limpiaparabrisas apartaban la lluvia y solo se veían nubes negras cubriendo las estrellas. La tormenta había amainado hasta convertirse en una llovizna para cuando llegamos a casa de mi tía. Ella y Gwen estaban en la cocina. Nos llegó una nueva oleada de deliciosos aromas, aunque no tenía ni pizca de hambre.

—Feliz Navidad, Bryce —le saludó Gwen.

—La cena estará lista en menos de veinte minutos —anunció mi tía Linda.

Bryce puso los regalos bajo el árbol junto a los demás y saludó a ambas mujeres con un abrazo. La casa se había transformado en las pocas horas que había estado fuera. El árbol resplandecía y la mesa, la repisa de la chimenea y la mesita al lado del sofá estaban iluminadas por la parpadeante luz de las velas. Una suave música navideña procedente de la radio me recordó mi infancia, cuando era la primera en bajar a hurtadillas al salón la mañana de Navidad. Daba vueltas al árbol examinando los regalos para ver cuáles eran para mí y cuáles para Morgan, antes de esperar sentada en la escalera. Sandy solía acompañarme y yo le acariciaba la cabeza, mientras la expectación iba creciendo en mí hasta que por fin llegaba la hora de despertar a los demás.

Mientras recordaba esas mañanas, noté la mirada curiosa de Bryce dirigida a mí.

—Buenos recuerdos —dije simplemente.

—Debe ser duro estar lejos de tu familia en este día.

Le miré a los ojos, sintiendo una calidez que no esperaba.

—La verdad es que me siento bien.

Nos sentamos en el sofá y charlamos iluminados por el resplandor de las luces del árbol hasta que la cena estuvo lista. Mi tía había preparado un pavo, y aunque solo comí una pequeña porción, cuando por fin dejé a un lado los cubiertos me sentía como si fuera a explotar.

Para cuando acabamos de limpiar la cocina y pasamos al salón, la tormenta ya había pasado; aunque los relámpagos seguían parpadeando en el horizonte, la lluvia había cesado y se iba extendiendo una leve bruma. La tía Linda había servido copas de vino para ella y para Gwen, era la primera vez que las veía tomando algo de alcohol, y empezamos a abrir los regalos. A mi tía le encantaron los guantes; a Gwen le entusiasmó la caja de música, y yo abrí los regalos que me habían enviado mis padres y Morgan: un par de bonitos zapatos y unas cuantas camisetas y jerséis una talla más grande de lo normal, algo que tenía sentido, supongo, teniendo en cuenta mi estado. Cuando llegó el turno de Bryce, le entregué un sobre.

Había elegido una tarjeta navideña bastante neutra, con espacio suficiente para escribir mi propio mensaje. La luz era tan tenue en la sala de estar que tuvo que encender la lámpara de lectura para ver lo que había escrito.

153

> ¡Feliz Navidad, Bryce!
>
> Gracias por toda tu ayuda, y dentro del espíritu navideño, quiero ofrecerte algo que sé que te encantará, un regalo que podrás seguir disfrutando durante el resto de tu vida.
>
> Esta tarjeta te da derecho a lo siguiente:
>
> 1. A poseer la receta supersecreta de los bollos de mi tía.
>
> 2. A una lección de cómo hornearlos para ambos, para que puedas aprender a hacerlos tú mismo.
>
> Obviamente, este regalo va también de parte de mi tía, aunque fuera idea mía.
>
> MAGGIE
>
> P. D. ¡A mi tía le gustaría que mantuvieras el secreto que te confiamos!

Mientras leía la tarjeta, miré de soslayo a Linda, cuyos ojos brillaban. Al acabar de leerla primero se giró hacia mí y luego hacia ella, para después ofrecernos una sonrisa.

—¡Es genial! —declaró—. ¡Gracias! No puedo creer que te acordaras.

—No estaba segura de qué otra cosa podría regalarte.

—Es el regalo perfecto —confirmó. Volviéndose a mi tía dijo—: No quiero que te compliques, así que, si te resulta más fácil, podemos ir contigo a la tienda por la mañana temprano y observar cómo los preparas, como haces cada día.

—¿En plena noche? —dije, con cara de susto—. No creo que sea posible.

La tía Linda y Gwen se echaron a reír a la vez.

—Ya lo arreglaremos —contestó mi tía.

A continuación, abrimos los regalos de Bryce. Mientras mi tía desenvolvía cuidadosamente el regalo que les había hecho a ambas, vislumbré un marco y supe de inmediato que les había regalado una fotografía. Curiosamente, mi tía y Gwen se quedaron observándola fijamente sin hablar, haciendo que me levantara del sofá para mirar por encima de sus espaldas. De pronto me di cuenta de por qué no podían apartar la vista.

Era una imagen en color de la tienda tomada muy temprano por la mañana, desde un ángulo que me hizo sospechar que Bryce se había tenido que tumbar en el suelo para hacerla. Un cliente, que por su atavío debía ser pescador, salía de la tienda con una bolsa en la mano justo cuando entraba otra mujer. Ambos iban bien abrigados y se podía apreciar la nube de vaho de su aliento congelado en el espacio. En la ventana podían verse las nubes reflejadas y al otro lado del cristal se intuía el perfil de mi tía y a Gwen sirviendo una taza de café en el mostrador. Por encima del tejado el cielo era de color gris pizarra, lo que acentuaba el color desvaído del revestimiento de las paredes y los aleros deteriorados por las inclemencias del tiempo. Aunque había visto la tienda en innumerables ocasiones, nunca me había parecido tan impresionante... hermosa, incluso.

—Es... increíble —consiguió decir Gwen finalmente—. No puedo creer que no te viéramos haciéndola.

—Me escondí. Lo cierto es que fui tres mañanas seguidas para conseguir la foto que realmente quería. Empleé dos carretes.

—¿Vas a colgarla en la sala de estar? —pregunté.

—¿Estás de broma? —replicó mi tía—. Estará colgada en medio de la tienda, para que todo el mundo pueda verla nada más entrar.

Mi regalo venía envuelto en una caja de tamaño y forma similares, así que imaginé que también sería una fotografía. Al disponerme a abrirla, recé en silencio para que no fuese una foto de mí, que hubiera hecho furtivamente sin que yo lo advirtiera. Por lo general no me gustaban las fotos de mí misma, por no hablar de la posibilidad de quedar retratada con aquellas camisetas holgadas y mis feos pantalones, y el pelo revuelto en todas direcciones.

Pero no era una foto mía, sino esa que me había encantado, con el faro y la luna gigante. Al igual que yo, Linda y Gwen se quedaron boquiabiertas; ambas dijeron que debería ponerla en mi cuarto, donde pudiera verla desde la cama.

Una vez acabamos de mirar los regalos, charlamos un rato, hasta que Gwen anunció que quería salir a dar un paseo. Linda deseaba acompañarla y fue hacia la puerta, donde vimos cómo ambas se abrigaban.

—¿Estáis seguros de que no queréis venir? —preguntó mi tía—. ¿Aunque solo sea para hacer la digestión antes de que vuelva a llover?

—Estoy bien —respondí—. Creo que prefiero quedarme sentada un rato, si te parece bien.

Mientras acababa de ponerse la bufanda dijo:

—No tardaremos mucho.

Cuando salieron, miré alternativamente la fotografía, el árbol iluminado, las velas y, por último, a Bryce. Estaba sentado a mi lado en el sofá, lo bastante cerca para que nuestros hombros se rozaran si me reclinaba hacia atrás. La música seguía sonando en la radio y de fondo se oía el sonido apenas perceptible de un suave oleaje al lamer la orilla. Bryce estaba en silencio; parecía igual de satisfecho que yo. Pensé en mis primeras semanas en Ocracoke, el miedo y la tristeza, y cuánto me dolía la soledad cuando me tumbaba en la cama de mi

155

cuarto; la sensación de que mis amigos se olvidarían de mí y la convicción de que estar lejos de casa en Navidad era un agravio que nunca podría repararse.

Y sin embargo, mientras estaba allí sentada con Bryce, con la fotografía en mi regazo, pude intuir que nunca olvidaría esas Navidades. Pensé en Linda y en Gwen, en la familia de Bryce, y en la amabilidad y el alivio que había encontrado en ese lugar, pero sobre todo pensé en Bryce. Me preguntaba qué estaría pensando, y cuando sus ojos de repente me miraron, quise decirle que me había inspirado de una manera que seguramente no podía ni imaginar.

—Estás pensando en algo —afirmó Bryce, y noté que mis pensamientos se esfumaban como vapor, dejando solo una única idea.

—Sí —dije—. Es cierto.

—¿Quieres compartirlo?

Bajé la vista hacia la fotografía que me había regalado antes de volver a mirarle a los ojos.

—¿Crees que podrías enseñarme fotografía?

El árbol de Navidad

Cuando la camarera llegó con la carta de postres y preguntó si queríamos un café, Maggie aprovechó para recuperar el aliento. Había explicado su historia durante la comida y apenas se dio cuenta de que le habían retirado el plato que casi no había tocado. Mark pidió un descafeinado y Maggie declinó la oferta, todavía con su copa de vino en la mano. Solo quedaban unas pocas mesas ocupadas y las conversaciones se habían convertido en un murmullo.

—¿Bryce fue quien te enseñó a hacer fotos? —preguntó Mark.

Maggie asintió.

—Y también los principios básicos de Photoshop, que era relativamente nuevo entonces. Su madre me enseñó gran parte de la técnica del cuarto oscuro, revelado, fijado y positivado, la importancia del tiempo en el proceso de revelado… Básicamente el arte ahora perdido de hacer copias según el método antiguo. Entre los dos me dieron una especie de curso acelerado. También predijo que la fotografía digital iba a reemplazar a la película fotográfica y que Internet cambiaría el mundo, lecciones que aprendí al pie de la letra.

Mark enarcó una ceja.

—Impresionante.

—Era un chico listo.

—¿Empezaste a hacer fotos enseguida?

—No. Bryce, siendo como era Bryce, quería que aprendiera tal como él había aprendido, así que el día después de Navidad llegó con un libro de fotografía, una cámara Leica de treinta y cinco milímetros, el manual y un fotómetro. En teoría seguía estando de vacaciones, de modo que solo tenía que acabar las tareas que me faltaban por terminar. En cualquier caso, para entonces ya había empezado a adelantar mucho en las clases, lo cual me dejaba más tiempo para aprender fotografía. Me enseñó a poner el carrete, los distintos ajustes y cómo afectaban a la foto, y cómo emplear el fotómetro. Me aclaró las instrucciones del manual, y el libro que me trajo versaba sobre la composición, el encuadre y qué había que tener en cuenta a la hora de hacer una foto. Era tanta información que resultaba abrumadora, pero fue explicándolo todo paso a paso. Después, me hizo una prueba, por supuesto.

Mark sonrió.

—¿Cuándo hiciste tus primeras fotos?

—Justo antes de Año Nuevo. Todas en blanco y negro, ya que era mucho más fácil revelar negativos y convertirlos en hojas de contactos, para después hacer las copias nosotros mismos en el cuarto oscuro de Bryce. No teníamos que enviar la película a revelar a Raleigh, lo que me iba bien porque no tenía dinero suficiente. Solo lo que mi madre me había dado en el aeropuerto.

—¿Qué fotos hiciste el primer día?

—Algunas tomas del océano y de unos cuantos viejos botes de pesca amarrados en el muelle. Bryce me hizo ajustar el diafragma y la velocidad del obturador, y cuando vi la hoja de contactos, me quedé... —Buscó un momento la palabra adecuada, mientras rememoraba la sensación—. Fascinada. Las diferencias en los efectos conseguidos simplemente me dejaron anonadada, y fue entonces cuando realmente empecé a comprender a lo que Bryce se refería al decir que la fotografía consistía básicamente en saber capturar la luz. Ese día, la cámara me enganchó.

—¿Así de rápido?

—Tendrías que haber estado allí para entenderlo —explicó Maggie—. Y lo más curioso es que, cuanto más profundizaba en la fotografía en los siguientes meses, más fácil me parecían mis deberes, de modo que también los hacía más rápido. No porque de pronto fuera más lista, sino porque terminar pronto significaba pasar más tiempo con la cámara.

Incluso empecé a hacer tareas extra por la noche, y cuando Bryce venía al día siguiente, lo primero que hacía era entregarle dos o tres. ¿No te parece una locura?

—En absoluto. Encontraste tu pasión. A veces me pregunto si conseguiré encontrar la mía.

—Vas a ser pastor. Si eso no exige pasión, no sé qué otra cosa puede despertarla.

—Supongo que tienes razón. Es cierto que es una vocación, pero no me parece tener la misma sensación que la tuya al ver tu primera hoja de contactos. Nunca lo he sentido como un momento «¡eureka!». La sensación siempre ha estado ahí, vibrando en mis huesos, desde que era pequeño.

—Eso no la convierte en menos real. ¿Qué siente Abigail al respecto?

—Me apoya. Por supuesto, también señaló que ella tendrá que ser la principal proveedora de la familia.

—¿Cómo? ¿No sueñas con convertirte en telepredicador o construir una megaiglesia?

—Creo que cada uno recibe la llamada de forma distinta. Ninguna de esas opciones me resulta atractiva.

159

A Maggie le encantó la respuesta, convencida de que muchos predicadores televisivos eran hipócritas hombres de negocios, más interesados en su estilo de vida como famosos que en ayudar a otras personas a estar más cerca de Dios. Aun así, reconocía que lo que sabía de esas personas era lo que había leído en los periódicos. Nunca había conocido realmente a un telepredicador o al pastor de una megaiglesia.

La camarera llegó con el ofrecimiento de rellenar la taza de Mark, pero él declinó. Cuando se alejó, Mark se inclinó por encima de la mesa.

—¿Puedo pagar la cuenta?

—Ni de broma —respondió Maggie—. Te he invitado yo. Además, sé exactamente cuánto ganas, señor Me-como-un-trozo-de-pizza-antes-de-ir-a-cenar.

Mark se echó a reír.

—Gracias. Ha sido divertido. Una velada alucinante, especialmente en esta época del año.

Maggie no podía evitar seguir recordando aquella lejana Navidad en Ocracoke, consciente de la belleza que había en su simplicidad, en pasar tiempo con la gente que le importaba en lugar de estar sola.

No quería estar sola en su última Navidad, y mientras observaba a Mark unos segundos, de pronto supo que tampoco quería que él estuviera solo. Las siguientes palabras salieron casi de forma automática.

—Creo que necesitamos algo más para entrar en el espíritu de la Navidad.

—¿Qué se te ha ocurrido?

—Lo que le falta a la galería este año es un árbol de Navidad, ¿no crees? ¿Qué te parece si encargo que nos traigan un árbol y lo necesario para decorarlo? ¿Y luego lo adornamos después de cerrar mañana?

—Me parece una idea fantástica.

Cenar a esa hora tardía dejó a Maggie exhausta y a la vez eufórica, y al día siguiente no se levantó hasta casi el mediodía. El dolor era tolerable, pero de todos modos ingirió sus pastillas con ayuda de una taza de té. Se obligó a comer una tostada, confusa porque incluso con mantequilla y gran cantidad de mermelada seguía sabiendo salada.

Tomó un baño y se vistió, y luego pasó un rato ante el ordenador: encargó un árbol y pagó el triple de lo normal por la entrega rápida, para que estuviera allí a las cinco. Para decorarlo compró un juego completo llamado Winter Wonderland, que incluía luces blancas, guirnaldas de seda plateadas y ornamentos blancos y plateados. El envío urgente de nuevo le costó una pequeña fortuna, pero ¿qué importancia tenía el precio a estas alturas? Quería pasar unas Navidades memorables, y así tenía que ser. Luego envió un mensaje a Mark para decirle que estuviera pendiente de la entrega y que ella iría más tarde.

Una vez hecho eso, se acomodó en el sofá y se envolvió en una manta. Pensó en llamar a sus padres, pero decidió esperar hasta el día siguiente. Los domingos ambos solían estar en casa. Sabía que debería llamar a Morgan también, pero pospuso la llamada. Morgan no era una persona con la que le resultaba fácil hablar en los últimos tiempos; en realidad, si Maggie era sincera consigo misma, salvo en alguna rara excepción, hablar con su hermana nunca había sido fácil.

Volvió a preguntarse, sin embargo, cuál era la razón de que eso fuera así, aun con las obvias diferencias. Maggie suponía que al volver de Ocracoke se había hecho más evidente que Morgan era la preferida. Había mantenido el diez como media en sus notas, era la reina de la promoción y al final fue a la Universidad de Gonzaga, donde se unió al club estudiantil femenino adecuado. Sus padres no podían haber estado más orgullosos de ella y se aseguraron de que Maggie se diera perfecta cuenta en todo momento. Tras graduarse en la escuela universitaria, Morgan empezó a enseñar música en una escuela local y a salir con chicos que trabajaban en un banco o para compañías de seguros, la clase de tipos que llevaban traje para ir a trabajar a diario. Con el tiempo conoció a Jim, que trabajaba para Merrill Lynch, y después de salir durante dos años, él le pidió la mano. Su boda fue discreta pero perfectamente orquestada, inmediatamente se instalaron en la casa que entre ambos compraron, con barbacoa y todo en el patio. Pocos años después, Morgan tuvo a Tia. Tres años más tarde llegó Bella, y el resultado fueron unas fotos familiares tan perfectas que habrían podido usarse para vender marcos.

Entretanto, Maggie había abandonado la familia y pasó esos mismos años luchando por lanzar su carrera, viviendo una vida más salvaje, lo cual significaba que sus posiciones en el estatus como hermanas no habían cambiado. Tanto Morgan como Maggie sabían cuál era su papel en la familia (la estrella y la luchadora), y eso se hacía patente en las conversaciones telefónicas que mantenían con regularidad, aunque no con frecuencia.

Pero Maggie tuvo su oportunidad y poco a poco se ganó una reputación que le permitió viajar por el mundo continuamente; después vino la gestión de la galería. Con el tiempo incluso su vida social se estabilizó. Morgan parecía desconcertada con aquellos progresos, y en ocasiones Maggie incluso había notado que estaba celosa. Nunca lo manifestó abiertamente cuando Maggie estaba en la veintena; casi siempre los comentarios eran pasivos y agresivos a un tiempo. «Estoy segura de que el chico con el que sales es mucho mejor que

161

el último» o «¡Qué suerte tienes!» o «¿Has visto las fotos de *National Geographic* este mes? Son realmente preciosas».

Cuanto más éxito tenía Maggie, con más ahínco intentaba Morgan centrar la atención en sí misma. Normalmente describía un desafío tras otro, con los niños, la casa, su trabajo, y después procedía a explicar cómo había resuelto los problemas empleando su inteligencia y perseverancia. En esas conversaciones, Morgan era simultáneamente víctima y heroína, mientras que Maggie simplemente tenía suerte siempre.

Durante un tiempo, Maggie hizo lo imposible por ignorar esas… extravagancias. En lo más profundo sabía que Morgan la quería, y que tener dos niños pequeños y cuidar de la casa, con un trabajo a tiempo completo, era estresante para cualquiera. El egocentrismo de Morgan era previsible, y, además, Maggie sabía que, celosa o no, Morgan estaba orgullosa de ella.

Hasta que Maggie cayó enferma no empezó a cuestionarse sus más básicos preceptos. Poco después del diagnóstico inicial, cuando Maggie todavía tenía algunas esperanzas, el matrimonio de Morgan comenzó a empeorar, y sus problemas conyugales se convirtieron en el centro de casi todas las conversaciones. En lugar de ofrecer a Maggie la oportunidad de desahogarse o expresar sus preocupaciones sobre el cáncer, Morgan escuchaba brevemente antes de cambiar de tema. Se quejaba de que Jim parecía considerarla como una sirvienta, o de que se había cerrado emocionalmente y no quería considerar la posibilidad de una terapia de pareja, porque decía que era Morgan quien necesitaba la terapia. También le contaba que no habían tenido relaciones sexuales en meses, o que Jim había empezado a trabajar hasta tarde en la oficina tres o cuatro días por semana. Una cosa daba paso a otra, y cuando Maggie intentaba aclarar algo de lo que Morgan había dicho, su hermana se ponía irritable y acusaba a Maggie de ponerse del lado de Jim. Incluso ahora Maggie seguía sin estar segura de qué era exactamente lo que había ido mal en aquel matrimonio, aparte del viejo cliché de que Morgan y Jim simplemente se habían ido distanciando.

Puesto que Morgan era tan desdichada (la palabra «divorcio» había empezado a hacer aparición en las conversaciones), a Maggie la pilló desprevenida la ira de Morgan cuando Jim hizo las maletas y se fue de casa. Se sintió aún más desconcertada cuando la ira y la amargura se intensificaron. Aunque Maggie sabía que pasar por un divorcio era con frecuencia una experiencia lamentable, no comprendía por qué Morgan parecía intentar empeorar las cosas. ¿Por qué no podían resolver las cosas por ellos mismos, sin abogados acusatorios que alimentaban el fuego con más gasolina y al mismo tiempo hacían que los costes aumentaran y todo el proceso se ralentizara?

Maggie sabía que seguramente estaba siendo ingenua. Nunca había pasado por un divorcio, pero, con todo, la sensación de Morgan de haber sido traicionada y la obsesión absoluta por justificarse reflejaba su convicción de que Jim merecía ser castigado. Por su parte, Jim seguramente también se sentía víctima, todo lo cual tuvo como resultado un largo y desagradable divorcio que finalmente tardó diecisiete agotadores meses en concluir.

Pero eso no fue todo. El verano anterior, cada vez que hablaban, Morgan seguía quejándose de Jim y su nueva novia, más joven, o se regodeaba en el hecho de que Jim no estaba a la altura como padre. Le decía a Maggie que Jim había llegado tarde a las reuniones de padres y maestros, o que había intentado llevar de excursión a las niñas a las Cascadas aunque ese fin de semana le tocara a ella. O que Jim se había olvidado de llevar un autoinyector de epinefrina cuando se llevó a las niñas a una finca de manzanas, y Bella era alérgica a las abejas.

A todo aquello a Maggie le habría gustado añadir «la quimioterapia también es un asco, por cierto, se me cae el pelo y no paro de vomitar, gracias por preguntar».

A decir verdad, Morgan sí le preguntaba a Maggie cómo se sentía; Maggie simplemente tenía la sensación de que, por muy mal que estuviera, Morgan consideraba mucho peor su propia situación.

Todo ello tuvo como resultado cada vez menos llamadas, sobre todo durante el último mes y medio. La última había sido por el cumpleaños de Maggie, antes de Halloween, y aparte de un breve mensaje y una respuesta igual de rápida, no se habían hablado ni por Acción de Gracias. Se había guardado para ella esas cosas cuando le comentó a Mark las razones para no desear divulgar su diagnóstico por el momento. Y también era cierto que no quería empañar las Navidades de Morgan,

163

sobre todo por Tia y Bella. Pero para tener unas Navidades en paz, Maggie pensó que sería mejor no contactar con ella.

Maggie cogió un taxi para ir a la galería y llegó media hora después del cierre. A pesar del lánguido día y otra dosis de calmantes, seguía sintiéndose como después de una paliza, como si se hubiera caído por accidente dentro de la secadora con el resto de la ropa. Le dolían las articulaciones y los músculos como si hubiera hecho demasiado ejercicio, y tenía el estómago revuelto. Sin embargo, al vislumbrar el árbol de Navidad justo a la derecha de la puerta, se animó un poco su espíritu. Era un árbol tupido y recto; como no lo había elegido ella, una parte de sí misma temía que acabara con la clase de árbol que Charlie Brown hubiera escogido en el especial de Navidad de esos antiguos dibujos animados. Tras abrir la puerta, pasó al interior de la galería justo cuando Mark salía de la trastienda.

—Hola —dijo Mark, con expresión alegre—. Has conseguido venir. Hace un par de minutos no estaba seguro de ello.

—El tiempo se me pasa volando. —Era más bien como si no quedara suficiente vapor para que la tetera pitase, pero ¿para qué empezar con la fatalidad y el pesimismo?—. ¿Cómo ha ido hoy?

—Una actividad moderada. Había muchos fans, pero solo se han vendido un par de copias. Aunque hemos recibido un montón de pedidos por Internet.

—¿Y Trinity ha vendido algo?

—Solo se han interesado por él en Internet. Ya les he enviado la información, ya veremos qué pasa. También llegó un *email* de una galería en Newport Beach donde preguntan si Trinity estaría dispuesto a hacer una exposición allí.

—No querrá —comentó Maggie—. Pero supongo que le has pasado el *email* a su publicista, ¿no?

—Sí. También envié todos los pedidos realizados por Internet.

—Has estado ocupado. ¿Cuándo llegó el árbol?

—Hacia las cuatro más o menos. La decoración llegó incluso antes. Supongo que te ha costado carísimo.

—El árbol es bonito. Casi me sorprende que les quedara uno bueno. Pensé que estarían todos vendidos.

—Pequeños milagros —coincidió—. Ya he regado la base y fui un momento a Duane Reade a comprar un alargador por si nos hace falta.

—Gracias —susurró. Incluso estar de pie, se daba cuenta ahora, le estaba costando más esfuerzo del que había imaginado—. ¿Te importaría traerme mi silla de oficina para poder sentarme?

—Por supuesto —dijo. Mark desapareció en la trastienda; enseguida regresó empujando la silla con ruedas, hasta finalmente dejarla frente al árbol. Al tomar asiento, Maggie hizo una mueca de dolor y Mark frunció el ceño preocupado.

—¿Te encuentras bien?

—No, pero estoy casi segura de que se supone que no debo encontrarme bien. Con el cáncer comiéndose las entrañas y todo eso.

Mark bajó la mirada y eso hizo que Maggie se arrepintiera de que no se le hubiera ocurrido una respuesta más agradable; pero el cáncer era cualquier cosa menos agradable.

—¿Puedo traerte algo más?

—Estoy bien por ahora. Gracias.

Examinó el árbol, pensando que necesitaba un leve giro. Mark siguió su mirada.

—No estás contenta con el hueco que queda en la parte de abajo, ¿verdad?

—No lo aprecié cuando vi el árbol desde el exterior.

—Mmmm… —Mark se acercó al árbol y lo alzó para hacer que girara media vuelta—. ¿Mejor así?

—Perfecto —dijo Maggie.

—Tengo una sorpresa —le anunció Mark—. Espero que no te importe.

—Me encantan las sorpresas.

—Dame un minuto, ¿sí?

Mark volvió a desaparecer en la trastienda y regresó con un pequeño altavoz portátil y velas bajo el brazo, junto con dos vasos llenos de un líquido cremoso. Ella supuso que era un *smoothie*, pero cuando Mark se acercó un poco más se dio cuenta de que estaba equivocada.

165

—¿Ponche de huevo?

—Me pareció lo más adecuado.

Mark le ofreció un vaso y ella dio un sorbito, con la espe-ranza de que su estómago no se quejase. Afortunadamente no notó nada, tampoco un intenso regusto. Tomó otro sorbo y se dio cuenta de que tenía mucha hambre.

—Tengo más en la trastienda por si te apetece rellenar el vaso —dijo Mark, quien también dio un sorbo y dejó el vaso en una mesa baja de madera. Colocó el altavoz cerca y sacó el teléfono del bolsillo. Pocos segundos después se oía la canción «All I Want for Christmas Is You» de Mariah Carey a discreto volumen. Mark encendió las velas y luego apagó casi todas las luces, dejando únicamente encendidas las más próximas al fondo de la galería.

Se sentó en la mesita de madera.

—Mi historia realmente te ha afectado, ¿no? —preguntó Maggie.

—Se la conté a Abigail cuando hablamos por FaceTime ayer por la noche. Me sugirió que, ya que íbamos a decorar el árbol, también podía intentar recrear en parte tu Navidad en Ocra-coke. Me ayudó con la *playlist*, y compré el ponche de huevo y las velas aprovechando que tenía que hacerme con un alargador.

Maggie sonrió mientras se quitaba los guantes, pero se-guía teniendo mucho frío, así que decidió dejarse puesta la chaqueta y la bufanda.

—No estoy segura de tener suficiente energía para ayu-darte con el árbol —confesó.

—No pasa nada. Puedes dirigirme, como hacía la madre de Bryce. A menos que quieras volver a intentarlo mañana…

—Mañana no. Hagámoslo ahora. —Dio otro sorbo al pon-che de huevo—. Estaba pensando cuándo empezó la gente a poner en su casa un árbol de Navidad.

—Estoy casi seguro de que fue hacia mediados o finales del siglo XVI, en lo que ahora se conoce como Alemania. Durante mucho tiempo se consideró una costumbre protestante. Hasta 1982 el Vaticano no tuvo ningún árbol.

—¿Y eso acaba de salir así de pronto de tu cabeza?

—Hice un trabajo sobre el tema cuando estaba en el ins-tituto.

—No puedo recordar nada de los trabajos que escribí cuando estaba en el instituto.

—¿Ni siquiera el de Even Thurgood Marshall?

—Tampoco. Y solo para tu información, aunque mi familia era católica teníamos árboles de Navidad.

—No culpes al mensajero —bromeó—. ¿Estás preparada para dirigirme?

—Solo si estás seguro de que no te importa.

—Claro que no. Es genial. No tengo árbol en mi apartamento, o sea, que esta es la única posibilidad de poder contemplar uno este año.

Mark buscó la caja con los adornos, sacó las luces del plástico con el que estaban embaladas y luego conectó el alargador. Tal como hizo Bryce hacía tanto tiempo, apartó un poco el árbol de la esquina para poner las guirnaldas de luces y fue corrigiendo su disposición a medida que Maggie se lo pedía. A continuación, fue el turno de las cintas decorativas de seda y finalmente Mark dispuso un enorme lazo a juego en lo más alto, en lugar de una estrella. Acabó distribuyendo los demás adornos por todo el árbol, siguiendo las instrucciones de Maggie. Tras colocar el árbol de nuevo en su sitio, fue al lado de Maggie y ambos lo examinaron.

—¿Está bien? —preguntó.

—Es perfecto —respondió Maggie.

Mark siguió observando el árbol antes de coger el móvil. Tomó unas cuantas fotos y luego empezó a dar toquecitos a la pantalla.

—¿Son para Abigail?

Maggie vio cómo Mark se sonrojaba.

—Quería ver el árbol en cuanto estuviera acabado. No estoy seguro de que confiara en que haría un buen trabajo. Voy a enviárselas a mis padres también.

—¿Sabes algo de tu gente?

—Me enviaron algunas fotos de Nazaret y el mar de Galilea. Has estado en Israel, ¿verdad?

—Es un país extraordinario. Cuando estuve allí de visita no paraba de pensar que estaba siguiendo los pasos de Cristo. Literalmente, claro está.

—¿Qué reportaje fotográfico estabas haciendo?

167

—Tel Megiddo, el valle de Qumrán y unos cuantos yacimientos arqueológicos más. Estuve más o menos una semana, y siempre he querido volver allí, pero había muchos otros lugares que no conocía.

Mark se inclinó hacia delante, con los codos apoyados en las rodillas, mientras alzaba la mirada hacia ella.

—Si pudieras ir a cualquier lugar del mundo, ¿cuál crees que sería? —Sus ojos brillaban y le hacían parecer casi un niño.

—Mucha gente me ha hecho esa pregunta, pero no tiene una única respuesta. Depende de en qué punto de tu vida te encuentres.

—No estoy seguro de seguirte.

—Si estás estresado y llevas trabajando un sinfín de horas durante meses, quizás el mejor lugar sería una playa tropical. Si buscas el sentido de la vida, entonces tal vez sería mejor hacer senderismo en Bután o visitar Machu Picchu, o asistir a una misa en la basílica de San Pedro. O tal vez solo quieras ver animales, entonces podrías viajar a Botsuana o al norte de Canadá. Puedo asegurarte que para mí todos esos lugares significan algo distinto que para otras personas (y los he fotografiado también de forma única), en parte debido a mis propias experiencias vitales en ese preciso momento.

—Ya entiendo —comentó—. O por lo menos eso creo.

—¿Adónde te gustaría ir? ¿Si solo pudieras elegir un lugar?

Alargó la mano para hacerse con el ponche de huevo y dio un sorbo.

—Me atrae la idea de visitar Botsuana. Me encantaría hacer un safari, observar los animales salvajes. Incluso podría estar dispuesto a llevar conmigo una cámara, aunque con ajuste automático.

—Puedo darte unas cuantas nociones de fotografía, si quieres. ¿Quién sabe? Quizá tengas tu propia galería también algún día.

Mark rio.

—Eso es imposible.

—Un safari es una buena elección. Tal vez para tu luna de miel.

—He oído decir que es un poco caro. Pero tengo la esperanza de poder ir algún día. Querer es poder, y todo eso.

—¿Como tus padres y su viaje a Israel?

—Exacto —respondió.

Maggie se reclinó en la silla; por fin empezaba a volver a sentirse casi como si estuviera bien. Todavía no como para quitarse la chaqueta, pero se le había pasado el frío que le calaba los huesos.

—Sé que tu padre es pastor, pero creo que nunca te he preguntado por tu madre.

—Es psicóloga infantil. Se conocieron cuando ambos estaban haciendo el doctorado en Indiana.

—¿Es profesora o tiene consulta?

—Ha hecho ambas cosas, pero ahora básicamente tiene sus propios pacientes. También colabora con la policía cuando es necesario. Es una de las especialistas de guardia si algún niño está en dificultades, y como suele actuar como testigo experto, interviene en juicios bastante a menudo.

—Parece muy inteligente. Y muy ocupada.

—Y así es.

169

Aunque le costó un poco, Maggie puso una pierna bajo la otra con la intención de ponerse más cómoda.

—Supongo que en tu casa no se oían muchos gritos cuando las emociones estaban a flor de piel. Siendo tu padre un pastor y tu madre psicóloga, me refiero.

—Nunca —afirmó—. No creo haberles oído nunca alzar la voz. A menos que me estuvieran animando en un partido de hockey o baloncesto. Preferían hablar las cosas, lo que suena estupendo, pero puede resultar muy frustrante. No es divertido ser el único que grita.

—No puedo imaginarte gritando.

—No solía pasar, pero en esas raras ocasiones me pedían que bajara el volumen de voz para poder mantener una conversación razonable, o me decían que me fuera a mi cuarto hasta que me calmara; después igualmente tenía lugar esa razonable conversación. No tardé mucho en comprender que gritar no funcionaba.

—¿Cuánto tiempo hace que están casados tus padres?

—Treinta y un años.

Hizo un cálculo mental.

—Tienen ya su edad entonces, si se conocieron durante el doctorado, ¿me equivoco?

—Ambos cumplirán sesenta el año que viene. Mi madre y mi padre a veces se plantean jubilarse, pero no sé si ese día llegará. A los dos les encanta lo que hacen.

Maggie pensó en las reflexiones anteriores sobre Morgan.

—¿Alguna vez deseaste tener hermanos?

—No hasta hace poco —respondió—. Ser hijo único es todo lo que conocía. Creo que mis padres querían más hijos, pero simplemente no pudieron. Y ser hijo único a veces tiene sus ventajas. No había que llegar a un acuerdo para ver una película o decidir a qué atracción había que ir primero en Disney World. Pero, ahora que estoy con Abigail y veo lo unida que está a sus hermanos, a veces me pregunto cómo habría sido.

Cuando Mark dejó de hablar, ninguno de los dos añadió nada durante un rato. Maggie tenía la sensación de que Mark quería saber más de su época en Ocracoke, pero se dio cuenta de que todavía no estaba preparada para continuar. En lugar de eso preguntó:

—¿Cómo fue crecer en Indiana? Es uno de los estados que no conozco.

—¿Sabes algo de Elkhart?

—Nada en absoluto.

—Está en el norte, con una población de unos cincuenta mil habitantes y, como muchas ciudades pequeñas del medio oeste, sigue teniendo un ambiente de pueblo. Casi todas las tiendas cierran a las seis, casi todos los restaurantes cierran la cocina a las nueve, y el sector primario, en nuestro caso las granjas de vacas, juega un papel importante en la economía. Creo de veras que la gente es de natural amable. Ayudan al vecino enfermo y las iglesias son una parte fundamental de la comunidad. Pero, cuando eres un niño, en realidad no piensas en esas cosas. Para mí era importante tener parques e instalaciones donde jugar, campos de béisbol, pistas de baloncesto y de hockey. Cuando volvía a casa de la escuela me iba directo a jugar con mis amigos fuera. Siempre había alguien jugando a algo en algún sitio. Eso es lo que más recuerdo de mi infancia allí. Simplemente... jugar al baloncesto, al béisbol, al fútbol o al hockey cada tarde.

—Y yo que pensaba que todos los de tu generación estaban enganchados a sus iPads —dijo Maggie maravillada en tono burlesco.

—Mis padres no me dejaban tener uno. Hasta los diecisiete ni siquiera me permitieron tener un iPhone, y me lo tuve que comprar con mi propio dinero. Tuve que trabajar todo el verano para poder pagarlo.

—¿Estaban contra la tecnología?

—En absoluto. Tenía un ordenador en casa y ellos usaban el móvil. Creo que querían que creciera como ellos.

—¿Con los valores de toda la vida?

—Supongo que de eso se trataba.

—Cada vez me gustan más tus padres.

—Son buena gente. A veces no sé cómo lo hacen.

—¿A qué te refieres?

Se quedó con la mirada fija en su ponche de huevo, como si buscara las palabras dentro del vaso.

171

—En su trabajo, mi madre se entera de cosas bastante horribles, sobre todo cuando trabaja con la policía. Maltratos físicos y psicológicos, abusos sexuales, abandono... Y mi padre..., como es párroco, con mucha frecuencia hace de asesor. La gente acude a él para pedirle que los oriente cuando tienen problemas conyugales, una adicción, dificultades en el trabajo, o si sus hijos se portan mal, incluso si tienen una crisis de fe. También pasa mucho tiempo en el hospital, ya que casi todas las semanas alguno de los feligreses está enfermo, o ha tenido un accidente, o necesita ayuda para llevar su duelo. Es agotador para ambos. Cuando era pequeño en ocasiones uno de los dos estaba muy callado durante la cena, y aprendí a reconocer los efectos de un día especialmente duro.

—¿Y les sigue gustando su trabajo?

—Sí. Y creo que una parte de ellos siente verdadera solidaridad y sentido de la responsabilidad cuando se trata de ayudar a los demás.

—Obviamente se te ha pegado. Aquí estás, otra vez quedándote hasta tarde.

—Es un placer —respondió—. Y nunca es un sacrificio.

A Maggie le gustó la respuesta.

—Me gustaría conocer a tus padres algún día. Si es que alguna vez vienen a Nueva York.

—Estoy seguro de que les encantaría conocerte. ¿Y los tuyos? ¿Cómo eran?

—Eran simplemente mis padres.

—¿Han venido alguna vez a Nueva York?

—En dos ocasiones. Una vez cuando tenía veintipocos años y la segunda una década después. —A continuación, como si se diera cuenta de cómo sonaba esa declaración, añadió—: El vuelo es largo y no son grandes fans de la ciudad, así que normalmente era más fácil que fuera a verles yo a Seattle. A veces, según dónde estuviera trabajando, hacía una escala allí en mi vuelo de regreso y me quedaba un fin de semana con ellos. Hasta hace poco eso lo hacía una o dos veces al año.

—¿Tu padre todavía trabaja?

Maggie negó moviendo la cabeza.

—Se jubiló hace unos cuantos años. Ahora juega con maquetas de trenes.

—¿En serio?

—Cuando era niña, mi padre tenía trenes en miniatura y, al jubilarse, volvió a aficionarse a ellos. Construyó una maqueta enorme en el garaje, con un pueblo del salvaje oeste, un desfiladero, colinas cubiertas de árboles, y aún hoy sigue añadiendo nuevos edificios, arbustos, señales, o incluso más vías. Es bastante impresionante, la verdad. El periódico le dedicó un artículo el año pasado, con fotos incluidas. Y esa afición le mantiene ocupado y fuera de casa. De lo contrario, creo que mis padres se volverían locos el uno al otro.

—¿Y tu madre?

—Trabaja de voluntaria en la iglesia unas cuantas mañanas entre semana, pero sobre todo se dedica a ayudar a mi hermana Morgan con las niñas. Mi madre las recoge de la escuela, se ocupa de ellas durante las vacaciones de verano, las lleva a sus actividades si Morgan llega tarde, lo que haga falta.

—¿Qué hace Morgan?

—Es profesora de música, pero también lleva el club de teatro. Siempre hay ensayos para un concierto o un espectáculo después del colegio.

—Estoy seguro de que a tu madre le encanta ocuparse de sus nietas.

—Sí. Y sin ella no sé qué haría Morgan. Se divorció y le ha resultado bastante duro.

Mark asintió y luego bajó la vista. Ambos se mantuvieron en silencio unos instantes antes de que Mark finalmente señalara con un gesto el árbol.

—Me alegro de que hayas decidido colocar un árbol aquí. Estoy seguro de que a los clientes les encantará.

—Lo cierto es que el árbol era para mí.

—¿Puedo preguntarte algo?

—Claro.

Mark se giró para mirarla.

—¿Acaso esas Navidades en Ocracoke fueron tus favoritas?

De fondo, Maggie todavía podía oír la música que Mark había seleccionado.

—En Ocracoke, como ya sabes, estaba pasando por momentos difíciles. Y por supuesto, toda la fascinación infantil por aquellas fechas se había esfumado. Pero... las Navidades de ese año me parecieron tan auténticas... La flotilla, decorar el árbol con Bryce, trabajar de voluntaria en Nochebuena, asistir a la misa del gallo, y luego, claro está, el día de Navidad en sí mismo. Me encantó entonces, y con el tiempo, los recuerdos se han vuelto cada vez más especiales. Es la única Navidad que desearía volver a experimentar de nuevo.

Mark sonrió.

—Me alegro de que tengas tan buenos recuerdos.

—Yo también. Y todavía conservo la foto del faro, por cierto. Está colgada de la pared del dormitorio que uso como estudio.

—¿Al final hicisteis juntos los bollos?

—Supongo que es una forma indirecta de preguntar qué pasó después. ¿Me equivoco?

—Me muero por saber cómo sigue tu historia.

—Imagino que puedo contarte algo más. Pero solo con una condición.

—¿De qué se trata?

—Voy a necesitar más ponche de huevo.

173

—Ahora mismo —dijo. Cogió ambos vasos y fue a la trastienda para volver a llenarlos. Curiosamente, aquel brebaje
espeso y dulce estaba cayéndole bien a su estómago y, además,
le daba una sensación de saciedad que no había tenido en semanas. Dio otro trago.

—¿Te conté lo de la tormenta?

—¿La del día de Navidad? ¿Cuando llovía?

—No, me refiero a otra tormenta. La que tuvo lugar en
enero.

Mark cabeceó como señal de negación.

—Me hablaste de la semana después de Navidad, cuando
te esforzaste más en tus deberes y Bryce empezó a enseñarte
los rudimentos de la fotografía.

—Ah, sí —confirmó—. Es cierto. —Escrutó el techo como
si estuviera buscando sus recuerdos perdidos en las tuberías
que quedaban a la vista. Cuando volvió a mirar a Mark, comentó—: Mis notas fueron bastante buenas al final del primer
semestre, por cierto. Por lo menos para mí. Un par de excelentes y el resto notables. Fueron las mejores de todo mi paso por
el instituto.

—¿Mejores que las del semestre de primavera?

—Sí.

—¿Por qué? ¿Porque la fotografía pasó a ser más importante?

—No. No fue por eso. Creo… —Se ajustó la bufanda, haciendo tiempo para dilucidar la mejor manera de retomar el
hilo donde lo había dejado—. Para Bryce y para mí, creo que
todo empezó a cambiar justo cuando la tormenta del noroeste
arrasó de lleno Ocracoke…

El segundo trimestre

Ocracoke, 1996

*L*a tormenta del noroeste llegó la segunda semana de enero, tras tres días seguidos de temperaturas más altas de lo normal y mucho sol, algo que parecía raro tras el tiempo desapacible de diciembre. Nunca hubiera podido predecir que se estaba gestando una tormenta gigante.

Ni tampoco los cambios que se producirían en mi relación con Bryce. La víspera de Año Nuevo, seguía viendo en él tan solo a un amigo, aunque hubiera decidido pasar la velada con nosotras, mientras el resto de su familia se iba fuera en esa fecha. Gwen trajo su televisión y pusimos el show de Dick Clark en directo desde Times Square; a medianoche hicimos la cuenta atrás con el resto del país. Cuando dieron las doce, Bryce lanzó un par de cohetes hechos con botellas desde el porche que explotaron sobre el agua con un fuerte estruendo y soltando chispas. Los vecinos golpearon cacerolas con cucharas en sus respectivos porches, pero, en pocos minutos, el pueblo volvió a adoptar el «modo descanso» y empezaron a apagarse las luces de las casas vecinas. Llamé a mis padres para desearles un feliz año y me recordaron que irían a visitarme a finales de mes.

Aunque eran fiestas, Bryce regresó apenas ocho horas después, en esa ocasión con Daisy; era la primera vez que la traía a casa. Nos ayudó a mi tía y a mí a quitar el árbol (que se había convertido en un peligro de incendio) y lo llevó hasta la carretera. Después de volver a guardar los adornos y barrer la pinaza, nos sentamos a la mesa para continuar con las clases. Daisy husmeaba en la cocina; cuando Bryce la llamó, enseguida acudió a tumbarse al lado de su silla.

—Linda dijo que le parecía bien que la trajera cuando le pregunté anoche —explicó—. Mi madre dice que sigue sin poder parar quieta.

Miré a Daisy, quien me devolvió una mirada inocente y satisfecha, moviendo la cola.

—A mí me parece bien. Mira qué cara tan bonita.

Como era de esperar, Daisy parecía saber que hablábamos de ella: se sentó y llevó el hocico a la mano de Bryce. Puesto que la ignoró, volvió a dirigirse deambulando a la cocina.

—¿Lo ves? A eso me refiero exactamente. ¿Daisy? Ven.

Daisy fingió no oírle. A la segunda orden por fin volvió a su lado y se tumbó con un gemido. Me di cuenta de que Daisy a veces era un tanto tozuda, y cuando de nuevo intentó irse de nuestro lado Bryce acabó por atarla con la correa a la silla, una posición ventajosa desde la que nos observaba con aspecto melancólico.

Esa semana fue bastante similar a la anterior: deberes y fotografía. Además de dejarme hacer muchas fotos, Bryce trajo un archivador con fotos que él y su madre habían tomado a lo largo de los años. Detrás de cada instantánea había notas sobre los aspectos técnicos (hora del día, iluminación, apertura del diafragma, velocidad de la película), y poco a poco empecé a anticipar cómo un solo detalle podía alterar una imagen por completo. También pasé mi primera tarde en el cuarto oscuro, observando cómo Bryce y su madre revelaban doce de las fotos en blanco y negro que yo había sacado en el centro de pueblo. Me introdujeron al proceso de cómo conseguir los baños químicos perfectos (el revelador, el de paro, el fijador) y cómo limpiar el negativo. Me enseñaron a usar la ampliadora y cómo obtener el equilibrio deseado de luces y sombras. Aunque casi todo aquello me resultaba incomprensible, cuando vi emerger las imágenes fantasmagóricas, me pareció magia.

Lo más interesante era que, aunque todavía era una novata a la hora de tomar fotos y revelar copias, descubrí que tenía un talento natural para el Photoshop. Para cargar las imágenes se necesitaba un escáner de calidad y un ordenador Mac, y Porter los había comprado para su mujer un año antes. Desde entonces, la madre de Bryce había editado un montón de sus fotografías favoritas, y para mí revisar su trabajo era la introducción perfecta al programa, porque podía ver el antes y el después de las imágenes... y luego intentar hacerlo yo misma. No digo que fuera un genio de los ordenadores como Richard, ni tenía la experiencia con ese programa con la que contaban Bryce y su madre, pero cuando aprendía a usar una de las herramientas, se quedaba en mi cabeza. También tenía un sexto sentido para reconocer qué aspectos de una foto necesitaban ser editados para empezar, una especie de comprensión intuitiva que les sorprendió a ambos.

El caso es que, entre las vacaciones y las clases, además de todo lo referente a la fotografía, Bryce y yo pasábamos todo el día juntos, de la mañana a la noche, casi todos los días desde Navidad hasta que llegó la gran tormenta. Con Daisy como constante compañía desde que empezó enero (nada le gustaba más que seguirnos cuando estábamos practicando con la cámara), mi vida comenzó a parecerme casi anormalmente normal, como si eso tuviera sentido. Tenía a Bryce, un perro y una pasión recién descubierta; pensar en casa había quedado relegado, y la verdad es que me levantaba por la mañana animada. Era una nueva sensación, pero también me daba un poco de miedo, en plan «espero que siga así».

177

No pensaba en lo que podría significar pasar tanto tiempo con Bryce para ambos. De hecho, la verdad es que no pensaba mucho en él. Casi todo el tiempo, él simplemente estaba ahí, como mi tía Linda o mi familia en Seattle o el aire que respiraba. Cuando cogía la cámara, analizaba fotografías o jugaba con el Photoshop, ni siquiera estoy segura de que me fijase en sus hoyuelos. No creo que me diera cuenta de lo importante que se había convertido para mí hasta poco antes de la tormenta. Tras uno de nuestros largos días juntos, ya en el porche, me dio la cámara, el fotómetro y un carrete nuevo de película en blanco y negro.

—¿Para qué me das esto? —pregunté, mientras lo cogía todo.

—Por si quieres practicar mañana.

—¿Sin ti? Todavía no sé ni lo que estoy haciendo.

—Sabes más de lo crees. Puedes tú sola. Y yo voy a estar bastante ocupado los próximos dos días.

En cuanto dijo esas palabras, sentí una inesperada punzada de tristeza al pensar que no nos veríamos.

—¿Adónde vas?

—Estaré por aquí, pero tengo que ayudar a mi padre a prepararlo todo para la tormenta del noreste.

Aunque había oído a mi tía mencionarlo, imaginaba que la tormenta no sería muy distinta de las que habíamos vivido de forma intermitente desde que estaba en Ocracoke.

—¿Qué pasa con esa tormenta del noreste?

—Es una tormenta típica de la costa este. Pero a veces, como se supone que pasará ahora, colisiona con otro frente climático y entonces es como un huracán fuera de temporada.

Mientras me lo explicaba, seguía intentando procesar mi disgusto ante la idea de no poder verle. Desde que nos conocimos habíamos estado separados como mucho dos días, lo cual, ahora me daba cuenta, era un tanto extraño. Aparte de mi familia, nunca había pasado tanto tiempo con nadie. Si Madison, Jodie y yo pasábamos un fin de semana juntas, al final nos poníamos de los nervios unas a otras. Pero, con la intención de retener a Bryce en el porche un poco más, me obligué a sonreír.

—¿Qué tienes que hacer con tu padre?

—Amarrar el bote del abuelo, asegurar con tablas las ventanas de nuestra casa y las de los abuelos. También las de otras personas, incluida las de tu tía y las de Gwen. Tardaremos un día en prepararlo todo y al día siguiente habrá que retirarlo todo.

Tras él solamente se veía el cielo azul y estaba segura de que su padre y él estaban exagerando.

Pero no era así.

Al día siguiente me desperté en una casa vacía, tras dormir más de lo normal, y mi primer pensamiento fue: «Bryce hoy no estará».

Para ser honesta, me sentí un poco malhumorada. Me quedé en pijama, me comí una tostada en la cocina, fui al porche, deambulé por la casa, escuché música y luego volví a la cama. Pero no podía dormir, estaba más aburrida que cansada, y después de dar vueltas un rato, por fin reuní la energía necesaria para vestirme, mientras pensaba: «¿Ahora qué?».

Supongo que podía haber estudiado para mis exámenes finales o haber seguido trabajando en las tareas del próximo semestre, pero no estaba de humor, así que cogí la chaqueta y la cámara, además del fotómetro, y lo cargué todo en la cesta de la bicicleta. La verdad es que no tenía ni idea de adónde ir, de modo que pedaleé dando vueltas un rato, deteniéndome aquí y allá para practicar tomando el mismo tipo de fotos que había hecho hasta entonces: escenas callejeras, edificios y casas. Pero siempre acababa bajando la cámara antes de apretar el obturador. En el ojo de mi mente sabía que ninguna sería tan especial, simplemente más de lo mismo, y no quería malgastar la película.

Más o menos en ese momento me di cuenta de que la atmósfera en el pueblo había cambiado. Ya no era una localidad fantasmagórica y adormilada, sino extrañamente bulliciosa. Prácticamente en todas las calles pude oír ruido de taladros o martillos, y cuando pasé por el colmado advertí que el aparcamiento estaba lleno, con aún más vehículos alineados en la calle de enfrente. A mi lado pasaron camionetas cargadas de tablas y, en uno de los comercios que vendía *souvenirs* turísticos, como camisetas y cometas, vi a un hombre en el tejado fijando una lona. Los botes en el muelle estaban amarrados con decenas de cuerdas mientras que otros habían anclado en medio del puerto. Sin duda, la gente se estaba preparando para la tormenta del noreste, y de repente caí en la cuenta de que tenía la oportunidad de tomar una serie de fotos con un tema real, algo con un nombre como «Antes de la tormenta».

Creo que me emocioné demasiado, aunque el carrete solo tenía doce fotos. Puesto que no vi muestras de alegría en la gente, sino más bien de absoluta determinación, intenté ser lo más discreta posible con mi cámara, mientras intentaba recordar todo lo que me habían enseñado Bryce y su madre. Afortunadamente, la iluminación en general era bastante buena, aunque se habían desplegado gruesas nubes, algunas de color gris oscuro, y tras comprobar el fotómetro miraba por el objetivo y me desplazaba hasta conseguir por fin la perspectiva y la composición que sentía como más adecuadas. Volví a pensar

179

en las fotografías que había analizado con Bryce, contuve el aliento y mantuve la cámara absolutamente quieta mientras presionaba con cuidado el obturador. Sabía que no todas serían asombrosas, pero esperaba que una o dos valieran la pena. Cabe destacar que era la primera vez que fotografiaba gente haciendo sus quehaceres diarios... El pescador amarrando su bote con una mueca de esfuerzo; la mujer que cargaba con su bebé inclinándose por el viento; un hombre enjuto y arrugado fumando frente a un escaparate tapado con tablones de madera.

Trabajé durante el almuerzo y solo me paré en la tienda para tomar un sándwich mientras el tiempo empezaba a empeorar visiblemente. Para cuando regresé a casa de mi tía solo me quedaba una foto. Linda debía haber vuelto antes de la tienda porque el coche estaba en la entrada, pero no la encontré, y yo llegué justo al mismo tiempo que Bryce aparcaba su furgoneta. Nos saludamos y sentí que mi corazón se aceleraba alocadamente. Su padre estaba a su lado y en la caja de la ranchera pude ver a Richard y a Robert. Cogí la cámara de la cesta de la bicicleta. Bryce bajó de un salto y avanzó hacia mí. Llevaba una camiseta y unos pantalones vaqueros descoloridos, que acentuaban sus anchos hombros y sus caderas estrechas, además de un cinturón portaherramientas de cuero del que pendía un taladro con batería y un par de guantes también de cuero. Me saludó con la mano con esa naturalidad que le caracterizaba.

—¿Cómo te ha ido hoy? —preguntó—. ¿Alguna foto buena?

Le conté mi idea para el tema de la serie de fotos «Antes de la tormenta» y añadí:

—Espero que tú o tu madre podáis revelarlas pronto.

—Estoy seguro de que mi madre estará encantada de hacerlo. El cuarto oscuro es el lugar que más le gusta de la casa, el único donde puede estar realmente sola. Estoy impaciente por verlas.

Tras él, en la furgoneta, vi a su padre descargando la escalera de mano de la caja.

—¿Y a ti cómo te ha ido?

—No hemos parado, y todavía tenemos que ir a un par de sitios más. Después vamos a la tienda de tu tía.

De cerca pude advertir las manchas de suciedad en la camiseta, que no deslucían su aspecto en lo más mínimo.

—¿No tienes frío? Seguramente necesitas una chaqueta.

—No he tenido tiempo de pensar en eso —respondió. Luego me sorprendió al decir—: Te he echado de menos hoy.

Bryce bajó la mirada al suelo y luego volvió a encontrarse con mis ojos, sosteniéndome la mirada, y durante una décima de segundo tuve la clara sensación de que deseaba besarme. Esa sensación me pilló desprevenida, y creo que él se dio cuenta también, porque de pronto señaló con el pulgar por encima del hombro y enseguida volvió a ser el Bryce que yo conocía.

—Deberíamos seguir para poder acabar antes de que anochezca.

Sentí la garganta seca.

—No te entretengo más.

Retrocedí un poco, preguntándome si me estaba imaginando cosas, mientras Bryce se alejaba. Se unió a su padre de camino al almacén situado detrás de la casa.

Mientras tanto, Richard y Robert arrastraron la escalera hasta el porche. De forma instintiva me alejé de la casa, cavilando inconscientemente cómo sería mejor encuadrar la última foto que me quedaba. Me detuve cuando el ángulo me pareció el apropiado, ajusté el diafragma y comprobé el fotómetro, asegurándome de que todo estuviera listo.

Bryce y su padre desaparecieron en el almacén, pero después de pocos segundos, vi a Bryce salir con un tablero de contrachapado. Lo dejó apoyado en la pared, luego regresó por otro; en cuestión de minutos había un montón de tableros apilados. Bryce y uno de los gemelos llevaron uno de ellos hasta la puerta principal, y Porter y el otro gemelo les imitaron. Mi tía mantuvo la puerta abierta para que pasaran al interior de la casa, y enseguida volvieron a salir al porche. Destapé el objetivo cuando empezaban a colocar el tablero de contrachapado sobre la puerta corredera de cristal, pero no valía la pena hacer ninguna foto, ya que todos me estaban dando la espalda. Bryce puso el primer tornillo, al que siguieron rápidamente los demás. Enseguida colocaron el segundo tablero con idéntica velocidad y los cuatro descendieron de la escalera. En ambas ocasiones bajé la cámara.

Otros dos tableros cubrieron la ventana frontal con idéntica celeridad y nuevamente el ángulo no era el adecuado. No conseguí hacer la foto que deseaba hasta que movieron la escalera hacia el dormitorio de mi tía.

Bryce fue el primero que subió por la escalera; los gemelos pasaron un tablero de menor tamaño a su padre, quien a su vez se lo dio a Bryce. Enfoqué la cámara y de pronto Bryce se giró en mi dirección; al asir el tablero, con ambas manos, automáticamente presioné el obturador. Volvió a girarse, retomando su posición para fijar el tablero con la misma rapidez y no pude evitar pensar, sorprendida, que podía haber perdido esa oportunidad.

En un momento la ventana quedó tapada, poniendo en evidencia que no era su primer rodeo. Los gemelos cargaron con la escalera hasta la furgoneta mientras Bryce y su padre regresaban al almacén. Salieron transportando un objeto pesado que parecía un pequeño motor. Lo dejaron cerca del almacén, resguardado de la lluvia y el viento. Al tirar del cordón arrancó, haciendo un ruido similar al de un cortacésped.

—Es un generador —gritó Bryce, sabedor de que yo no tenía ni idea de qué era—. Casi con toda seguridad se cortará la luz.

Tras apagarlo, llenaron el tanque con un depósito de gasolina de considerable tamaño que habían traído en la caja de la furgoneta, y Bryce dispuso un largo cable de alimentación que llegaba hasta la casa. Empecé a rebobinar con aire distraído el carrete, con la esperanza de haber conseguido milagrosamente la foto de Bryce que deseaba.

Cuando el carrete hizo un clic, miré hacia el mar, ya encabrillado. ¿Realmente había querido besarme? Seguía pensando en eso mientras le observaba bajando las escaleras. Los demás ya estaban en el coche y, tras despedirse agitando la mano, me quedé mirando cómo se alejaban.

Perdida en mis propios pensamientos, deseché la idea de entrar en la casa y siguiendo un impulso me subí a la bicicleta. Pedaleé a toda velocidad a casa de Bryce, consciente de que todavía no habría vuelto, y me sentí aliviada cuando su madre me abrió la puerta.

—¿Maggie? —Me miró con curiosidad—. Si has venido a ver a Bryce, hoy está trabajando con su padre.

—Lo sé, pero quería pedirte un gran favor. Sé que tal vez estás ocupada con los preparativos para la tormenta, pero me preguntaba si te importaría revelar este carrete para mí. —Le expliqué el tema de la serie igual que a Bryce, y me di cuenta de que me miraba con atención.

—¿Has dicho que también le has hecho una foto a Bryce?

—No estoy segura. Espero que haya salido bien. Es la última del carrete.

Ladeó la cabeza, sin duda intuyendo la importancia que aquello tenía para mí, antes de alargar la mano.

—A ver qué puedo hacer.

La casa de mi tía estaba sumida en la oscuridad, parecía una cueva, lo cual no era de extrañar, puesto que no entraba ni el menor destello de luz a través de las ventanas tapadas. En la cocina habían separado la nevera de la pared, sin duda para poder conectarla fácilmente al generador en caso necesario. Mi tía no estaba localizable, y cuando me senté en el sofá, me sorprendí reproduciendo en mi mente el momento en el que pensé que Bryce deseaba besarme, todavía tratando de dilucidar qué había pasado.

Con la esperanza de quitármelo de la cabeza, cogí los libros de texto y me pasé la siguiente hora y media estudiando y haciendo deberes. Mi tía por fin salió de su habitación para empezar a preparar la cena, y mientras estaba cortando tomates en daditos para la ensalada, oí el inconfundible ruido sordo de las ruedas de un vehículo sobre la gravilla de la entrada. Mi tía también lo oyó y enarcó una ceja, sin duda preguntándose si había invitado a Bryce a cenar.

—No me comentó que vendría más tarde —dije encogiéndome de hombros.

—¿Me harías el favor de ver quién es? Tengo el pollo en la sartén.

Fui a la puerta y reconocí el monovolumen de la familia Trickett en la entrada, y a la madre de Bryce tras el volante. El cielo estaba cada vez más oscuro y las ráfagas de viento ya eran lo suficientemente fuertes como para obligarme a asir la barandilla con fuerza. Al llegar al monovolumen, su

183

madre bajó la ventanilla del conductor y me dio un sobre de papel Manila.

—Tuve la sensación de que tenías prisa, así que me puse con el revelado en cuanto te fuiste. Has hecho algunas fotos fantásticas. Has capturado gran parte del carácter en algunos de los rostros. Me gusta especialmente la del hombre fumando al lado de la tienda.

—Siento que tuvieras la impresión de que te metía prisa —dije, esforzándome por hacerme oír por encima del viento—. No tenías por qué.

—Quería hacerlo antes de que se corte el suministro eléctrico —respondió—. Estoy segura de que estás en ascuas. Recuerdo cómo me sentí cuando revelé mi primer carrete.

Tragué saliva.

—¿Ha salido la foto de Bryce?

—Es mi favorita —contestó—. Pero está claro que no soy imparcial.

—¿Ya han vuelto?

—Supongo que volverán en cualquier momento, así que será mejor que me vaya.

—Gracias por darte tanta prisa.

—Ha sido un placer. Si por mí fuera, pasaría mis días en el cuarto oscuro.

Observé mientras daba marcha atrás, haciendo una señal de despedida mientras el monovolumen se alejaba, y luego volví apresuradamente a la casa. En la sala de estar encendí la lámpara de lectura para tener toda la luz posible mientras revisaba las fotografías.

Tal como había imaginado, solo había un par que consideré buenas. La mayoría estaban cerca de serlo, pero no eran lo suficientemente perfectas. O estaban desenfocadas, o los ajustes no eran los más adecuados. Mi composición tampoco era siempre acertada, pero la madre de Bryce tenía razón al decir que la foto del fumador definitivamente valía la pena. Sin embargo, fue la de Bryce la que casi me hizo dar un grito de asombro.

Estaba bien enfocada y la luz era espectacular. Le había fotografiado justo cuando giró el torso en mi dirección; los músculos de los brazos destacaban como si estuvieran grabados en relieve y la expresión de su cara demostraba una intensa concentración. La foto reflejaba su manera de ser, desinhibida, y su elegancia natural. Repasé con la yema de mis dedos suavemente su silueta.

Caí en la cuenta de que Bryce (al igual que mi tía) había aparecido en mi vida en el momento en que más lo necesitaba. Y aún más importante, de que se había convertido rápidamente en el amigo más cercano que había tenido nunca, y de que no me había equivocado al intuir su deseo. De haber estado a solas, podría incluso haberme dado un beso, aunque ambos sabíamos que eso era lo último que yo deseaba o necesitaba. Debía saber tanto como yo que era imposible que funcionase una relación sentimental entre nosotros. En pocos meses me iría de Ocracoke y me convertiría en una nueva persona, alguien a quien ni yo misma todavía conocía. Nuestra relación estaba condenada al fracaso, pero incluso asfixiada por esa certeza, en mi corazón sabía que, al igual que Bryce, deseaba algo más entre nosotros.

Esos pensamientos siguieron dando vueltas en mi cabeza como la ropa en una secadora, durante toda la cena e incluso mientras se acercaba la tormenta. Cuando se hizo la oscuridad, empezó a rugir cada vez con más intensidad a cada hora que pasaba. La lluvia y el viento azotaban la casa, haciéndola crujir y sacudiéndola. Mi tía y yo estábamos sentadas en la sala de estar; ninguna de las dos quería estar sola. Justo cuando creía que la tormenta no podría ir a peor, otra ráfaga se estrellaba contra la casa y el estruendo de la lluvia recordaba el sonido de los petardos. El suministro de electricidad, tal como estaba previsto, quedó cortado, y la sala quedó sumida en la más negra oscuridad. Nos abrigamos, conscientes de que teníamos que encender el generador. En cuanto tía Linda giró el picaporte, la puerta prácticamente se abrió de golpe hacia dentro; las gotas de lluvia se me clavaron en la cara mientras bajábamos corriendo las escaleras y ambas nos aferramos a la barandilla con fuerza para no salir volando.

Detrás de la casa el viento seguía haciendo que me tambaleara, pero al menos estábamos resguardadas del aguacero. Observé cómo luchaba mi tía para accionar el generador; la relevé y por fin conseguí que arrancara al tercer intento. Nos

185

abrimos paso con dificultad de regreso a la casa, donde la tía Linda encendió unas cuantas velas y enchufó la nevera. Las diminutas luces parpadeantes apenas iluminaban la estancia.

Me quedé dormida en el sofá en algún momento después de medianoche. La tormenta siguió bramando justo hasta el amanecer. Aunque el viento no había parado, la lluvia fue amainando hasta convertirse en llovizna y cesar definitivamente a media mañana. Solo entonces salimos para comprobar los daños.

Un árbol del jardín del vecino se había venido abajo y sus ramas estaban esparcidas por todas partes y algunas tejas habían sido arrancadas del tejado. En la carretera había más de treinta centímetros de agua. Los diques cercanos habían quedado deformados o habían sido derribados por completo, y los escombros casi llegaban a la casa. El viento era gélido, parecía ártico.

Bryce y su padre se presentaron una hora antes de mediodía. Para entonces el viento era apenas un susurro. Mi tía sacó una bolsa de bollos que habían sobrado mientras yo iba a buscar a Bryce. Mientras caminaba hacia él, intenté convencerme de que mis sentimientos del día anterior eran algo parecido a la sensación que deja un sueño al despertar. No eran reales; solo eran destellos centelleantes cuyo destino era desvanecerse por completo. Pero cuando le vi coger la escalera de la caja de la ranchera, volví a pensar en cómo se había detenido ante mí, y supe que solo me estaba engañando a mí misma.

Como siempre, estaba sonriendo. Llevaba la sexi chaqueta de color verde oliva y una gorra de béisbol, además de los vaqueros con el cinturón portaherramientas. Me pareció sentir como si flotara, pero me esforcé cuanto pude para aparentar indiferencia, como si tan solo fuera un día más.

—¿Qué te pareció la tormenta? —preguntó.

—Lo de anoche fue una locura. —Era como si mis palabras vinieran de otro lugar—. ¿Qué aspecto tiene el resto del pueblo?

Dejó la escalera en el suelo.

—Hay un montón de árboles caídos y no hay luz en ningún lado. Esperemos que los trabajadores de las empresas públicas lleguen esta tarde, pero quién sabe si vendrán. Uno de los moteles y un par de negocios más se han inundado, y la mitad de los edificios del centro tienen daños en los tejados. Supongo que lo más destacado es que uno de los botes rompió amarras y acabó varado en la calle, cerca del hotel.

Al ver que parecía el Bryce informal y espontáneo de siempre, noté que me relajaba.

—¿Ha sufrido daños la tienda de mi tía?

—No que yo sepa. Hemos retirado los tableros, pero obviamente no hemos podido acceder al interior para comprobar si hay goteras.

—¿Y tu casa?

—Solo unas cuantas ramas en el patio. Gwen y mis abuelos también están bien. Pero si piensas hacer fotos hoy, ten cuidado con las líneas eléctricas derribadas. Especialmente allí donde la calle esté inundada. Hay peligro de muerte.

No había pensado en ello y, al imaginarme que alguien se electrocutara, me estremecí.

—Creo que me voy a quedar en casa con mi tía, quizás estudie un poco. Aunque me gustaría ver los daños y tal vez hacer algunas fotos.

—¿Y si vuelvo más tarde y nos vamos a dar una vuelta? Puedo traer más carretes.

—¿Tendrás tiempo?

—Se tarda mucho menos en quitar los tableros que en ponerlos, y mi abuelo ya se ha encargado del bote.

Acepté la propuesta, y él levantó la escalera y la llevó hacia el porche. Una vez allí, Bryce y su padre hicieron el proceso del día anterior a la inversa; la única diferencia era que usaban una pistola selladora para tapar los agujeros que dejaban los tornillos. Mientras trabajaban, mi tía y yo empezamos a limpiar los restos de la tormenta del patio, para apilarlos cerca de la carretera. Seguíamos en ello cuando Bryce y su padre salieron con la ranchera marcha atrás.

Cuando acabamos con el patio, mi tía y yo volvimos a la casa, parpadeando debido a la luz que entraba a raudales por las ventanas. Mi tía se dirigió inmediatamente a la cocina y comenzó a preparar sándwiches de mantequilla de cacahuete y mermelada.

—Bryce me ha dicho que la tienda parecía no haber sufrido daños —comenté.

—Su padre me ha dicho lo mismo, pero dentro de un rato tendré que acercarme para asegurarme.

—Olvidé preguntarte si la tienda cuenta con un generador.

Linda asintió.

—Se enciende automáticamente cuando cae el suministro eléctrico. O por lo menos se supone que así funciona. Ese es otro de los motivos por los que me gustaría comprobar cómo está todo. La gente querrá comprar bollos y libros mañana, puesto que no habrá casi posibilidades de cocinar hasta que vuelva la luz. Hasta entonces estaremos desbordadas de trabajo.

Pensé en ofrecerme voluntaria para ayudar, pero, como todavía no había aprendido a hacer los bollos en la clase prevista con Bryce, imaginé que solo molestaría.

—Bryce volverá más tarde. Vamos a ver qué ha pasado durante la tormenta.

Dejó los sándwiches en dos platos y los llevó a la mesa.

—Tened cuidado con los cables de la luz caídos.

Era obvio que todo el mundo era consciente de ese peligro potencial, excepto yo.

—Lo tendremos.

—Estoy segura de que disfrutarás pasando la tarde con él.

—Seguramente solo haremos algunas fotos.

Estoy casi segura de que Linda advirtió mi evasiva, pero no siguió presionándome, sino que me ofreció una sonrisa cómplice.

—Entonces probablemente algún día te convertirás en una excelente fotógrafa.

Después del almuerzo estudié un poco, o por lo menos lo intenté. El sobre Manila interrumpía continuamente mi concentración; parecía estar insistiéndome en que volviera a mirar la foto de Bryce.

Pasaron varias horas antes de que él aparcara en la entrada. En cuanto oí que la ranchera se había detenido, cogí la cámara y empecé a bajar las escaleras, y la visión de Daisy en la caja del vehículo me hizo sonreír. Gimió y movió la cola cuando me acerqué, y me detuve para ofrecerle un poco de cariño. Bryce, entretanto, había bajado de un salto de la furgoneta y tras rodearla me abrió la puerta, mientras mi corazón volvía a latir como loco. Me ofreció su brazo para ayudarme a subir (se había duchado y todavía le caían gotas de agua del pelo) y, cuando cerró la puerta, una voz en mi interior me regañó pidiendo que me controlara.

Condujo por el pueblo, charlando con naturalidad mientras nos deteníamos aquí y allá para hacer fotos. Pasé mucho tiempo intentando conseguir una buena perspectiva al lado del hotel, donde descansaba el bote tumbado de costado en medio de la carretera. Al final le pasé la cámara a Bryce para que probara él y le observé mientras se alejaba, fijándome de nuevo en la fluidez de sus movimientos. Sabía que estaba entrenando para prepararse para West Point, pero su gracia y coordinación natural me llevaron a pensar que sería bueno en cualquier deporte.

Pero ¿por qué me sorprendía? Bryce, por lo que sabía, parecía ser bueno en todo. Era el hijo perfecto, el hermano mayor, listo y atlético, atractivo y empático. Y lo mejor era que parecía no esforzase por ser todo eso. Incluso su manera de comportarse no tenía parangón con nadie que hubiera conocido hasta el momento, sobre todo si le comparaba con los chicos de mi instituto. Muchos parecían bastante agradables en conversaciones privadas, pero cuando estaban con sus amigos, se pavoneaban y actuaban para ser guais, decían estupideces, y yo acababa preguntándome cómo eran realmente.

Y sin embargo, si a Madison y a Jodie las halagaba recibir sus atenciones (como así era), me preguntaba qué pensarían de Bryce. Oh, sí, se darían cuenta al momento de que era guapo, pero ¿acaso les importaría su inteligencia, su paciencia o su interés por la fotografía? ¿O que estaba entrenando a un perro guía para ayudar a personas en silla de ruedas? ¿O que era la clase de adolescente que ayudaba a su padre a proteger con tablones las casas de otras personas como Linda y Gwen?

No estaba del todo segura, pero tenía la sensación de que para Madison y Jodie su aspecto habría sido más que suficiente, y el resto apenas habría despertado su interés. Y, si J.

servía como ejemplo, probablemente yo misma habría sido como ellas; solo que yo había llegado allí y había conocido a un chico que me había dado una razón para hacerme pensar de otra manera.

Pero ¿por qué me estaba pasando eso? Solía pensar que era madura para mi edad, aunque la adultez seguía pareciendo un espejismo, y me preguntaba si eso no tendría que ver en parte con el instituto en general. Al mirar atrás, tenía la sensación de haberme pasado todo el tiempo intentando gustar a los demás, en vez de pensar qué personas me gustaban a mí. Bryce no había ido al instituto, ni había tenido que lidiar con esas presiones estúpidas, así que él tal vez nunca había tenido que enfrentarse a eso. Había sido libre para ser él mismo, y eso me hacía pensar en quién me habría convertido yo de no haber estado tan pendiente de intentar ser exactamente igual que mis amigas.

Eran demasiadas cosas en que pensar. Sacudí la cabeza, con la intención de obligarme a apartar esos pensamientos. Bryce había trepado a un contenedor de basura para conseguir un mejor ángulo del bote varado en la carretera. Daisy, que le seguía a todas partes, miraba hacia arriba hasta que por fin recordó que yo también estaba allí. Avanzó trotando hacia mí, moviendo la cola, y luego se acurrucó entre mis piernas. Sus ojos marrones eran tan amables que no pude evitar inclinarme hacia ella. Cogí su cabeza y la besé en el hocico. En ese instante oí el débil clic del obturador. Al alzar la vista, vi la expresión avergonzada del rostro de Bryce, todavía de pie encima del contenedor, al colgarse la cámara al hombro.

—Lo siento —exclamó. Bajó de un salto, aterrizó como un gimnasta, y avanzó hacia mí—. Sé que debía haberte preguntado, pero no pude resistirme.

Aunque nunca me había gustado que me hicieran fotos, me encogí de hombros.

—No pasa nada. Yo te hice una ayer.

—Lo sé. Te vi.

—¿En serio?

Elevó los hombros sin responder.

—¿Y ahora qué? ¿Quieres ver o hacer algo más?

190

Al oír aquellas preguntas, mis pensamientos empezaron a agolparse.

—¿Por qué no vamos a casa de mi tía un rato?

La tía Linda había ido a la tienda, por lo que Bryce y yo estábamos a solas. Nos sentamos en el sofá, yo en un extremo con los pies en el asiento y Bryce en el lado opuesto. Estaba revisando algunas de las fotos que había tomado el día antes y me elogió incluso cuando claramente me había equivocado en algo. Justo antes de ver su foto, de pronto sentí una sensación apenas perceptible en mi estómago, como una mariposa moviendo las alas. De forma automática me llevé las manos a la barriga, pero aparte de eso me quedé completamente callada. Creo que me preguntó algo, pero estaba tan concentrada que ni me enteré.

—¿Qué te pasa? ¿Estás bien?

Perdida en mis sensaciones, no respondí; en lugar de eso, cerré los ojos. Obviamente volví a sentir el aleteo de nuevo, como las ondas que se producen en un estanque. Aunque no tenía experiencia, supe exactamente de qué se trataba.

—He notado cómo se movía el bebé.

Esperé un poco, pero no noté nada más, y busqué una posición más cómoda. Por el libro que mi madre me había dado sabía que en un futuro no muy lejano esos aleteos se convertirían en patadas, y mi barriga se movería como en esa escena asquerosa y escalofriante de *Alien*. Bryce se quedó quieto pero estaba un poco más pálido, lo que me resultó un tanto gracioso, ya que normalmente se mantenía imperturbable.

—Parece que hayas visto un fantasma —dije bromeando.

El sonido de mi voz hizo que se recuperara rápidamente.

—Lo siento —respondió—. Sé que estás embarazada, pero nunca pienso en ello. No has engordado nada.

Agradecí su mentira con una sonrisa. Había engordado seis kilos.

—Creo que tu madre sabe que estoy embarazada.

—Yo no le he dicho nada...

—No hacía falta. Es algo que simplemente saben las madres.

Curiosamente, me di cuenta de que era la primera vez que mi embarazo salía a colación desde que decoramos el árbol de Navidad. Intuía que tenía curiosidad, pero no sabía cómo expresarla.

—No pasa nada si me preguntas sobre ello. No me importa.

Puso las fotos sobre la mesita auxiliar, con expresión pensativa.

—Sé que acabas de notar cómo se mueve el bebé, pero ¿cómo es estar embarazada? ¿Te sientes distinta?

—Tuve náuseas matinales durante mucho tiempo, de modo que evidentemente me sentía distinta, pero ahora básicamente son detalles. Soy más sensible a los olores, y a veces tengo ganas de hacer la siesta. Y por supuesto tengo que orinar con mucha frecuencia, pero eso ya lo sabes. Aparte de eso, no noto mucho más. Estoy segura de que la cosa cambiará cuando empiece a ponerme gorda.

—¿Cuándo está previsto que llegue el bebé?

—El 9 de mayo.

—¿Con tanta exactitud?

—Según el médico, el embarazo dura doscientos ochenta días.

—No lo sabía.

—¿Por qué habías de saberlo?

Se rio por lo bajo antes de volver a ponerse serio.

—¿Da miedo la idea de dar al bebé en adopción?

Reflexioné mi respuesta.

—Sí y no. Me refiero a que espero que el bebé vaya a una pareja maravillosa, pero nunca se puede saber en realidad. Eso me asusta cuando pienso en ello. Al mismo tiempo sé que todavía no estoy preparada para ser madre. Todavía estoy en el instituto, de modo que no podría mantenerla. Ni siquiera sé conducir.

—¿No tienes carné de conducir?

—Se supone que debía empezar la autoescuela en noviembre, pero al venir aquí eso quedó descartado.

—Puedo enseñarte a conducir. Si mis padres dicen que les parece bien, claro está. Y tu tía, por supuesto.

—¿De veras?

—¿Por qué no? Apenas hay coches en la carretera en la otra punta de la isla. Allí es donde me enseñó mi padre.

—Gracias.

—¿Puedo preguntarte algo más sobre el bebé?

—Claro.

—¿Puedes ponerle tú el nombre?

—No creo. Cuando fui al ginecólogo lo único que me preguntó es si quería coger a la niña justo después de nacer.

—¿Qué respondiste?

—No respondí, pero no creo que lo haga. Me temo que si lo hiciera se me haría más duro tener que darla.

—¿Has pensado alguna vez en posibles nombres? ¿Si pudieras ponérselo tú?

—Siempre me gustó Chloe. O Sofía.

—Son muy bonitos. Quizá deberían dejarte que tú le dieras un nombre.

Me gustó que dijera eso.

—Tengo que admitir que no estoy emocionada con la idea del parto. Cuando se trata del primer bebé a veces puede durar más de un día. Y no tengo la menor idea de cómo un bebé bien desarrollado puede…

No acabé la frase, pero no hacía falta. Me di cuenta de que me entendía al ver que hacía una mueca de dolor.

—Por si te hace sentir mejor, mi madre nunca nos ha contado que el parto fuera muy duro. Sin embargo, sí que nos recuerda que ninguno de los tres dormíamos demasiado, y que seguimos siendo responsables de compensar sus años privados de sueño.

—Eso debe ser duro. Me gusta dormir.

Entrelazó las manos y pude ver cómo se le tensaban los músculos del antebrazo.

—Si te vas en mayo, ¿retomarás enseguida el instituto?

—No lo sé. Supongo que depende de si estoy al día o incluso adelantada. Puede que no necesite ir excepto para los exámenes finales, y tal vez pueda hacerlos en casa. Estoy segura de que mis padres tendrán también su propia opinión al respecto. —Me pasé la mano por la cabeza—. Se supone que vienen a verme a finales de mes.

—Estoy seguro de que te va a encantar que vengan.

—Sí —admití, pero lo cierto es que tenía sentimientos encontrados en relación con su visita. A diferencia de mi tía, no eran la gente más relajada con la que estar.

—¿Tienes antojos raros?

—Me encanta la ternera Strogonoff de mi tía, sobre todo porque es la mejor que he probado. Y ahora mismo me apetece un sándwich de queso, pero no sé si eso cuenta como antojo. Siempre me han gustado.

—¿Quieres que te prepare uno?

—Es muy amable de tu parte, pero no hace falta. Mi tía hará la cena pronto.

Miró a su alrededor, como tratando de encontrar algo más que preguntar.

—¿Qué tal los estudios?

—Oh, no estropees la conversación. No quiero pensar en eso ahora mismo.

—Tengo que admitir que es un alivio haber acabado.

—¿Cuándo te vas a West Point?

—En julio.

—¿Tienes ganas?

—Será distinto. No es como aprender en casa. Está todo muy estructurado, y espero poder ser capaz de gestionarlo. Solo quiero que mis padres se sientan orgullosos de mí.

Estuve a punto de echarme a reír ante lo absurdo de sus palabras. ¿Qué padre no estaría orgulloso de él? Tardé un momento en darme cuenta de que lo decía en serio.

—Ya están orgullosos de ti.

Alargó la mano para coger la cámara, la alzó y luego volvió a dejarla en la misma posición.

—Ya sé que me comentaste que tu hermana Morgan es perfecta, pero tampoco es fácil tener a Richard y a Robert como hermanos. —Bajó tanto la voz que tuve que esforzarme para oírle mientras seguía hablando—. ¿Sabes que hicieron la prueba SAT de admisión a la universidad en septiembre? Solo tienen doce años, recuerda, y ambos obtuvieron los mejores resultados: 1.570 y 1.580, respectivamente; mucho más altos que los míos. Y quién sabe si Richard siquiera tendrá que ir a la universidad. Podría iniciar directamente su carrera como programador. Seguro que has oído hablar de Internet,

¿verdad? Va a cambiar el mundo, créeme, y Richard ya se está labrando un nombre en ese campo. Gana más que mi abuelo trabajando a tiempo parcial como *free lance*. Probablemente cuando tenga mi edad será millonario. Y Robert será igual. Creo que está un poco celoso por el dinero, de modo que durante los últimos meses ha estado trabajando con Richard en programación, además de construir su avión. Y por supuesto, le parece ridículamente fácil. ¿Cómo puedo competir con unos hermanos así?

Cuando acabó de hablar, no pude decir nada. Su inseguridad no tenía para mí ningún sentido…, solo que para su familia sí que lo tenía.

—No lo sabía.

—No me malinterpretes. Estoy orgulloso de lo listos que son, y aun así eso me hace sentir que yo también tengo que hacer algo extraordinario. Y West Point será todo un desafío, aunque no me haga ilusiones de poder imitar a mi padre.

—¿Qué hizo tu padre?

—Todos los graduados de West Point reciben una clasificación final en base a sus resultados académicos, méritos y deméritos, influidos por el carácter, liderazgo, honor y cosas similares. Mi padre obtuvo la cuarta puntuación más alta en la historia de West Point, justo por detrás de Douglas MacArthur.

Nunca había oído hablar de Douglas MacArthur, pero, por la forma en que pronunció su nombre, supuse que había sido alguien bastante importante.

—Y, además, por supuesto, está mi madre y el MIT a sus dieciséis años…

Cuanto más pensaba en ello, más justificada empezó a parecerme su inseguridad, aunque el nivel de su familia fuera galáctico.

—Estoy convencida de que serás general para cuando te gradúes.

—Imposible. —Se rio—. Pero gracias por el voto de confianza.

Del exterior llegó el ruido del coche de mi tía en la entrada llena de baches y el fuerte chirrido que producía el motor al bajar revoluciones.

195

Bryce también debió oírlo.

—Es la correa de transmisión lo que hace ese ruido. Seguramente hay que tensarla. Puedo arreglársela.

Oí a mi tía subiendo los escalones antes de abrir la puerta. Nos dirigió una mirada, y aunque no dijo nada, estoy casi segura de que se alegraba de que estuviéramos sentados en los extremos opuestos del sofá.

—Hola —saludó.

—¿Cómo está todo? —pregunté.

Se quitó la chaqueta.

—No hay goteras y el generador funciona bien.

—Ah, qué bien. Bryce dice que puede arreglar tu coche.

—¿Qué le pasa a mi coche?

—Hay que tensar la correa de transmisión.

Parecía confusa por el hecho de que hubiera sido yo quien se lo dijera y no Bryce. Le miré de refilón y me di cuenta de que todavía estaba calibrando lo que me acababa de confesar.

—¿Puede quedarse Bryce a cenar?

—Claro que sí. Pero no va a comer nada especial.

—¿Sándwiches de queso?

—¿Queréis eso? ¿Tal vez acompañados de una sopa?

—Eso suena perfecto.

—También me facilita la cena. ¿En una hora?

Sentí que mi antojo se intensificaba y parecía a punto de explotar como palomitas de maíz en el microondas.

—No puedo esperar.

Después de cenar acompañé a Bryce a la puerta. En el porche, se volvió hacia mí.

—¿Nos vemos mañana? —pregunté.

—Vendré a las nueve. Gracias por la cena.

—Dale las gracias a mi tía, no a mí. Yo solo friego los platos.

—Ya lo he hecho. —Se metió las manos en los bolsillos antes de seguir hablando—. Me lo he pasado bien hoy —prosiguió—. Me refiero a que me ha gustado conocerte un poco mejor.

—A mí también me ha gustado el día. Incluso aunque me hayas mentido.

—¿Cuándo he mentido?

—Cuando dijiste que no parecía que estuviera embarazada.

—Es que no lo parece. Para nada.

—Ya, bueno —sonreí irónicamente—, espera a verme dentro de un mes.

La siguiente semana y media quedó desdibujada con los preparativos para los exámenes finales, adelantar las tareas del siguiente semestre y la fotografía. Gwen me hizo un examen rápido y dijo que tanto el bebé como yo estábamos bien. También empecé a pagar los carretes y el papel fotográfico que estaba usando; la madre de Bryce hizo un pedido al por mayor para que fuera menos caro. Bryce vaciló a la hora de aceptar mi dinero, pero a mí me parecía lo correcto, puesto que estaba usando tantos materiales. Lo mejor era que con cada carrete tenía la sensación de ser cada vez un poco mejor.

Bryce, por su parte, casi siempre revelaba las fotos por la noche, cuando yo hacía mis deberes adicionales. A la mañana siguiente repasábamos los contactos y decidíamos juntos qué imágenes valía la pena imprimir. También me ayudaba a preparar fichas cuando creía necesitarlas, me hacía pruebas sobre los temas que necesitaba aprender de cada asignatura y para cuando se acercaban los exámenes finales prácticamente me había preparado para todo. No puedo decir que los bordara, pero teniendo en cuenta la tónica general de mis notas, casi me disloqué el hombro dándome palmaditas en la espalda a mí misma. Aparte de eso, y de observar a Bryce tensar la correa de transmisión del coche de mi tía, lo único importante que nos faltaba por hacer era aprender a hacer los bollos.

Fuimos un sábado, antes de que mis padres llegaran. Mi tía nos hizo poner un delantal y fue explicándolo paso a paso.

En cuanto al secreto, realmente se reducía a lo siguiente: era importante usar harina con levadura White Lily, ninguna otra marca, y tamizarla antes de pesarla, porque eso hacía los bollos más esponjosos. Luego había que añadir suero de mantequilla Crisco y un poco de azúcar glas (supersecreto), algo que algunas personas del sur podrían considerar como una

197

blasfemia. Una vez hecho eso, solo había que tener cuidado de no trabajar la masa en exceso al mezclar. Ah, y en ningún caso torcer el cortador de bollos, sino apretar con fuerza hacia abajo cuando la masa ya estaba enrollada. Luego, cuando los bollos estaban recién hechos y todavía calientes, se pintaban ambas caras con mantequilla derretida.

Naturalmente, Bryce preguntó millones de cosas y se tomó la lección mucho más en serio que yo. Al probar el primer bocado, prácticamente gimió como un niño pequeño. Cuando mi tía dijo que podía compartir la receta con su madre, la miró casi indignado.

—Ni en sueños. Este era mi regalo.

Esa misma tarde, Bryce por fin me enseñó la foto que nos había hecho a Daisy y a mí cuando fuimos a ver cómo estaba el pueblo después de la tormenta.

—Hice una copia para ti —dijo mientras me la daba. Estábamos en su furgoneta, aparcados cerca del faro. Acababa de hacer unas cuantas fotos de la puesta de sol y el cielo ya empezaba a oscurecer—. La verdad es que mi madre me ayudó a hacer la copia.

Me di cuenta de por qué quería una para él. Era realmente una foto entrañable, aunque yo también saliera. Había recortado la imagen para que únicamente se viera nuestro perfil y había capturado el instante en el que mis labios rozaron la nariz de Daisy; tenía los ojos cerrados, pero los de Daisy rebosaban adoración. Lo mejor de todo era que no se me veía el cuerpo, lo cual hacía más fácil imaginar que todo mi asunto «¡ups!» nunca había tenido lugar.

—Gracias —dije, sin dejar de mirar la imagen fijamente—. Me gustaría saber hacer fotos tan bien como tú. O tu madre.

—Eres mucho mejor que yo cuando empecé. Y algunas de tus fotos son fantásticas.

«Quizá —pensé—. O quizá no.»

—Quería preguntarte si crees que no pasa nada por estar en el cuarto oscuro, al estar embarazada, me refiero.

—Le pregunté a mi madre. No te preocupes, no hablé de ti. Me dijo que ella trabajaba en el cuarto oscuro cuando estaba embarazada. Dice que, si se usan guantes de goma y no se está ahí dentro cada día, no hay peligro.

—Me alegro —dije—. Me encanta ver cómo empiezan a materializarse las imágenes en el papel. No hay nada y al segundo siguiente…, poco a poco, la foto cobra vida.

—Yo siento lo mismo. Para mí forma parte esencial de la experiencia —añadió—. Pero me pregunto qué pasará cuando la fotografía digital se ponga de moda. Supongo que se dejarán de revelar fotos.

—¿Qué es la fotografía digital?

—En lugar de usar un carrete, las imágenes se guardan en un disco en la cámara que puedes introducir en un ordenador sin necesidad de escáner. Puede que incluso aparezcan cámaras en las que se pueden ver las fotos al momento en una pequeña pantalla en la parte de atrás.

—¿Es eso real?

—Lo será, estoy seguro —afirmó—. Las cámaras son carísimas ahora, pero el precio irá bajando con el tiempo, como con los ordenadores. Creo que la gente preferirá usar esa clase de cámaras en lugar de las tradicionales. Incluido yo.

—Eso es un poco triste. Se pierde un poco la magia.

—Es el futuro. Y nada es para siempre.

No pude evitar pensar que tal vez se refería a nosotros dos.

199

A medida que la visita de mis padres se hacía inminente, fui poniéndome nerviosa, un nivel bajo de ansiedad que bullía bajo la superficie. Volarían a New Bern el miércoles y cogerían el ferri de la mañana a Ocracoke el jueves. No se quedarían mucho tiempo, solo hasta el domingo por la tarde, y el plan era que todos fuéramos a la iglesia y nos despidiéramos en el aparcamiento justo después del servicio.

El jueves por la mañana me levanté antes de lo normal para ducharme y prepararme, pero incluso cuando llegó Bryce seguía sin poder concentrarme en los estudios. No es que tuviera gran cosa que hacer; ya había hecho los finales y estaba avanzando en el trabajo del segundo semestre a un ritmo que habría hecho sentirse orgullosa hasta a Morgan. Bryce se dio cuenta de que estaba inquieta y estoy segura de que Daisy también. Por lo menos venía a mi lado un par de veces cada hora, y acariciaba mi mano antes de gemir, con un sonido procedente de lo más profundo de su garganta. A pesar de sus esfuerzos por tranquilizarme, cuando Linda vino a buscarme para llevarme al ferri y así poder recibir a mis padres, al levantarme de la silla me temblaban las piernas.

—Todo va a ir bien —me dijo Bryce, mientras apilaba mi trabajo en pequeños montones sobre la mesa de la cocina.

—Eso espero —contesté. Estaba tan perturbada que apenas me daba cuenta de lo guapo que era o hasta qué punto había llegado a depender de él en los últimos tiempos.

—¿Estás segura de que quieres que venga mañana?

—Mis padres dijeron que querían conocerte.

No mencioné que la idea de quedarme sola en la casa con mis padres mientras mi tía estaba en la tienda me aterraba.

Entonces Linda asomó la cabeza por la puerta.

—¿Estás lista? El ferri llegará en diez minutos.

—Ya casi estoy —respondí—. Estábamos recogiendo.

Dejé el material escolar de cualquier manera en mi cuarto seguida por Bryce que bajó tras de mí las escaleras. Me hizo un guiño mientras subía a la furgoneta y eso me dio el coraje que necesitaba para entrar en el coche de mi tía, a pesar de los nervios.

Hacía frío y el cielo era gris mientras conducíamos hacia el muelle. El coche de alquiler de mis padres fue el segundo vehículo que salió del ferri. Al vernos, mi padre detuvo el coche y nosotras fuimos andando hacia ellos.

Abrazos y besos, un par de frases tipo «me alegro de verte», ningún comentario sobre mi figura, probablemente porque querían fingir que no estaba embarazada, y después volví al coche con mi tía. De vez en cuando miraba por el retrovisor el coche con el que mis padres nos seguían, y después de aparcar a nuestro lado salieron del vehículo y dirigieron la vista hacia la casa. Bajo el cielo plomizo me pareció más desvencijada de lo normal.

—Así que esta es la casa —dijo mi madre acurrucándose en su abrigo para protegerse del aire gélido—. Ahora entiendo por qué teníamos que reservar una habitación en el hotel. Parece un poco pequeña.

—Es acogedora y tiene unas vistas formidables del mar —comenté.

—El ferri tardó una barbaridad. ¿Siempre es tan lento?

—Creo que sí. Pero después de unas cuantas veces te acostumbras.

—Mmm —se limitó a musitar. Mi padre permaneció en silencio todo ese rato, y mi madre no dijo nada más.

—¿Qué os parece si almorzamos? —intervino mi tía con una alegría forzada—. He preparado ensalada de pollo y pensé que podríamos comer unos sándwiches.

—Soy alérgica a la mayonesa —respondió mi madre.

Linda se repuso enseguida.

—Creo que me quedan restos de pastel de carne y con eso también podría prepararte un sándwich.

Mi madre asintió con la cabeza; mi padre seguía callado. Los cuatro subimos los escalones de la entrada y con cada paso que daba sentía con mayor intensidad un nudo en la boca del estómago.

201

De algún modo sobrevivimos al almuerzo, pero la conversación siguió siendo forzada. Cuando se hacía un silencio incómodo, mi tía empezaba a hablar de la tienda, parloteando como si su visita no fuera algo extraordinario. Después de comer subimos todos en el coche de mi tía para hacer un rápido recorrido por el pueblo. Básicamente repitió las mismas cosas que me había dicho a mí al enseñarme la localidad, y estoy casi segura de que mis padres estaban tan poco impresionados como yo. En el asiento trasero mi madre parecía conmocionada.

La tienda, sin embargo, aparentemente les gustó. Gwen estaba allí, y aunque ya habíamos comido, insistió en darnos unos bollos de postre, que esencialmente eran una variación con arándanos y cobertura de azúcar glas. Gwen inmediatamente se percató del ambiente incómodo que se respiraba en mi familia y mantuvo el tono ligero de la conversación. En la zona dedicada a los libros les mostró algunos de sus favoritos, por si mis padres estaban interesados. No fue así, ellos no eran grandes lectores, pero hicieron un gesto de asentimiento con la cabeza, y yo me sentí como si fuéramos actores de una obra donde todos los personajes preferirían estar en otro lugar.

De vuelta a casa, Linda y mi padre empezaron a hablar sobre su familia, las demás hermanas y mis primos, y después de un rato mi madre emitió un carraspeo para aclararse la garganta.

—¿Y si damos un paseo por la playa? —sugirió.

Lo dijo de una manera que daba a entender que no tenía elección, así que las dos condujimos hasta la playa y aparcamos el coche de alquiler cerca de la duna.

—Pensé que la playa estaría más cerca —comentó.

—El pueblo está en la parte del estrecho.

—¿Cómo llegas hasta aquí?

—Voy en bici.

—¿Tienes una bicicleta?

—Linda la compró en un mercadillo un poco antes de mi llegada.

—Ah —exclamó. Ella sabía que, en casa, mi bicicleta estaba en el garaje, con las ruedas agrietadas y casi sin aire por la falta de uso, el sillín cubierto de polvo—. Por lo menos sales un poco. Estás demasiado pálida.

Me encogí de hombros sin responder. Salimos del coche y me subí la cremallera de la chaqueta hasta arriba para luego meter las manos en los bolsillos. Avanzamos hacia la orilla del mar bordeando las dunas, nuestros pies se hundían a cada paso y resbalábamos por la arena. Cuando empezamos a caminar por la playa propiamente dicha mi madre volvió a hablar.

—Morgan me ha dicho que le habría gustado venir. Pero es la encargada de la obra de teatro del instituto y tenían que ensayar. También está intentando conseguir una beca de Rotary, aunque ya ha obtenido las suficientes como para cubrir la mayor parte de sus gastos universitarios.

—Estoy segura de que la conseguirá —murmuré. Lo cual era cierto, y aunque noté la familiar punzada de inseguridad, me di cuenta de que no me hacía sentir tan mal conmigo misma como en el pasado.

Dimos unos cuantos pasos más antes de volver a oír la voz de mi madre.

—Me ha dicho que hace un par de semanas que no habéis hablado.

Me pregunté si mi tía les había comentado que se llevaba el cable del teléfono a la tienda.

—He estado muy ocupada con los estudios. La llamaré la semana que viene.

—¿Por qué te quedaste tan rezagada? Tu tía estaba verdaderamente preocupada por ti, y también tus profesores.

Noté que los hombros se me encorvaban un poco hacia delante.

—Supongo que tardé un poco en adaptarme a estar aquí.

—No te estás perdiendo nada interesante en Seattle.

No estaba segura de qué responder a eso.

—¿Sabes algo de Madison o Jodie? —pregunté.

—No han llamado a casa, si eso es lo que quieres saber.

—¿Sabes qué es de su vida?

—No tengo la menor idea. Supongo que podría preguntarle a Morgan cuando llegue a casa.

—No hace falta —dije, a sabiendas de que mi madre no lo haría. A sus ojos, cuanta menos gente preguntara por mí, mejor para ella.

—Si quieres escribirles cartas —prosiguió—, supongo que puedo hacérselas llegar. Claro está que no puedes ser demasiado específica ni dar a entender lo que realmente está pasando.

—Tal vez lo haga —dije. No quería mentirles, y como no podía contarles la verdad, no tenía nada que decir.

Se ajustó la chaqueta para taparse el cuello.

—¿Qué te parece el doctor que buscó Linda? Sé que Gwen probablemente podría traer al mundo al bebé, pero le dije a Linda que me sentiría mejor si fueras al hospital.

En cuanto preguntó, visualicé de inmediato las manos gigantes del doctor Chinowith.

—Es mayor, pero parece amable y Gwen ha trabajado mucho con él. Será una niña, por cierto.

—¿No es una ginecóloga?

—No, ¿eso es un problema?

Parecía no querer responder y simplemente movió la cabeza de un lado a otro.

—De todos modos, estarás en casa y de vuelta a la normalidad en solo unos meses.

Desconcertada, pregunté:

203

—¿Cómo está papá?

—Ha tenido que hacer horas extra porque hay un pedido importante relativo al nuevo avión. Pero aparte de eso, sigue igual.

Pensé en los padres de Bryce y en la ternura con que se trataban, y que no tenían nada que ver con los míos.

—¿Sigues yendo a cenar fuera dos veces al mes?

—Últimamente no. Hubo un reventón en una tubería, y entre repararlo, la Navidad y venir aquí a verte, nos hemos tenido que apretar el cinturón.

Aunque siendo consciente de que probablemente no tenía mala intención, eso me hizo sentir mal. De hecho, todo el paseo me estaba haciendo sentir más deprimida de lo que estaba con anterioridad a su visita. Pero el último comentario también me hizo pensar…

—Supongo que las clases también son caras.

—Eso ya está cubierto.

—¿Por tía Linda?

—No —se limitó a responder. Parecía estar considerando cómo explicármelo y finalmente profirió un suspiro—. Algunos de los gastos los cubren los futuros padres del bebé, a través de la agencia. Tus estudios, la parte de las facturas médicas no incluida en nuestro seguro, los vuelos. Incluso un poco de dinero de bolsillo para ti.

Lo cual explicaba el sobre con dinero en efectivo que me había dado en el aeropuerto.

—¿Los has conocido? ¿Son buena gente?

—No los conozco. Pero estoy segura de que serán unos padres cariñosos.

—¿Cómo puedes saberlo si no los conoces?

—Tu tía y su amiga Gwen han trabajado con esta misma agencia antes y conocen a la mujer encargada, que entrevista personalmente a los candidatos. Tiene mucha experiencia, y estoy convencida de que investiga a fondo a los padres potenciales. Eso es todo lo que sé realmente, y tú tampoco deberías querer saber mucho más. Cuanto menos te preocupes, más fácil será para ti al final.

Supuse que tenía razón. Aunque el bebé se movía ahora con frecuencia, mi embarazo seguía sin parecerme del todo real. Mi madre sabía que era mejor no abundar en el tema, y entonces añadió:

—Desde que te fuiste la casa está muy tranquila.

—Este también es un lugar tranquilo.

—Lo parece. Supongo que me lo imaginaba más grande. Se encuentra en un sitio tan remoto. Me refiero a que… ¿Qué hace la gente en este lugar?

—Se dedican a la pesca y al turismo. En temporada baja arreglan los botes y el equipo de pesca, y se preparan para el invierno —respondí—. O tienen un pequeño negocio, o trabajan en uno de ellos, como el de la tía Linda, que contribuye al funcionamiento de la comunidad. La vida aquí no es fácil. La gente tiene que trabajar mucho para sobrevivir.

—No creo que pudiera vivir aquí.

«Pero para mí ya estaba bien, ¿no? Y sin embargo…»

—No está tan mal.

—¿Por Bryce?

—Es mi profesor.

—¿Y te enseña fotografía también?

—Su madre le enseñó a él. Ha sido muy divertido y creo que podría seguir cuando vuelva a casa.

—¿Has ido a su casa alguna vez?

Yo seguía preguntándome por qué no parecía interesada en mi nueva pasión.

—A veces.

—¿Están sus padres en casa cuando vas de visita?

Al decir eso, de pronto comprendí adónde quería llegar.

—Su madre siempre está. Y sus hermanos suelen estar también en casa.

—Ah —profirió, y con tan solo decir eso, noté que se sentía aliviada.

—¿Te gustaría ver alguna de las fotos que he hecho?

Dio unos cuantos pasos sin decir nada.

—Es fantástico que hayas encontrado un *hobby*, pero ¿no crees que sería mejor que te concentraras en los estudios? ¿Que emplees tu tiempo libre en estudiar por tu cuenta?

—Ya estudio por mi cuenta —contesté, y percibí el tono defensivo en mi propia voz—. Has visto mis notas, y este semestre, además, ya voy adelantada. —De reojo podía ver las

205

olas lamiendo la orilla, como si intentaran borrar nuestras huellas.

—Solo me pregunto si no estarás pasando demasiado tiempo con Bryce, en lugar de trabajar en ti misma.

—¿Qué quieres decir con trabajar en mí misma? Voy bien en los estudios, he encontrado un *hobby* que me encanta, incluso he hecho amigos…

—¿Amigos? ¿O es algo más?

—Por si no te has dado cuenta, no hay demasiada gente de mi edad por aquí.

—Solo me preocupo por ti, Margaret.

—Maggie —le recordé, consciente de que mi madre solo me llamaba Margaret cuando estaba disgustada—. Y no tienes por qué preocuparte por mí.

—¿Se te ha olvidado por qué estás aquí?

Su comentario me dolió, al recordarme que independientemente de lo que hiciera en el futuro siempre sería la hija que la decepcionó.

—Sé por qué estoy aquí.

Mi madre asintió, sin hablar, y bajó la vista.

—Casi no se te nota.

Mis manos se dirigieron automáticamente a la barriga.

—El suéter que me has comprado lo disimula mucho.

—¿Llevas pantalones premamá?

—Tuve que comprarlos el mes pasado.

Sonrió, pero eso no sirvió para disimular su tristeza.

—Te echamos de menos, lo sabes, ¿no?

—Yo también os echo de menos.

Y en ese momento era cierto, aunque a veces me lo pusiera muy difícil.

Las interacciones con mi padre eran igual de poco agradables. Se pasó casi toda la tarde del jueves con mi tía, o sentados en la mesa de la cocina o de pie en la parte de atrás, cerca de la orilla del agua. Ni siquiera a la hora de cenar me dirigió poco más que un «¿Puedes pasarme el maíz?». Cansados del viaje, o tal vez simplemente estresados mentalmente, mis padres se fueron al hotel poco después de la cena.

A la mañana siguiente volvieron a la casa y nos encontraron, a Bryce y a mí, trabajando en la mesa. Tras una breve presentación (Bryce hizo gala de su yo habitual y encantador, mientras mis padres le examinaban con expresión reservada), se sentaron en la sala de estar, hablando en voz baja mientras nosotros trabajábamos. Aunque tenía adelantadas mis tareas, su presencia allí mientras estudiaba me ponía nerviosa. Decir que la sensación en conjunto era rara sería un eufemismo.

Bryce se percató de la tensión, por lo que ambos acordamos que acabaríamos más pronto de lo normal, a la hora del almuerzo. Aparte de la tienda de mi tía, solo había un par de locales para ir a comer, y mis padres y yo acabamos en el restaurante Pony Island. Nunca había estado allí, y aunque solo servía desayunos, a ellos no pareció importarles. Pedí torrijas, y mi madre me imitó, pero mi padre prefirió unos huevos con beicon. Después estuvieron husmeando por la tienda de mi tía mientras yo volvía a casa a echarme una siesta. Cuando me desperté mi madre estaba hablando con la tía Linda, que ya había vuelto a casa. Mi padre estaba tomando café en el porche y decidí acompañarle, sentándome en la otra mecedora. Mi primer pensamiento fue que parecía más bajo de ánimo que nunca.

—¿Cómo estás, papá? —pregunté, fingiendo que no lo había notado.

—Estoy bien. ¿Y tú?

—Estoy un poco cansada, pero es normal. Por lo menos según el libro.

Me miró de soslayo la barriga y luego alzó la vista. Me acomodé en la mecedora.

—¿Cómo va el trabajo? Mamá dice que haces muchas horas extra últimamente.

—Hay muchos pedidos del nuevo 777-300 —comentó, como si todo el mundo supiera tanto como él de las aeronaves Boeing.

—Eso es bueno, ¿no?

—Es un trabajo —gruñó. Dio un sorbo al café. Volví a cambiar de posición, preguntándome si mi vejiga empezaría a quejarse, dándome una excusa para volver a entrar en la casa. No fue así.

207

—He aprendido fotografía y me encanta —aventuré.

—Ah —dijo simplemente—. Eso está bien.

—¿Te gustaría ver algunas de mis fotografías?

Tardó un poco en contestar.

—No sabría qué estoy viendo. —En el silencio que siguió a esa respuesta, pude apreciar el vapor que se elevaba desde el café antes de desvanecerse rápidamente, un espejismo temporal. Luego, como si supiera que le tocaba a él continuar con la conversación, suspiró—: Linda dice que has sido de gran ayuda en la casa.

—Lo intento —contesté—. Ella me dice qué debo hacer y a mí me parece bien. Me gusta tu hermana.

—Es una buena mujer. —Parecía estar esforzándose por no mirar en mi dirección—. Todavía no entiendo por qué se vino a vivir aquí.

—¿Se lo has preguntado?

—Me dijo que cuando ella y Gwen dejaron la orden decidieron llevar una vida tranquila. Yo creía que los conventos eran lugares tranquilos.

—¿Estabais unidos cuando erais niños?

—Tiene once años más que yo, de modo que nos cuidaba, a mí y a nuestras hermanas, después del colegio. Pero se fue con diecinueve años y no volví a verla en mucho tiempo. Pero me escribía cartas. Siempre me encantaron sus cartas. Y después de que tu madre y yo nos casáramos, vino a visitarnos un par de veces.

Era la parrafada más larga que mi padre había pronunciado nunca y me sobresalté un poco.

—Solo recuerdo una de sus visitas, cuando era pequeña.

—Viajar no era fácil para ella. Y cuando se trasladó a Ocracoke, simplemente ya no podía.

Le miré fijamente.

—¿En serio estás bien, papá?

Tardó mucho en responder.

—Solo estoy triste, eso es todo. Triste por ti, por nuestra familia.

Sabía que estaba siendo honesto, pero sus palabras, al igual que las que me había dirigido mi madre, me dolieron.

—Lo siento, estoy esforzándome por hacer las cosas bien.

—Lo sé.

Tragué saliva.

—¿Todavía me quieres?

Por primera vez me miró a la cara y la expresión de sorpresa se me hizo evidente.

—Siempre te querré. Siempre serás mi niñita.

Atisbé por encima del hombro y pude ver a mi madre y a mi tía sentadas a la mesa.

—Creo que mamá está preocupada por mí.

Volvió a desviar la mirada.

—Ninguno de los dos queríamos esto para ti.

Tras decir eso nos quedamos callados hasta que mi padre se puso en pie y fue al interior a por otra taza de café, dejándome sola con mis pensamientos.

Esa misma noche, después de que mis padres se hubieran ido al hotel, mi tía y yo nos quedamos sentadas en la sala de estar. La cena había sido incómoda, con comentarios sobre el tiempo salpicados de largos silencios. La tía Linda estaba dando sorbitos a su té en la mecedora y yo estaba estirada en el sofá, con los pies bajo un cojín.

—Es como si ni siquiera se alegraran de verme.

—Sí que se alegran —replicó—. Es solo que les resulta más difícil volver a verte de lo que creían.

—¿Por qué?

—Porque no eres la misma chica que se fue de su casa en noviembre.

—Pues claro que soy la misma —dije, pero en cuanto las palabras salieron de mi boca, me di cuenta de que no se ajustaban a la realidad—. No querían ver mis fotografías —añadí.

Mi tía dejó el té a un lado.

—¿Te he contado que cuando trabajaba con jóvenes como tú teníamos una sala de pintura? Con acuarelas. Había un gran ventanal con vistas al jardín y casi todas las chicas alguna vez probaban a pintar algo. Algunas de ellas se aficionaron y, cuando sus padres venían de visita, muchas querían enseñarles su obra. Casi siempre los padres rechazaban la propuesta.

—¿Por qué?

—Porque tenían miedo de ver el reflejo de una artista, en lugar del suyo propio.

No dio más explicaciones y esa noche, mientras estaba en la cama acurrucada con osita-Maggie, pensé en sus palabras. Imaginé a las chicas embarazadas en una sala amplia y luminosa del convento y las flores silvestres floreciendo en el exterior. Pensé en cómo se sentirían cuando levantaban el pincel para añadir color, maravilladas ante un lienzo en blanco, sintiendo, aunque solo fuera por un momento, que eran como las demás chicas de su edad, aliviadas de la carga de los errores del pasado. Y supe que sentían lo mismo que yo cuando miraba a través de la lente: que buscar y crear belleza podía iluminar hasta la época más oscura.

Entonces comprendí lo que mi tía había intentado decirme, del mismo modo que comprendía que mis padres seguían queriéndome. Sabía que querían lo mejor para mí, ahora y en el futuro. Pero querían ver sus propios sentimientos en las fotos, no los míos. Querían que me viese a mí misma como ellos me veían.

Mis padres, me daba cuenta en ese momento, querían ver la decepción.

Mi epifanía no me levantó el espíritu, aunque me ayudara a comprender en qué punto se encontraban mis padres. Francamente, yo también estaba decepcionada conmigo misma, pero intentaba apartar ese sentimiento en algún rincón remoto de mi cerebro porque no tenía tiempo de martirizarme, algo que ya había hecho. Tampoco quería seguir haciéndolo. Para mis padres, casi todo lo que me pasaba en ese momento tenía su origen en mi error. Y cada vez que veían la silla vacía a la hora de comer, cada vez que pasaban ante mi cuarto, cada vez que recibían copias de las notas que había sacado desde la otra punta del país, se acordaban de que había roto temporalmente la familia, además de hacer añicos la ilusión de que (tal como mi padre había dicho) yo seguía siendo su niña.

Su visita no fue a mejor. El sábado fue bastante similar al día anterior, solo que no vi a Bryce. Volvimos a pasear por el pueblo, lo que les aburrió tanto como era de prever. Me eché una siesta y, aunque ya podía sentir las patadas del bebé cuando me tumbaba, me aseguré de no comentárselo. Leí e hice deberes en mi cuarto con la puerta cerrada. Me puse, además, la sudadera más holgada que tenía y una chaqueta, esforzándome por fingir que mi aspecto era el de siempre.

Mi tía, gracias a Dios, se ocupaba de modular la conversación cuando notaba que la tensión empezaba a subir. Gwen también. Vino a cenar el sábado por la noche y apenas tuve necesidad de hablar gracias a ellas. También evitaron mencionar a Bryce o la fotografía; en lugar de eso, Linda mantuvo el foco en la familia, y me resultó interesante descubrir que mi tía sabía más sobre mis otras tías y primos que mis padres. Les escribía con regularidad, al igual que hacía con mi padre, hecho que desconocía. Supongo que debía escribir sus cartas cuando estaba en la tienda, puesto que nunca la había visto poner la pluma sobre el papel.

Mi padre y mi tía también compartieron historias de su infancia en Seattle, cuando la ciudad todavía tenía mucho terreno sin urbanizar. De vez en cuando, Gwen hablaba sobre su vida en Vermont y me enteré de que su familia estuvo en posesión de seis vacas ganadoras de concursos, que producían una mantequilla cremosa que tenía como destino algunos restaurantes de lujo en Boston.

211

Apreciaba lo que Linda y Gwen estaban haciendo, y sin embargo, mientras las escuchaba, me sorprendí pensando en Bryce. El sol se estaba poniendo y, de no haber estado mis padres, habríamos salido juntos a jugar con la cámara, intentando capturar la luz perfecta del dorado crepúsculo. En esos momentos, me di cuenta al pensarlo, mi mundo quedaba reducido únicamente a la tarea que tenía entre manos, y al mismo tiempo se expandía exponencialmente.

Lo que más deseaba era que mis padres compartieran mi nuevo interés; quería que estuvieran orgullosos de mí. Quería decirles que había empezado a imaginar una carrera como fotógrafa. Pero entonces la conversación se centró en Morgan. Mis padres hablaron de sus notas y su popularidad, del violín y de las becas que había recibido para la Universidad de Gonzaga. Al ver sus ojos brillar, bajé la vista y me pregunté si alguna vez su mirada resplandecería de ese modo al hablar de mí.

Υ

El domingo por fin se fueron. Volaban por la tarde, pero todos cogimos el ferri de la mañana, fuimos a misa y almorzamos antes de despedirnos en el aparcamiento.

Mi madre y mi padre me abrazaron, pero no derramaron ni una lágrima, aunque yo sí noté cómo surgían las mías. Al separarnos me sequé las mejillas y, por primera vez desde que llegaron, sentí algo parecido a la compasión por parte de ambos.

—Estarás en casa antes de que te des cuenta —me aseguró mi madre, y aunque mi padre se limitó a asentir, por lo menos me miró a la cara. Su expresión era triste, como de costumbre, pero, además, detecté cierta impotencia.

—Estaré bien —dije, sin dejar de restregarme los ojos, y aunque lo decía en serio, no creo que ninguno de los dos me creyera.

Bryce apareció en la puerta esa noche. Le había pedido que viniera, y aunque hacía mucho frío, nos sentamos en el porche, en el mismo lugar en el que habíamos estado mi padre y yo hacía un par de días.

Le conté la visita de mis padres con todos los pormenores, sin omitir nada, y Bryce no me interrumpió. Al final empecé a llorar y él acercó su silla a la mía.

—Siento que la visita no haya ido como deseabas —murmuró.

—Gracias.

—¿Hay algo que pueda hacer para que te sientas mejor?

—No.

—Podría dejarte a Daisy para que te acurrucaras con ella esta noche.

—Creía que Daisy no debe subirse a la cama.

—En efecto. ¿Qué te parece si en vez de eso te preparo un chocolate caliente?

—Estaría bien.

Por primera vez desde que le conocía, había posado su mano sobre la mía; la apretó suavemente y su roce fue eléctrico.

—Puede que no signifique nada para ti, pero creo que eres extraordinaria —dijo—. Eres inteligente, tienes un fantástico sentido del humor y, obviamente, ya debes saber lo guapa que eres.

Noté que me sonrojaba y agradecí la oscuridad. Todavía podía sentir su mano sobre la mía, irradiando un calor que me subía hasta el brazo. Parecía no tener prisa por apartarla.

—¿Sabes en qué estaba pensando justo antes de que llegaras? —pregunté.

—No tengo ni idea.

—Estaba pensando que, aunque mis padres solo estuvieron aquí tres días, me ha parecido todo un mes.

Se rio entre dientes antes de volver a mirarme a los ojos. Sentí que me acariciaba el dorso de la mano con el pulgar, como una pluma.

—¿Quieres que venga mañana a darte clase? Porque, si prefieres relajarte un poco, lo comprendo perfectamente.

Sabía que si evitaba a Bryce me sentiría aún peor.

—Quiero seguir con la lectura de los temas y los deberes —dije, sorprendiéndome a mí misma—. Estaré mejor cuando haya dormido un poco.

Me miró con expresión amable.

—Sabes que tus padres te quieren, ¿verdad? Aunque no sean muy buenos demostrándolo.

—Lo sé —respondí, pero curiosamente en ese momento me pregunté si se refería a ellos o a sí mismo.

A medida que nos adentrábamos en el mes de febrero, Bryce y yo volvimos a nuestra rutina habitual. Aunque no era exactamente igual que antes. Para empezar, algo más profundo había echado raíces tras percatarme de que quería besarme y había ido creciendo después de que me cogiera la mano. Aunque no volvió a tocarme, y obviamente tampoco se aventuró a besarme, había una química distinta entre nosotros, una vibración persistente y de baja intensidad que era casi imposible ignorar. Mientras hacía un problema de geometría le sorprendía mirándome de forma extraña, o me pasaba la cámara y la sostenía ante mí un poco más de lo normal hasta que yo la cogía, y tenía la sensación de que estaba intentando mantener sus emociones bajo control.

Mientras tanto, yo también tenía que ordenar mis propios sentimientos, sobre todo justo antes de quedarme dormida. Llegaba ese breve y confuso momento en el que lo consciente se funde con el inconsciente y todo se vuelve vaporoso, cuando de repente le veía subido a la escalera de mano, o recordaba su roce, que había enardecido mis sentidos, y de inmediato me despertaba.

Mi tía también parecía haberse dado cuenta de que mi relación con Bryce había… evolucionado. Seguía cenando con nosotras dos o tres veces a la semana, pero en lugar de irse inmediatamente después, Bryce se sentaba con nosotras un rato en la sala de estar. A pesar de la falta de privacidad, o tal vez debido a ello, empezamos a desarrollar nuestra propia comunicación no verbal secreta. Al alzar una ceja yo sabía que estaba pensando lo mismo que yo, o cuando me pasaba una mano por el pelo con impaciencia, Bryce sabía que quería cambiar de tema. Creo que éramos bastante sutiles, pero mi tía no era fácil de engañar. Cuando por fin se iba a casa, me decía cosas que me hacían reflexionar sobre lo que realmente quería darme a entender. «Voy a echar de menos tenerte por casa cuando te vayas», decía despreocupadamente, o: «¿Qué tal duermes? El embarazo puede tener diversos efectos sobre las hormonas».

Estoy casi segura de que era su forma de recordarme que enamorarme de Bryce no me convenía, aunque no lo dijera de forma directa. El efecto resultante era que me hacía reflexionar sobre sus comentarios tras reconocer la verdad subyacente: mis hormonas estaban como locas y tendría que irme pronto.

Y sin embargo, el corazón es una cosa curiosa, porque aunque sabía que una relación entre los dos no tenía futuro, me quedaba despierta por la noche escuchando el suave oleaje rompiendo en la orilla, consciente de que a una parte importante de mí simplemente le daba igual.

Si tuviera que destacar un solo cambio notable en mis hábitos desde que llegué a Ocracoke, diría que fue mi diligencia a la hora de hacer los deberes. En la segunda semana de febrero había acabado con las tareas asignadas para marzo, y las pruebas y exámenes me habían ido bien. Simultáneamente seguía ganando confianza con la cámara y mi habilidad iba en aumento. Podríamos achacarlo a que nos centrábamos exclusivamente en los deberes y la fotografía, pero el día de San Valentín estuvo simplemente... pasable.

No digo que Bryce se olvidara. Apareció esa mañana con flores y, aunque por un momento me emocioné, enseguida me di cuenta de que traía dos ramos, uno para mí y otro para mi tía, lo cual redujo en parte su efecto. Más tarde supe que también le había llevado flores a su madre. Lo cual me hizo pensar que a lo mejor todo lo que estaba pasando entre nosotros era simplemente una fantasía inducida por las hormonas.

Dos noches más tarde, sin embargo, lo compensó. Era un viernes por la noche, llevábamos juntos doce horas, y mi tía estaba en la sala de estar; nosotros, en el porche. Hacía más calor de lo normal en comparación con otras noches, de modo que dejamos una rendija en la puerta corredera. Supuse que mi tía podría oírnos y, aunque tenía un libro abierto sobre el regazo, sospeché que de vez en cuando nos miraba de reojo. Entretanto, Bryce se revolvía en su asiento y no paraba de mover los pies como el adolescente nervioso que era.

—Sé que tienes que levantarte temprano el domingo por la mañana, pero he pensado que tal vez tengas libre mañana por la noche.

—¿Qué pasa mañana por la noche?

—He construido algo con Robert y mi padre —respondió—. Quiero enseñártelo.

—¿Qué es?

—Una sorpresa —contestó. Luego, como si temiese estar prometiendo demasiado, prosiguió, hablando atropelladamente—. No es gran cosa. Y no tiene nada que ver con la fotografía, pero he consultado el tiempo y creo que las condiciones serán perfectas. Supongo que te lo podría enseñar de día, pero será mucho mejor de noche.

No tenía la menor idea de a qué se estaba refiriendo; lo único que sabía con certeza era que estaba actuando de la misma forma que antes de invitarme a ver la flotilla de New Bern por

215

Navidad con su familia. Aquella «especie de cita». La verdad es que era insoportablemente guapo cuando estaba nervioso.

—Tendré que preguntárselo a mi tía.

—Por supuesto.

Esperé y, como no añadió nada más, pregunté una obviedad.

—¿Puedes darme un poquito más de información?

—Ah, sí. Vale. Quería llevarte a cenar a Howard's Pub, y luego vendría la sorpresa. Seguramente estaríamos de vuelta a las diez.

Sonreí interiormente, pensando que, si un chico les hubiera preguntado a mis padres si podía salir hasta las diez, hasta ellos me habrían dejado. Bueno... antes por lo menos, tal vez ahora no. Aun así, esta vez parecía una «cita-cita», no una «especie de cita», y aunque mi corazón casi se me salía del pecho, me giré en la mecedora, intentando parecer tranquila y con la esperanza de que mi tía nos estuviera viendo.

—Las diez está bien —dijo, todavía con la mirada en el libro—. Pero no más tarde.

Volví a mirar a Bryce.

—Todo bien.

Bryce asintió. Movió los pies. Volvió a asentir.

—Entonces..., ¿a qué hora? —pregunté.

—¿A qué te refieres?

—Me refiero a qué hora tengo que estar preparada mañana.

—¿Hacia las nueve?

Aunque sabía exactamente a qué se refería, fingí lo contrario, solo por hacer una gracia.

—Me recoges a las nueve, cenamos en Howard's Pub, vemos la sorpresa ¿y a las diez me traerás a casa?

Abrió muchos los ojos sorprendido.

—A las nueve de la mañana —dijo—. Para hacer fotos, y tal vez practicar un poco con Photoshop. También hay un sitio en la isla que te quiero enseñar. Solo lo conocen sus habitantes.

—¿Qué sitio?

—Ya lo verás. Sé que todo esto no tiene mucho sentido, pero... —No acabó la frase, y yo reprimí la emoción ante la idea de que me había pedido una «cita-cita». Lo cual me asustaba un poco, pero también me entusiasmaba.

—¿Nos vemos mañana? —añadió por último.

—No puedo esperar.

Y la verdad sea dicha, así era.

Mi tía no dijo nada cuando cerré la puerta. Oh sí, sabía disimular bien (con el libro abierto y todo) y no hizo ningún comentario con doble sentido, pero pude percibir su preocupación, aunque a mí me pareciera estar flotando.

Dormí bien, mucho mejor que en las semanas anteriores, y me desperté renovada. Desayuné con mi tía, y por la mañana Bryce y yo hicimos fotos cerca de su casa. Después trabajamos con el ordenador en compañía de su madre. Bryce tomó asiento a mi lado y el calor que irradiaba hizo que me resultara más difícil de lo normal concentrarme.

Almorzamos en su casa y luego salimos con su furgoneta. Pensé que me llevaba de regreso a casa de mi tía, pero giró en una calle por la que habíamos pasado decenas de veces aunque nunca me había fijado en ella realmente.

—¿Adónde vamos? —pregunté.

—Vamos a desviarnos brevemente hacia Gran Bretaña.

Parpadeé asombrada.

—¿Te refieres a Inglaterra? ¿El país?

—Exactamente —respondió con un guiño—. Lo verás enseguida.

Dejamos atrás un pequeño cementerio a la izquierda y luego otro a la derecha antes de aparcar. Cuando bajamos de la furgoneta, me llevó hasta un monumento de granito situado cerca de cuatro pulcras lápidas rectangulares rodeadas con corteza de pino y ramos de flores y protegidas por una cerca de madera.

—Bienvenida a Gran Bretaña —anunció.

—Me he perdido completamente.

—En 1942, el HMT Bedfordshire fue torpedeado por un submarino alemán justo frente a la costa y cuatro cuerpos llegaron a la orilla en Ocracoke. Solo fueron capaces de identificar a dos de los hombres. Los enterraron aquí, y este lugar ha sido cedido a la Commonwealth a perpetuidad.

Había más información en el monumento, incluidos los nombres de todos los tripulantes del arrastrero. Parecía imposible que los submarinos alemanes hubieran patrullado allí, en las aguas de esas islas desoladas. ¿No deberían haber estado en otro lugar? Aunque la Segunda Guerra Mundial era uno de los temas de mis libros de Historia, mi visión sobre la guerra estaba más influida por las películas de Hollywood que por los libros, y en ese momento visualicé lo espantoso que debió ser estar a bordo cuando la explosión desgarró el casco. Me parecía terrible que solo aparecieran cuatro cuerpos de treinta y siete y me pregunté qué le habría pasado al resto de la tripulación. ¿Se habrían hundido con el barco, sepultados en el casco? ¿O habían sido arrastrados por la corriente a otra zona de la costa? ¿O tal vez se adentraron flotando en el mar?

Todo aquello me hizo sentir escalofríos, pero la verdad es que nunca me había sentido a gusto en un cementerio. Todos mis abuelos murieron antes de que cumpliera diez años, y cuando mis padres nos llevaban a Morgan y a mí a sus respectivas tumbas para dejar unas flores, lo único que se me ocurría pensar era que estaba rodeada de muertos. Sabía que la muerte era algo inevitable, pero de todos modos no me gustaba pensar en ella.

—¿Quién pone las flores? ¿Sus familias?

—Probablemente la guardia costera. Son los que se ocupan de cuidar de las parcelas, aunque sea territorio británico.

—¿Por qué estaba aquí un submarino alemán?

—Nuestra flota mercante se aprovisionaba en Sudamérica, el Caribe o donde fuera, luego seguía la corriente del golfo hacia el norte y después se desviaba hacia Europa. Pero muy pronto los mercantes demostraron ser demasiado lentos y vulnerables, de modo que se convirtieron en objetivos fáciles para los submarinos. Multitud de mercantes eran hundidos justo al llegar a la costa. Esa es la razón por la que el Bedfordshire estaba aquí. Para protegerlos.

Mientras examinaba los sepulcros pulcramente cuidados, pensé que muchos de los marineros a bordo probablemente no debían ser mucho mayores que yo, y que los cuatro enterrados aquí estaban a un océano de distancia de la familia que habían dejado atrás. Me pregunté si sus padres habrían hecho el viaje hasta Ocracoke para ver dónde descansaban sus restos. Todo aquello me resultó desgarrador, fuera cual fuera la respuesta.

—Me estoy poniendo triste —dije por fin. Ahora sabía por qué Bryce no me había sugerido que cogiera la cámara. Era un lugar para recordar como experiencia personal.

—Yo también.

—Gracias por traerme aquí.

Apretó los labios y después de un rato regresamos a la ranchera, a un paso más lento de lo normal.

Después de dejarme en casa, hice una larga siesta y después llamé a Morgan. Lo había hecho un par de veces desde que mis padres estuvieron de visita, y habíamos charlado durante un cuarto de hora. Para ser más exactos, Morgan había hablado casi todo el tiempo y yo me había limitado a escuchar. Tras colgar, empecé a prepararme para mi cita. En cuanto a mi vestimenta, estaba limitada a los vaqueros elásticos y el jersey nuevo que me habían traído por Navidad. Afortunadamente, mi acné había disminuido, así que no necesité mucha base ni polvos. Tampoco exageré con el colorete o la sombra de ojos, pero sí me puse brillo de labios.

Por primera vez me di cuenta realmente de que estaba embarazada. Tenía la cara más redonda y mi cuerpo era… más grande, sobre todo el pecho. Necesitaba una talla más de sujetador, eso estaba claro. Tendría que comprarlo después de la iglesia, lo cual no sonaba adecuado por alguna razón, pero no tenía otra opción.

Tía Linda estaba en la cocina preparando ternera Strogonoff y supe que Gwen iría a cenar. El aroma hizo que me rugieran las tripas y ella debió oírlo.

—¿Quieres un poco de fruta para matar el gusanillo hasta la cena?

—No hace falta —respondí, y me senté a la mesa.

A pesar de mi negativa, se secó las manos y cogió una manzana.

—¿Qué tal hoy?

Le hablé de Photoshop y de la visita al cementerio. Ella cabeceó en un gesto comprensivo.

219

—El 11 de mayo, que es el aniversario del hundimiento, todos los años Gwen y yo vamos a llevar flores y a rezar por sus almas.

«Vaya personajes.»

—Me alegro de que lo hagáis. ¿Has ido alguna vez a Howard's Pub?

—Muchas veces. Es el único restaurante que está abierto todo el año.

—Excepto el tuyo.

—Que no es realmente un restaurante. Estás guapa.

Partió la manzana en trocitos en un santiamén y la trajo a la mesa.

—Parece que estoy embarazada.

—Nadie lo notará.

Volvió a limpiar champiñones mientras yo daba mordisquitos a un trozo de manzana, que era exactamente lo que mi estómago necesitaba. Pero me vino algo a la cabeza…

—¿Cómo de duro es el parto? —pregunté—. Es que he oído tantas historias truculentas.

—Para mí es difícil responder a esa pregunta, ya que nunca he dado a luz y no puedo hablar en base a mi experiencia. Y en cuanto a las chicas que estaban en el convento, yo solo estuve en su habitación de hospital con unas cuantas. Gwen probablemente pueda responderte mejor, ya que es comadrona, pero por lo que sé, las contracciones no son agradables. Y sin embargo, no es tan terrible como para que las mujeres se nieguen a repetir.

Eso tenía sentido, aunque no respondiera realmente a mi pregunta.

—¿Crees que debería coger al bebé cuando nazca?

Tardó unos segundos en responder.

—Tampoco puedo contestar a eso.

—¿Qué harías tú?

—La verdad es que no lo sé.

Cogí otro trozo de manzana y le di un mordisco reflexionando, pero me interrumpió el destello de unos faros a través de la ventana, cuya luz cruzó el techo. «El coche de Bryce», pensé con un inesperado estallido de nerviosismo. Lo cual era una tontería. Ya había pasado la mitad del día con él.

—¿Sabes adónde me llevará Bryce después de cenar?

—Me lo ha dicho hoy antes de que fueras a su casa.

—¿Y?

—Llévate una chaqueta.

Esperé, pero no añadió nada más.

—¿Estás disgustada conmigo por salir con él?

—No.

—Pero no crees que sea buena idea.

—La pregunta que realmente debes hacerte es si tú crees que es buena idea.

—Solo somos amigos —repliqué.

No dijo nada más, pero lo cierto es que no hacía falta. Me di cuenta de que, al igual que yo, estaba nerviosa.

Es la hora de las confesiones: esta era mi primera cita real para cenar. Ah sí, en una ocasión había quedado con un chico y otros amigos en una pizzería, y ese mismo chico me había llevado a tomar un helado, pero aparte de eso era bastante novata en cuanto a cómo actuar o qué se suponía que debería decir.

Por suerte, me llevó dos segundos darme cuenta de que Bryce tampoco había quedado nunca para cenar con una chica, puesto que se mostraba aún más nervioso que yo, por lo menos hasta que llegamos al restaurante. Se había echado una colonia de aroma terroso y llevaba la camisa remangado hasta los codos, y quizá porque sabía que mis opciones en cuanto a la ropa eran limitadas, se había puesto unos vaqueros, igual que yo. La diferencia era que él podía haber salido en una revista, mientras que yo me parecía a la versión más hinchada de la chica que deseaba ser.

En cuanto a Howard's Pub, cumplía satisfactoriamente mis expectativas, con el suelo de tablones de madera y paredes decoradas con banderines y matrículas, con una barra abarrotada y bulliciosa. Ya a la mesa, cogimos la carta, y en menos de un minuto llegó una camarera para preguntar qué íbamos a beber. Ambos pedimos té dulce, lo que nos convertía seguramente en los únicos que no habían venido a disfrutar del concepto «pub» incluido en el nombre del restaurante.

—Mi madre dice que las croquetas de cangrejo son buenas —destacó Bryce.

—¿Es eso lo que vas a pedir?

—Creo que voy a pedir costillas. Es lo que pido siempre.

—¿Tu familia viene muy a menudo?

—Una o dos veces al año. Mis padres tal vez más, cuando necesitan descansar de sus hijos. Supongo que a veces podemos ser un tanto agobiantes.

Sonreí.

—He estado pensando en el cementerio —comenté—. Me alegro de que no hiciéramos fotos.

—Nunca he hecho fotos allí, sobre todo por mi abuelo. Él fue uno de los marines mercantes que el Bedfordshire trataba de proteger.

—¿Te ha hablado alguna vez de la guerra?

—No demasiado, aparte de decir que fue la época en la que pasó más miedo en su vida. No solo por los submarinos, sino también por las tormentas en el Atlántico Norte. Ha presenciado huracanes, pero las olas del Atlántico Norte eran más que aterradoras. Por supuesto, antes de la guerra nunca había estado en Europa, de modo que todo era nuevo para él.

Intenté imaginar una vida semejante, en vano. En el silencio que se produjo a continuación, noté que el bebé se movía, esa presión acuosa de nuevo, y me llevé la mano de forma automática a la barriga.

—¿El bebé? —preguntó.

—Está muy activo.

Dejó a un lado la carta.

—Sé que no es asunto mío, ni mi decisión, pero me alegro de que decidieras dar el bebé en adopción en lugar de abortar.

—Mis padres no me habrían dejado. Supongo que podría haber acudido a Planificación Familiar o cualquier otra institución parecida por mi cuenta, pero ni siquiera se me pasó por la cabeza. Tiene que ver con ser católica.

—Me refería a que, si lo hubieras hecho, nunca habrías venido a Ocracoke y nunca habría tenido la oportunidad de conocerte.

—No te habrías perdido gran cosa.

—Estoy bastante seguro de que me lo habría perdido todo.

Sentí que una ola repentina de calor me ascendía por la parte posterior del cuello, pero afortunadamente la camarera llegó con las bebidas para rescatarme. Pedimos la comida (croquetas de cangrejo para mí, costillas para él), y mientras tomábamos el té dulce, la conversación derivó hacia temas más superficiales y menos proclives a producir mi sonrojo. Describió los muchos lugares en Estados Unidos y Europa en los que había vivido; le conté la última charla que había tenido con Morgan (que en su mayor parte versaba sobre el estrés al que ella, por supuesto, estaba sometida), y compartí historias sobre Madison y Jodie, y algunas de nuestras aventuras de adolescentes, que en realidad consistían en fiestas de pijamas y algunos desastres ocasionales a la hora de maquillarnos. Curiosamente, no había pensado en Madison o en Jodie desde la conversación con mi madre caminando por la playa. Si alguien me hubiera dicho antes de venir aquí que no pensaría en ellas durante un día o dos, no le habría creído. En ese momento me pregunté en quién me estaba convirtiendo.

Llegaron las ensaladas y luego la comida, mientras Bryce me explicaba el agotador proceso de solicitud para ingresar en West Point. Había recibido recomendaciones de los dos senadores de Carolina del Norte, lo cual me impresionó bastante, pero dijo que, de no haber sido aceptado, habría ido a otra universidad, para después acceder al Ejército como oficial tras la graduación.

—¿Y luego a los boinas verdes?

—O las Fuerzas Delta, que es otra posibilidad de ascenso. Si cumplo con los requisitos, claro está.

—¿No tienes miedo de que te maten?

—No.

—¿Cómo es posible que no te de miedo?

—No pienso en ello.

Sabía que yo estaría pensando en eso todo el tiempo.

—¿Y después del Ejército? ¿Has pensado qué te gustaría hacer luego? ¿Te gustaría ser consultor como tu padre?

—Para nada. Si pudiera, seguiría los pasos de mi madre e intentaría hacer reportajes fotográficos de viajes. Creo que sería chulo ir a lugares remotos y explicar historias con mis fotos.

223

—¿Cómo se consigue esa clase de trabajo?

—No tengo ni idea.

—Siempre podrías dedicarte a adiestrar perros. Daisy ha mejorado mucho últimamente y ya no se escapa tanto.

—Creo que me resultaría duro tener que entregar siempre a mis perros. Les cojo demasiado cariño.

Me di cuenta de que eso a mí también me causaría tristeza.

—Me gusta que la traigas contigo a las clases. Así puedes estar con ella el máximo tiempo posible antes de que se vaya.

Bryce hizo girar el vaso de té.

—¿Te importaría que pasara un momento a buscarla esta noche?

—¿Qué? ¿Para la sorpresa?

—Creo que a ella también le gustará.

—¿Qué vamos a hacer? ¿Puedes darme por lo menos una pista?

Reflexionó un momento.

—No pidas postre.

—Eso no es ninguna pista.

Percibí un leve destello malicioso en sus ojos.

—Mejor.

Después de cenar fuimos a casa de Bryce, donde sus padres y los gemelos estaban viendo un documental sobre el Proyecto Manhattan, lo cual no me sorprendió lo más mínimo. Cuando Daisy subió entusiasmada a la caja de la ranchera, volvimos a la carretera y no tardé mucho en darme cuenta de adónde íbamos. La carretera acababa allí.

—¿La playa?

Bryce asintió y le miré entrecerrando los ojos.

—No vamos a bañarnos, ¿no? ¿Como en la primera escena de *Tiburón*, donde la mujer se pone a nadar y se la comen? Porque si eso es lo que planeas, ya puedes ir dando la vuelta.

—El agua está demasiado fría para nadar.

En lugar de parar en el aparcamiento, se adentró por un hueco entre las dunas, giró hacia la arena y condujo hacia la playa.

—¿Eso es legal?

—Por supuesto. Lo que no es legal es atropellar a alguien.

—Gracias —dije, poniendo los ojos en blanco—. Nunca lo hubiera adivinado.

Se rio mientras la furgoneta daba botes sobre la arena y yo me agarraba con la mano al asidero situado sobre la puerta. Estaba muy oscuro, oscuro de veras, porque la luna era tan solo una estrecha franja de luz, e incluso a través del parabrisas pude ver las estrellas que salpicaban el cielo.

Bryce permaneció en silencio mientras me esforzaba por entrever el contorno de algo en las sombras. Ni siquiera con ayuda de los faros pude dilucidar qué era, pero Bryce giró el volante al acercarnos y finalmente detuvo el vehículo.

—Ya hemos llegado —anunció—. Pero cierra los ojos y espera dentro hasta que lo haya preparado todo. Y no mires, ¿vale?

Cerré los ojos (¿por qué no?) y le oí salir y cerrar la puerta tras él. Incluso pude entender vagamente cómo le recordaba a Daisy de vez en cuando que no se escapara, mientras hacía unos cuantos viajes de la furgoneta al lugar donde había preparado la sorpresa.

Seguramente solo pasaron unos pocos minutos, pero a mí se me hizo más largo, y por fin oí su voz a través de la ventanilla.

—Mantén los ojos cerrados —dijo a través del cristal—. Voy a abrir la puerta y ayudarte a bajar y caminar hasta donde quiero que vayas. Luego podrás abrirlos, ¿de acuerdo?

—No dejes que me caiga —advertí.

Oí que abría la puerta y noté su mano al alargar la mía hacia delante. Me hizo bajar con cuidado y estiré el pie hasta tocar finalmente la arena. Después era fácil; Bryce me guio por la fría arena, mientras el fuerte viento revolvía mis cabellos.

—No hay nada delante de ti —me aseguró—. Solo tienes que caminar.

Tras dar unos cuantos pasos, sentí una oleada de calor y una luz que se abría camino a través de mis párpados. Me hizo detenerme con suavidad.

—Ahora ya puedes abrir los ojos.

La silueta en sombras que había vislumbrado era un mon-

225

tón de arena que formaba una pared semicircular alrededor de un hoyo de fondo plano de unos sesenta centímetros de profundidad. En la parte orientada hacia el océano había una pirámide de madera ardiendo, las llamas danzando, con dos sillas de jardín delante y sendas mantas dobladas en cada una de ellas. Entre las sillas había una nevera portátil y detrás algo sobre un trípode. En el reino de los detalles románticos de película tal vez no habría sido gran cosa, pero para mí era absolutamente perfecto.

—Guau —dije por fin, en voz baja. Estaba tan aturdida que no me vino nada más a la cabeza.

—Me alegro de que te guste.

—¿Cómo has conseguido encender tan rápido la hoguera?

—Con briquetas de carbón vegetal y líquido combustible.

—¿Y qué es eso? —pregunté señalando el trípode.

—Un telescopio —respondió—. Mi padre me lo ha dejado prestado. Es suyo, pero todos lo usamos.

—¿Vamos a ver el cometa Halley o algo por el estilo?

—No. Eso fue en 1986. La próxima vez que podrá verse será en 2061.

—¿Y acabas de enterarte?

—Creo que todo el mundo que tiene un telescopio lo sabe.

«¡Por supuesto que piensa eso!»

—¿Qué vamos a ver entonces?

—Venus y Marte. Sirius, también llamada el «Gran Can». Lepus. Casiopea. Orión. Algunas constelaciones más. Y la luna y Júpiter que están casi en conjunción.

—¿Y la nevera?

—Malvaviscos. Es divertirlo tostarlos en una hoguera.

Hizo un movimiento con el brazo para señalar las sillas y fui lentamente hacia allí, eligiendo la que estaba más lejos. Me incliné hacia delante y cogí la manta, pero cuando me la puse sobre el regazo, me di cuenta de que casi no había viento gracias a la hondonada y el muro de arena que quedaba a mi espalda. Daisy se acercó y se sentó al lado de Bryce. Con la hoguera no hacía nada de frío.

—¿Cuándo has hecho todo esto?

—Después de dejarte en casa hice el agujero y traje la madera y el carbón.

«Mientras yo hacía la siesta.» Lo cual explicaba la diferencia entre él y yo: él hacía cosas mientras yo dormía.

—Es… fantástico. Gracias por preparar todo esto.

—También tengo algo para ti por San Valentín.

—Ya me trajiste flores.

—Quería darte algo que te recuerde Ocracoke.

Ya tenía la sensación de que nunca olvidaría ese lugar, ni tampoco esa noche, pero le observé fascinada mientras rebuscaba en el bolsillo de su chaqueta y sacaba una cajita envuelta en un papel verde y rojo para ofrecérmela. Casi no pesaba nada.

—Perdona, solo quedaba papel de Navidad en casa.

—No pasa nada. ¿Puedo abrirlo?

—Por favor.

—No te he comprado nada.

—Me dejaste que te llevara a cenar y eso es más que suficiente.

Al oír esas palabras, mi corazón curiosamente volvió a acelerarse, lo que había estado sucediendo demasiado a menudo últimamente. Bajé la mirada y empecé a desgarrar el envoltorio hasta que por fin extraje su contenido: era la caja de un sacagrapas.

—Tampoco tenía cajitas de regalo —se disculpó.

Al abrir la caja y darle la vuelta, una fina cadena de oro se deslizó en la palma de mi mano. La manipulé suavemente y pude ver un pequeño colgante de oro con forma de vieira. La sostuve a la parpadeante luz del fuego, demasiado conmocionada como para poder decir algo. Era la primera vez que un chico me compraba cualquier clase de joya.

—Lee la inscripción en la parte de atrás —me animó.

Le di la vuelta al colgante y lo acerqué aún más a la luz de la hoguera. Costaba leerlo, pero no era imposible.

Recuerdos de
Ocracoke

Me quedé con la mirada fija en el colgante, incapaz de desviar la vista a otro lado.

—Es precioso —susurré, cuando se me aflojó el nudo que tenía en la garganta…

—Nunca te he visto llevar un collar, o sea, que no estaba seguro de si te gustaría.

—Es perfecto —dije, mirándole por fin—. Pero ahora me siento fatal por no haberte regalado nada.

—Sí que lo has hecho —respondió. El fuego centelleaba en sus ojos negros—. Me has dado los recuerdos.

Casi me parecía creer que estábamos los dos solos en el mundo, y deseaba decirle cuánto significaba para mí. Buscaba las palabras adecuadas, pero parecían no querer salir. Al final, deslicé la mirada hacia el horizonte.

Más allá de la hoguera era imposible ver las olas, pero sí se podía oír el murmullo que producían al llegar a la orilla, amortiguando el sonido del crepitar del fuego. Podía olerse el humo y la sal, y me di cuenta de que ahora se veían aún más estrellas sobre nuestras cabezas. Daisy se había hecho un ovillo a mis pies. Sentía la mirada de Bryce y de repente supe que se había enamorado de mí. No le importaba que llevara el bebé de otra persona, ni que me tuviera que ir pronto. No le importaba que no fuera tan lista como él o que no tuviera tanto talento, ni siquiera que en mi mejor momento nunca pudiera estar lo bastante guapa para un chico como él.

—¿Me ayudas a ponérmelo? —fui capaz de preguntar por fin, y mi propia voz me sonaba extraña.

—Por supuesto —murmuró.

Me giré y me recogí la melena, y a continuación sentí sus dedos rozándome la nuca. Accionó el cierre de la cadena y después toqué el colgante y pensé que no estaba del todo frío, que tenía la misma calidez que yo sentía. Después lo guardé bajo el suéter.

Volví a sentarme, apabullada por el hecho de que me quisiera, y preguntándome cuándo y cómo había podido suceder. Mi mente repasó fugazmente una biblioteca de recuerdos: el encuentro con Bryce en el ferri, la mañana que se había presentado en la puerta, su respuesta simple cuando le dije que estaba embarazada. Recordé cuando había admirado la flotilla de Navidad a su lado y visualicé a Bryce deambulando entre los decorados de la granja en Vanceboro. Me acordé de su expresión cuando le regalé la receta de los bollos y el ansia en sus ojos cuando me pasó la cámara por primera vez. Por último, le vi de pie en la escalera de mano mientras tapaba las ventanas, una imagen que sabía que me acompañaría para siempre.

Cuando me preguntó si quería mirar por el telescopio, me levanté de la silla en un estado de ensueño y miré a través de la lente, mientras escuchaba a Bryce describiéndome lo que estaba viendo. Hizo girar y ajustó la lente en varias ocasiones antes de lanzarse a una introducción sobre planetas, constelaciones y estrellas distantes. Hizo referencia a leyendas y a la mitología, pero distraída por su proximidad y mis recientes descubrimientos, apenas registré nada de lo que dijo.

Estaba todavía bajo el influjo de una especie de hechizo, cuando Bryce me enseñó cómo tostar los malvaviscos. Los puso en pinchos de madera y me mostró a qué altura por encima de las llamas debía sostenerlos para que no se incendiaran. Incorporamos galletas saladas Graham y las barritas de chocolate Hershey para confeccionar los espetones, saboreando esa delicia dulce y pegajosa. Observé cómo un hilillo de malvavisco pendía de sus labios con el primer bocado, lo cual hizo que se inclinara hacia delante para salvar un espetón. Se sentó velozmente, moviendo la viscosa combinación y de algún modo consiguió introducir el hilillo en la boca. Se echó a reír, y eso me recordó que, por muy bueno que fuera en casi todo, nunca parecía tomarse a sí mismo demasiado en serio.

Pocos minutos después, se levantó de la silla y fue hacia la ranchera. Daisy le siguió, y Bryce sacó un objeto voluminoso de la caja del vehículo; no pude distinguir de qué se trataba. Lo transportó hasta más allá de donde estábamos y finalmente se detuvo sobre la arena compactada cerca de la orilla. Solo reconocí que lo que sostenía era una cometa cuando la lanzó hacia arriba; vi cómo se elevaba hasta que se desvaneció en la oscuridad.

Me hizo señas con un júbilo infantil y me levanté de mi asiento para acompañarle.

—¿Una cometa?

—Robert y mi padre me ayudaron a hacerla —explicó.

—Pero si no puedo verla.

—¿Puedes sostenerla un momento?

Aunque no había hecho volar una cometa desde que era niña, esta parecía estar enganchada al cielo. Del bolsillo de atrás del pantalón Bryce sacó lo que parecía ser un control remoto, similar al de la televisión. Apretó un botón y la cometa de pronto se materializó recortándose en la negrura del cielo, iluminada por lo que supuse que eran luces de Navidad rojas. Las luces estaban dispuestas a lo largo de la estructura de madera, grabando un enorme triángulo y una serie de recuadros en el cielo.

—Sorpresa —dijo.

Advertí la emoción en su rostro y luego volví la atención a la cometa. Osciló un poco de arriba abajo y moví el brazo, viendo cómo respondía. Solté un poco de hilo y vi que se elevaba aún más alto, casi hipnotizada por esa visión. Bryce también estaba mirándola fijamente.

—¿Luces de Navidad? —dije maravillada.

—Sí, con unas pilas y un receptor. Puedo hacer que las luces parpadeen si quieres.

—Dejémoslas tal como están —contesté.

Bryce y yo estábamos tan cerca que podía notar el calor que desprendía a pesar del viento. Si me concentraba, podía notar el colgante con forma de concha sobre mi piel; pensé en la cena, la hoguera, los malvaviscos y el telescopio. Y con la mirada fija en la cometa, me acordé de la persona que era cuando llegué a Ocracoke y me maravillé ante la nueva persona en la que me había convertido.

Noté que Bryce se giraba hacia mí, y yo le imité, mientras le veía dar un paso vacilante para acercarse aún más. Alargó un brazo, posó una mano en mi cadera, y de pronto supe qué pasaría a continuación. Noté cómo me atraía hacia él con suavidad mientras ladeaba la cabeza. Se inclinó hacia mí y sus labios fueron acercándose a los míos hasta que se juntaron.

Fue un beso suave y dulce, y una parte de mí quería detenerlo. Quería recordarle que estaba embarazada y era una forastera que se iría pronto; debería hacerle dicho que no había futuro para nosotros como pareja.

Pero no dije nada. En lugar de eso, al sentir sus brazos rodeándome y la presión de su cuerpo sobre el mío, de repente supe que quería que eso sucediera. Abrió la boca lentamente y, cuando nuestras lenguas se rozaron, me perdí en un mundo donde pasar tiempo con él era lo único que me importaba. Donde abrazarle y besarle era todo lo que deseaba.

No era mi primer beso, tampoco el primero estilo francés, pero sí el primero que me pareció perfecto y adecuado en todos los sentidos, y cuando por fin separamos nuestras bocas, le oí suspirar.

—No sabes cuánto tiempo hace que quería hacer esto —susurró—. Te quiero, Maggie.

En lugar de responder, volví a apoyar mi cuerpo en el suyo, permitiendo su abrazo, notando cómo reseguía con las puntas de sus dedos mi columna. Imaginé que nuestros corazones latían al unísono, aunque su respiración parecía más constante que la mía.

Me temblaba todo el cuerpo, y sin embargo nunca me había sentido más a gusto, más completa.

—Oh, Bryce —murmuré, y las palabras salieron espontáneamente—. Yo también te quiero.

231

El espíritu navideño
y la víspera de Navidad

Manhattan, diciembre de 2019

*B*ajo el resplandor de las luces del árbol de Navidad, el recuerdo de ese beso seguía estando vivo en la mente de Maggie. Tenía la garganta seca y se preguntó cuánto tiempo había estado hablando. Como de costumbre, Mark había permanecido en silencio mientras ella le contaba los sucesos de esa época de su vida. Mark se inclinó hacia delante, con los antebrazos sobre los muslos y las manos entrelazadas.

—Guau —dijo por fin—. ¿El beso perfecto?

—Sí —añadió Maggie—. Sé que suena raro. Pero… así fue. Hasta el día de hoy todos los demás besos han tenido que sufrir esa comparación.

Mark sonrió.

—Me alegro de que tuvieras la oportunidad de experimentar algo semejante, pero tengo que admitir que me siento un tanto intimidado.

—¿Por qué?

—Porque cuando Abigail se entere, puede que se pregunte si se está perdiendo algo; quizá salga a la búsqueda de su propio beso perfecto.

Maggie se rio e intentó recordar cuánto tiempo había pasado desde la última vez que había estado con un amigo para simplemente… hablar durante horas. Sin sentirse cohibida ni preocupada, sintiendo que realmente podía ser ella misma. Hacía demasiado…

—Estoy segura de que Abigail se derrite cada vez que la besas —bromeó.

Mark se ruborizó por completo. Luego, en un repentino tono grave dijo:

—¿Lo decías en serio? ¿Que le querías?

—No creo haber dejado nunca de quererle.

—¿Y entonces?

—Tendrás que esperar para oír el resto. No tengo la energía para continuar esta noche.

—De acuerdo. Lo dejamos ahí. Pero espero que no me hagas esperar demasiado.

Maggie se quedó mirando el árbol fijamente, examinando su forma y las cintas brillantes que lo envolvían con gracia.

—Me cuesta creer que estas vayan a ser mis últimas Navidades —musitó—. Gracias por ayudarme a que sean especiales.

—No tienes por qué agradecerme nada. Me siento honrado de que hayas elegido pasar parte de ellas conmigo.

—¿Sabes qué no he hecho nunca? ¿Aunque haga tantos años que vivo en Nueva York?

—¿Ver *El cascanueces*?

Negó con la cabeza.

—Nunca he patinado en el Rockefeller Center bajo el árbol gigante. De hecho, nunca he visto ese árbol, salvo en televisión, en mis primeros años aquí.

—Entonces, ¡tendremos que ir a verlo! La galería mañana está cerrada, ¿por qué no?

—No sé patinar —dijo Maggie con expresión melancólica. «Y no estoy segura de tener la energía suficiente para ello, aunque supiera.»

—Yo sí —dijo Mark—. Jugaba al hockey, ¿recuerdas? Puedo ayudarte.

Maggie le miró insegura.

—¿No tienes nada mejor que hacer en tu día libre? No deberías sentirte responsable de complacer las veleidades caprichosas de tu jefa.

—Créeme, suena mucho mejor que lo que suelo hacer los domingos.

—¿Qué es exactamente…?

—Lavar la ropa. Comprar comida. Un rato de videojuegos. ¿Nos animamos?

—Necesitaré dormir mucho mañana. No estaré lista hasta tarde.

—¿Por qué no nos encontramos en la galería a las dos más o menos? Podemos tomar un Uber juntos hasta el centro.

A pesar de que tenía sus reservas, Maggie aceptó.

—Vale.

—Y después, según cómo te sientas, tal vez me puedas seguir contando lo que pasó entre tú y Bryce.

—Tal vez —respondió—. Ya veremos cómo me siento.

De regreso a su apartamento, Maggie sintió que le embargaba una profunda fatiga que la arrastraba al sueño como la resaca del océano. Se quitó la chaqueta y se tumbó en la cama con la intención de descansar los ojos un minuto antes de ponerse el pijama.

Se despertó a las doce y media del día siguiente, todavía vestida con la ropa que llevaba el día anterior.

Era el domingo 22 de diciembre, tres días antes de Navidad.

Aunque confiaba en Mark, a Maggie le inquietaba la posibilidad de caerse en la pista de hielo. A pesar de que había dormido profundamente toda la noche (no creía siquiera haberse dado la vuelta), se sentía más débil de lo normal. El dolor, además, había regresado, a punto de ebullición, y la sola idea de comer se le antojaba imposible.

Su madre la había llamado por la mañana y había dejado un breve mensaje en el contestador, en el que simplemente le preguntaba qué tal estaba, con la esperanza de que estuviera bien (lo típico), pero incluso en aquel mensaje Maggie podía oír la tensión en su voz provocada por la preocupación. Preocuparse por ella, tal como se había dado cuenta Maggie hacía tiempo, era la forma que tenía su madre de demostrarle cuánto la quería.

Pero también era agotador. Después de todo, la preocupación tenía sus raíces en la desaprobación, como si la vida de Maggie hubiera sido mejor de haberle hecho caso a su madre, y con el tiempo se había convertido en su postura por defecto.

Aunque Maggie habría preferido esperar hasta Navidad, sabía que tenía que devolver la llamada. De no hacerlo, probablemente recibiría otro mensaje aún más desesperado. Se sentó en el borde de la cama y, tras echar un vistazo al reloj, se dio cuenta de que tal vez sus padres estarían en la iglesia, lo cual sería ideal. Podría dejar un mensaje, decir que tenía el día muy ocupado, y evitar así el potencial estrés innecesario. Pero no hubo suerte. Su madre cogió el teléfono al segundo tono.

Hablaron durante veinte minutos. Maggie le preguntó por su padre, por Morgan y sus sobrinas, y su madre cumplió su cometido con diligencia. Preguntó a su hija cómo se sentía y Maggie replicó que estaba lo mejor que se podía esperar. Afortunadamente no siguió preguntando por su salud, y Maggie suspiró aliviada al comprobar que podría ocultarle la verdad hasta después de las fiestas. Hacia el final de la conversación su padre se puso al aparato, en su habitual estado lacónico. Hablaron del tiempo en Seattle y en Nueva York, la puso al día sobre la temporada de los Seahawks (le encantaba el fútbol americano) y mencionó que había comprado unos prismáticos para Navidad. Cuando Maggie le preguntó para qué, le dijo que su madre se había apuntado a un club de avistamiento de aves. Maggie se preguntó cuánto duraría el interés por ese club y supuso que más o menos igual que el que habían suscitado los demás clubs que había frecuentado su madre en todos esos años. Al inicio sentía un tremendo entusiasmo y Maggie escuchaba sus elogios para con los miembros del club de turno y lo fascinantes que eran; tras unos cuantos meses, su madre comentaba que había unas cuantas personas en el club con las que no congeniaba; y posteriormente, anunciaba a Maggie que lo dejaba porque la mayoría de la gente era simplemente horrible. En el mundo de su madre, el problema siempre eran las demás personas.

Su padre no añadió nada más y, tras colgar el auricular, Maggie nuevamente deseó tener una relación distinta con sus padres, sobre todo con su madre. Una relación que se caracterizase más por las risas que por los suspiros. La mayoría de sus amigos tenían una buena relación con sus respectivas madres. Hasta Trinity se llevaba bien con la suya, y era bastante temperamental comparado con otros artistas. ¿Por qué le resultaba tan difícil a Maggie?

Porque, reconoció Maggie en silencio, su madre se lo ponía difícil, y llevaba haciéndolo desde que tenía memoria. Para ella, Maggie era más una sombra que una persona real, alguien cuyas esperanzas y sueños le parecían incomprensiblemente ajenos. Incluso aunque compartieran la misma opinión sobre un tema concreto, lo más probable era que eso tampoco reconfortara a su madre. Por el contrario, centraba su atención en cualquier posible punto de desacuerdo relacionado con ese tema, con la preocupación y la desaprobación como principales armas.

Maggie sabía que su madre no podía evitarlo; seguramente también había sido así de niña. Y de algún modo era un tanto infantil, ahora que lo pensaba un poco. «Haz lo que yo digo, o si no...» Para su madre, los berrinches se canalizaban mediante otros métodos de control más insidiosos.

Los años que siguieron a su regreso de Ocracoke, antes de trasladarse a Nueva York, habían sido especialmente complicados. Su madre pensaba que intentar labrarse una carrera como fotógrafa era una estupidez a la vez que muy arriesgado, que Maggie debería haber seguido los pasos de Morgan e ir a Gonzaga, que debería haber intentado encontrar al hombre adecuado y establecerse. Cuando Maggie por fin se fue, tenía pavor de hablar con su madre sobre cualquier cuestión.

Lo más triste era que su madre no era una persona horrible. No era siquiera una mala madre. En una mirada retrospectiva, había tomado la decisión correcta al enviar a Maggie a Ocracoke, y no era la única madre que se preocupaba por las notas o porque su hija saliera con chicos que no le convenían, ni que creyera que el matrimonio y tener hijos era más importante que una carrera. Y por supuesto, algunos de sus valores habían marcado a Maggie. Ella, al igual que sus padres, no bebía con frecuencia, evitaba las drogas, pagaba sus facturas, valoraba la honestidad y cumplía las leyes. No obstante, ya no iba a la iglesia; había decidido dejar de ir a los veinte años, durante su primera crisis de fe. Bueno, en realidad, era una crisis de casi todo, que la llevó a mudarse de forma espontánea a Nueva York y desembocó en una serie de relaciones horribles, si es que las podía denominar así.

En cuanto a su padre...

Maggie a veces se preguntaba si había llegado a conocerle realmente. Si le preguntaban con insistencia, decía que era un producto de otra era, una época en la que los hombres trabajaban y mantenían a la familia, iban a la iglesia y comprendían que quejarse rara vez ayudaba a solucionar algo. Su quietud general, sin embargo, se había convertido en algo más desde su jubilación, casi una total reticencia a hablar. Se pasaba horas solo en el garaje, incluso cuando Maggie estaba de visita, y dejaba encantado que su mujer hablara por él durante la cena.

Pero no habría más llamadas por lo menos hasta Navidad y ese pensamiento le hizo darse cuenta de hasta qué punto temía la próxima. Sin duda, su madre le pediría que volviera a Seattle y emplearía todo el armamento a su disposición basado en el sentimiento de culpa para intentar salirse con la suya. No sería agradable.

Apartó el pensamiento y se esforzó por situarse en el presente. Notó que el dolor era cada vez más acuciante y se preguntó si no sería mejor mandar un mensaje a Mark y cancelar la cita. Haciendo una mueca de dolor consiguió llegar al baño y coger el bote de analgésicos, mientras recordaba que la doctora Brodigan le había dicho que podían causar adicción si se abusaba de ellos. Qué tontería. ¿Qué importaba si Maggie se volvía adicta a esas alturas? ¿Y qué cantidad era inadecuada? Sus entrañas se le antojaban un alfiletero, e incluso el más mínimo roce sobre el dorso de la mano desencadenaba la aparición de una especie de chispas blancas en las esquinas de los ojos.

Tragó dos pastillas, vaciló y al final se tomó una tercera, por si acaso. Decidió esperar media hora a ver cómo se sentía antes de tomar una determinación sobre qué haría ese día y se sentó en el sofá a esperar que surtieran efecto. Aunque se preguntaba si las pastillas funcionarían como de costumbre, casi como por arte de magia el dolor empezó a remitir. Cuando por fin llegó la hora de salir, estaba flotando en una oleada de bienestar y optimismo. Siempre podría limitarse a ver patinar a Mark, llegados a un extremo, y seguramente un poco de aire fresco no era mala idea, ¿no?

Cogió un taxi para ir a la galería y vio a Mark esperando de pie junto a la puerta. Llevaba en la mano un vaso, sin duda su *smoothie* favorito, y cuando la vio, la saludó con una amplia sonrisa. A pesar de su estado, estaba segura de haber tomado la decisión correcta.

—¿Crees que podremos patinar? —preguntó Maggie cuando llegaron al Rockefeller Center y vio la multitud que abarrotaba la pista—. Ni siquiera pensé en que tal vez habría que reservar.

—Llamé esta mañana —confirmó Mark—. Está todo arreglado.

Mark buscó un sitio para que ella se sentara mientras se ponía a la cola, y Maggie dio sorbitos a su *smoothie*, pensando que la tercera pastilla había marcado la diferencia. Se sentía un poco mareada, pero no tanto como antes; en cualquier caso, el dolor era ahora casi tolerable. Además, no tenía frío por primera vez desde lo que le parecía una eternidad. Aunque podía ver el vaho saliendo de su boca, no estaba tiritando y no le dolían siquiera los dedos, para variar.

El *smoothie* le estaba sentando bien, lo cual era un alivio. Sabía que necesitaba todas las calorías posibles, ¡qué irónico! Tras estar pendiente toda la vida de lo que comía y quejarse cada vez que la báscula marcaba un kilo de más, ahora que realmente necesitaba esas calorías le resultaba casi imposible ingerirlas. Últimamente le daba miedo subirse a la báscula porque le aterraba ver cuánto peso había perdido. Bajo la ropa se estaba convirtiendo en un esqueleto.

Pero apartó esos pensamientos siniestros y, fascinada por la masa de cuerpos en movimiento sobre el hielo, apenas oyó el sonido de una notificación en su móvil. Lo sacó del bolsillo y vio que Mark le había enviado un mensaje, diciendo que ya estaba de camino para acompañarla a la pista y ayudarla a ponerse los patines.

En el pasado, se habría sentido humillada por su ofrecimiento. Pero lo cierto era que no creía ser capaz de ponerse ella sola los patines. Al llegar hasta ella, Mark le ofreció el brazo y los dos bajaron lentamente los escalones hasta la zona destinada a cambiarse los zapatos.

Aunque estaba apoyada en él, Maggie se sentía como si el viento pudiera derribarla.

—¿Quieres que te siga sosteniendo? —preguntó Mark—. ¿O crees que ya le has cogido el truco?

—Ni se te ocurra soltarme —replicó Maggie apretando los dientes.

La adrenalina, amplificada por el miedo, le despejaba la mente, y decidió que patinar sobre hielo era mucho mejor como concepto que en la práctica. Intentar sostenerse sobre dos finas cuchillas deslizándose por una resbaladiza capa de hielo en su estado no era la mejor de las ideas. De hecho, había argumentos de peso para afirmar que era una estupidez.

Y sin embargo...

Mark se esforzaba por hacer que patinar le resultara a Maggie lo más fácil y seguro posible. Patinaba hacia atrás frente a ella, con ambas manos apoyadas con firmeza en sus caderas. Estaban cerca del borde de la pista, deslizándose lentamente; más hacia la parte central casi todo el mundo les adelantaba velozmente, señoras mayores y niños pequeños incluidos, con aspecto alegre y desenfadado. Pero con la ayuda de Mark, Maggie por lo menos se estaba deslizando. Resultaba evidente que unas cuantas personas no se habían puesto nunca unos patines, como Maggie, y se aferraban al muro exterior en cada movimiento; sus piernas salían despedidas ocasionalmente en direcciones impredecibles.

Justo delante de ellos, Maggie presenció uno de aquellos incidentes.

—No me quiero caer, de veras.

—No vas a caerte —dijo Mark, con los ojos fijos en los pies de Maggie—. Te tengo.

—Ni siquiera puedes ver hacia dónde vas —protestó ella.

—Estoy usando mi visión periférica —explicó—. Solo avísame si alguien se cae justo delante de nosotros.

—¿Cuánto rato tenemos?

—Media hora —respondió Mark.

—No creo que aguante tanto.

—Pararemos cuando quieras.

239

—Olvidé darte mi tarjeta de crédito. ¿Has pagado tú por esto?

—Invito yo. Ahora deja de hablar e intenta disfrutar.

—La sensación de estar a punto de caer en cada momento no es muy agradable.

—No te vas a caer —repitió Mark—. Te tengo.

—¡Ha sido divertido! —exclamó Maggie. En la zona para cambiarse, Mark acababa de ayudarla a quitarse los patines. Aunque Maggie no se lo había pedido, también le ayudó a ponerse los zapatos. Habían dado cuatro vueltas a la pista en total y les había llevado trece minutos.

—Me alegro de que te haya gustado.

—Ahora ya puedo decir que he participado en el mayor evento turístico de Nueva York.

—Así es.

—¿Has podido ver el árbol? ¿O estabas demasiado ocupado evitando que me rompiera el cuello?

—Sí, lo he visto. Pero apenas he podido detenerme a contemplarlo.

—Deberías seguir patinando. Todavía queda tiempo.

Para su sorpresa, Mark parecía estar considerándolo seriamente.

—¿Te importaría?

—En absoluto.

Tras ayudar a Maggie a ponerse en pie y ofrecerle su brazo para que se apoyara en él, la condujo al borde de la pista y se aseguró de que podía sostenerse ella sola antes de irse.

—¿Estás bien?

—Ve, por favor. Veamos qué puedes hacer sin tener que llevar a una mujer vieja y enferma.

—No eres vieja. —Mark le guiñó un ojo, y agachándose sobre el hielo dio tres o cuatro pasos, acelerando en la curva. Dio un salto, rotando en el aire, y empezó a patinar hacia atrás mientras aceleraba aún más, volando bajo el árbol en el extremo más alejado de la pista. Volvió a hacer un giro y aceleró al acercarse a la curva, con una mano casi rozando el hielo, para pasar como una exhalación a su lado. Casi sin pensar, Maggie sacó el iPhone del bolsillo. Esperó a que Mark estuviera bajo el árbol y tomó un par de instantáneas; en la siguiente vuelta accionó el vídeo.

Pocos minutos después, cuando la sesión hubo finalizado y Mark estaba en la zona para cambiarse, echó un vistazo a las fotos y de pronto se sorprendió pensando en la que le había hecho a Bryce sobre la escalera. Tal como había sucedido en aquel entonces, parecía haber capturado la esencia del joven que estaba conociendo mejor. Al igual que Bryce, Mark se había convertido extrañamente en alguien importante para ella en un período relativamente corto de tiempo. Y sin embargo, como en el caso de Bryce, sabía que también tendría que despedirse de él, y ese pensamiento de repente le dolió, hasta tal punto que eclipsó el dolor físico agazapado en sus huesos.

Cuando volvieron a pisar tierra firme, Maggie le envió las fotos y el vídeo a Mark, y después hicieron una curiosa instantánea más de ambos juntos con el árbol de fondo. Mark inmediatamente empezó a manipular el móvil, sin duda reenviando las imágenes.

—¿Se las mandas a Abigail? —preguntó Maggie.

—Y a mis padres.

—Estoy segura de que echan de menos no tenerte a su lado en Navidad.

—Creo que se lo están pasando mejor que nunca en su vida.

Maggie señaló el restaurante situado al lado de la pista.

—¿Te parece bien que vayamos al Sea Grill? Me apetece tomar un té caliente en la barra.

—Como quieras.

Maggie enlazó su brazo al de Mark y ambos caminaron lentamente hacia el acristalado restaurante. Le dijo al camarero lo que quería tomar y Mark pidió lo mismo. Cuando dejaron la tetera ante ellos, Maggie se sirvió un poco de té.

—Eres un patinador excelente.

—Gracias. Abigail y yo vamos a veces a patinar.

—¿Le ha gustado la foto?

—Me ha respondido con tres emojis con forma de corazón, que interpreto como un sí. Pero quería preguntarte...

Al no acabar la frase, Maggie decidió hacerlo por él.

—¿Sobre mi historia?

—¿Todavía tienes el collar que te regaló Bryce?

Por toda respuesta, Maggie se llevó las manos a la nuca y desabrochó el cierre de la cadena para quitársela. Se la dio, observando cómo la cogía con sumo cuidado. Mark admiró el colgante primero por delante antes de girarlo para examinar las palabras grabadas en el reverso.

—Es muy delicado.

—No recuerdo habérmelo quitado nunca.

—¿Y la cadena ha aguantado tantos años?

—Tengo mucho cuidado. No duermo ni me ducho con ella. Salvo en esos momentos, forma parte de mi atuendo diario.

—¿Y cuando te lo pones te acuerdas de esa noche?

—Me acuerdo todo el tiempo de esa noche. Bryce no fue solo mi primer amor. Fue el único hombre al que he amado.

—La cometa debía ser bastante alucinante —admitió Mark—. Hemos hecho hogueras y asado malvaviscos con Abigail, en el lago por cierto, no en la playa, pero nunca he oído hablar de cometas adornadas con luces navideñas. Me pregunto si podría construir una.

—En estos tiempos seguramente puedes buscar algo semejante en Google, tal vez incluso pedirla por Internet.

Mark parecía estar reflexionando con la mirada fija en la taza de té.

—Me alegro de que pasaras una noche como esa con Bryce. Creo que todo el mundo se merece por lo menos una velada perfecta.

—Yo también lo creo.

—Pero tú sabías que te estabas enamorando de él durante todo ese tiempo, ¿no? No fue durante la tormenta cuando todo empezó, sino en el ferri, cuando le viste por primera vez con aquella chaqueta verde oliva.

—¿Por qué dices eso?

—Porque no te apartaste de él, aunque podías haberlo hecho. Y cuando tu tía te preguntó si te parecía bien que Bryce te diera clases, aceptaste sin pensarlo demasiado.

—¡Necesitaba ayuda con los estudios!

—Si tú lo dices… —concedió Mark con una sonrisa.

—Ahora te toca a ti —dijo Maggie, cambiando de tema—. Me has llevado a patinar, pero ¿hay algo que te gustaría hacer ahora que estamos en Midtown?

Hizo girar el té dentro de la taza.

—Seguramente te parecerá una tontería. Como llevas viviendo tanto tiempo aquí…

—¿De qué se trata?

—Me gustaría ver algunos de los escaparates de los grandes almacenes de la Quinta Avenida, los que están decorados con motivos navideños. Abigail me dijo que no debía perdérmelos. Y en una hora y media un coro actuará en el exterior de la catedral de Saint Patrick.

Podía entender lo del coro, pero ¿los escaparates? ¿Y por qué no le parecía a Maggie algo impropio de él que quisiera hacer algo así?

—De acuerdo, vayamos —aceptó, obligándose a no poner los ojos en blanco—. Pero no estoy segura de cuánto aguantaré caminando. Me siento un poco tambaleante.

—Genial —dijo Mark, radiante—. Iremos en taxi o en Uber adonde sea, ¿sí?

—Una pregunta. ¿Cómo sabías que actuaría hoy un coro?

—He investigado un poco esta mañana.

—¿Por qué tengo la sensación de que estás intentando hacer de estas Navidades algo especial para mí?

Al ver un destello de tristeza en sus ojos, Maggie se dio cuenta de que no necesitaba explicárselo.

Tras tomarse sus respectivas tazas de té, salieron al exterior, al aire gélido, y Maggie sintió un fuerte dolor en el pecho, que siguió aumentando con cada latido. Era como si le clavasen un cuchillo al rojo vivo, no agujas; peor que nunca. Se quedó paralizada, cerró los ojos y se apretó con fuerza la zona justo bajo el pecho con un puño. Con la mano que le quedaba libre, se aferró al brazo de Mark mientras ponía los ojos en blanco.

—¿Estás bien?

Intentó no dejar de respirar, aunque el dolor seguía siendo como fogonazos ardientes. Notó que Mark la rodeaba con el brazo.

—Duele —dijo Maggie con voz ronca.

—¿Quieres volver adentro y sentarte? ¿O te llevo a casa?

Apretando los dientes, negó con la cabeza. La sola idea de moverse le parecía algo imposible y se concentró en su respiración. No sabía si eso ayudaría, pero es lo que Gwen le había dicho mientras sufría la agonía del parto. Después de lo que le pareció el minuto más largo de su vida, el dolor por fin empezó a remitir, como el resplandor de una bengala que se difumina lentamente al hundirse en el horizonte.

—Estoy bien —repuso finalmente con una especie de graznido, aunque su visión era borrosa.

—No parece que estés bien —dijo Mark—. Estás temblando.

—Pac-Man —murmuró. Hizo un par de respiraciones más antes de bajar la mano lentamente hacia el bolso y sacar el bote con las pastillas. Cogió una y la engulló a palo seco. Apretó los párpados hasta que pudo volver a respirar normalmente y el dolor por fin fue disminuyendo hasta un nivel soportable.

—¿Te pasa a menudo?

—Más que antes. Cada vez es más frecuente.

—Creía que te ibas a morir.

—Imposible. Eso sería demasiado fácil; no sentiría dolor.

—No deberías hacer chistes —la reprendió—. Estaba a punto de pedir una ambulancia.

Maggie se obligó a sonreír al oír su tono de voz.

—Estoy bien ahora, de veras.

«Otra mentira —pensó—, pero ¿quién lleva la cuenta?»

—Tal vez debería llevarte a casa.

—Quiero ver los escaparates y escuchar los villancicos.

Lo cual, curiosamente, era verdad, aunque fuera hasta cierto punto una tontería. Si no lo hacía ahora, sabía que ya nunca tendría la oportunidad de hacerlo. Mark parecía estar intentando leerle el pensamiento.

—Vale —accedió finalmente—. Pero si te vuelve a pasar, te llevo a casa.

Maggie asintió, consciente de que tal vez Mark no tendría más remedio que hacerlo.

ϒ

Primero fueron a Bloomingdale's, luego a Barneys y después a la Quinta Avenida, donde cada tienda parecía competir con la de al lado con sus decorados navideños. Vio a Santa Claus y sus elfos, osos polares y pingüinos con collares de temática navideña, nieve artificial con los colores del arcoíris, elaboradas instalaciones que destacaban las prendas de vestir y otros artículos escogidos que probablemente costaban una fortuna.

En la Quinta Avenida empezó a sentirse mejor, incluso un poco más ligera. Resultaba obvio por qué la gente se volvía adicta a las pastillas; realmente funcionaban. Se aferró al brazo de Mark entre aquella multitud de gente que se arremolinaba pasando a su lado en ambas direcciones, llevando bolsas con los nombres de todas las marcas del planeta. En muchas de las tiendas había largas colas para entrar, compradores de última hora que tenían la esperanza de encontrar el regalo perfecto, ninguno de los cuales parecía en absoluto contento de estar esperando afuera con aquel frío.

«Turistas», pensó, sacudiendo la cabeza. Gente que quería llegar a casa y decir: «No te imaginas cómo estaba de abarrotado», o: «Tuve que esperar una hora para poder entrar en la tienda», como si fuera una insignia de honor o un acto de valentía. Sin duda explicarían la misma historia en los años venideros.

Y sin embargo, el paseo curiosamente le resultó agradable, quizá debido a la sensación de ligereza que producían las pastillas, pero sobre todo porque Mark parecía obviamente alucinado. Aunque seguía asiéndola con fuerza de la mano, se esforzaba constantemente en mirar por encima de los hombros de la muchedumbre, boquiabierto al ver a Santa Claus trabajando en un reloj Piaget o sonriendo embelesado ante los renos sobredimensionados con arneses de Chanel, todos ellos con gafas de sol Dolce & Gabbana. Maggie solía hacer una mueca de asco ante la vulgar comercialización de esas fiestas, pero al observar la capacidad de Mark de maravillarse por todo, empezó a ver con otros ojos la creatividad desplegada en las tiendas.

Llegaron por fin a la catedral de Saint Patrick, más o menos al mismo tiempo que las otras personas que los rodeaban y que habían acudido por la misma razón. La multitud era tal que se quedaron bloqueados a mitad de la manzana, y aunque Maggie no podía ver a los cantantes, sí pudo oírlos en los enormes altavoces dispuestos para ese fin. Mark, sin embargo, se sintió decepcionado, y Maggie se dio cuenta de que debería haberle avisado de la posibilidad de que eso sucediera. Había aprendido tras mudarse a Nueva York que asistir a un evento y verlo realmente a menudo eran dos cosas completamente distintas. En su primer año allí se había aventurado a ver el desfile de Macy's de Acción de Gracias. Se vio encajonada contra el muro de un edificio, rodeada de cientos de personas, atrapada durante horas, con vistas a la nuca de la gente. Tuvo que estirar el cuello para poder ver los famosos globos y a la mañana siguiente se despertó tan dolorida que tuvo que ir a un quiropráctico.

¡Ah, la dicha de vivir en la ciudad!

El coro, aunque no era visible, sonaba arrebatador a sus oídos y, mientras escuchaba, Maggie se sorprendió reflexionando acerca de los últimos días con la leve sensación de haber vivido algo maravilloso. Había visto *El cascanueces*, decorado un árbol, enviado regalos a la familia, patinado en el Rockefeller Center, admirado los escaparates de la Quinta Avenida, y ahora esto. Estaba viviendo experiencias que solo pasan una vez en la vida con alguien que había llegado a importarle, y compartir la historia de su pasado le había levantado el ánimo.

Pero cuando la sensación de ligereza empezó a desvanecerse, notó que la fatiga se abría paso y supo que había llegado el momento de volver a casa. Apretó el brazo de Mark para indicárselo. Habían escuchado cuatro villancicos, Mark dio media vuelta y comenzó a guiarla entre la multitud que se había aglomerado tras ellos. Cuando por fin tuvieron espacio para respirar, Mark se detuvo.

—¿Qué te parece ir a cenar? —preguntó—. Me encantaría oír el resto de tu historia.

—Creo que necesito tumbarme un rato.

Mark era consciente de que no debía insistir.

—Te acompaño.

—No hace falta.

—¿Crees que podrás venir a la galería mañana?

—Seguramente me quedaré en casa. Por si acaso.

—¿Te veré en Nochebuena? Quiero darte un regalo.

—No tienes que regalarme nada.

—Claro que sí. Es Navidad.

Se quedó pensando un momento y finalmente decidió «¿por qué no?».

—Vale —accedió.

—¿Quieres que nos encontremos en el trabajo? ¿O que cenemos juntos? Lo que te resulte más fácil.

—¿Qué te parece si pedimos que nos traigan la cena a la galería? Podemos cenar bajo el árbol.

—¿Me contarás el resto de la historia?

—No estoy segura de que quieras oírlo. La verdad es que no es una historia festiva. Es muy triste.

Mark se giró, alzando la mano para parar un taxi. Cuando el taxi se detuvo, la miró sin rastro de lástima.

—Lo sé —dijo simplemente.

247

Por segunda noche consecutiva, Maggie durmió con la ropa que llevaba puesta.

La última vez que había echado un vistazo al reloj era poco antes de las seis. La hora de cenar en la mayor parte de Estados Unidos; en gran parte de Nueva York todavía la gente estaba en la oficina. Se despertó más de dieciocho horas después sintiéndose débil y deshidratada, pero por suerte sin dolor.

Con el fin de no arriesgarse a sufrir una recaída, tomó una sola píldora antes de dirigirse tambaleante a la cocina, donde se obligó a comer un plátano, junto con una tostada, lo que hizo que se sintiera un poco mejor.

Tomó un baño y después se puso ante el espejo sin reconocerse apenas. Los brazos eran como palillos, las clavículas sobresalían bajo la piel como los soportes de una tienda de campaña y su torso presentaba numerosos hematomas, algunos de ellos de color morado oscuro. En su rostro esquelético, sus ojos parecían los de un alienígena, brillantes y con una expresión de perplejidad.

Por lo que había leído sobre el melanoma, y tenía la sensación de haberlo leído todo sobre ese tema, se desprendía que no había forma de predecir los últimos meses. Algunas personas tenían mucho dolor y se les administraba morfina a través de un gotero intravenoso; otras no sentían debilidad. Algunos pacientes sufrían un agravamiento de los síntomas neurológicos mientras que otros mantenían la cabeza clara hasta el final. La localización del dolor era tan variopinta como los pacientes, lo cual tenía sentido. Cuando se producía la metástasis, el cáncer podía aparecer en cualquier lugar del cuerpo, pero Maggie tenía la esperanza de que le tocara la versión más llevadera de la muerte. Podía aguantar la pérdida de apetito y las excesivas ganas de dormir, pero la perspectiva de sufrir un dolor insoportable le resultaba aterradora. Sabía que, si acababa con un gotero de morfina, tal vez nunca volvería a levantarse de la cama.

No obstante, no estaba asustada en cuanto al hecho de morir. En esos momentos estaba demasiado ocupada con el sufrimiento producido por la enfermedad como para que la muerte fuera algo más que una hipótesis. ¿Quién podía saber cómo era estar muerta realmente? ¿Vería la luz brillante al fondo del túnel, escucharía música de arpa al traspasar las puertas celestiales o simplemente se desvanecería? Cuando pensaba en la muerte, se imaginaba que sería algo parecido a dormir pero sin soñar, solo que nunca se despertaría. Y, obviamente, no le importaría no poder despertar porque…, bueno, porque la muerte hacía que fuera imposible preocuparse por nada.

Pero las celebraciones del día anterior tenían cierto carácter desesperado y le recordaron que era una mujer gravemente enferma. No quería sufrir más, no quería dormir dieciocho horas al día. No había tiempo para esas cosas. Lo que más deseaba era vivir con normalidad hasta el final, pero tenía la cada vez más fuerte corazonada de que eso no sería posible.

En el cuarto de baño volvió a ponerse la cadena. Se puso un suéter encima de la camiseta térmica y consideró la posibilidad de ponerse unos vaqueros, pero ¿con qué fin? Los pantalones del pijama eran más cómodos, así que optó por ellos. Finalmente se calzó unas zapatillas forradas y calientes y un gorro de lana. El termostato marcaba más de veinte grados, pero, como seguía teniendo un poco de frío, enchufó un calefactor. No tenía por qué preocuparse de la factura de la luz; no era como si tuviera que ahorrar para la jubilación.

Calentó una taza de agua en el microondas y luego fue hasta la sala de estar. Dio unos cuantos sorbitos, mientras intentaba acordarse de dónde había dejado la historia con Mark. Cogió el móvil y le envió un mensaje, aunque sabía que todavía estaría en el trabajo.

¿Mañana a las seis en la galería? Te contaré el resto de mi historia y luego podemos cenar juntos.

Casi inmediatamente vio los puntitos que indicaban que estaba respondiendo al mensaje, y su respuesta apareció en forma de burbuja.

¡Estoy impaciente! Cuídate. Qué ganas tengo. Todo bien en el trabajo. Ha sido un día ajetreado.

Esperó a ver si añadía algo más, pero no fue así. Se acabó el agua caliente y reflexionó en cómo su cuerpo había elegido desafiarla. A veces era fácil imaginar que el melanoma le hablaba con una voz poseída y espeluznante. «Te llevaré hacia el fin, pero primero te quemaré las entrañas y te obligaré a consumirte. Me llevaré tu belleza y te robaré el pelo, te privaré de tus horas de consciencia, hasta que no quede nada más que una carcasa esquelética…»

Maggie profirió una risita macabra al pensar en esa voz que imaginaba. Bueno, muy pronto también callaría. Lo cual hizo que surgiera la cuestión: ¿qué pensaba hacer respecto a su funeral?

Había pensado en eso de vez en cuando desde su última cita con la doctora Brodigan. No con demasiada frecuencia, solo a veces, cuando el pensamiento la asaltaba repentinamente, a menudo en los momentos más inesperados. Como ahora. Se había esforzado al máximo por ignorarlo, puesto que la muerte seguía siendo algo hipotético, pero el dolor del día anterior hacía inevitable que esa idea acudiera a su mente.

¿Qué iba a hacer? Suponía que en realidad no tenía que hacer nada. Sus padres o Morgan sin duda se ocuparían de ello, pero no quería que tuvieran que asumir esa carga. Y puesto que se trataba de su propio funeral, a buen seguro se merecía tener voz y voto en ese asunto. Pero ¿qué le gustaría?

No el funeral típico, de eso estaba segura. No quería una capilla ardiente o canciones ñoñas como «Wind Beneath My Wings», y con toda seguridad no quería un largo panegírico de un cura que ni siquiera la conocía. No era su estilo. Y aunque lo fuera, ¿dónde se celebraría el funeral? Sus padres querrían que fuera enterrada en Seattle, no en Nueva York, pero su casa ahora estaba allí. No podía imaginarse obligar a sus padres a buscar una funeraria y un cementerio local, ni a organizar un servicio católico en una ciudad desconocida. Tampoco estaba segura de que sus padres pudieran gestionar algo así, y aunque Morgan sí podía, ya estaba sobrecargada de trabajo con sus niñas, todavía pequeñas. Lo cual solo le dejaba una opción.

Maggie tendría que dejarlo todo arreglado por adelantado.

Se levantó del sofá y buscó un bloc de notas en el cajón de la cocina. Anotó la clase de servicio que deseaba. Le resultó menos deprimente de lo que imaginaba, probablemente porque rechazó de antemano cualquier elemento lúgubre. Maggie revisó sus notas y, aunque no tendría sentido para sus padres, se sentía satisfecha de haber pensado la forma de expresar sus últimos deseos. También anotó como recordatorio que debería contactar con su abogado al empezar el año para poder ultimarlo todo.

Hecho lo cual, solo quedaba una cosa que hacer.

Tenía que hacerle un regalo de Navidad a Mark.

Aunque le había dado una bonificación a principios de diciembre, tal como había hecho con Luanne, sentía que se merecía algo más, especialmente después de las atenciones de los últimos días. Pero ¿qué podía regalarle? Al igual que a muchos jóvenes, sobre todo aquellos que querían hacer un postgrado, probablemente lo que más agradecería sería dinero. Dios sabe que cuando estaba en la veintena eso hubiera sido lo que mejor le habría ido. Además, era fácil, solo tenía que escribir un cheque, pero no le parecía lo más adecuado. Tenía la impresión de que el regalo de Mark sería algo personal, y eso le hacía pensar que debería corresponderle de forma similar.

Se preguntó qué era lo que le gustaba a Mark, pero no obtuvo demasiadas respuestas. Amaba a Abigail y a sus padres, tenía el propósito de llevar una vida marcada por la religión, le interesaba el arte contemporáneo, y había crecido en Indiana y jugado al hockey. ¿Qué más sabía de él?

Intentó recordar la primera entrevista que le hizo, se acordó de lo bien que la había preparado, y por fin la respuesta llegó sin ningún esfuerzo. Mark admiraba sus fotografías; aún más, creía que serían su legado. Así que ¿por qué no darle a Mark un regalo que reflejaba la pasión de Maggie?

En los cajones de su escritorio encontró varias memorias USB; siempre tenía un montón a mano. Durante las siguientes horas empezó a transferir fotografías a las memorias, eligiendo sus favoritas. Algunas adornaban las paredes de la galería, y aunque no formarían parte de la tirada de edición limitada, y por tanto no tenían valor monetario, sabía que a Mark eso no le importaría. No le gustarían por motivos económicos; le gustarían porque ella las había hecho y porque significaban algo para ella.

Una vez hubo acabado, se obligó a comer algo. Cartón salado, tan desagradable como de costumbre. Se sirvió también una copa de vino, ignorando su sentido de la prudencia. Buscó una emisora con música navideña y sorbió el vino hasta que se sintió amodorrada. Se cambió el suéter por una sudadera, se puso calcetines tras quitarse las zapatillas y se arrastró hasta la cama.

El día de Nochebuena se levantó a mediodía, sintiéndose descansada y, milagro de los milagros, sin el menor rastro de dolor.

Pero se tomó las pastillas por si acaso, con ayuda de media taza de té.

ϓ

Consciente de que esa noche se alargaría más de lo normal, se quedó recostada en el sofá casi todo el día. Llamó a su restaurante italiano favorito del barrio, el que hasta hacía poco era una clienta habitual, y averiguó que una cena para dos para llevar no sería un problema, a pesar de la ingente cantidad de comensales que esperaban aquella noche. El gerente, a quien ella conocía bien, y suponía enterado de su enfermedad debido a su aspecto, fue especialmente atento. Se anticipó a sus deseos, acordándose de los platos que Maggie solía pedir y sugiriéndole algunas especialidades, así como su famoso tiramisú. Maggie se lo agradeció efusivamente tras darle el número de su tarjeta de crédito y programar la entrega sobre las ocho de la noche. «¿Quién dijo que los neoyorquinos eran insensibles?», pensó con una sonrisa al finalizar la llamada.

Pidió un *smoothie*, se lo bebió mientras tomaba un baño y luego repasó el contenido de las memorias USB que había preparado para Mark. Como siempre al revisar su trabajo, su mente recreaba los detalles de cada foto.

Absorta en los recuerdos de tantos viajes y experiencias emocionantes las horas pasaron rápidamente. A las cuatro hizo una siesta, aunque todavía se sentía bastante bien; cuando despertó, empezó lentamente a prepararse. Tal como había hecho hacía tanto tiempo en Ocracoke, eligió un jersey rojo que se puso encima de varias capas de ropa, además de unos pantalones de lana negros encima de las medias y una gorra negra. No quiso ponerse joyas, solo la cadena, pero sí se maquilló lo suficiente como para no asustar al taxista. Añadió al conjunto una bufanda de cachemira para ocultar el delgado cuello y luego metió en el bolso el bote de pastillas, por si acaso. No había tenido tiempo de envolver el regalo de Mark, de modo que decidió vaciar una lata de pastillas de menta Altoids para usarla como receptáculo para los USB. Le hubiera gustado ponerle un lazo, pero pensó que a Mark no le importaría el sencillo embalaje. Finalmente, con cierto pavor, sacó una de las cartas que su tía Linda le había escrito y que guardaba en el joyero.

Afuera el tiempo era húmedo y el frío calaba hasta los huesos, y el cielo prometía que iba a nevar. Durante el breve trayecto en taxi hasta la galería pasó al lado de un Santa

Claus que hacía sonar una campana y solicitaba donativos para el Ejército de Salvación. Vio una *menorah* en la ventana de un apartamento. En la radio, el taxista escuchaba una música que parecía de origen hindú o paquistaní. Navidades en Manhattan.

La puerta de la galería estaba cerrada. Maggie accedió al interior y volvió a cerrarla tras ella. No pudo localizar a Mark, pero las luces del árbol estaban encendidas y sonrió al ver que había dispuesto una pequeña mesa y dos sillas plegables frente al árbol, con un mantel de tela de color rojo. Sobre la mesa había una caja envuelta en papel de regalo y un jarrón con un clavel rojo, además de dos copas con ponche de huevo.

Debía haberla oído entrar porque salió de la parte trasera mientras ella miraba con admiración la mesa. Al girarse hacia Mark, Maggie advirtió que él también llevaba un suéter rojo y pantalones negros.

—Te diría que estás fantástico, pero creo que eso podría interpretarse como un comentario autocomplaciente —comentó Maggie mientras se quitaba la chaqueta.

—Si no te conociera, pensaría que pasaste antes por aquí para ver cómo me había vestido —replicó Mark.

Maggie señaló hacia la mesa.

—Has estado ocupado.

—Pensé que necesitaríamos un sitio donde poder cenar.

—Ya sabes que, si me tomo el ponche, no seré capaz de comer nada.

—Entonces tómatelo como si formara parte de la decoración de la mesa. ¿Puedo guardar tu chaqueta?

Maggie se la dio y Mark desapareció de nuevo en la trastienda mientras ella seguía examinando la disposición recreada. Le recordaba en buena medida las Navidades que había pasado en Ocracoke, lo cual era sin duda su intención.

Maggie tomó asiento ante la mesa, satisfecha, mientras Mark reaparecía con una taza de café en la mano, que dispuso ante ella.

—Es solo agua caliente —explicó—, pero te he traído una bolsita de té por si quieres que sepa a algo.

—Gracias. —Como le gustaba la palabra «té» y «teína» sonaba aún mejor, añadió la bolsita al agua y la dejó en remojo—. ¿De dónde has sacado todo esto? —dijo abarcando con el brazo todo el decorado.

—Las sillas y la mesa son de mi apartamento; lo cierto es que se trata de mi conjunto de comedor temporal. El mantel es barato, de Duane Reade. Pero ante todo, ¿cómo te encuentras? He estado preocupado por ti desde la última vez que nos vimos.

—He dormido mucho. Me siento mejor.

—Tienes buen aspecto.

—Parezco un cadáver andante. Pero gracias de todos modos.

—¿Puedo preguntarte algo?

—Creía que eso ya lo habíamos superado. ¿Por qué tienes que pedirme permiso para preguntarme algo?

Miró fijamente la copa con el ponche, con una ceja encogida como resultado de fruncir levemente el ceño.

—Después de patinar, ya sabes, cuando… empezaste a sentirte mal, dijiste algo como… ¿«Packman»?, ¿o «Packmin»? Algo así…

—Pac-Man —respondió Maggie.

—¿Qué significa eso?

—¿Nunca has oído hablar de Pac-Man, el videojuego?

—No.

«Dios mío, eres de verdad muy joven. O yo me estoy haciendo vieja.» Sacó el móvil y en YouTube seleccionó un vídeo corto, y después le pasó el teléfono. Mark hizo que el vídeo se reprodujera y empezó a visionarlo.

—Entonces… ¿Pac-Man se mueve por un laberinto comiendo los puntos por el camino?

—Exacto.

—¿Qué tiene que ver eso con cómo te sentías en ese momento?

—Porque así es como me imagino a veces el cáncer. Que es como Pac-Man, moviéndose por el laberinto de mi cuerpo, comiéndose todas mis células sanas.

Al oír la respuesta, Mark abrió los ojos como platos.

—Ah… Guau. Siento haber sacado el tema. No debería haberte preguntado nada…

Maggie hizo un gesto con la mano como para restarle importancia.

—No pasa nada. Olvidémoslo, ¿vale? ¿Tienes hambre? Espero que no te importe, pero me he adelantado y he pedido la cena en mi restaurante italiano favorito. Debería llegar sobre las ocho.

Aunque apenas podría comer un par de bocados, esperaba poder disfrutar del aroma de la cena.

—Eso suena muy bien. Gracias. Y antes de que me olvide, Abigail me pidió que te deseara una feliz Navidad. Dijo que le gustaría estar aquí con nosotros y que está impaciente por conocerte cuando venga a Nueva York dentro de pocos días.

—Igualmente —dijo Maggie. Señaló con un gesto el regalo—. ¿Debería abrirlo ahora, puesto que la cena va a tardar un poco?

—¿Por qué no esperamos hasta después de cenar?

—Y hasta entonces, déjame adivinar… Quieres que te cuente el resto de mi historia.

—No he dejado de pensar en eso desde que decidiste hacer una pausa.

—Insisto en que sería mejor dejarla con el beso perfecto.

—Preferiría oírla entera, si no te importa.

Maggie bebió un trago de té, permitiendo que le calentara la parte posterior de la garganta mientras los años discurrían hacia atrás. Cerró los ojos, deseando poder olvidar, aun sabiendo que nunca podría.

—Esa noche, después de que Bryce me llevara a casa, apenas conseguí conciliar el sueño…

El tercer trimestre

Ocracoke, 1996

Mi insomnio tenía que ver en parte con mi tía. Al llegar a casa todavía estaba en el sofá, con el mismo libro abierto sobre su regazo, pero, cuando levantó los ojos hacia mí, bastó con una simple mirada. Sin duda yo irradiaba haces de luz de luna, porque vi cómo sus cejas se crispaban levemente, y finalmente la oí profiriendo un suspiro. Era de esos que significan «sabía que esto iba a pasar», para entendernos.

—¿Qué tal ha ido? —preguntó, restando importancia a lo que resultaba obvio. No era la primera vez que me preguntaba cómo era posible que alguien que había pasado décadas oculta en un convento pudiera tener tanto mundo.

—Ha sido divertido. —Me encogí de hombros, pretendiendo indiferencia, aunque ambas sabíamos que era inútil—. Cenamos y fuimos a la playa. Bryce había construido una cometa con luces navideñas, pero seguramente ya lo sabes. Gracias por dejarme ir.

—No estoy segura de que estuviera en mi mano impedirlo.

—Podías haber dicho que no.

—Mmm —fue lo único que dijo, y de pronto comprendí que lo sucedido entre Bryce y yo era previsiblemente inevitable. Ahí de pie ante mi tía, inexplicablemente volví a verme en la playa con Bryce entre mis brazos. Sentí una oleada de calor subiéndome por el cuello y empecé a quitarme la chaqueta con la esperanza de que no se diera cuenta.

—No te olvides que mañana por la mañana tenemos que ir a la iglesia.

—Lo tengo presente —le confirmé—. La miré de reojo mientras pasaba a su lado hacia mi cuarto y vi que había regresado a la lectura.

—Buenas noches, tía Linda.

—Buenas noches, Maggie.

Ya en la cama, acompañada de osita-Maggie, estaba demasiado emocionada para dormir. Seguía reproduciendo en mi mente aquella noche y pensando en cómo Bryce me había mirado durante la cena, o cómo sus ojos oscuros brillaban con el resplandor del fuego. Sobre todo recordaba el sabor de sus labios, y me di cuenta de que estaba sonriendo en la oscuridad como una demente. Y sin embargo, con el paso de las horas, mi regocijo gradualmente dio paso a la confusión, que también me mantuvo despierta. Aunque sabía en lo más profundo de mi ser que Bryce me quería, no tenía sentido. ¿No se daba cuenta de lo extraordinario que era? ¿Había olvidado que estaba embarazada? Podía tener a la chica que eligiera, mientras que yo era de lo más vulgar en todos los sentidos, y había cometido una metedura de pata absoluta en un asunto de la mayor relevancia. Me preguntaba si sus sentimientos hacia mí tenían más que ver con la simple proximidad que con cualquier aspecto que me hiciera especialmente única y maravillosa. Me consumía pensar que no era lo suficientemente guapa o inteligente, e incluso por un momento llegué a cuestionarme si no me lo habría inventado todo. Y mientras daba vueltas en la cama, me sobrevino la revelación de que el amor era la emoción más poderosa de todas, porque te hacía vulnerable ante la posibilidad de perder todo aquello que valía la pena.

A pesar de los latigazos emocionales, o tal vez debido a ellos, el agotamiento al final me venció. Por la mañana vi a una extraña ante el espejo. Tenía ojeras, sentía una especie de flacidez en la piel de la cara y llevaba el pelo más grasiento de lo normal. Una ducha y un poco de maquillaje me permitieron estar hasta cierto punto presentable antes de salir de la habitación. Mi tía, que parecía conocerme mejor que yo misma, había hecho tortitas para desayunar y evitó cualquier doble sentido. En lugar de eso llevó la conversación con naturalidad hacia la cita y yo se lo expliqué casi todo, dejando solo lo más importante, aunque mi expresión embelesada probablemente hacía innecesario contar el resto.

Pero esa conversación fácil era exactamente lo que necesitaba para sentirme mejor, y la turbación experimentada durante la noche dio paso a una cálida sensación de alegría. En el ferri, mientras tomábamos asiento ante una mesa en la cabina con Gwen, me dediqué a mirar el agua a través de la ventana, perdida nuevamente en los recuerdos de la noche anterior. Pensaba en Bryce en la iglesia y otra vez cuando comprábamos provisiones; en un mercadillo vi una cometa y me pregunté si podría volar tras ponerle luces navideñas. El único momento en el que no pensé en él fue cuando fuimos a comprar sujetadores más grandes; solo podía pensar en disimular la vergüenza que sentía, sobre todo cuando la propietaria de la tienda (una mujer morena de aspecto severo con refulgentes ojos negros) me echó un vistazo, deteniéndose en mi barriga, mientras me conducía a los probadores.

Cuando por fin volvimos a la casa, la falta de sueño me había pasado factura. Aunque ya era de noche, di una rápida cabezada y me desperté justo cuando la cena estaba ya casi en la mesa. Después de cenar y limpiar la cocina, volví a la cama, todavía sintiéndome como una zombi. Cerré los ojos, preguntándome cómo habría pasado Bryce el día, y si el estar enamorados cambiaría las cosas entre nosotros. Pero sobre todo pensaba en volver a besarle, y justo antes de por fin quedarme dormida, caí en la cuenta de que estaba impaciente porque eso volviera a suceder.

Esa adorable sensación persistió al despertar; de hecho, impregnó cada hora durante la siguiente semana y media, incluso cuando tuve mi siguiente sesión con Gwen sobre el embarazo. Bryce me amaba y yo a él, y mi mundo básicamente giraba en torno a esa excitante idea, independientemente de lo que cada uno de nosotros estuviera haciendo.

Aunque no es que nuestra rutina diaria hubiera cambiado mucho. Bryce era de lo más responsable. Seguía viniendo a darme clase acompañado de Daisy y se esforzaba al máximo porque siguiera concentrada, aunque a veces le apretaba una rodilla para después echarme a reír ante su repentina expresión azorada. A pesar de mis frecuentes tentativas de flirteo cuando se suponía que debía trabajar, seguí avanzando en los estudios. En los exámenes continué teniendo bastante buena racha, aunque Bryce siguiera decepcionado de su capacidad como profesor. Las lecciones de fotografía tampoco sufrieron grandes cambios, con la excepción de que empezó a enseñarme cómo hacer fotos en interiores con flash y otras técnicas de iluminación, aparte de las que ya hacíamos ocasionalmente por la noche. Normalmente íbamos a su casa, porque ahí tenía el equipo. Para las tomas nocturnas del cielo estrellado usábamos un trípode y un disparador, ya que la cámara tenía que estar completamente inmóvil. Esas fotos requerían una velocidad sumamente lenta del obturador, a veces incluso treinta segundos, y en noches especialmente claras, sin luna, podíamos capturar parte de la Vía Láctea, que parecía una nube resplandeciente en medio de un cielo oscuro solo iluminado por luciérnagas.

También seguimos cenando juntos tres o cuatro veces por semana. La mitad de las ocasiones con mi tía, y la otra mitad con su familia, a menudo con la compañía de sus abuelos. Su padre se había ido el lunes siguiente a nuestra cita por su trabajo como consultor. Bryce no sabía exactamente adónde había ido o qué hacía, solo que trabajaba para el Departamento de Defensa, pero eso no parecía interesarle especialmente; simplemente le echaba de menos.

La verdad es que lo único que había cambiado entre Bryce y yo eran los momentos en los que hacíamos una pausa en mis estudios, o cuando dejábamos la cámara a un lado. Entonces hablábamos de nuestras familias y amigos con mayor profundidad, o de sucesos recientes de las noticias, aunque era Bryce quien llevaba el peso de esa clase de conversaciones. Yo no disponía de televisión ni periódicos, de modo que ignoraba considerablemente la situación en el mundo, en Estados Unidos, en Seattle, incluso en Carolina del Norte, y, para ser sincera, no es que me importara tanto. Pero me gustaba escucharle y de vez en cuando planteaba serias preguntas sobre

259

asuntos de gravedad. Tras fingir que reflexionaba al respecto, decía cosas como «Eso es difícil de responder. ¿Tú qué piensas?», y él comenzaba a explicarme sus ideas sobre el tema. Supongo que es posible que aprendiera algo, pero, embargada por mis sentimientos hacia él, no recuerdo gran cosa. De tanto en tanto volvía a sorprenderme pensando repentinamente qué es lo que veía en mí, y entonces sentía una punzada de inseguridad, pero, como si me estuviera leyendo la mente, me cogía la mano y esa sensación se esfumaba.

También nos besábamos mucho. Nunca cuando mi tía o su familia pudieran vernos, pero aparte de eso casi todo el resto del tiempo. Mientras escribía una redacción y me tomaba un segundo para ordenar las ideas, y de pronto percibía cómo me miraba, entonces me inclinaba hacia él para besarle. O después de examinar una de las fotografías de su archivo, Bryce hacía lo mismo. Nos besábamos en el porche cuando se iba por la noche, o en cuanto llegaba a casa de mi tía a darme clases. En la playa y en el pueblo, cerca de su casa y en el exterior de la de mi tía, lo cual a veces implicaba tener que agacharnos tras las dunas o dar la vuelta a la esquina para ocultarnos. A veces me cogía un mechón de pelo para enredarlo en un dedo; otras, simplemente me abrazaba. Pero siempre me repetía que me quería, y, en cada ocasión, mi corazón latía como loco en mi pecho y me parecía que mi vida era lo más perfecta que podría llegar a ser.

A principios de marzo tuve que volver a la consulta del doctor Manos Enormes. Sería la última visita antes del parto, ya que Gwen se encargaría de supervisar mi estado durante el resto del tiempo. Justo tal como estaba previsto, había empezado a tener las contracciones de Braxton Hicks ocasionalmente, y cuando le dije al doctor que no me gustaban, él me recordó que era la manera que tenía mi cuerpo de prepararse para el parto. Me hizo una ecografía y evité mirar siquiera de reojo el monitor, pero suspiré automáticamente de alivio cuando la especialista dijo que el bebé (¿Sofía? ¿Chloe?) estaba bien. Aunque intentaba no pensar en el bebé como en una persona que me perteneciera, sí quería saber que iba a estar bien. La mujer añadió que «la mamá» también estaba bien, refiriéndose a mí (aunque seguía pareciéndome extraño), y cuando por fin volví a la consulta y me senté con el doctor, este comentó un montón de síntomas que podría experimentar en la última fase del embarazo. Dejé de escucharle cuando dijo la palabra hemorroide, que ya había salido a colación durante la reunión de adolescentes embarazadas en el grupo de apoyo de Portland, aunque no recordaba nada de lo que se dijo, y para cuando el doctor acabó con la lista me sentía absolutamente deprimida. Tardé unos segundos en enterarme de que me había hecho una pregunta.

—¿Maggie? ¿Me estás escuchando?

—Perdón. Me he quedado pensando en las hemorroides.

—Te he preguntado si estás haciendo ejercicio —repitió.

—Camino cuando hago fotos.

—Estupendo —respondió—. Recuerda que el ejercicio es bueno para ti y para el bebé, y que acortará el tiempo que tu cuerpo necesita para recuperarse después del parto. Nada demasiado intenso. Yoga, andar, cosas así.

—¿Y montar en bicicleta?

Se llevó uno de sus dedos gigantes a la barbilla.

—Siempre que te sientas cómoda y no te duela, seguramente te irá bien en las próximas semanas. Después tu centro de gravedad empezará a cambiar, hará que te sea más difícil mantener el equilibrio, y una caída sería fatal tanto para ti como para el bebé.

En otras palabras, iba a engordar aún más, algo que ya sabía, pero que aun así me resultaba igual de deprimente que la idea de las hemorroides. Pero me gustó cuando dijo que mi cuerpo podría volver a ser como antes con más rapidez, de modo que cuando volví a ver a Bryce, le pregunté si podría acompañarle en bici en sus carreras matinales.

—Claro. Sería genial que me hicieras compañía.

A la mañana siguiente, después de levantarme demasiado temprano, me puse la chaqueta y fui hasta casa de Bryce en bicicleta. Estaba haciendo estiramientos en la parte delantera y vino corriendo hacia mí, con Daisy a su lado. Al inclinarse para besarme, de repente me di cuenta de que no me había lavado los dientes, pero le besé de todos modos y no pareció importarle.

—¿Estás lista?

Pensé que sería fácil, puesto que él estaba corriendo a pie y yo iba en bicicleta, pero me equivocaba. Los primeros tres kilómetros los llevé bastante bien, pero después empecé a notar que me ardían los muslos. Lo peor era que Bryce intentaba mantener una conversación, lo cual no resulta fácil cuando una va con la lengua fuera. Justo cuando creía que no podría continuar, Bryce se detuvo cerca de una pista de gravilla que llevaba hasta los canales y me dijo que tenía que hacer esprints.

Descansé sobre el sillín con un pie en el suelo y le observé mientras aceleraba alejándose de mí. Incluso a Daisy le costaba seguir su ritmo. Miré su figura cada vez más pequeña en la distancia. Se detenía, descansaba un poco y luego volvía a acelerar hacia mí. Repitió el mismo tramo cinco veces, y aunque respiraba de forma mucho más agitada y la lengua de Daisy casi llegaba hasta la altura de sus pezuñas, en cuanto acabó se dispuso a seguir corriendo inmediatamente, esta vez en dirección a su casa. Creía que ya habíamos terminado, pero volví a equivocarme. Bryce empezó a hacer flexiones, abdominales y luego a saltar arriba y abajo desde la mesa de pícnic del patio, para acabar haciendo series de dominadas en una tubería colgada a tal fin bajo el techo de la casa, con los músculos marcándose a través de la camiseta. Daisy, mientras tanto, se quedó tumbada jadeando. Miré el reloj al acabar el entreno y comprobé que no había parado durante casi noventa minutos. A pesar del frío aire de la mañana, cuando se me acercó vi que su cara brillaba de sudor y que su camiseta presentaba también manchas húmedas.

—¿Haces esto todos los días?

—Seis días a la semana. Pero no es siempre lo mismo. A veces la carrera es más corta y hago más esprints, o cualquier otro ejercicio. Quiero estar preparado para West Point.

—Entonces, cada vez que vienes a darme clases, ¿ya has hecho todo esto?

—Más o menos.

—Estoy impresionada —dije, y no solo porque disfrutara con la visión de sus músculos. Era realmente impresionante, y me hacía desear parecerme más a él.

ϒ

A pesar de hacer ejercicio regularmente por las mañanas, seguía aumentando de peso y mi barriga seguía creciendo. Gwen me recordaba continuamente que era normal (empezó a pasar por casa más a menudo para comprobar mi presión arterial y escuchar al bebé con un estetoscopio), pero eso no me hacía sentir mejor. A mediados de marzo había ganado casi once kilos. A finales de mes, doce, y resultaba prácticamente imposible ocultar el abultamiento de mi panza por muy holgada que fuera la ropa. Empecé a parecerme a un personaje de un libro del doctor Seuss: piernas delgadas, cabeza pequeña y un torso protuberante, pero sin la carita guapa de Cindy-Lou Who, la niña protagonista.

A Bryce no parecía importarle. Seguíamos besándonos, seguía cogiéndome la mano y siempre me decía que era hermosa, pero a medida que avanzaba el mes empecé a sentirme embarazada casi todo el tiempo. Necesitaba encontrar el equilibrio cuando me sentaba para evitar desplomarme en la silla, y levantarme del sofá requería cierta planificación y concentración. Todavía tenía que ir al baño casi una vez por hora, y en una ocasión estornudé en el ferri y tuve la sensación de que mi vejiga no pudo contenerse más, lo cual fue absolutamente mortificante, haciendo que me sintiera asquerosa y mojada hasta que llegamos de regreso a Ocracoke. Notaba que el bebé se movía mucho, sobre todo cuando me tumbaba, podía incluso ver cómo se movía, algo verdaderamente alucinante, y tuve que empezar a dormir bocarriba, en una postura nada cómoda. Mis contracciones de Braxton Hicks eran cada vez más frecuentes y, al igual que el doctor Manos Enormes, Gwen también dijo que eso era bueno. Por mi parte, seguía pensando que era malo porque mi barriga se endurecía y la notaba acalambrada, pero Gwen ignoró mis quejas. Entre las cosas horribles que no me habían sucedido estaban las hemorroides; tampoco un súbito brote estelar de acné. Seguía saliéndome algún grano o dos de vez en cuando, pero mi habilidad con el maquillaje conseguía disimularlos, y Bryce nunca dijo una palabra al respecto.

Además, los parciales me fueron bastante bien, aunque

263

mis padres no parecían demasiado impresionados. Pero mi tía estaba encantada, y fue más o menos en aquella época cuando empecé a darme cuenta de que se guardaba para ella su propia opinión en cuanto a mi relación con Bryce. Cuando le comenté que iba a empezar a hacer ejercicio por las mañanas, lo único que dijo fue: «Ten cuidado, por favor». Cuando Bryce se quedaba a cenar, ambos charlaban con la misma afabilidad de siempre. Si le decía que iría a hacer fotos el sábado, simplemente me preguntaba a qué hora creía que volvería a casa, para saber cuándo debía tener la cena lista. Cuando estábamos solas las dos por la noche, hablábamos de mis padres o de Gwen, o de cómo me iban los estudios, o de cómo le iba en la tienda, antes de que escogiera una novela mientras yo examinaba libros sobre fotografía. No obstante, no podía desprenderme de la sensación de que había algo nuevo entre nosotras, una especie de distancia.

Antes no me habría importado tanto. El hecho de que mi tía y yo rara vez habláramos sobre Bryce dotaba a la relación de cierto secretismo y la convertía en algo vagamente ilícito y en consecuencia más excitante. Y aunque no me alentaba, tía Linda por lo menos parecía aceptar la idea de que su sobrina estaba enamorada de un joven que contaba con su aprobación. Cuando acompañaba a Bryce a la puerta por la noche, muy a menudo se levantaba del sofá y se dirigía a la cocina para darnos un poco de privacidad, la justa para darnos un beso rápido de despedida. Creo que sabía de forma intuitiva que Bryce y yo no nos excederíamos. No habíamos salido más juntos oficialmente; en realidad, como estábamos juntos casi todo el día, no había razón para hacerlo. Tampoco habíamos considerado la posibilidad de escaparnos por las noches para vernos o de ir a cualquier sitio sin comunicárselo previamente a mi tía. Con mi cuerpo empezando a transformarse, lo último en lo que se me ocurría pensar era en tener relaciones sexuales.

Y sin embargo, transcurrido cierto tiempo, esa distancia empezó a incomodarme. La tía Linda era la primera persona conocida que me apoyaba completamente. Me aceptaba como era, incluyendo mis defectos, y quería pensar que podía hablar con ella de todo. Esta situación llegó a su punto crítico a finales de marzo, mientras estábamos sentadas en la sala después de cenar. Bryce ya se había ido a casa y llegaba la hora en la que mi tía solía irse a la cama. Carraspeé forzadamente y mi tía levantó la vista de su libro.

—Me alegro de que me hayas dejado vivir aquí —dije—. No sé si te había dicho lo agradecida que estoy.

Frunció el ceño.

—¿A qué viene eso?

—No lo sé. Supongo que he estado tan ocupada últimamente que no hemos tenido la oportunidad de estar a solas para poder decirte cuánto agradezco todo lo que has hecho por mí.

Su expresión se tornó más suave y dejó a un lado el libro.

—Eres bienvenida. Eres parte de mi familia, por supuesto, y esa es la razón por la que en un principio estaba dispuesta a ayudarte. Pero en cuanto llegaste aquí, empecé a darme cuenta de hasta qué punto disfrutaba de tu compañía. No he tenido hijos, y de algún modo tengo la sensación de que has pasado a ser la hija que nunca tuve. Sé que no me corresponde decir esas cosas, pero he aprendido que a mi edad no pasa nada por engañarse un poco de vez en cuando.

Me llevé la mano a la barriga, mientras pensaba en todo por lo que la había hecho pasar.

—Fui una huésped bastante mala al principio.

—No es verdad.

—Estaba irritable y era desordenada, y no resultaba nada agradable estar conmigo.

—Estabas asustada. Y yo lo sabía. Francamente, yo también lo estaba.

No esperaba esa confesión.

—¿Por qué?

—Estaba preocupada por no ser lo que necesitabas. Y de ser así, me preocupaba que tuvieras que volver a Seattle. Al igual que tus padres, solo quería lo mejor para ti.

Jugueteé inconscientemente con unos cuantos mechones de mi pelo.

—Todavía no sé qué voy a decirles a mis amigas cuando vuelva. Por lo que tengo entendido, algunas personas ya sospechan lo que me ha pasado y hablan sobre mí, o difun-

265

den el rumor de que estoy en una cura de desintoxicación o cosas así.

Mi tía conservó su expresión tranquila.

—Muchas de las chicas con las que trabajaba en el convento tenían los mismos miedos. Y la verdad es que eso puede pasar y es terrible que la gente se comporte así. Y sin embargo, te sorprenderá saber que la gente tiende a centrarse en sus propias vidas, no en la de los demás. En cuanto vuelvas y hagas vida normal con tus amigas, la gente se olvidará de que estuviste fuera un tiempo.

—¿De veras lo crees?

—Cada año, cuando acaba el curso, los niños se van a pasar el verano a sitios distintos, y aunque es posible que algunos se queden y vean a sus amigos, no ven a los demás. Pero en cuanto todos están de vuelta, es como si nunca se hubieran separado.

Aunque sabía que tenía razón, también sabía que a algunas personas lo que más les gustaba eran los chismes malévolos; gente que se sentía mejor humillando a los demás. Miré hacia la ventana, contemplando la oscuridad tras el cristal, y volví a preguntarme por qué no parecía querer hablar sobre mis sentimientos hacia Bryce y sus implicaciones. Al final saqué yo misma el tema.

—Estoy enamorada de Bryce —dije, mi voz apenas un murmullo.

—Lo sé. Por la forma en que le miras.

—Él también está enamorado de mí.

—Lo sé también. Por la forma en que te mira.

—¿Crees que somos demasiado jóvenes para estar enamorados?

—Eso no tengo que decidirlo yo. ¿Crees que sois demasiado jóvenes?

Supongo que debería haber esperado que ella me devolviera la pregunta.

—Una parte de mí sabe que amo a Bryce, pero hay otra voz en mi cabeza que me susurra que no puedo saberlo, puesto que nunca antes he estado enamorada.

—El primer amor es distinto para cada persona. Pero creo que la gente se da cuenta cuando lo siente.

—¿Has estado alguna vez enamorada? —Al verla asentir, estaba bastante segura de que se refería a Gwen, pero no explicó nada, de modo que continué—: ¿Cómo podías estar segura de que era amor?

Por primera vez se rio, no de mí, casi parecía que se riera de sí misma.

—Poetas, músicos y escritores, incluso científicos llevan intentando dilucidar esa cuestión desde Adán y Eva. Y no te olvides que durante mucho tiempo he sido monja. Pero si me pides mi opinión, y me inclino hacia la vertiente más práctica y menos romántica, creo que todo se reduce al pasado, el presente y el futuro.

—No sé a qué te refieres —dije, ladeando la cabeza.

—¿Qué te atraía de la otra persona en el pasado, cómo te trató en el pasado, cómo erais de compatibles en el pasado? Las mismas preguntas se pueden formular respecto al presente, con excepción de que cabe añadir el deseo físico hacia esa persona. El anhelo de tocarla, abrazarla, besarla. Y si todas esas respuestas te hacen sentir que nunca querrás estar con ninguna otra, entonces seguramente es amor.

—Mis padres se pondrán furiosos cuando se enteren.

—¿Vas a decírselo?

Iba a responder de forma casi instintiva, pero al ver que mi tía enarcaba una ceja, las palabras se quedaron atascadas en mi garganta. ¿Qué iba a decirles? Hasta ese momento había dado por supuesto que lo haría, pero, aun así, ¿qué implicaba eso para Bryce y para mí en realidad? ¿Cómo podríamos vernos? En medio de esa avalancha de pensamientos, recordé que mi tía acababa de decir que el amor se reducía al pasado, el presente y…

—¿Qué tiene que ver el futuro con el amor? —pregunté.

Nada más hacer la pregunta, caí en la cuenta de que ya conocía la respuesta. Mi tía, sin embargo, siguió hablando en un tono ligero.

—¿Puedes verte con esa persona en el futuro, por todas las razones por las que la amas ahora, y enfrentaros a todos los inevitables retos que deberéis superar?

—Oh —fue mi única observación.

La tía Linda se llevó la mano inconscientemente hacia la oreja.

267

—¿Has oído hablar de la hermana Thérèse de Lisieux?

—La verdad es que no.

—Fue una monja francesa que vivió en el siglo XIX. Era muy piadosa, realmente una de mis heroínas, y probablemente no habría entendido a qué me refiero cuando digo que el amor también tiene que ver con el futuro. Solía decir que «cuando una persona ama, no puede hacer cálculos». Era mucho más sabia de lo que yo nunca podré aspirar a ser.

Mi tía Linda era realmente la mejor. Pero a pesar de sus reconfortantes palabras, esa noche me sentí afligida y me aferré con fuerza a la osita-Maggie. Pasó mucho tiempo hasta que me venció el sueño.

Como procrastinadora altamente cualificada que era, algo que aprendí en el colegio como resultado de que se me exigiera realizar aburridas tareas escolares, conseguí apartar de mi mente la conversación con mi tía. En su lugar, cuando me asaltaban pensamientos relativos a irme de Ocracoke y separarme de Bryce, intentaba recordar aquello de «cuando una persona ama, no puede hacer cálculos», y normalmente funcionaba. En honor a la verdad, mi capacidad de evitar pensar en el tema podría haber tenido algo que ver con el hecho de que Bryce era tan irresistiblemente atractivo que me resultaba bastante fácil perder de vista todo lo demás.

Cuando Bryce y yo estábamos juntos, mi cerebro entraba en modo gagá, seguramente porque seguíamos besándonos a hurtadillas siempre que era posible. Pero por la noche, cuando estaba sola en mi cuarto, prácticamente podía oír el tictac del reloj en cuenta regresiva hacia mi partida, especialmente cada vez que el bebé se movía. El momento de la verdad estaba acercándose, lo quisiera o no.

A principios de abril fuimos a hacer fotos del faro y allí vi cómo Bryce cambiaba el objetivo de la cámara bajo el cielo adornado con un arcoíris. Daisy trotaba de aquí para allá, olfateando el suelo, y de vez en cuando volvía para ver qué hacíamos. Hacía más calor y Bryce iba en camiseta. Me sorprendí mirando fijamente los músculos claramente definidos de sus brazos, como si fueran el péndulo de un hipnotizador.

Estaba de casi treinta y cinco semanas, y tuve que poner freno a mis ganas de ir en bicicleta por la mañana con Bryce, hablando figuradamente. También había empezado a darme vergüenza que me vieran en público. No quería que la gente de la isla pensara que Bryce me había dejado embarazada; al fin y al cabo, Ocracoke era su hogar.

—Oye, Bryce —pregunté por fin.

—¿Sí?

—Sabes que tengo que volver a Seattle, ¿verdad? Cuando tenga al bebé.

Levantó los ojos de la cámara y me miró como si llevara un cucurucho de helado por sombrero.

—¿De veras? ¿Estás embarazada y te vas a ir?

—Lo digo en serio.

Retiró la cámara de sus ojos.

—Sí. Lo sé.

—¿Has pensado alguna vez en lo que eso significa para nosotros?

—Sí que he pensado en ello. Pero ¿puedo preguntarte algo? —Al confirmarle que sí, prosiguió—: ¿Me quieres?

—Por supuesto.

—Entonces encontraremos la manera de que todo salga bien.

—Estaré a cuatro mil kilómetros de distancia. No podré verte.

—Podemos hablar por teléfono…

—Las llamadas de larga distancia son caras. Y aunque encuentre la forma de poder pagarlas, no estoy segura de con cuánta frecuencia mis padres me dejarían llamarte. Y tú vas a estar ocupado.

—Pues nos escribiremos cartas, ¿vale? —Por primera vez, noté cierta ansiedad en su voz—. No somos la primera pareja en la historia que tuvo que resolver el problema de la distancia, incluidos mis padres. Mi padre estuvo destinado al extranjero durante meses, dos veces en un año. Y ahora todavía sigue viajando por trabajo continuamente.

«Pero se casaron y tuvieron hijos.»

—Tú vas a ir a West Point y a mí me quedan dos años de instituto.

269

—¿Y?

«Puede que conozcas a alguien mejor. Será más inteligente y guapa, y tendréis más en común que nosotros.» Oía las voces en mi cabeza, pero no dije nada, y Bryce se acercó a mí. Me rozó la mejilla, resiguiéndola con suavidad, y luego se inclinó para besarme, y la sensación fue tan ligera como el aire mismo. Luego me abrazó y ninguno de los dos añadió nada hasta que por fin le oí suspirar.

—No voy a perderte —susurró, y aunque cerré los ojos y quería creerle, seguía sin estar convencida de que eso fuera posible.

Los días posteriores a esa conversación parecía que ambos intentáramos fingir que nunca había tenido lugar. Y por primera vez, hubo momentos en los que nos sentíamos incómodos estando juntos. Le sorprendía con la mirada perdida en la distancia, y cuando le preguntaba en qué estaba pensando, él sacudía la cabeza y forzaba una rápida sonrisa, o yo me cruzaba de brazos y de repente suspiraba, y de pronto me daba cuenta de que él sabía exactamente en qué estaba pensando.

Aunque no habláramos, nuestra necesidad de contacto físico se hizo mucho más evidente. Me cogía la mano con más frecuencia y yo me acercaba a él para darle un abrazo cuando surgía el miedo al futuro. Cuando nos besábamos, sus brazos me abrazaban con más fuerza, como aferrándose a una esperanza imposible.

Nos quedábamos más en casa debido al avanzado estado de mi embarazo. No hicimos más paseos en bicicleta y, en lugar de hacer fotos, examinaba las del archivo. Aunque seguramente no suponía ningún riesgo, no volví a entrar en el cuarto oscuro.

Tal como había hecho en marzo, me esforcé mucho en mis tareas y en aprender los temas de estudio, básicamente como distracción de lo inevitable. Escribí un análisis de *Romeo y Julieta*, que no habría sido posible sin Bryce, además de ser el último gran trabajo del año de todas las asignaturas. Mientras leía la obra a veces me preguntaba si estaba leyendo en inglés; Bryce tuvo que traducir literalmente cada pasaje. En cambio, cuando jugaba con Photoshop, confiaba en mi instinto y seguía sorprendiendo a Bryce y a su madre.

Sin embargo, Daisy parecía percibir las sombras que se cernían sobre Bryce y sobre mí; con frecuencia me acariciaba una mano con el hocico mientras Bryce me cogía la otra. Un jueves después de la cena, acompañé a Bryce al porche mientras mi tía, simultáneamente, encontraba una razón para desaparecer en la cocina. Daisy nos siguió y se sentó a mi lado, mirando hacia arriba, hacia Bryce, mientras me besaba. Noté su lengua al encontrarse con la mía, y después apoyó la frente delicadamente en la mía, mientras nos abrazábamos.

—¿Qué haces el sábado? —preguntó finalmente.

Supuse que quería pedirme otra cita.

—¿Por la noche?

—No —dijo negando con la cabeza—. Durante el día. Tengo que llevar a Daisy a Goldsboro. Sé que estás intentando no llamar la atención, pero me gustaría que vinieras conmigo. No quiero estar solo en el trayecto de vuelta y mi madre tiene que quedarse con los gemelos. De lo contrario, podrían hacer explotar la casa accidentalmente.

Aunque sabía que ese momento llegaría, al pensar que Daisy tenía que dejarnos, se me hizo un nudo en la garganta. Automáticamente alargué la mano para tocarle las orejas.

—Sí... De acuerdo.

—¿Tienes que preguntárselo a tu tía? Es justo antes de Pascua.

—Estoy segura de que me dejará ir. Se lo comentaré luego y, si no pudiera, te aviso.

Asintió con la cabeza, apretando los labios. Bajé la mirada hacia Daisy, y noté que se me llenaban los ojos de lágrimas.

—Voy a echarla de menos.

Daisy gimió al oír mi voz. Cuando levanté la vista hacia Bryce, vi que también tenía los ojos brillantes.

El sábado cogimos el primer ferri desde Ocracoke y salvamos el largo tramo desde la costa a Goldsboro, a una hora hacia el interior tras dejar atrás New Bern. Daisy iba en la parte delantera del coche, encajonada en el asiento entre nosotros, y los dos recorríamos su pelaje con los dedos. Satisfecha por tantas muestras de afecto, apenas se movió.

Finalmente, entramos en el aparcamiento de un Wal-Mart y Bryce localizó a las personas con las que debía encontrarse. Estaban cerca de una camioneta con una jaula de plástico en la caja. Bryce giró hacia donde estaban y redujo la marcha gradualmente. Daisy se incorporó para ver qué pasaba y miró por el parabrisas, emocionada ante una nueva aventura, pero sin tener la menor idea de lo que sucedía realmente.

Como el aparcamiento estaba abarrotado por los clientes del sábado, Bryce enganchó la correa al collar de Daisy antes de abrir la puerta. Salió primero y Daisy le siguió de un salto, enseguida puso el hocico en el suelo para olfatear el entorno. Entretanto yo bajé como pude por mi lado, lo cual se había convertido en todo un desafío a esas alturas, y fui hacia Bryce. Me pasó la correa.

—¿Puedes sostener la correa un momento? Necesito ir a por sus papeles a la ranchera.

—Por supuesto.

Me agaché un poco para acariciar de nuevo a Daisy. Las dos personas que nos esperaban avanzaban hacia nosotros, mucho más relajadas de lo que yo estaba. Eran una mujer en la cuarentena con una cabellera pelirroja recogida en una cola de caballo y un hombre que parecía tener unos diez años más que ella, que vestía un polo y unos pantalones chinos. Su actitud familiar dejaba claro que conocían bien a Bryce.

Bryce les ofreció la mano antes de darles la carpeta. Se presentaron como Jess y Toby y me saludaron. Observé que sus ojos se desviaban un momento hacia mi barriga y me crucé de brazos, más cohibida de lo normal. Fueron lo suficientemente amables como para no quedárseme mirando fijamente, y tras charlar brevemente sobre el viaje y preguntar a Bryce qué había hecho últimamente, él empezó a informarles sobre el adiestramiento de Daisy. Aun así, me di cuenta de que estaban intentando averiguar si Bryce era el padre del bebé, y decidí centrarme de nuevo en Daisy. Apenas presté atención a la conversación. Cuando Daisy me lamió los dedos, fui consciente de que nunca más volvería a verla y noté los ojos anegados de lágrimas.

Jess y Toby obviamente sabían que prolongar la despedida solo haría que esta fuese más dura para Bryce. Dieron por concluida la conversación y Bryce se acuclilló para coger la cara de Daisy entre sus manos. Ambos se miraron a los ojos.

—Eres el mejor perro que he tenido nunca —dijo, con voz ahogada—. Sé que vas a hacer que me sienta orgulloso de ti y que tu nuevo amo va a quererte tanto como yo.

Daisy parecía absorber cada palabra, y cuando Bryce la besó en la parte superior de la cabeza, cerró los ojos. Tras pasarle la correa a Toby, Bryce dio media vuelta, con expresión adusta, y se dirigió a la furgoneta sin decir nada más. Yo también besé a Daisy por última vez y le seguí. Miré por encima del hombro y vi a Daisy sentada pacientemente, observando a Bryce. Ladeaba la cabeza como si estuviera preguntándose adónde iba, y aquella visión casi me rompe el corazón. Bryce me abrió la puerta y me ayudó a entrar en la furgoneta, guardando silencio.

Se sentó a mi lado. Por el espejo retrovisor volví a ver a Daisy. Seguía mirándonos mientras Bryce arrancaba el motor. Avanzamos lentamente, dejando atrás los demás vehículos aparcados. Bryce se concentró en lo que tenía directamente ante los ojos, y condujimos por el aparcamiento hacia la salida.

Había una señal de *stop* pero no venía ningún coche. Bryce giró hacia la vía de acceso a la carretera para iniciar el trayecto de vuelta a Ocracoke. Eché un último vistazo por encima del hombro. Daisy seguía sentada con la cabeza ladeada, sin duda observando cómo la furgoneta se hacía cada vez más pequeña en la distancia. Me pregunté si estaría confusa, asustada o triste, pero estaba demasiado lejos como para saberlo. Finalmente, Toby tiró de la correa y Daisy le siguió lentamente a la caja de la camioneta; la plataforma trasera descendió y Daisy subió de un salto. Luego pasamos al lado de otro edificio que nos bloqueó la vista, y de pronto Daisy se había ido. Para siempre.

Bryce seguía callado. Sabía que estaba sufriendo y cuánto echaría de menos al perro que había criado desde que era un cachorro. Me enjugué las lágrimas, sin saber qué decir. Dar voz a obviedades servía de poco cuando la herida estaba tan reciente.

Frente a nosotros estaba la rampa de acceso a la autopista, pero Bryce empezó a reducir la velocidad. Por un instante pensé que daría media vuelta para poder despedirse de verdad de Daisy. Pero no fue así. Entró en una estación de servicio, se detuvo a un lado y apagó el motor.

Tragó saliva con dificultad y escondió el rostro entre las manos. Los hombros empezaron a experimentar fuertes sacudidas, y cuando le oí llorando me resultó imposible controlar mi propio llanto. Sollocé, él también, y aunque estábamos juntos, estábamos solos en nuestra tristeza, ambos echando ya de menos a nuestra querida Daisy.

Al llegar a Ocracoke, Bryce me dejó en casa de mi tía. Sabía que quería estar solo, y yo me sentía exhausta y necesitaba dar una cabezada. Al despertar, Linda preparó sándwiches de queso y sopa de tomate. Sentada en la cocina, involuntariamente alargaba la mano para acariciar a Daisy bajo la mesa.

—¿Quieres ir a la iglesia mañana? —preguntó mi tía—. Sé que es Pascua, pero si prefieres quedarte en casa, lo comprendo.

—No pasa nada.

—Lo sé. Lo preguntaba por otra razón.

«Porque resulta evidente que estás embarazada», quería decir.

—Me gustaría ir mañana, pero después creo que haré una pausa.

—De acuerdo, cariño —respondió—. A partir del domingo que viene Gwen se quedará por aquí por si la necesitas.

—¿Tampoco irá a la iglesia?

—No creo que sea buena idea. Tiene que estar por aquí cerca, por si acaso.

«Por si te pones de parto», quería decir, y cuando cogí el sándwich caí en la cuenta de que se trataba de un nuevo cambio, que esta vez indicaba que se acercaba la hora de la partida más rápido de lo que hubiera deseado.

Υ

Dos días después, el lunes, mi primer pensamiento al levantarme fue que apenas me quedaba un mes. Dar a Daisy había puesto en evidencia de forma mucho más real la crudeza de la despedida, no solo para mí, sino también para Bryce. Estaba abatido durante las clases y después, en lugar de dedicar el tiempo a la fotografía, propuso que empezáramos con las lecciones de conducción. Me dijo que se lo había preguntado a mi tía y a su madre, y ambas habían dado su aprobación.

Era consciente de que estaba acostumbrado a que Daisy viniera con nosotros cuando íbamos a hacer fotos y de que quería hacer algo distinto para apartarla de su mente. Acepté y después condujimos hasta la carretera que llevaba al extremo más remoto de la isla y una vez allí intercambiamos nuestros asientos. Cuando me puse tras el volante me di cuenta de que la furgoneta tenía un cambio manual, no automático. No sé por qué no me había dado cuenta antes; seguramente, porque Bryce hacía que la conducción pareciera algo fácil.

—No creo que sea capaz de hacer esto.

—Está bien aprender con un cambio manual, por si alguna vez tienes que conducir un vehículo así.

—Eso nunca va a pasar.

—¿Cómo lo sabes?

—Porque la mayoría de la gente es lo bastante lista como para preferir coches con cambio automático.

—¿Podemos empezar? ¿Si es que has acabado de quejarte?

Era la primera vez en el día que Bryce sonaba como su antiguo yo, y noté que mis hombros se relajaban. No me había dado cuenta de lo tensa que estaba. Le escuché mientras describía cómo se usaba el embrague.

Me había imaginado que sería fácil, pero me equivoqué. Liberar el embrague y accionar al mismo tiempo el acelerador era mucho más difícil de lo que parecía cuando lo hacía Bryce, y mi primera hora de conducción consistió básicamente en una larga serie de rápidas sacudidas que hacían dar tumbos a la ranchera, seguidas por la tos del motor al calarse. Tras la primera ronda de intentos, Bryce tuvo que ponerse el cinturón.

Por fin conseguí que la furgoneta se moviera y Bryce me hizo acelerar, y cambiar a segunda y tercera, para después repetir todo el proceso de nuevo.

A mediados de semana ya casi no se me calaba el motor; el jueves pude probar las calles del pueblo, y resultó mucho menos peligroso para todos los implicados de lo que se podía suponer, puesto que apenas había tráfico. Giraba demasiado o demasiado poco en los cruces, por lo que pasamos casi todo aquel día practicando la conducción. El viernes, por suerte, ya no me tenía que avergonzar tras el volante, siempre que prestara atención a las curvas, y al final del día, Bryce me abrazó y volvió a decirme que me quería.

Mientras me abrazaba, mi mente no pudo evitar pensar fugazmente que el bebé llegaría en veintisiete días.

No vi a Bryce ese sábado. Después de la clase de conducción del viernes me había explicado que su padre seguía fuera y que pasaría el fin de semana pescando con su abuelo. De modo que fui a la tienda y pasé el rato ordenando los libros por orden alfabético y los videocasetes por categorías. Después hablé de nuevo con Gwen sobre las contracciones prenatales, que habían vuelto a producirse después de un período de relativa calma. Me recordó que era normal, y luego me explicó lo que cabía esperar cuando me pusiera de parto.

Esa noche jugué al *gin rummy* con mi tía y Gwen. Creí que podría dar la talla, pero resultó que aquellas dos exmonjas estaban hechas unas tahúres y, tras dejar a un lado el mazo, supe qué pasaba exactamente cuando se apagaban las luces en los conventos. Visualicé un ambiente de casino con monjas adornadas con pulseras de oro y gafas de sol sentadas a las mesas forradas de fieltro.

El domingo fue distinto. Gwen vino con el tensiómetro y el estetoscopio y me preguntó lo mismo que el doctor Manos Enormes solía preguntar, pero en cuanto se fue me sentí decaída. No solo no había ido a la iglesia, sino que, además, no tenía casi nada que hacer en relación con mis estudios, aparte de prepararme para los exámenes, puesto que ya había acabado todos los trabajos del semestre. Bryce tampoco me había dejado la cámara, así que tampoco podía hacer fotos. Las pilas del *walkman* estaban muertas (mi tía me había dicho que me traería algunas más tarde), por lo que no tenía nada que hacer. Supongo que podría haber ido a dar un paseo, pero no quería salir de casa. Hacía un día estupendo, había mucha gente en todas partes, y mi embarazo era tan evidente que salir habría sido como tener dos flechas gigantes de neón señalando mi barriga, para que todo el mundo supiera por qué estaba en Ocracoke.

Al final decidí llamar a mis padres. Tuve que esperar a media mañana debido a la diferencia horaria y, aunque no sabía qué esperar, mi madre y mi padre no me hicieron sentir mucho mejor. No me preguntaron por Bryce o por la fotografía, y cuando mencioné lo avanzada que iba con los estudios, mi madre apenas esperó un segundo para decirme que Morgan había obtenido otra beca, esta vez de los Caballeros de Colón. Cuando me pasaron a mi hermana, su voz denotaba cansancio y estuvo más callada de lo normal. Por primera vez en mucho tiempo, tuve la sensación de que era una auténtica conversación bilateral, y no pude resistirme a hablarle un poco de Bryce y de mi recién descubierta pasión por la cámara. Por la voz pensé que se había quedado pasmada, pero cuando me preguntó cuándo volvería a casa, fui yo quien se quedó estupefacta. ¿Cómo podía no saber nada de Bryce, ni que hacía fotos, o que la fecha prevista para el parto era el 9 de mayo? Al colgar el teléfono, me pregunté si mis padres y Morgan alguna vez hablaban de mí.

Como no tenía nada mejor que hacer, limpié la casa. No solo la cocina, mi cuarto y mi ropa; todo. El baño quedó reluciente, pasé la aspiradora y saqué el polvo, incluso limpié el horno, aunque noté que me dolía la espalda mientras lo hacía, así que seguramente no quedó perfecto. Sin embargo, como la casa era pequeña, todavía tenía que matar el tiempo antes de que mi tía volviera a casa, de modo que fui a sentarme en el porche.

Hacía un día precioso que dejaba sentir la llegada de la primavera. El cielo estaba despejado y las aguas brillaban como una bandeja de diamantes azules, pero la verdad es que no presté demasiada atención al paisaje. Solo podía pensar

277

que me parecía haber desperdiciado el día y que no me quedaba demasiado tiempo en Ocracoke como para perder ni un instante más.

Las clases con Bryce ahora básicamente consistían en prepararme para los exámenes de la semana siguiente, la última tanda de pruebas importante antes de los finales. Como solo tenía que estudiar, las sesiones se fueron acortando; y puesto que ya habíamos analizado todas las fotos del archivo, fuimos revisando un libro sobre fotografía tras otro. Con el tiempo me había dado cuenta de que, aunque casi todo el mundo podía aprender sobre composición y cómo enmarcar una foto si se practicaba lo suficiente, en su máxima expresión, la fotografía era un verdadero arte. Un buen fotógrafo ponía el alma en su trabajo, de manera que la imagen transmitía su propia sensibilidad y perspectiva personal. Dos fotógrafos que tomaran una instantánea del mismo objeto al mismo tiempo podían obtener imágenes asombrosamente distintas, y empecé a comprender que el primer paso para hacer una fotografía excelente era simplemente conocerse a uno mismo.

A pesar del fin de semana que Bryce había pasado pescando, o quizá como consecuencia del mismo, tuve la sensación de que el tiempo que pasábamos juntos tenía ahora otros matices. Claro que nos besábamos y Bryce me decía que me quería, seguía cogiéndome la mano cuando estábamos sentados en el sofá, pero ya no era tan… abierto como me había parecido en el pasado, si es que tal afirmación tiene algún sentido. A veces tenía la impresión de que estaba pensando en otras cosas, algo que no deseaba compartir; incluso en algunos momentos parecía olvidar que yo estaba allí. No sucedía a menudo, y cuando se daba cuenta me pedía perdón por estar distraído, aunque nunca me explicaba qué era lo que le distraía. Y después de cenar, cuando estábamos en el porche despidiéndonos, su comportamiento denotaba inseguridad, como si no quisiera separarse de mí.

A pesar de mi renuencia general a salir de casa, fuimos a dar un paseo por la playa el viernes por la tarde. Éramos los únicos que paseábamos por la orilla y nos cogimos de la mano. Las olas llegaban con su lenta cadencia, los pelícanos rozaban las crestas y, aunque llevábamos la cámara con nosotros, no habíamos hecho ninguna foto. Caí en la cuenta de que no teníamos ni una foto de los dos juntos y de que me gustaría tener alguna. Pero no había nadie que pudiera hacernos una, así que no comenté nada y al final iniciamos el regreso a la ranchera.

—¿Qué quieres hacer este fin de semana? —pregunté.

Dio unos cuantos pasos antes de responder.

—Voy a estar fuera. Tengo que ir a pescar con mi abuelo de nuevo.

Noté que mis hombros se hundían. ¿Acaso había empezado a apartarse de mí para que el momento de la despedida no nos costara tanto? Pero de ser así, ¿por qué seguía diciéndome que me quería? ¿Por qué alargaba tanto los abrazos? En mi confusión, solo fui capaz de obligarme a pronunciar una sola interjección.

—Ah.

Al percibir mi decepción hizo que detuviera mis pasos con suavidad.

—Lo siento. Es simplemente algo que tengo que hacer.

Le miré fijamente.

—¿Me estás ocultando algo?

—No. Nada en absoluto.

Por primera vez desde que estábamos juntos, no le creí.

El sábado, de nuevo aburrida, intenté estudiar para los inminentes exámenes, pensando que cuanto mejor me salieran, más posibilidades tendría de aprobar en caso de que fallara en los finales. Pero como ya había leído todos los temas y acabado los trabajos y, además, llevaba estudiando toda la semana, me pareció que me estaba pasando. Sabía que no iba a tener ningún problema y al final me fui yendo poco a poco hacia el porche.

Sentirme perfectamente preparada y sin ninguna tarea pendiente era una sensación extraña que me hizo caer en la cuenta de por qué Bryce estaba mucho más adelantado académicamente que yo. No se trataba únicamente de que fuera inteligente; aprender en casa implicaba la supresión de todas las actividades no académicas. En el instituto había pausas entre las clases, algunos minutos para que los estudiantes se calmaran antes de empezar cada hora, avisos por megafonía, inscripciones a clubs, simulacros de incendios y prolongados almuerzos que se asemejaban a reuniones sociales. En clase, los profesores a menudo tenían que ralentizar las lecciones en beneficio de los alumnos a los que les costaba aún más que a mí, y todo eso iba sumando para convertirse en horas de tiempo perdido.

Con todo, seguía prefiriendo asistir en persona al instituto. Me gustaba estar con mis amigas y, francamente, la mera idea de pasar día tras día con mi madre me producía escalofríos. Además, las habilidades sociales también eran importantes, y aunque Bryce parecía perfectamente normal, algunas personas (como yo, por ejemplo) salían ganando al relacionarse con los demás. O por lo menos eso era lo que quería creer.

Estaba reflexionando sobre todo aquello mientras esperaba en el porche a que volviera mi tía de la tienda. Mi mente divagó para pensar de nuevo en Bryce, intentando imaginar qué estaría haciendo en el barco. ¿Estaría ayudando a cargar las redes o tendrían una máquina para eso? ¿O tal vez no usaban redes para nada? ¿Estaría destripando el pescado o acaso lo hacían en el muelle? ¿O se encargaba de ello otra persona? Me costaba imaginarlo, sobre todo porque nunca había ido a pescar, nunca había estado en un pesquero y no tenía la menor idea de qué clase de pescado intentaban capturar.

Entonces oí crujir la gravilla de la entrada. Era demasiado temprano para que fuera mi tía, así que no tenía ni idea de quién podía ser. Para mi sorpresa, vi el monovolumen de la familia Trickett y oí el sonido del sistema hidráulico al entrar en funcionamiento. Me agarré a la barandilla y descendí lentamente los escalones; cuando llegué abajo vi a la madre de Bryce acercándose.

—¿Señora Trickett?

—Hola, Maggie. ¿Te pillo en mal momento?

—Para nada —respondí—. Bryce está pescando con su abuelo.

—Lo sé.

—¿Está bien? No se ha caído por la borda ni nada parecido, ¿no? —fruncí el ceño, sintiendo una oleada de ansiedad.

—Lo dudo —me tranquilizó—. Espero que vuelva sobre las cinco.

—¿He hecho algo malo?

—No seas tonta —replicó, deteniéndose al pie de la escalera—. He pasado por la tienda de tu tía hace un rato y me dijo que podía venir a verte. Quiero hablar contigo.

Me sentía rara mirándola desde arriba, de modo que me senté en uno de los escalones. De cerca pude apreciar que estaba tan guapa como siempre, sus ojos como prismas verde esmeralda iluminados por los rayos del sol.

—¿En qué puedo ayudarte?

—Bueno…, lo primero que quería decirte es que estoy realmente impresionada con tu trabajo con la cámara. Tienes un instinto fantástico. Me parece extraordinario lo lejos que has llegado en tan poco tiempo. Tardé años en estar al nivel que tú tienes ahora.

—Gracias. He tenido buenos maestros. —Se llevó las manos al regazo y percibí su incomodidad. Sabía que no había conducido hasta la casa para hablar de fotografía. Me aclaré la garganta y proseguí—: ¿Cuándo vuelve su marido?

—Pronto, creo. No sé la fecha exacta, pero será estupendo tenerle de regreso. No siempre es fácil criar a tres chicos sola.

—Seguro que no lo es. Aunque sus hijos son bastante extraordinarios. Ha hecho un trabajo envidiable.

Desvió la mirada y se aclaró la voz.

—¿Te he contado cómo cambió todo para Bryce después de mi accidente?

—No.

—Obviamente fue una época muy dura, pero por suerte el Ejército permitió a Porter que trabajara desde casa los seis primeros meses, para que pudiera ocuparse de mí y los niños mientras adaptábamos la casa a la silla de ruedas. Pero pasado ese tiempo tuvo que volver a marcharse. Yo todavía sentía muchos dolores y no tenía ni por asomo la movilidad que tengo ahora. Richard y Robert tenían cuatro años y eran muy traviesos. Toneladas de energía, caprichosos con la comida, desordenados. Bryce básicamente se convirtió en el hombre de la casa mientras su padre trabajaba, aunque solo tuviera nueve años. Además de cuidar a sus hermanos, tuvo que cuidarme a mí. Les leía por la noche, jugaba con ellos, cocinaba, los bañaba y los llevaba a la cama. Todo. Pero también tuvo que hacer cosas que un niño nunca debería tener que hacer, como ayudarme en el baño o incluso vestirme. No se quejaba, pero yo me sentía mal por todo eso. Porque tuvo que crecer más rápido que los demás niños. —Suspiró, y me di cuenta de que su rostro aparecía surcado por arrugas de arrepentimiento—. Después, nunca más volvió a comportarse como un niño. No sé si eso ha sido algo positivo o negativo.

Intenté hacer un comentario adecuado, sin éxito.

—Bryce es una de las personas más extraordinarias que he conocido.

Se giró para mirar hacia el mar, pero me pareció que en realidad no lo veía.

—Bryce siempre ha creído que sus hermanos son… mejores que él. Y aunque ambos son brillantes, no son Bryce. Ya los conoces. Por muy listos que sean, no dejan de ser niños. Cuando Bryce tenía su edad, ya era un adulto. Cuando cumplió seis años, anunció que quería ir a West Point. Aunque nuestra familia está vinculada al Ejército, aunque sea el *alma mater* de Porter, no tuvimos nada que ver con esa decisión. Si por nosotros fuera iría a Harvard. También lo han aceptado allí. ¿Te lo había dicho?

Negué con la cabeza mientras intentaba procesar toda esa información sobre Bryce.

—Nos dijo que no quería que pagáramos nada. Para él era motivo de orgullo poder ir a la universidad sin nuestra ayuda.

—No me extraña, parece su estilo —admití.

—Quiero preguntarte algo —dijo volviéndose finalmente hacia mí—. ¿Sabes por qué Bryce ha estado pescando con su abuelo los últimos fines de semana?

—Supongo que porque su abuelo necesitaba su ayuda y su padre todavía está fuera.

La boca de la señora Trickett dibujó una triste sonrisa.

—Mi padre no necesita la ayuda de Bryce. Normalmente tampoco la de Porter, que sobre todo se ocupa de reparaciones del equipo y el motor, pero en el mar mi padre no necesita a nadie aparte del marinero que lleva trabajando con él desde hace décadas. Mi padre es pescador desde hace más de sesenta años. Porter le acompaña porque le gusta estar al aire libre y estar ocupado, y porque se lleva muy bien con él. El caso es que no sé por qué Bryce le ha acompañado, pero mi padre mencionó que Bryce le había hablado de cosas que le preocupaban.

—¿Como por ejemplo?

Siguió mirándome fijamente a los ojos.

—Entre otras cosas, que se está replanteando su decisión de ir a West Point.

Al oír esas palabras, parpadeé de asombro.

—Pero… eso… no tiene sentido —balbuceé por fin.

—A mi padre también le pareció que no tenía sentido. Y a mí. Todavía no se lo he dicho a Porter, pero dudo que sepa la razón.

—Claro que va a ir a West Point —farfullé—. Hemos hablado de eso muchas veces. Y solo hay que ver cómo ha estado entrenando para prepararse.

—Eso también quería comentártelo —dijo—. Ha dejado de entrenar.

Algo que tampoco me esperaba.

—¿Es por Harvard? ¿Porque prefiere ir allí?

—No lo sé. De ser así seguramente deberá hacerles llegar pronto todo el papeleo. Por lo que yo sé, puede que el plazo ya haya expirado. —Alzó la vista al cielo antes de volver a mirarme—. Pero mi padre me contó que, además, le preguntó un montón de cosas sobre la pesca, los gastos del bote, las facturas de las reparaciones, cosas así. Ha estado dándole la lata sin parar pidiéndole información.

Solo se me ocurrió negar con la cabeza.

—Estoy segura de que no hay de qué preocuparse. No me ha comentado nada al respecto. Y ya sabes que tiene curiosidad por todo.

—¿Cómo le has visto últimamente? ¿Cómo se ha comportado?

—Ha estado un poco raro desde que tuvo que dar a Daisy. Pensé que se debía a que la echaba de menos. —No mencioné

283

los momentos en los que me parecía más cariñoso de lo normal; sentía que era demasiado personal.

La madre de Bryce volvió a escrutar las aguas, tan azules que casi dolían los ojos.

—No creo que tenga nada que ver con Daisy —concluyó. Antes de que pudiera pararme a pensar en todo lo que acababa de decirme, apoyó las manos en las ruedas de la silla, señal obvia de que se disponía a irse—. Solo quería saber si te había comentado algo. Gracias por hablar conmigo. Será mejor que vuelva a casa. Richard y Robert estaban haciendo un experimento científico y solo Dios sabe qué puede pasar.

—Claro.

Hizo girar la silla de ruedas y luego se detuvo para volver a mirarme.

—¿Cuándo está previsto que llegue el bebé?

—El 9 de mayo.

—¿Vendrás a casa a despedirte?

—Quizás. Estoy intentando no llamar demasiado la atención. Pero quiero daros las gracias a todos por ser tan amables acogiéndome.

Asintió como si ya esperara esa respuesta, pero seguía pareciendo intranquila.

—¿Quieres que intente hablar con él? —exclamé mientras seguía dirigiéndose en su silla de ruedas al monovolumen.

Se limitó a despedirse con un movimiento de la mano y respondió por encima del hombro.

—Tengo la sensación de que es él quien va a querer hablar contigo.

Todavía estaba sentada en los escalones cuando mi tía volvió de la tienda una hora más tarde. La observé mientras aparcaba y vi que me miraba con extrañeza antes incluso de salir del coche.

—¿Estás bien? —preguntó, deteniéndose ante mí.

Al ver que negaba con la cabeza, me ayudó a levantarme. Ya en el interior, me condujo a la mesa de la cocina y se sentó frente a mí. Al final me cogió la mano.

—¿Quieres contarme qué ha pasado?

Hice una respiración profunda y se lo expliqué todo, y cuando acabé, la expresión de su cara era amable.

—Me pareció que estaba preocupada por Bryce cuando la vi antes.

—¿Qué debería decirle? ¿Debería hablar con él? ¿Debería decirle que tiene que ir a West Point? ¿O por lo menos que hable con sus padres sobre ello?

—¿Se supone que estás al corriente de todo esto?

Cabeceé para decir que no y luego añadí:

—No sé qué le pasa.

—Seguramente sí que lo sabes.

«Realmente tú sí que lo sabes», quería decir.

—Pero sabe que tengo que irme —protesté—. Lo ha sabido todo el tiempo. Hemos hablado de eso muchas veces.

Parecía estar reflexionando sobre su respuesta.

—Tal vez —dijo en un tono suave— no le haya gustado que se lo dijeras.

285

No dormí bien esa noche y el domingo me sorprendí deseando haber hecho la maratón de doce horas para ir a la iglesia como distracción del torbellino de mis pensamientos. Cuando llegó Gwen para ver cómo estaba apenas podía concentrarme y cuando se fue me sentí aún peor. Daba igual en qué rincón de la casa estuviera, allí donde iba me seguía mi desasosiego, suscitando una pregunta tras otra. Ni siquiera las ocasionales contracciones me distrajeron durante demasiado tiempo, de tan habituada como estaba a esos espasmos. Estaba exhausta de preocupación.

Era el 21 de abril. El bebé debía llegar en dieciocho días.

Cuando Bryce llegó a casa el lunes por la mañana no explicó gran cosa del fin de semana. Le pregunté con naturalidad y comentó que tuvieron que ir más lejos de la costa de lo planeado en un principio, que la temporada del atún claro se había adelantado y en ambos días habían conseguido buenas capturas. No dijo nada de la razón por la que había desaparecido durante los últimos dos fines de semana, ni tampoco habló de sus planes para la universidad y, sintiéndome insegura, no quise insistir.

En su lugar, seguimos con las clases, casi como si no pasara nada raro. Más dedicación al estudio, aún más fotografía. Para entonces ya conocía la cámara como la palma de mi mano y podía hacer los ajustes necesarios con los ojos cerrados; prácticamente había memorizado los aspectos técnicos de cada foto del archivo y comprendido los errores que había cometido en las mías. Cuando mi tía llegó a casa preguntó a Bryce si tenía un par de minutos para ayudarla a instalar más estantes para la sección de libros de la tienda. Aceptó de buen grado y yo me quedé en casa.

—¿Qué tal ha ido? —pregunté cuando mi tía volvió.

—Es como su padre. Sabe hacer de todo —comentó maravillada.

—¿Cómo estaba?

—No hizo preguntas ni comentarios extraños, si eso es lo que quieres saber.

—También parecía estar bien hoy mientras estaba conmigo.

—Eso es bueno, ¿no?

—Supongo.

—Se me olvidó decírtelo antes, pero hablé con el director y con tus padres hoy sobre los estudios.

—¿Por qué?

Me lo explicó y, aunque estaba de acuerdo, debía haber algo en mi expresión que la dejó intranquila.

—¿Estás bien?

—No lo sé —reconocí. Y aunque Bryce había actuado como si todo fuera normal, creo que él también se sentía inseguro.

El resto de la semana pasó sin mayor novedad, con excepción de que Bryce se quedó a cenar con nosotras el martes y el miércoles. El jueves, después de haber hecho tres exámenes y de que mi tía hubiera vuelto a la tienda, me pidió que volviera a salir con él a cenar el viernes, pero yo decliné velozmente la invitación.

—La verdad es que no quiero dejarme ver en público.

—Entonces podemos cenar aquí. Y después podemos ver una película.

—No tenemos televisor.

—Puedo traer el mío, junto con el reproductor de vídeo. Podríamos ver *Dirty Dancing* o cualquier otra cosa.

—¿*Dirty Dancing*?

—A mi madre le encanta. Yo no la he visto.

—¿Cómo es posible que no hayas visto *Dirty Dancing*?

—Por si no te has dado cuenta no hay cine en Ocracoke.

—Salió cuando eras un niño pequeño.

—He estado ocupado.

Me reí.

—Voy a tener que preguntarle a mi tía si le parece bien.

—Ya lo sé.

Tras responder, mi mente de pronto se acordó de la visita de su madre el fin de semana anterior.

—¿Tenemos que quedar temprano? ¿Vas a irte a pescar el sábado otra vez?

—Estaré aquí este fin de semana. Quiero enseñarte algo.

—¿Otro cementerio?

—No. Pero creo que te gustará.

Tras acabar los exámenes el viernes por la mañana con resultados satisfactorios, la tía Linda no solo accedió a nuestra cita, sino que, además, dijo que le gustaría pasar una velada en casa de Gwen.

—No será una cita si me quedo sentada con vosotros en el sofá. ¿A qué hora quieres que me vaya?

—¿A las cinco te va bien? —preguntó Bryce—. Así me dará tiempo de preparar la cena.

—Me parece bien, pero supongo que volveré hacia las nueve.

Una vez se hubo marchado de nuevo a la tienda, Bryce mencionó que su padre regresaría a casa la semana siguiente.

—No estoy seguro de qué día, pero sé que mi madre se alegra de ello.

—¿Tú no?

—Claro que sí —afirmó—. Todo es más fácil cuando él está en casa. Los gemelos no son tan insoportables.

—Tu madre parece tenerlo todo bajo control.

—Sí. Pero no le gusta tener que hacer siempre el papel de gruñona.

—No me la puedo imaginar riñendo a nadie.

—No dejes que las apariencias te engañen. Puede ser muy dura cuando es necesario.

Bryce se fue a media tarde para ocuparse de unas cuantas tareas domésticas. Hice una siesta a última hora y al despertar me miré en el espejo. Hasta los vaqueros elásticos (los pantalones más grandes que tenía) empezaban a apretarme, y las camisetas y jerséis que mi madre me había comprado por Navidad quedaban tirantes por encima de la barriga.

Sin la menor posibilidad de tener un aspecto arrebatador gracias a la ropa, fui un poco más atrevida de lo habitual con el maquillaje, básicamente haciendo uso de mis habilidades con el lápiz de ojos, dignas de Hollywood; aparte del Photoshop, utilizar el delineador es lo único en lo que he demostrado tener un talento natural. Cuando salí del baño, hasta mi tía me miró dos veces.

—¿Demasiado? —pregunté.

—No soy quién para emitir el juicio más adecuado en esas cosas —dijo—. Yo no me maquillo, pero creo que estás despampanante.

—Estoy harta de estar embarazada —gimoteé.

—Todas las mujeres que están de treinta y ocho semanas están hartas a esas alturas. Algunas de las chicas con las que trabajaba empezaban a hacer rotaciones con la pelvis con la esperanza de provocar el parto.

—¿Y funcionaba?

—No puedo afirmarlo con seguridad. Una pobre chica estuvo embarazada dos semanas más de lo previsto y se pasaba horas haciendo esos ejercicios, llorando de frustración. Se sentía fatal.

—¿Por qué el doctor no provocó el parto?

—Era un hombre bastante conservador. Le gustaba que

los embarazos siguieran su curso natural. A menos, claro está, que la vida de la mujer estuviera en peligro.

—¿En peligro?

—Sí —explicó—, la preclampsia puede ser muy peligrosa, por ejemplo. Hace que la presión sanguínea suba por la nubes. Pero a veces hay otras complicaciones.

Había intentado evitar pensar en esas cosas y me había saltado los capítulos de contenido aterrador del libro que mi madre me dio.

—No me va a pasar nada, ¿no?

—Claro que no —respondió, apretando mi hombro con suavidad—. Eres joven y estás sana. Además, Gwen ha estado controlándote y dice que todo va estupendamente.

Asentí, pero no pude evitar darme cuenta de que las otras chicas de las me había hablado también eran jóvenes y estaban sanas.

Bryce llegó temprano con una bolsa de la compra. Habló un momento con mi tía antes de que esta se fuera y luego volvió a la furgoneta para traer el televisor y el aparato de vídeo. Estuvo un rato conectándolo todo en la sala de estar, se aseguró de que el sistema funcionaba y luego se puso manos a la obra en la cocina.

Con los pies doloridos y la desagradable sensación de una nueva contracción, tomé asiento ante la mesa de la cocina. Cuando el espasmo remitió pude volver a respirar con normalidad.

—¿Quieres que te ayude? —pregunté.

No me molesté en ocultar lo poco que me entusiasmaba la idea y evidentemente Bryce se dio cuenta.

—Pues podrías salir y hacer leña para el fuego.

—Ja, ja.

—No te preocupes. Lo tengo todo controlado. No es tan complicado.

—¿Qué estás preparando?

—Ternera Strogonoff y una ensalada. Mencionaste una vez que era uno de tus platos favoritos y Linda me dio la receta.

Había estado en casa tantas veces que no necesitaba ayuda para encontrar los cuchillos ni la tabla de cortar. Le observé mientras cortaba en dados pepinos y tomates, además de lechuga, para la ensalada; luego cebollas, champiñones y la carne para el plato principal. Puso una olla al fuego para cocer los tallarines al huevo, enharinó la carne y añadió especias, y luego la doró en mantequilla y aceite de oliva. Salteó las cebollas y los champiñones en la misma sartén que la carne e incorporó de nuevo los filetes junto con caldo de ternera y crema de champiñones. Yo sabía que la nata agria se añadía al final; había visto a mi tía preparar ese plato en más de una ocasión.

Mientras cocinaba charlamos sobre mi embarazo y cómo me sentía. Cuando volví a preguntarle por las jornadas de pesca con su abuelo, no dijo nada de lo que preocupaba tanto a su madre. En lugar de eso, me describió cómo era salir al amanecer, con un dejo de añoranza en su tono de voz.

—Mi abuelo simplemente sabe dónde están los peces —explicó—. Salimos al mismo tiempo que otros cuatro botes, cada uno en una dirección distinta. Y siempre capturamos más que los demás.

—Tiene mucha experiencia.

—Los otros pescadores también —replicó—. Algunos llevan casi el mismo tiempo pescando que él.

—Parece un hombre interesante —observé—. Aunque siga sin entender una palabra de lo que dice.

—¿Te comenté que Richard y Robert están aprendiendo el dialecto? Lo que no es nada fácil, puesto que no hay ningún libro con el que estudiarlo. Han pedido a mi madre que haga grabaciones para luego memorizarlas.

—¿Y tú no?

—He estado demasiado ocupado dando clases a esa chica de Seattle. Eso me ha llevado mucho tiempo.

—Te refieres a esa chica guapa y brillante, ¿no?

—¿Cómo lo sabes? —respondió con una mueca.

Cuando la cena estuvo lista, conseguí reunir la energía para poner la mesa; en un bol aparte estaba la ensalada. También había traído limonada en polvo, que mezclé con agua en una jarra antes de sentarnos a cenar.

La cena era deliciosa y anoté mentalmente que debía pedir

la receta antes de irme. Durante casi toda la velada hablamos de nuestras respectivas infancias, cada uno de sus recuerdos suscitaba uno de los míos y viceversa. A pesar de mi enorme panza, o quizá debido a ella, no pude comer demasiado, pero Bryce volvió a servirse y no pasamos a la sala de estar hasta las seis y media.

Me recliné en Bryce mientras veíamos la película y él me rodeó los hombros con el brazo. Parecía que le gustaba y, aunque yo ya la había visto cinco o seis veces, también la estaba disfrutando. Era una de mis favoritas, junto con *Pretty Woman*. Llegado el punto culminante de la película (cuando Johnny alza a Baby en la pista de baile delante de sus padres), las lágrimas acudieron a mis ojos, como siempre. Cuando salieron los créditos, Bryce me miró asombrado.

—¿En serio? ¿Estás llorando?

—Estoy embarazada y alterada por las hormonas. Claro que estoy llorando.

—Pero si bailaban muy bien. Ninguno se ha hecho daño y ella no lo ha estropeado todo.

Sabía que solo estaba tomándome el pelo y me levanté del sofá para coger una caja de pañuelos de papel. Me soné la nariz y con ello se acabó mi intento de resultar atractiva, aunque con mi barriga era consciente de que mi aspecto distaba considerablemente de tener *glamour*. Mientras tanto, Bryce parecía más satisfecho consigo mismo de lo normal, y cuando volví a sentarme en el sofá, puso de nuevo su brazo alrededor de mis hombros.

—No creo que vuelva al instituto —dije.

—¿Nunca?

Puse los ojos en blanco.

—Me refería a cuando vuelva a casa. Mi tía habló con mis padres y el director y van a dejarme hacer los finales en casa. Volveré a asistir a las clases en otoño.

—¿Es eso lo que tú quieres?

—Creo que resulta extraño reaparecer justo antes de las vacaciones de verano.

—¿Cómo van las cosas con tus padres? ¿Sigues hablando con ellos una vez a la semana?

—Sí. Aunque no hablamos durante mucho rato.

291

—¿Te dicen que te echan de menos?

—A veces. No siempre. —Me moví un poco para acomodarme en el abrigo que me ofrecían sus brazos—. No son gente sensiblera.

—Con Morgan sí lo son.

—No realmente. Están orgullosos de ella y presumen de que es su hija, pero eso es diferente. En lo más profundo sé que nos quieren a las dos. Para mis padres, enviarme aquí es una demostración de cuánto me quieren.

—¿Aunque fuera tan duro para ti?

—Ha sido también duro para ellos. Para la mayoría de los padres creo que mi situación lo sería.

—¿Y qué hay de tus amigas? ¿Sabes algo de ellas?

—Morgan me ha dicho que vio a Jodie en el baile del instituto. Supongo que algún chico de último curso la invitó, pero no sé quién era.

—¿No es un poco pronto para el baile de fin de curso?

—En nuestro instituto siempre se celebra en abril. No me preguntes por qué. Nunca se me ha ocurrido pensarlo.

—¿Tenías ganas de ir?

—Tampoco se me ha ocurrido nunca. Supongo que iría si alguien me lo pidiera, según qué chico fuera, no lo sé. Pero quién sabe si mis padres me dejarían ir, incluso aunque me invitaran.

—¿Estás nerviosa por cómo será la relación con tus padres cuando vuelvas?

—Un poco —admití—. Pero puedo imaginar que no me dejarán volver a salir de casa hasta que tenga dieciocho.

—¿Y la universidad? ¿Has cambiado de opinión? Creo que podrías ir sin problema.

—Quizá si tuviera un profesor particular todo el tiempo.

—Entonces…, a ver si me aclaro. Puede que te quedes encerrada en casa hasta los dieciocho, tal vez tus amigas se han olvidado de ti y tus padres últimamente ni siquiera te han dicho que te echan de menos. ¿Lo he entendido bien?

Sonreí, consciente de que aquello rayaba en el melodrama, aunque era la verdad.

—Siento ser tan deprimente.

—No lo eres —replicó.

Alcé la cabeza y cuando nos besamos noté sus manos sobre mi pelo. Quería decirle que iba a echarle de menos, pero sabía que eso haría que volviera a llorar. En lugar de eso, susurré:

—Ha sido una noche perfecta.

Volvió a besarme antes de quedarse mirándome a los ojos.

—Cada noche contigo es perfecta.

Bryce vino al día siguiente, el último domingo de abril, y parecía ser el mismo de siempre. Su madre había pedido un nuevo libro de fotografía en una tienda de Raleigh y pasamos un par de horas hojeándolo. Preparamos el almuerzo con las sobras del día anterior y después fuimos a pasear por la playa. Mientras deambulábamos por la arena, me pregunté si era la playa el lugar que había mencionado el jueves y al que quería llevarme. Pero como no dijo nada al respecto, poco a poco me hice a la idea de que simplemente quería sacarme de casa un rato. Casi no parecía real que su madre hubiera venido a verme la semana anterior.

—¿Qué tal va el entrenamiento? —pregunté por fin.

—No he hecho gran cosa en las últimas dos semanas.

—¿Por qué no?

—Necesitaba descansar.

No es que la explicación fuera muy explícita... Aunque tal vez sí lo era, y su madre había sacado demasiadas conclusiones.

—Bueno —empecé a decir—, durante mucho tiempo has estado entrenando mucho. Vas a darles mil vueltas a tus compañeros.

—Ya veremos.

«Otra no-respuesta.» A Bryce a veces se le daba igual de bien que a mi tía hacer uso de la ambigüedad. Antes de que me dejara intentar aclararlo, cambió de tema.

—¿Sigues llevando la cadena que te regalé?

—Todos los días —respondí—. Me encanta.

—Cuando pedí que hicieran la inscripción, pensé en la posibilidad de poner mi nombre, para que recordaras quién te la había dado.

—Nunca lo olvidaré. Además, me gusta lo que dice.

—Fue idea de mi padre.

—Estoy segura de que te alegras de verle, ¿verdad?

—Sí. Hay algo que quiero contarle.

—¿El qué?

En lugar de responder, simplemente me apretó la mano, y entonces sentí una repentina palpitación provocada por el miedo, ante la idea de que, por muy normal que pareciera en la superficie, no podía saber qué le estaba pasando en realidad por la cabeza.

El domingo por la mañana vino Gwen a ver cómo estaba y me comunicó que «estaba a punto», algo que el espejo ya me había dejado bastante claro.

—¿Cómo son las contracciones?

—Molestas —contesté.

Gwen ignoró mi comentario.

—Tal vez deberías empezar a pensar en preparar una bolsa para el hospital.

—Todavía queda tiempo, ¿no crees?

—Hacia el final es imposible predecir nada. A algunas mujeres se les avanza el parto; otras tienen que esperar más de lo previsto.

—¿Cuántos bebés has traído al mundo? Creo que nunca te lo he preguntado.

—No puedo acordarme exactamente. ¿Tal vez cien?

Abrí los ojos perpleja.

—¿Has ayudado a que nacieran cien bebés?

—Más o menos. Hay otras dos mujeres embarazadas en la isla ahora mismo. Seguramente tendré que asistirlas en el parto.

—¿Te molesta que haya preferido ir al hospital?

—Para nada.

—Quiero agradecerte también que te hayas quedado los domingos para ver cómo estaba todo.

—No habría estado bien dejarte sola. Eres joven todavía.

Asentí, aunque una parte de mí se preguntó si alguna vez volvería a sentirme joven.

ϒ

Bryce se presentó en casa poco después, ataviado con pantalones de color caqui, un polo y mocasines, vestimenta que le hacía parecer mayor y más serio de lo habitual.

—¿Por qué te has vestido así? —pregunté.

—Hay algo que quiero enseñarte. Lo que te mencioné hace un par de días.

—¿La otra cosa que no era un cementerio?

—Eso es. Pero no te preocupes. Acabo de pasar por delante y no hay nadie.

Alargó el brazo para cogerme de la mano y besó el dorso de la misma.

—¿Estás lista?

De repente supe que había planeado algo importante y di un pequeño paso atrás.

—Deja que me cepille el pelo un momento.

Ya me había peinado antes, pero quería estar sola un instante en mi dormitorio, deseando que hubiera una forma de volver atrás por unos minutos y volver a empezar desde que entró en casa. Aunque el Bryce de los últimos tiempos me había parecido raro, la versión de hoy era totalmente nueva, y solo se me ocurrió pensar que habría preferido que viniera la versión más antigua de Bryce. Deseaba verle en vaqueros, con la chaqueta de color verde oliva, con un archivo de fotos bajo el brazo; sentado a la mesa, ayudándome con las ecuaciones o haciéndome una prueba de vocabulario en español; quería que Bryce me abrazara como aquella noche en la playa con la cometa, cuando todo parecía estar justo como debía ser en el mundo.

Pero el nuevo Bryce, el que vestía de punta en blanco y me besaba la mano, me estaba esperando, y cuando empezamos a bajar los escalones sentí otra contracción. Tuve que aferrarme a la barandilla y Bryce me miró con expresión preocupada.

—Ya queda poco, ¿no?

—Once días, arriba o abajo —contesté, con un gesto de dolor. Cuando por fin pasó el espasmo y supe que podía moverme sin problemas, descendí el resto de la escalera con andares de pato. De la caja de la ranchera Bryce cogió un pequeño taburete para que pudiera subir, igual que el día que fuimos a la playa.

El trayecto duró pocos minutos y ni siquiera me di cuenta de que ya habíamos llegado hasta que apagó el motor al final de una pista de tierra. Al otro lado del parabrisas vi una pequeña casita. A diferencia de la de mi tía los vecinos más próximos apenas se intuían tras los árboles, y tampoco podía verse el agua. La edificación en sí misma era más pequeña que la casa de mi tía, no estaba tan elevada del suelo y parecía aún más desvencijada. La madera de la tarima estaba descolorida y desconchada, la barandilla del porche delantero parecía estar oxidada y advertí terrones de musgo entre las tejas. Cuando vi un letrero que anunciaba que se alquilaba sentí una repentina punzada de terror y se me atragantó la respiración en la garganta cuando mi mente encajó las piezas.

Perdida en mi aturdimiento, no oí salir a Bryce de la furgoneta, y de pronto estaba a mi lado. Ya había abierto la puerta y había colocado el taburete en su sitio. Me ofreció el brazo para bajar y mi cerebro no paraba de repetir «no…».

296

—Sé que lo que estoy a punto de decir te parecerá una locura en un primer momento, pero he estado pensándolo mucho durante las últimas semanas. Créeme cuando te digo que es la única solución que tiene sentido.

Cerré los ojos.

—Por favor —susurré—. No.

Continuó, como si no me hubiera oído. O quizá, pensé, no lo había dicho en voz alta, solo lo había pensado, porque nada de aquello parecía real. Tenía que ser un sueño…

—Desde el primer día que te conocí, me di cuenta de lo especial que eras —comenzó Bryce. Su voz parecía cercana y distante a un tiempo—. Y cuanto más tiempo pasábamos juntos, más seguro estaba de que nunca encontraría a nadie como tú. Eres guapa, lista y amable, tienes un gran sentido del humor, y todo eso me hace quererte de una forma en la que nunca seré capaz de amar a ninguna otra persona.

Abrí la boca para decir algo, pero no conseguí decir nada. Bryce prosiguió, cada vez más rápido.

—Sé que vas a tener al bebé y que deberías irte justo después, pero hasta tú misma admites que volver a casa será todo un desafío. No tienes buena relación con tus padres, no sabes qué pasará con tus amigas, y te mereces algo más que eso. Ambos merecemos algo más, y por eso te he traído aquí. Por eso fui a pescar con mi abuelo.

«No, no, no, no...»

—Podemos quedarnos aquí —continuó—. Tú y yo. No tengo que ir a West Point y tú no tienes que volver a Seattle. Puedes estudiar desde casa, como hice yo, y estoy seguro de que podemos conseguir que te gradúes el año que viene, incluso aunque decidas quedarte con el bebé. Y después de eso, tal vez quieras ir a la universidad, o quizá vayamos los dos. Encontraremos la manera, tal como mis padres hicieron.

—¿Quedarme con el bebé? Solo tengo dieciséis años... —conseguí decir finalmente con un gruñido.

—En Carolina del Norte al tener un bebé se puede hacer una solicitud a los tribunales para que te permitan quedártelo. Si vivimos juntos aquí, podrás emanciparte. Es un poco complicado, pero sé que encontraremos la forma de conseguirlo.

—Para por favor —susurré, sabedora de que, de algún modo, esperaba algo así desde el momento en que me besó la mano.

De pronto Bryce pareció darse cuenta de lo abrumada que me sentía.

—Sé que es demasiado para asimilarlo ahora mismo, pero no quiero perderte. —Hizo una respiración profunda—. El caso es que he encontrado la manera de seguir juntos. Tengo suficiente dinero en el banco como para costear el alquiler de esta casa durante casi un año, y sé que trabajando con mi abuelo puedo ganar suficiente para pagar el resto de las facturas sin que tengas que trabajar. Puedo ayudarte con los estudios y nada me gustaría más que ser el padre de tu bebé. Prometo quererla y adorarla y tratarla como a mi propia hija, incluso adoptarla, si estás dispuesta a permitírmelo. —Alargó un brazo para sujetar mi mano, antes de apoyarse sobre una rodilla—. Te quiero, Maggie. ¿Me quieres?

Aunque sabía adónde quería llegar, no podía mentirle.

—Sí, te quiero.

Alzó la mirada hacia mí, suplicándome con los ojos.

—¿Quieres casarte conmigo?

ϒ

Algunas horas más tarde seguía sentada en el sofá, espe-rando a que volviera mi tía en lo que solo puede compararse a un síndrome de estrés postraumático. Incluso mi vejiga pa-recía sometida por el aturdimiento. En cuanto mi tía llegó a casa debió advertir mi expresión y de inmediato tomó asiento a mi lado. Cuando me preguntó qué había pasado, se lo conté todo, pero hasta que no hube acabado no formuló la pregunta obvia.

—¿Y qué respondiste?

—No fui capaz de decir nada. Todo me daba vueltas, como si estuviera en medio de un remolino, y al ver que no respon-día, Bryce al final me dijo que no tenía que contestar en ese momento. Pero me pidió que lo pensara.

—Me temía que esto podía pasar.

—¿Lo sabías?

—Conozco a Bryce. No tan bien como tú, obviamente, pero sí lo suficiente como para que esto no me haya pillado completamente por sorpresa. Creo que su madre estaba pre-ocupada porque algo así pudiera suceder.

No cabía la menor duda, y me pregunté por qué yo era la única que no lo había visto venir.

—Por mucho que lo ame, no puedo casarme con él. No estoy preparada para ser madre, ni la esposa de nadie, ni si-quiera para ser adulta todavía. Vine aquí con el simple deseo de que todo esto quedara atrás, para poder volver a mi vida normal, aunque sea bastante aburrida. Y tiene razón cuando dice que no es que todo sea estupendo con mis padres, mi her-mana y todo lo demás, pero, aun así, sigue siendo mi familia.

Mientras decía aquello, mis ojos se llenaron de lágrimas y empecé a llorar. No pude evitarlo. Me odiaba a mí misma por eso, aunque sabía que estaba diciendo la verdad.

La tía Linda me cogió de la mano y la apretó suavemente.

—Eres más sabia y madura de lo que crees.

—¿Qué voy a hacer?

—Vas a tener que hablar con él.

—¿Y qué le digo?

—Tendrás que decirle la verdad. Se lo merece.

—Va a odiarme.

—Lo dudo —dijo en un tono suave—. ¿Qué hay de Bryce? ¿Crees que realmente se lo ha pensado bien? ¿Que de veras está preparado para ser marido y padre? ¿Para vivir en Ocracoke como pescador o haciendo trabajillos? ¿Para abandonar su sueño de ir a West Point?

—Dijo que eso era lo que deseaba.

—¿Y tú quieres eso para él?

—Quiero… —¿Qué es lo que quería para él? ¿Que fuera feliz? ¿Que tuviera éxito? ¿Que persiguiera sus sueños? ¿Que se convirtiera en una versión adulta del joven al que había aprendido a amar? ¿Que se quedara conmigo para siempre?—. Simplemente no quiero ser un lastre en su vida —dije por fin.

Esbozó una sonrisa que no conseguía ocultar su expresión de tristeza.

—¿Crees que lo serías?

Sentía una ansiedad que hizo imposible un descanso reparador, y quizá por el trauma sufrido, las contracciones regresaron vengativas, haciendo notar su presencia toda la noche. Casi cada vez que estaba a punto de dormirme me sobrevenía una nueva contracción y tenía que aferrarme a osita-Maggie con fuerza para poder soportarla. El lunes me levanté exhausta, pero, aun así, las contracciones no cesaron.

Bryce no vino a la hora acostumbrada y yo no estaba de humor para estudiar. En su lugar, me pasé casi toda la mañana en el porche, pensando en Bryce. Mi mente revoloteaba de una de las decenas de conversaciones imaginarias a otra, ninguna de ellas lo bastante buena, incluso mientras me recordaba a mí misma que todo el tiempo había sido consciente de que enamorarnos haría que nuestra despedida fuera inevitablemente horrible y dolorosa. Solo que nunca había esperado que lo fuera tanto.

Con todo, sabía que vendría. Mientras el sol de la mañana calentaba gradualmente el aire, casi podía sentir su espíritu. Me lo imaginé en su cama, con las manos entrelazadas detrás de la cabeza y la mirada fija en el techo. De vez en cuando miraría de reojo el reloj, preguntándose si todavía necesitaría más tiempo antes de poder darle una respuesta. Sabía que quería que le dijera que sí, pero ¿qué creía que pasaría en ese caso? ¿Esperaba que fuéramos los dos a su casa para contárselo a su madre y que ella se alegrara? ¿Esperaba poder escuchar la conversación telefónica con mis padres en la que se lo diría? ¿No sabía que se opondrían a la idea de la emancipación? ¿Y si sus padres dejaban de hablarle? En todo caso, esas preguntas ignoraban el hecho de que solo tenía dieciséis años y que en absoluto estaba preparada para la clase de vida que me había propuesto.

Tal como tía Linda había dado a entender, no parecía que realmente hubiera tenido en cuenta todas las consecuencias. Tenía la impresión de que veía la respuesta a través de una lente centrada únicamente en nosotros dos, como si nadie más fuera a verse afectado. Por muy romántico que sonara, no se ajustaba a la realidad, y, además, ignoraba mis sentimientos.

Creo que eso era lo que más me molestaba. Conocía a Bryce lo bastante bien como para suponer que los argumentos tenían sentido para él. Solo se me ocurría que, al igual que yo, sospechaba que una relación a larga distancia no funcionaría. Podríamos escribirnos cartas y llamarnos (aunque las llamadas fueran más caras), pero ¿cuándo podríamos volver a vernos? Si tenía dudas acerca de si mis padres me dejarían volver a salir, no había la más mínima posibilidad de que me dejaran ir a la costa este a visitarle. No hasta que me graduara, e incluso entonces, si seguía viviendo con mi familia, tal vez tampoco se mostrarían de acuerdo. Eso significaba como mínimo dos años, tal vez más. ¿Y él? ¿Podría volar a Seattle en verano? ¿O acaso tendría West Point programas de liderazgo obligatorios cuando acababa el curso en la academia? Una parte de mí pensaba que era bastante probable, e incluso de no ser así, Bryce era la clase de persona que normalmente se apuntaría a unas prácticas en el Pentágono o algo semejante. Y estando tan unido a su familia, también tendría que pasar algún tiempo con ellos.

¿Era posible seguir queriendo y estar con alguien con quien nunca se convivía?

Caí en la cuenta de que para Bryce la respuesta era no.

Algo en su interior necesitaba verme, abrazarme, tocarme. Besarme. Sabía que, si regresaba a Seattle y él se iba a West Point, no solo todas esas cosas serían imposibles, sino que ni siquiera tendríamos esos simples momentos compartidos que hicieron que nos enamorásemos. No estudiaríamos sentados a la mesa, ni pasearíamos por la playa; no pasaríamos tardes haciendo fotos o revelándolas en el cuarto oscuro. No habría almuerzos ni cenas, ni películas sentados en el sofá. Él viviría su vida y yo la mía, creceríamos y cambiaríamos, y la distancia nos pasaría factura, como las gotas de agua que van erosionando una piedra. Conocería a alguien, o tal vez yo lo haría, y al final nuestra relación llegaría a su fin, dejando en su estela únicamente nuestros recuerdos de Ocracoke.

Para Bryce, podíamos estar juntos o no; no había escala de grises, porque cualquier posible tonalidad conducía a la misma inevitable conclusión. Y debo admitir que seguramente tenía razón. Pero como le amaba, y aunque sabía que se me rompería el corazón, de pronto supe qué era exactamente lo que debía hacer.

301

Esa súbita comprensión estoy casi segura de que fue lo que provocó una nueva contracción, la más fuerte hasta entonces. Duró lo que se me antojó como una eternidad, pero finalmente se desvaneció pocos minutos antes de que viniera Bryce. A diferencia del día anterior, llevaba vaqueros y una camiseta, y aunque sonreía, parecía sentirse indeciso. Como hacía un día agradable, le hice señas para que se dirigiera a las escaleras. Nos sentamos en el mismo sitio desde el que había hablado con su madre.

—No puedo casarme contigo —dije sin titubear. Observé que de inmediato bajaba la mirada y entrelazaba las manos, y la visión me resultó dolorosa—. No es porque no te quiera, porque sí te amo. Tiene que ver conmigo y con quién soy. Y con quién eres tú.

Me miró por encima de su hombro.

—Soy demasiado joven para ser madre y esposa de nadie. Y tú eres demasiado joven para ser marido y padre, especialmente porque la niña ni siquiera sería tuya. Pero creo que eso ya lo sabes. Lo cual significa que querías que dijera que sí por las razones erróneas.

—¿De qué estás hablando?

—No quieres perderme —respondí—. Eso no es lo mismo que querer estar conmigo.

—Eso quiere decir exactamente lo mismo —protestó.

—No. Querer a alguien es algo positivo. Tiene que ver con el amor, el respeto y el deseo. Pero no querer perder a alguien no va de eso. Tiene que ver con el miedo.

—Pero yo sí te quiero. Y te respeto...

Le cogí una mano para conminarle a que no siguiera.

—Lo sé. Y creo que eres el chico más extraordinario, inteligente, amable y atractivo que he conocido nunca. Me da miedo pensar que he conocido al amor de mi vida a los dieciséis, pero tal vez sea así. Y quizás esté cometiendo el mayor error de mi vida al decirte esto. Pero no soy lo que te conviene, Bryce. Ni siquiera me conoces de verdad.

—Claro que te conozco.

—Te enamoraste de la versión solitaria y varada de mí, embarazada a los dieciséis, que, además, resulta que era la única chica en Ocracoke más o menos de tu edad. Apenas me reconozco a mí misma y me cuesta recordar quién era antes de venir aquí. Lo que significa que no tengo ni idea de en quién voy a convertirme dentro de un año y sin estar embarazada. Tú tampoco lo sabes.

—Eso es una estupidez.

Me obligué a mí misma a mantener un tono de voz calmado.

—¿Sabes qué he venido pensando desde que nos conocimos? He intentado visualizar cómo serás cuando seas adulto. Porque te miro y veo a alguien que seguramente podría llegar a presidente, si te lo propones. O ser piloto de helicóptero, ganar un millón de dólares, o ser el próximo Rambo, o convertirte en astronauta, o cualquier otra cosa, porque tu futuro es ilimitado. Tienes un potencial que muchas personas solo pueden imaginar en sueños, simplemente por ser tú. Y nunca podría pedirte que renuncies a esa clase de oportunidades.

—Ya te dije que podría ir a la universidad el año que viene...

—Sé que puedes —dije—. Igual que sé que en todo momento me has tenido en cuenta al tomar esa decisión. Pero eso también implica unas limitaciones, y no podría vivir conmigo misma pensando que mi presencia en tu vida podría significar arrebatarte algo.

—¿Y si esperamos unos cuantos años? ¿Hasta que me gradúe?

Alcé una ceja.

—¿Un largo noviazgo?

—No tiene por qué ser un noviazgo. Podemos salir.

—¿Cómo? No podremos vernos.

Al verle cerrar los ojos, supe que mis pensamientos anteriores a su llegada estaban en lo cierto. Había algo en él que no solo me quería, sino que me necesitaba.

—Tal vez podría ir a la universidad más cercana, en Washington —murmuró.

Supe que se estaba aferrando a lo que fuera, poniéndomelo más difícil. Pero no tenía elección.

—¿Y abandonar tus sueños? Sé que siempre has querido ir a West Point, y yo también lo deseo. Me rompería el corazón pensar que has renunciado a uno solo de tus sueños por mí. Lo que más deseo es que sepas que te quiero lo bastante como para nunca arrebatarte algo así.

—¿Qué vamos a hacer entonces? ¿Simplemente separarnos como si lo nuestro nunca hubiera sucedido?

Sentí que mi propia tristeza lo llenaba todo como un globo que se estuviera inflando.

—Podemos fingir que fue un bonito sueño, uno que nunca olvidaremos. Porque ambos nos amamos lo suficiente como para permitir que el otro crezca.

—Eso no basta. No puedo imaginar la certeza de saber que nunca más volveré a verte.

—No digas eso. Démonos unos años. Entretanto, tú tomarás las decisiones que creas que te convienen para tu futuro y yo haré lo mismo. Estudiaremos, buscaremos un trabajo, nos conoceremos mejor a nosotros mismos. Y luego, si ambos creemos que queremos volver a intentarlo, podremos encontrarnos y ver qué pasa.

—¿De cuánto tiempo hablas?

Tragué saliva, notando que iba aumentando la presión en la parte de atrás de mis ojos.

—Mi madre conoció a mi padre con veinticuatro.

—¿En siete años? ¡Eso es una locura! —En sus ojos me pareció ver algo parecido al miedo.

—Tal vez. Pero si funciona, sabremos que eso es lo que realmente queremos.

—¿Podemos llamarnos? ¿O escribirnos cartas?

Eso sería muy duro para mí, lo sabía. Si recibía cartas suyas regularmente, nunca dejaría de pensar en él, ni él podría dejar de pensar en mí.

—¿Qué tal una postal por Navidad?

—¿Saldrás con otros chicos?

—No tengo a nadie en mente, si es eso lo que me preguntas.

—Pero no estás diciendo que no lo harás.

Las lágrimas empezaron a derramarse.

—No quiero discutir contigo. Todo este tiempo sabía que la despedida sería muy dura, y esto es lo único que se me ha ocurrido. Si estamos hechos el uno para el otro, no podemos amarnos solo como adolescentes. Tendremos que amarnos como adultos. ¿No lo entiendes?

—No quiero discutir. Es solo que es muchísimo tiempo… —Su voz se quebró.

—Para mí también. Y odio decirte esto. Pero no soy lo bastante buena para ti, Bryce. Por lo menos no todavía. Por favor, dame la oportunidad de serlo, ¿sí?

Guardó silencio y en lugar de hablar retiró con suavidad las lágrimas de mis mejillas.

—Ocracoke —susurró finalmente.

—¿Qué?

—Planeemos encontrarnos el día que cumplas veinticuatro años en la playa. Donde tuvimos nuestra primera cita, ¿de acuerdo?

Asentí, preguntándome si sería posible, y cuando Bryce me besó, pensé que casi podía saborear la tristeza. En lugar de quedarse conmigo, me ayudó a ponerme en pie y me rodeó con sus brazos. Podía oler su aroma fresco y limpio, como el de la isla en la que nos habíamos conocido.

—No puedo evitar pensar que casi no me quedan días para abrazarte. ¿Podemos vernos mañana?

—Me encantaría —susurré, sintiendo su cuerpo rozando el mío, siendo ya consciente de que cada despedida sería aún más dura y preguntándome cómo podría soportarlas.

Lo que no sabía entonces era que nunca tendría la oportunidad de hacerlo.

Feliz Navidad

Manhattan, diciembre de 2019

Sentados a la mesa ante los restos de la cena, Maggie advirtió que Mark estaba cautivado. Aunque la comida había llegado una media hora más tarde de lo previsto, habían acabado de cenar más o menos en el momento de la historia en que Maggie le contaba que había acompañado a Bryce a dejar a Daisy. Por lo menos Mark había dado cuenta de la cena; Maggie apenas había picado algo. Eran casi las once y faltaba solo una hora para el día de Navidad. Sorprendentemente, Maggie no estaba cansada ni se sentía indispuesta, especialmente en comparación con cómo se había sentido antes. Revivir el pasado la había revitalizado de manera inesperada.

—¿A qué te refieres con que nunca tuviste la oportunidad?

—Las contracciones de ese lunes en realidad eran contracciones de parto.

—¿Y no lo sabías?

—Al principio no. Se me pasó por la cabeza al sobrevenir la siguiente, después de que Bryce se fuera. Esa contracción fue delirante. Pero la fecha prevista era la semana siguiente, y estaba tan embargada por mis emociones hacia Bryce que por alguna razón aparté ese pensamiento hasta que mi tía llegó a casa. Para entonces, por supuesto, ya había tenido más contracciones.

—¿Qué ocurrió entonces?

—En cuanto le comenté que las contracciones se producían con más frecuencia y que eran mucho más intensas, mi tía llamó a Gwen. Para entonces ya eran pasadas las tres y cuarto, casi las tres y media. Cuando Gwen llegó, no tardó ni un minuto en tomar la decisión de ir al hospital, porque creía que no aguantaría hasta el ferri de la mañana. Mi tía metió un montón de cosas en mi bolsa de lona (lo que más me importaba era que no se olvidara de osita-Maggie), llamó a mis padres y al doctor, y luego nos fuimos. Gracias a Dios el ferri no iba lleno y pudimos embarcar. Creo que las contracciones se repetían en intervalos de entre diez y quince minutos. Normalmente se espera a que las contracciones surjan cada cinco minutos antes de ir al hospital, pero el ferri y el trayecto en coche sumados duraban tres horas y media. Tres horas y media largas, cabe añadir. Cuando el ferri atracó, las contracciones ya se producían cada cuatro o cinco minutos. Apreté con tanta fuerza a osita-Maggie que casi resulta increíble que el relleno aguantara en su interior.

—Pero llegasteis a tiempo.

—Sí. Pero lo que más recuerdo es cómo mi tía y Gwen consiguieron conservar la calma todo el viaje. Por mucho que profiriera extraños gemidos cada vez que venía una contracción, ellas seguían charlando como si no pasara nada fuera de lo normal. Supongo que debían haber acompañado a un montón de embarazadas al hospital.

—¿Dolían mucho las contracciones?

—Era como si un bebé dinosaurio me estuviera mordiendo el útero.

Mark se rio.

—¿Y entonces?

—Llegamos al hospital y me llevaron a una habitación en la planta de maternidad. Vino el doctor y tanto mi tía como Gwen se quedaron conmigo durante las siguientes seis horas hasta que por fin estuve dilatada. Gwen hizo que me concentrara en la respiración y mi tía me trajo cubitos de hielo; en fin, lo típico, supongo. Hacia la una de la mañana estaba a punto para dar a luz. A continuación, vi que las enfermeras estaban preparándolo todo y entonces entró el doctor. Y tras empujar tres o cuatro veces, llegó el bebé.

—No suena tan terrible.

—Te olvidas del bebé dinosaurio. Cada contracción era una agonía.

Era cierto, aunque Maggie ya no pudiera recordar exactamente cómo era esa sensación. En la tenue luz, Mark parecía absorto.

—Y Gwen tenía razón. Menos mal que cogiste el ferri de la tarde.

—Estoy segura de que Gwen habría podido ayudarme ella sola en el parto, puesto que no hubo complicaciones. Pero estar en un hospital, en lugar de dar a luz en mi cuarto, me hizo sentir más segura.

Mark se quedó mirando el árbol antes de volver a fijar su atención en ella. A veces, pensó Maggie, su aspecto le resultaba tan familiar que casi se sentía asustada.

—¿Qué pasó después?

—Por supuesto se produjo un gran revuelo. El doctor se aseguró de que yo estaba bien, se ocupó de la placenta mientras el pediatra examinaba al bebé: peso, test de Apgar, medidas… Inmediatamente después la enfermera se llevó volando al bebé. Y así de simple, de pronto había pasado todo. Incluso ahora a veces me parece surrealista, como si hubiera sido un sueño y no la realidad. Pero cuando el doctor y las enfermeras se fueron, me aferré a osita-Maggie y empecé a llorar, y no pude parar en mucho rato. Recuerdo a mi tía a un lado de la cama y Gwen al otro, ambas intentando consolarme.

—Debió ser muy emotivo.

—Lo fue —respondí—. Pero había sabido todo el tiempo que lo sería. Y por supuesto, para cuando cesó el llanto, era de madrugada. Mi tía y Gwen llevaban despiertas casi veinticuatro horas seguidas y yo estaba aún más cansada que ellas. Al final nos quedamos dormidas. Trajeron una silla para mi tía, Gwen ya estaba acomodada en otra, y no llegué a saber si realmente consiguieron descansar. Pero yo dormí como un lirón. Sé que el doctor vino en algún momento durante la mañana para comprobar que me encontraba bien, pero apenas lo recuerdo. Volví a quedarme dormida enseguida y no desperté hasta casi las once. Recuerdo lo raro que me pareció estar sola al despertarme en la cama del hospital, porque mi tía y Gwen se habían ido. Además, me moría de hambre. El desayuno seguía en la bandeja, así que me lo comí frío, pero nada podía importarme menos.

—¿Dónde estaban tu tía y Gwen?

—En la cafetería. —Mark ladeó levemente la cabeza y Maggie cambió de tema—. ¿Queda ponche de huevo?

—Sí. ¿Te apetece un poco más?

—Si no te importa ir a buscarlo.

Maggie observó a Mark levantarse de la mesa para dirigirse hacia la trastienda. Al desaparecer de su vista, Maggie revivió el momento en que tía Linda entró de nuevo en la habitación, y el pasado volvió a parecer completamente real en su mente.

Hospital General Carteret, Morehead City, 1996

La tía Linda acercó una silla a la cama y alargó una mano para retirarme el pelo de los ojos.

—¿Cómo te sientes? Has dormido mucho rato.

—Creo que lo necesitaba de verdad —dije—. ¿Vino el doctor esta mañana?

—Sí, dijo que estabas muy bien. Deberían darte el alta mañana por la mañana.

—¿Tengo que quedarme otra noche?

—Quieren controlar que todo esté bien por lo menos durante veinticuatro horas.

Los rayos de sol que entraban por la ventana situada detrás de mi tía parecían enmarcarla en un halo dorado.

—¿Cómo está el bebé?

—Perfectamente —contestó—. El personal del hospital es excelente y la noche ha sido tranquila. Creo que tu bebé es ahora mismo el único en la unidad neonatal.

Asimilé lo que había dicho, imaginando la escena, y las siguientes palabras salieron de forma automática.

—¿Podrías hacer algo por mí?

—Claro.

—¿Puedes llevarle a osita-Maggie? ¿Y decirle a las enfermeras que me gustaría que estuviera al lado del bebé? ¿Podrían decírselo a sus padres también?

Mi tía sabía cuánto significaba osita-Maggie para mí.

—¿Estás segura?

—Creo que el bebé la necesita más que yo.

Mi tía me ofreció una tierna sonrisa.

—Creo que es un regalo maravilloso y muy generoso por tu parte.

Le di mi peluche y vi cómo lo acunaba en sus brazos antes de cogerme la mano.

—Ahora que estás despierta, ¿podemos hablar de la adopción? —Asentí, y mi tía siguió hablando—: Sabes que es necesario que des al bebé formalmente en adopción, y eso significa, claro está, que hay que hacer papeleo. Lo he revisado todo, Gwen también, y tal como les comenté a tus padres, hemos trabajado muchos años con la mujer que organiza las adopciones. Puedes confiar en que todo está en orden, pero si lo prefieres podría gestionarte un abogado.

—Confío en ti —respondí. Y era cierto. Creo que confiaba en mi tía más que en ninguna otra persona.

—Lo más importante, y que debes saber, es que se trata de una adopción cerrada. Recuerdas qué significa eso, ¿no?

—Que no podré saber quiénes serán los padres, ¿verdad? Y que ellos tampoco sabrán quién soy yo.

—Correcto. Quiero estar segura de que eso sigue siendo lo que deseas.

—Así es —contesté. La idea de saber su identidad me volvería loca—. ¿Han llegado ya los nuevos padres?

—Parece ser que han venido esta mañana, de modo que nos ocuparemos del papeleo dentro de un rato. Pero hay algo más que deberías saber.

—¿De qué se trata?

Linda respiró profundamente.

—Tu madre está aquí y lo ha dispuesto todo para que vuelvas a casa mañana. El doctor no se ha mostrado entusiasmado con la idea por la posibilidad de que aparezcan coágulos, pero tu madre ha insistido considerablemente.

Parpadeé asombrada.

—¿Cómo ha llegado tan rápido?

—Encontró un vuelo ayer después de mi llamada. Llegó a New Bern ayer por la noche, antes del parto. Ha venido esta mañana a verte, pero todavía estabas dormida. No había comido nada, así que Gwen y yo la acompañamos a la cafetería para tomar algo.

Preocupada por los pensamientos que me asaltaron sobre mi madre, me di cuenta de que casi había obviado el resto de la información.

—Espera. ¿Has dicho que me voy mañana?

—Sí.

—¿Quieres decir que no volveré a Ocracoke?

—Me temo que no.

—¿Y qué pasa con mis cosas? ¿Y la foto que me regaló Bryce por Navidad?

—Te lo enviaré todo. No tienes que preocuparte por eso.

«Pero…»

—¿Y Bryce? No he podido despedirme de él. Ni de su madre y el resto de su familia.

—Lo sé —murmuró—. Pero no creo que pueda hacer nada al respecto. Tu madre lo ha dispuesto todo, y por eso quería decírtelo lo antes posible. Para que no te pille por sorpresa.

Noté que las lágrimas volvían a hacer su aparición, aunque eran distintas de las de la noche anterior, cargadas de otra clase de miedo y de dolor.

—¡Quiero volver a verle! —exclamé—. ¡No puedo irme así!

—Lo sé —dijo, con sus palabras llenas de compasión.

—Discutimos —dije. Noté que mi labio inferior comenzaba a temblar—. No fue una discusión en toda regla. Le dije que no podía casarme con él.

—Lo sé —susurró.

—No lo entiendes —dije—. ¡Tengo que verle! ¿Puedes intentar convencer a mi madre?

—Ya lo he intentado —respondió—. Tus padres quieren que vuelvas a casa.

—Pero no quiero irme —contesté. En ese momento no podía hacer frente a la idea de volver a vivir con mis padres y no con mi tía.

—Tus padres te quieren —me prometió, apretándome la mano—. Igual que yo te quiero.

«Pero siento tu cariño más que el suyo.» Quería decírselo, pero se me atragantaban las palabras, así que en esa ocasión simplemente me dejé llevar por el llanto. Y, tal y como sabía que sucedería, mi dulce y maravillosa tía Linda me abrazó con

311

fuerza durante mucho rato, incluso después de que mi madre finalmente entrara en la habitación.

Manhattan, 2019

—¿Estás bien? Pareces disgustada.

Maggie miró a Mark mientras este depositaba el vaso con ponche de huevo frente a ella.

—Estaba acordándome de aquella mañana en el hospital —dijo Maggie—. Alargó la mano para coger el vaso mientras él volvía a sentarse. Cuando ya estuvo acomodado en su asiento, Maggie le contó lo sucedido, advirtiendo su consternación.

—¿Y eso fue todo? ¿No pudiste regresar a Ocracoke?

—No me dejaron.

—¿Consiguió Bryce ir al hospital? ¿No podía haber cogido el ferri?

—Estoy segura de que él creía que volvería a Ocracoke. Pero aunque se hubiera imaginado que no sería así, y hubiera venido al hospital, no quiero ni pensar cómo habría sido la situación con mi madre presente. Cuando mi tía y Gwen se fueron, me sentí desolada. Mi madre no podía comprender por qué seguía llorando. Creía que me estaba cuestionando la decisión de dar al bebé en adopción y, aunque ya había firmado los papeles, creo que tenía miedo de que cambiara de opinión. No paraba de decirme que había hecho lo que debía.

—¿Tu tía y Gwen se fueron?

—Tenían que coger el ferri de la tarde de regreso a Ocracoke. Después de despedirme de ellas me quedé hecha polvo. Al final mi madre se cansó de aguantarme. Iba continuamente a tomar cafés, y después de la cena se fue a su hotel.

—¿Y te dejó sola? ¿Aunque estuvieras tan afligida?

—Era mejor que tenerla en la habitación; creo que las dos nos dimos cuenta. Al final me quedé dormida y lo siguiente que recuerdo es a una enfermera empujando la silla de ruedas hacia la salida del hospital mientras mi madre acercaba a la entrada el coche de alquiler. Mi madre y yo casi no hablamos en el coche, tampoco en el aeropuerto, y cuando subí al avión recuerdo que miré por la ventanilla y sentí el mismo pavor que cuando me fui de Seattle para ir a Carolina del Norte. No quería ir. En mi mente seguía intentando procesar todo lo que había sucedido. Incluso al llegar a casa, no podía dejar de pensar en Bryce y Ocracoke. Durante algún tiempo lo único que me hacía sentir mejor era estar con Sandy. Ella sabía que lo estaba pasando mal y no se apartaba de mi lado. Subía a mi habitación o me seguía por toda la casa, pero cada vez que la miraba me recordaba a Daisy, por supuesto.

—¿Y no volviste al instituto?

—No. Esa fue en realidad una buena decisión por parte de mis padres y el director. En una mirada retrospectiva es evidente que estaba deprimida. Me pasaba el día durmiendo, no tenía apetito e iba de un lado al otro de la casa como si no fuera la mía. No habría podido enfrentarme al instituto. No podía concentrarme, así que al final fracasé en todos los exámenes finales. Pero como hasta entonces me había ido bien, las notas de todo el año no estuvieron tan mal. La única ventaja de mi depresión fue que me quité de encima todos los kilos de más antes del verano. Después de algún tiempo por fin me animé a volver a ver a Madison y a Jodie, y poco a poco empecé a recuperar mi vida anterior.

—¿Hablaste con Bryce o le escribiste?

—No. Y él tampoco lo hizo. Aunque cada día pensaba que deseaba hacerlo. Pero teníamos un plan, y cada vez que pensaba en contactar con él, me recordaba que estaba mejor sin mí. Que necesitaba centrarse en sí mismo, igual que yo. Mi tía me escribía con regularidad, y a veces me contaba algo de Bryce. Me informó de que se había convertido en Eagle Scout, que salió para West Point como tenía previsto, y un par de meses después mencionó que su madre había pasado por la tienda y le hizo saber que a Bryce le iba muy bien.

—¿Y tú cómo estabas?

—A pesar de haber retomado el contacto con mis amigas, curiosamente seguía sintiéndome desconectada. Recuerdo que cuando tuve mi carné de conducir a veces pedía prestado el coche y visitaba algún mercadillo. Debía ser la única adolescente de Seattle rastreando el periódico en busca de gangas usadas.

—¿Encontraste algo interesante?

—Pues la verdad es que sí. Encontré una cámara Leica

313

de treinta y cinco milímetros, más antigua que la que usaba Bryce, aunque todavía funcionaba perfectamente. Corrí a casa y le supliqué a mi padre que me la comprara, prometiéndole que le devolvería el dinero. Aceptó, para mi sorpresa. Creo que comprendía mejor que mi madre lo desesperada y desplazada que me sentía. Después empecé a hacer fotos y eso volvió a centrarme. Cuando empezó el instituto me uní al grupo que confeccionaba el anuario del centro como fotógrafa para poder hacer fotos allí también. Madison y Jodie pensaron que era una tontería, pero a mí eso no me importaba lo más mínimo. Pasaba horas en la biblioteca pública, hojeando revistas y libros de fotografía, igual que en Ocracoke. Estoy bastante segura de que mi padre pensaba que era solo una fase, pero por lo menos me hacía caso cuando le enseñaba mis fotos. Mi madre, por su parte, seguía haciendo lo imposible por convertirme en otra Morgan.

—¿Y lo consiguió?

—Para nada. En comparación con las notas que había sacado cuando estaba en Ocracoke, durante los dos últimos años de instituto los resultados fueron terribles. Aunque Bryce me había enseñado cómo estudiar, no conseguía que los estudios me importaran lo suficiente como para esforzarme lo necesario. Y esa es, por supuesto, una de las razones por las que acabé en una universidad pública.

—¿Y las demás razones?

—La verdad es que ofrecían algunas clases que me interesaban. No quería ir a la universidad y pasar los dos primeros años haciendo unos estudios generales que básicamente consistían en lo mismo que había hecho en el instituto. La universidad pública ofrecía una asignatura de Photoshop y otras sobre fotografía deportiva y en interiores (que impartía un fotógrafo local), así como algunas clases de diseño web. Tenía presente lo que me había dicho Bryce sobre Internet, que se convertiría en algo grande, de modo que supuse que era algo que debía aprender. Cuando acabé aquellas asignaturas empecé a trabajar.

—¿Viviste en casa todo el tiempo tras regresar a Seattle? ¿Con tus padres?

Maggie asintió.

—No me pagaban demasiado, de modo que no tenía otra opción. Pero no estuvo tan mal, aunque solo fuera porque no pasaba demasiado tiempo allí. Me pasaba el día en el estudio o en el laboratorio, o haciendo fotos en diferentes ubicaciones, y cuanto menos estaba en casa, mejor parecíamos llevarnos mi madre y yo. Incluso aunque siguiera insistiendo en hacerme saber que estaba tirando mi vida por la borda.

—¿Cómo era tu relación con Morgan?

—Para mi sorpresa, se mostró realmente interesada en lo que me había pasado mientras estaba en Ocracoke. Tras hacerle jurar que no se lo contaría a nuestros padres, acabé explicándole casi toda la historia, y, a finales de ese verano, estábamos más unidas que nunca. Pero cuando comenzó en Gonzaga nos distanciamos, básicamente porque casi nunca estaba en casa. Tras el primer año en la universidad hizo un curso de verano, y las posteriores vacaciones se dedicó a trabajar en campamentos musicales. Por supuesto, con el paso de los años se adaptó a la vida universitaria y más evidente resultó para ambas que en realidad no teníamos nada en común. No comprendía mi falta de interés por los estudios y no podía entender mi pasión por la fotografía. Para ella era como si hubiera dejado los estudios para convertirme en músico.

Mark se reclinó en la silla y alzó una ceja.

—¿No se enteró nunca nadie de la verdadera razón por la que fuiste a Ocracoke?

—Lo creas o no, no se supo. Madison y Jodie no sospecharon nada. Me hacían preguntas, claro está, pero yo contestaba de forma vaga, y muy pronto todo volvió a ser como antes. La gente nos veía juntas y a nadie realmente le interesaba investigar al detalle por qué me fui. Tal como predijo la tía Linda, estaban más preocupados por sus propias vidas que por la mía. Cuando el curso volvió a empezar en septiembre, el primer día estaba nerviosa, pero todo fue absolutamente normal. La gente me trataba exactamente igual que siempre, y nunca me enteré de que corriera rumor alguno. Por supuesto, pasé todo ese año vagando por los pasillos, sintiendo que tenía poco en común con cualquiera de mis compañeros de clase, incluso mientras les hacía su retrato para el anuario.

—¿Y el segundo año?

—Fue raro —respondió con aire reflexivo—. Como nadie mencionaba nunca mi estancia en Ocracoke, a esas alturas empezó a parecerme un sueño. La tía Linda y Bryce seguían pareciéndome igual de reales que siempre, pero hubo momentos en los que habría podido convencerme a mí misma de que nunca había tenido un bebé. Con el paso de los años, cada vez me resultó más fácil. En una ocasión, hará quizás unos diez años, un hombre con el que quedé para tomar un café me preguntó si tenía hijos, y le dije que no. No porque quisiera mentirle, sino porque en ese instante de veras no me acordaba. Por supuesto, casi al momento lo recordé, pero no había razón para corregirme. No tenía ganas de explicar ese capítulo de mi vida.

—¿Qué pasó con Bryce? ¿Le enviaste una postal de Navidad? No me lo has contado.

Maggie no respondió enseguida. En lugar de eso, hizo girar el espeso líquido en el vaso antes de mirar a Mark a los ojos.

—Sí. Le envié una postal esas primeras Navidades después de volver a casa. En realidad se la envié a mi tía y le pedí que se la llevara a su casa, porque no recordaba la dirección. La tía Linda fue quien la introdujo en el buzón. Una parte de mí se preguntaba si se habría olvidado de mí, aunque me hubiera prometido que no sería así.

—La postal era… ¿personal? —preguntó Mark en tono suave.

—Le escribí una nota que se limitaba a ponerle al día de lo que había pasado desde la última vez que nos vimos. Le hablé del parto, le pedí perdón por no haberme despedido. Le dije que había vuelto al instituto y comprado una cámara. Pero como no estaba segura de qué sentía hacia mí, no admití hasta el final que seguía pensando en él, y que el tiempo que habíamos pasado juntos significaba un mundo para mí. También le dije que lo amaba. Todavía recuerdo el momento en que escribí esas palabras, absolutamente aterrorizada por lo que pudiera pensar. ¿Y si ni siquiera se molestaba en escribirme una postal? ¿Y si había pasado página y conocido a otra persona? ¿Y si con el tiempo había llegado a arrepentirse de nuestro tiempo juntos? ¿Y si estaba enfadado conmigo? No tenía la menor idea de qué pensaba o cómo respondería.

—¿Y?

—Me envió una tarjeta también. Llegó justo un día después de que yo enviara la mía, de modo que supe que no podía haber leído lo que yo había escrito en ella, y sin embargo seguía el mismo guion. Me contó que estaba contento en West Point, que le iba bien el curso y que había hecho un montón de buenos amigos. Mencionó que había visto a sus padres el Día de Acción de Gracias y que sus hermanos ya habían empezado a explorar las posibilidades en varias universidades a las que podrían querer asistir. Y en el último párrafo, igual que yo, me decía que me echaba de menos y que seguía amándome. También me recordó nuestro plan de encontrarnos cuando cumpliera veinticuatro años en Ocracoke.

Mark sonrió.

—Muy propio de él, ¿no?

Maggie dio otro sorbito a su ponche de huevo; todavía podía disfrutar de su sabor. Hizo una nota mental para comprar más y guardarlo en la nevera, suponiendo que pudiera encontrarlo en las tiendas después de las fiestas.

—Tras unos cuantos años más recibiendo tarjetas navideñas, por fin me convencí de que realmente estaba comprometido con nuestro plan. Con nuestra relación, me refiero. Todos los años por Navidad temía que no llegara ninguna postal, o que me dijera que lo nuestro se había acabado. Pero me equivocaba. En cada una de aquellas tarjetas que me enviaba, Bryce contaba los años que faltaban hasta que pudiéramos vernos.

—¿Nunca salió con nadie más?

—Creo que no le interesaba. La verdad es que yo tampoco salí con muchos chicos. En mis últimos años de instituto y en la universidad algunos me pedían una cita y a veces acepté, pero nunca tuve un interés romántico por ninguno de ellos. Nadie podía compararse con Bryce.

—¿Y se graduó en West Point?

—En 2000. Después, siguiendo los pasos de su padre, trabajó en Inteligencia militar en Washington. Yo acabé el instituto y las clases de la universidad. A veces pienso que debí aceptar su propuesta de reencontrarnos justo después de su graduación, en lugar de esperar a que yo cumpliera veinticuatro. Pero ahora todo parece tan absurdo. —Al decir esto su

317

mirada se tornó melancólica—. Las cosas podían haber sido distintas para los dos.

—¿Qué sucedió?

—Ambos hicimos lo que yo había propuesto y nos convertimos en jóvenes adultos. Él hacía su trabajo y yo el mío. La fotografía era todo mi mundo, no solo porque era mi pasión, sino también porque quería ser digna de Bryce, y no simplemente alguien a quien él pudiera querer. Entretanto, Bryce también tomaba sus propias decisiones adultas respecto a su vida. ¿Conoces ese viejo anuncio del Ejército? ¿Con esa canción que dice: «Sé todo lo que puedes llegar a ser… en el Ejército»?

—Me suena vagamente.

—Bryce nunca había abandonado la idea de convertirse en un boina verde, de modo que solicitó su ingreso a través de SFAS. La tía Linda me escribió para contármelo. Supongo que los padres de Bryce se lo comentaron y ella pensó que me gustaría saberlo.

—¿Qué es SFAS?

—El Servicio de Evaluación y Selección para las Fuerzas Especiales. Está en Fort Bragg, en Carolina del Norte. En resumen, Bryce recibió los mayores honores en su evaluación, pasó por el entrenamiento y fue seleccionado. Todo eso ocurrió en la primavera de 2002. Por supuesto, para entonces las fuerzas especiales se habían convertido en una prioridad militar y querían contar con los mejores, así que no me sorprende que Bryce lo consiguiera.

—¿Por qué era una prioridad?

—Por el 11 de septiembre. Seguramente eres demasiado joven para recordar ese suceso catastrófico, un punto de inflexión en la historia de Estados Unidos. En la postal de Navidad de 2002, Bryce me decía que no podía decirme dónde estaba (lo cual hasta para mí era una pista), excepto que se trataba de un lugar peligroso, pero que estaba bien. También me decía que tal vez no iba a poder estar en Ocracoke en octubre, cuando cumpliera veinticuatro. Y que si eso sucedía (nada que leer entre líneas) y todavía estaba en un destino lejano, encontraría la forma de hacérmelo saber y buscaría otro sitio y otro momento para que pudiéramos finalmente reunirnos.

Maggie guardó silencio, rememorando. Y luego:

—Curiosamente, no me sentí tan decepcionada. Más que nada me maravillaba que, tras tantos años, ambos siguiéramos queriendo estar juntos. Incluso ahora sigue pareciéndome inverosímil que nuestro plan siguiera en pie. También me sentía orgullosa de él y de mí misma. Y por supuesto, estaba increíblemente emocionada por la posibilidad de volver a verlo, me daba igual cuándo. Pero de nuevo, eso no estaba en las cartas. El destino nos tenía reservado algo distinto.

Mark guardó silencio, a la espera. En lugar de seguir hablando, Maggie volvió a mirar el árbol de Navidad, y se obligó a no regodearse en lo que había sucedido después, habilidad que había llegado a dominar con los años. Se quedó mirando fijamente las luces, advirtiendo las sombras y siguiendo con la mirada el movimiento del tráfico a través de la puerta de la galería. Cuando por fin estuvo segura de que había bloqueado por completo los recuerdos, rebuscó en su bolso para extraer el sobre que había guardado en él justo antes de salir de su apartamento. Sin decir una palabra, se lo dio a Mark.

Maggie no quiso mirar mientras Mark sin duda estudiaba la dirección del remitente y se daba cuenta de que tenía entre sus manos una carta de la tía Linda; tampoco cuando abrió el sobre. Aunque ella solo había leído la carta una vez, sabía perfectamente lo que Mark encontraría en aquel folio.

319

Querida Maggie,

Es tarde y está lloviendo, y aunque debería estar dormida hace horas, estoy sentada a la mesa preguntándome si conseguiré reunir las fuerzas para decirte lo que tengo que contarte. Una parte de mí piensa que debería hablar contigo en persona, que quizá tendría que volar a Seattle y sentarme contigo en casa de tus padres, pero me temo que te enterarías de lo sucedido por otras fuentes antes de que tuviera la oportunidad de hacerlo. Ya puede encontrarse información al respecto en las noticias, y es por esa razón por la que he decidido escribirte esta noche. Quiero que sepas que llevo rezando horas, por ti y por mí.

Después de todo, no existe nada que me ayude a contártelo. No hay nada fácil en esto, ni hay forma de atenuar la abrumadora pena que siento ante la noticia que recibí hoy. Te ruego que te des cuenta de que, incluso ahora, el dolor que siento en lo que a ti te toca es más profundo que el mío, y mientras escribo, apenas puedo ver el folio a través de las lágrimas en mis ojos. Que sepas que desearía estar allí contigo para abrazarte y que siempre rezaré por ti.

Bryce fue asesinado en Afganistán la semana pasada.

No sé los detalles. Su padre tampoco sabía gran cosa, pero cree que Bryce se vio envuelto en un tiroteo que tuvo fatales consecuencias. No saben cuándo, dónde ni cómo sucedió, porque apenas hay información. Tal vez con el tiempo sabrán algo más, pero para mí los detalles no importan. Y dudo que a ti te importen. En momentos como este, me resulta difícil comprender el plan que Dios tiene para cada uno de nosotros, y mantener la fe constituye una lucha en sí misma. En estos precisos momentos estoy devastada.

Lo siento muchísimo por ti, Maggie. Sé cuánto lo amabas. Sé lo duro que has venido trabajando y cuánto deseabas volver a verle. Te envío mis más profundas y sinceras condolencias. Espero que Dios te conceda la fuerza necesaria para superarlo. Rezaré siempre para que con el tiempo encuentres la paz, por mucho que tarde en llegar. Siempre estarás en mi corazón.

Siento profundamente tu pérdida. Te quiero.

Tu tía Linda

Mark se quedó callado, atónito. En cuanto a Maggie, seguía mirando fijamente el árbol, sin verlo, intentando desviar su memoria hacia otros recuerdos cualquiera, excepto los que se referían a lo que le había pasado a Bryce. Ya había tenido que enfrentarse a aquello, había experimentado el horror con toda su intensidad, y se había prometido no revivirlo. A pesar de su rígido autocontrol, notó que una lágrima resbalaba por su mejilla y se la enjugó, consciente de que probablemente a esa la seguirían más.

—Sé que seguramente querrás hacerme preguntas —susurró por fin—. Pero no tengo las respuestas. Nunca intenté descubrir qué le había pasado exactamente a Bryce. Como mi tía decía en su carta, los detalles no importaban. Solo sabía que Bryce ya no estaba, y después algo se quebró en mi interior. Me volví loca. Quería huir de todo lo que conocía, así que dejé mi trabajo, a mi familia y me mudé a Nueva York. Dejé de ir a la iglesia, salía cada noche y quedaba con los hombres más desastrosos, uno tras otro, hasta que esa herida finalmente empezó a cerrarse. Lo único que impidió que tocara fondo por completo fue la fotografía. Aunque parecía que mi vida estaba fuera de control, seguí aprendiendo y mejorando. Porque sabía que eso era lo que Bryce habría querido que hiciera. Y era la forma de aferrarme a lo que habíamos compartido.

—Yo… Lo siento, Maggie. —Mark parecía estar luchando por controlar su voz. Tragó saliva—. No sé qué decir.

—No hay nada que decir, excepto que fue el período más oscuro de mi vida. —Se concentró en normalizar su respiración, sus oídos percibían a medias el ruido que hacían los juerguistas celebrando la Nochebuena por la calle. Cuando volvió a hablar, su voz estaba apagada—. Hasta que abrimos la galería no pasó un día sin que pensara en él. Cuando no estaba enfadada o triste por lo ocurrido. ¿Por qué Bryce? De todas las personas en el mundo, ¿por qué él?

—No lo sé.

Maggie apenas le oyó.

—Me pasé años intentando no pensar qué habría pasado si se hubiera quedado en Inteligencia, o si yo me hubiera mudado a Washington después de su graduación. Intentaba no imaginar cómo podrían haber sido nuestras vidas, dónde nos habríamos instalado, cuántos hijos habríamos tenido o qué hubiéramos hecho en las vacaciones. Creo que esa es otra de las razones por las que me lanzaba a cualquier viaje de trabajo que me ofrecieran. Era un intento de dejar atrás esos pensamientos obsesivos, pero debería haber sabido que eso nunca funciona. Porque siempre nos llevamos a nosotros mismos dondequiera que vayamos. Es una de las verdades universales de la vida.

Mark bajó la vista a la mesa.

—Siento haberte pedido que acabaras de contarme tu historia. Debería haberte hecho caso y dejarla con el beso en la playa.

—Lo sé. Así es como siempre quise que acabara.

A medida que el reloj avanzaba en su cuenta atrás hacia el día de Navidad la conversación fue vagando sin esfuerzo de un tema a otro. Maggie se sentía agradecida de que Mark no hubiera preguntado nada más sobre Bryce; parecía darse cuenta de lo doloroso que era hablar de aquello para ella. Cuando describió los años que siguieron a la muerte de Bryce, Maggie pensó asombrada que los hilos que movieron tantas de sus decisiones siempre se remontaban a Ocracoke.

Describió el distanciamiento de su familia ocurrido cuando ella se mudó; sus padres nunca habían dado mucho crédito a su amor por Bryce y tampoco comprendieron el impacto que supuso su pérdida. Confesó que nunca había confiado en el hombre que Morgan había elegido para casarse, porque nunca le había visto mirar a Morgan como Bryce la miraba a ella. Habló del resentimiento siempre en aumento que sentía hacia su madre y sus críticas; con frecuencia se sorprendía reflexionando sobre las diferencias entre su madre y la tía Linda. También le explicó el pavor que sintió en el ferri a Ocracoke cuando por fin pudo reunir el coraje para volver a visitar a su tía. Para entonces, los abuelos de Bryce ya habían fallecido y su familia se había mudado de la isla a alguna localidad de Pensilvania. Durante su estancia, Maggie visitó los lugares que tanto habían significado para ella: la playa, el cementerio y el faro, y la casa donde Bryce había vivido, preguntándose si el cuarto oscuro se habría convertido en un espacio distinto, más adecuado para los nuevos propietarios. Se sintió mecida por oleadas de *déjà-vu*, como si el tiempo hubiera corrido hacia atrás, y en algunas ocasiones casi tenía la sensación de que Bryce aparecería de repente detrás de la esquina, hasta que se daba cuenta de que era una ilusión, y eso le recordaba de nuevo que nada había salido como se suponía.

En algún momento cuando estaba en la treintena, un día que había tomado demasiadas copas de vino, buscó a los hermanos de Bryce en Google para ver qué había sido de ellos. Ambos se habían graduado en el MIT con diecisiete años y trabajaban en el mundo de la tecnología: Richard, en Silicon Valley, Robert, en Boston. Ambos estaban casados y tenían hijos; para Maggie, aunque las fotos mostraban a hombres adultos, siempre seguirían teniendo doce años.

Las manecillas del reloj avanzaban hacia la medianoche y Maggie empezó a notar que el agotamiento hacía presa de ella, como una tormenta que se acercaba velozmente. Mark debió notarlo en la expresión de su rostro, porque alargó la mano para posarla en su brazo.

—No te preocupes —dijo—. No te retendré mucho más tiempo.

—No podrías ni aunque quisieras —contestó con un hilo de voz—. Ahora a veces simplemente llega un momento en el que me apago.

—¿Sabes qué he estado pensando desde que empezaste a contarme tu historia?

—¿Qué?

Se rascó la oreja.

—Cuando pienso en mi vida, aunque es evidente que soy más joven, no puedo evitar pensar que, aunque haya pasado por distintas fases, siempre he sido el mismo en versiones cada vez un poco mayores. De la escuela primaria pasé a la secundaria, al instituto y a la universidad; el hockey infantil se convirtió en júnior y luego pasé al equipo del instituto. No hubo ningún período en el que tuviera que reinventarme por completo. En cambio, a ti te ha pasado lo contrario. Eras una chica normal, y de pronto pasaste a ser la versión embarazada de ti misma, lo cual cambió el rumbo de tu vida. Te convertiste en otra persona tras regresar a Seattle, y luego dejaste a esa chica atrás al mudarte a Nueva York. Y después volviste a transformarte, y te convertiste en una profesional del mundo del arte. Te has convertido en una persona completamente distinta una y otra vez.

—No te olvides de la versión de mí con cáncer.

—Lo digo en serio. Y espero que no me malinterpretes. Tu trayecto vital me parece fascinante e inspirador.

—No soy tan especial. Y no es que lo tuviera planeado. Me he pasado casi toda mi vida reaccionando a lo que me ocurría.

—Es más que eso. Tienes un coraje del que yo no creo disponer.

—No se trata tanto de coraje como de instinto de supervivencia. Con la esperanza de haber aprendido algo por el camino.

Se inclinó por encima de la mesa.

—¿Sabes qué?

323

Maggie cabeceó cansada.

—Estas Navidades están siendo las más memorables de mi vida —anunció—. No solo esta noche; toda la semana. Además, por supuesto, he tenido la oportunidad de escuchar la historia más asombrosa que he oído nunca. Ha sido un regalo y quería agradecértelo.

Maggie sonrió.

—Hablando de regalos, tengo algo para ti. —Sacó del bolso la lata de Altoids y la deslizó sobre la mesa. Mark la examinó.

—¿He comido demasiado ajo?

—No seas tonto. No he tenido tiempo ni energía para envolverlo.

Mark levantó la tapa.

—¿Memorias USB?

—Contienen mis fotos —explicó—. Todas mis favoritas.

Mark puso cara de incredulidad.

—¿Y las de la galería también?

—Claro. No son copias oficialmente numeradas, pero si alguna te gusta especialmente, siempre puedes mandarlas a imprimir.

—¿Están las fotos de Mongolia?

—Algunas de ellas.

—¿Y *Rush*?

—Esa también.

—Guau —dijo Mark, extrayendo con cuidado uno de los dispositivos USB de la caja—. Gracias. —Tras dejar el primero de nuevo en la cajita, sacó el segundo con veneración y también volvió a depositarlo en su interior. Pasó los dedos sobre el tercero y el cuarto, como si se estuviera asegurando de que sus ojos no le engañaban—. No puedo expresar cuánto significa esto para mí —dijo con aire solemne.

—No pienses que es tan especial, seguramente haré lo mismo para Luanne el mes que viene. Y para Trinity.

—Estoy seguro de que a Luanne le gustará tanto como a mí. Prefiero tener tus fotos que una de las obras de Trinity.

—Si Trinity te ofrece una de sus obras, deberías aceptarla. Y tal vez venderla y comprarte una casa de un tamaño respetable.

—Sí, claro —respondió, pero era evidente que su mente seguía pensando en aquel regalo. Mark escudriñó las fotos dispuestas en las paredes a su alrededor antes de mover la cabeza como maravillado—. No se me ocurre qué más decir, excepto gracias de nuevo.

—Feliz Navidad, Mark. Y gracias por hacer que esta semana haya sido tan especial para mí también. No sé qué habría hecho sin ti, siempre dispuesto a complacer mis caprichos. Además, estoy deseando conocer a Abigail. ¿No dijiste que venía el día 28?

—El sábado —contestó—. Me aseguraré de que estés en la galería cuando ella venga a visitarla.

—No sé si voy a poder darte todos los días libres cuando venga. No puedo prometértelo.

—Lo entenderá —la tranquilizó Mark—. Ya hemos planeado qué hacer el domingo y también tenemos el día de Fin de Año.

—¿Por qué no cerramos la galería el 31? Estoy segura de que a Trinity no le importará.

—Eso sería genial.

—Yo me encargaré de eso. En calidad de jefa que comprende la importancia de pasar tiempo con la gente a la que se quiere, me refiero.

—De acuerdo —accedió. Cerró la tapa de la cajita de Altoids antes de volver a mirarla—. Si pudieras pedir cualquier cosa por Navidad, ¿qué sería?

Aquella pregunta la pilló por sorpresa.

—No lo sé —dijo por fin—. Supongo que pediría poder dar marcha atrás al reloj y mudarme a Washington justo después de que Bryce se graduara. Y poder suplicarle que no se uniera a las fuerzas especiales.

—¿Y si eso no se te concediera? ¿No habría algo que pudieras desear aquí y ahora? ¿Algo que fuera posible conseguir en la realidad?

Maggie reflexionó un poco.

—Aunque no es un deseo de Navidad, ni un propósito de Año Nuevo, hay ciertos asuntos… que me gustaría no dejar sin resolver en el tiempo que me queda. Quiero decirle a mi madre y a mi padre que puedo comprender que siempre hicieron lo que consideraban mejor para mí, y cuánto aprecio sus sacrificios. Sé que en lo más profundo de su corazón mis padres siempre me han querido y han estado cuando les he necesitado, y quiero agradecérselo. A Morgan también.

—¿A Morgan?

—Puede que no tengamos mucho en común, pero es mi única hermana. Es una madre excelente con sus hijas, y quiero que sepa que en muchos sentidos ha sido una persona inspiradora.

—¿Alguien más?

—A Trinity, por todo lo que ha hecho por mí. Y a Luanne, por la misma razón. A ti. Últimamente he visto con claridad con quién quiero pasar el tiempo que me queda.

—¿Qué hay de un último viaje a algún destino que te interese? ¿Al Amazonas o algo parecido?

—Creo que mis días de viajar han quedado atrás. Pero está bien así. No lamento no poder seguir haciéndolo. He viajado lo suficiente como para llenar diez vidas.

—¿Y un último festín en un restaurante con estrellas Michelin?

—Ahora ya no disfruto con el sabor de la comida, ¿se te ha olvidado? Vivo básicamente de *smoothies* y ponche de huevo.

—Seguiré buscando algo…

—Estoy bien, Mark. Ahora mismo, estar en mi apartamento y la galería es más que suficiente.

Mark miró al suelo, alicaído.

—No puedo evitar desear que tu tía Linda estuviera aquí, contigo.

—Yo también. Al mismo tiempo, no me gustaría que tuviera que verme así y apoyarme en los difíciles días venideros. Ya me apoyó en su momento, cuando más lo necesitaba.

Mark asintió, como dando a entender en silencio que lo comprendía, y luego miró hacia la caja encima de la mesa.

—Supongo que ahora me toca a mí darte tu regalo, pero cuando lo envolví no estaba seguro de si realmente debería dártelo.

—¿Por qué?

—No sé cómo te vas a sentir cuando veas lo que es.

Maggie alzó una ceja.

—Ahora tengo curiosidad.

—Aun así, todavía tengo dudas de si debo regalártelo.

—¿Y qué necesitas para disipar esas dudas?

—¿Puedo preguntarte antes algo? ¿Sobre tu historia? No sobre Bryce. Sobre otra cuestión que has dejado de lado.

—¿A qué te refieres?

—¿Al final cogiste al bebé en tus brazos?

Maggie no respondió enseguida. Recordó la actividad frenética en los minutos posteriores al parto: el alivio y el agotamiento que sintió de pronto, el llanto del bebé, el doctor y las enfermeras moviéndose alrededor de ambos, todos sabiendo exactamente qué debían hacer. Imágenes borrosas, nada más.

—No —respondió por fin—. El doctor me lo preguntó, pero no pude hacerlo. Temía que si le cogía en brazos no le podría dar en adopción.

—¿Sabías en ese momento que le darías tu peluche?

—No estoy segura —dijo, intentando en vano recrear el proceso de su pensamiento—. En ese momento me pareció que era un impulso repentino, pero ahora me pregunto si no sabría ya antes que lo haría.

—¿Y les pareció bien a los padres adoptivos?

—No lo sé. Recuerdo que firmé los papeles y me despedí de mi tía y de Gwen, y de pronto me encontré sola en la habitación con mi madre. Después de eso, todo es bastante confuso. —Aunque era la verdad, hablar del bebé abrió paso a un pensamiento que había mantenido apartado en un rincón de su mente durante todos esos años, y que ahora regresaba con fuerza—. Me has preguntado qué deseo formularía como regalo de Navidad —prosiguió—. Supongo que me gustaría saber si todo aquello valió la pena. Y si tomé la decisión correcta.

—¿Te refieres al bebé?

Maggie asintió.

—Dar a un bebé en adopción da miedo, aunque sea lo correcto. Nunca sabes cómo va a ir. Te preguntas si los padres lo criaron bien o si aquella criatura fue feliz. Y también te planteas otros detalles: cuál será su comida favorita, o sus aficiones, si ha heredado algún rasgo tuyo, físico o de temperamento. Mil cuestiones distintas, y por mucho que intentes no pensar en ello a veces afloran a la superficie. Por ejemplo, cuando ves a un niño cogiendo a su padre de la mano o a una familia comiendo en la mesa contigua. Lo único que podía hacer era preguntarme esas cosas y esperar que todo hubiera ido bien.

—¿Intentaste alguna vez buscar las respuestas a esas preguntas?

—No. Hace algunos años contemplé la posibilidad de introducir mi nombre en uno de esos registros de adopciones que sirven para buscar a los padres biológicos, pero justo después me enteré de que tenía un melanoma y me planteé si podría salir algo bueno de eso, teniendo en cuenta el diagnóstico. Con toda franqueza, el cáncer se apodera de tu vida. Pero sería reconfortante saber cómo fue todo. Y si él hubiera querido conocerme, a mí también me habría encantado.

—¿Él?

—Fue un niño, ¿te lo puedes creer? —dijo riendo entre dientes—. Sorpresa, sorpresa. La especialista se equivocó.

—Por no mencionar el instinto maternal; estabas tan segura… —Mark deslizó el paquete hacia el lado de la mesa al que estaba sentada Maggie—. ¿Por qué no lo abres? Creo que lo necesitas más que yo.

Intrigada, Maggie miró a Mark con curiosidad antes de llevar la mano a la cinta que cerraba el envoltorio. Con un simple tirón se soltó y también pudo retirar fácilmente el papel de regalo apenas unido con celo. Era una caja de zapatos, y cuando Maggie por fin levantó la tapa, se quedó mirando fijamente su contenido. Se le cortó la respiración, y el tiempo pareció discurrir más despacio de lo normal, deformando el aire a su alrededor.

El pelo de color café estaba apelmazado y presentaba bolitas; en una de las patas había otra costura como de Frankenstein, pero la anterior seguía ahí, al igual que el botón que hacía las veces de ojo. Su nombre en rotulador permanente era casi imposible de distinguir en aquella luz tenue, pero reconoció los garabatos infantiles, y de súbito le inundó una oleada de recuerdos que incluían todas las noches que había dormido con aquel peluche de niña; cuando se aferraba a él mientras yacía en la cama en Ocracoke; cómo lo apretaba mientras gemía con cada contracción de camino al hospital.

Era osita-Maggie, no una réplica, no un sustituto, y al sacarla cuidadosamente de la caja pudo percibir el olor familiar, que curiosamente no había cambiado con el paso del tiempo. No podía creerlo: no podía ser que tuviera a osita-Maggie entre sus manos; no era posible…

Alzó la vista hacia Mark, con la boca abierta de la emoción. Mil preguntas distintas inundaron su mente, que luego empezaron a contestarse por sí solas al captar todo el significado del regalo que le había hecho. Mark había cumplido veintitrés años, lo que quería decir que había nacido en 1996… El convento de la tía Linda estaba en algún punto del medio oeste, donde Mark había crecido… Al conocerle había pensado que, curiosamente, le resultaba algo familiar… Y ahora estaba sosteniendo en sus manos el peluche que le había regalado a su bebé en el hospital…

No era posible.

Y sin embargo, así era, y cuando Mark empezó a sonreír, Maggie notó que en su cara se dibujaba una trémula sonrisa como respuesta. Mark alargó la mano por encima de la mesa y cogió los dedos de Maggie entre los suyos, con una expresión de ternura en su rostro.

—Feliz Navidad, mamá.

Mark

Ocracoke, principios de marzo de 2020

$\mathcal{A}$ bordo del ferri que iba a Ocracoke intenté imaginar el miedo que sintió Maggie cuando llegó por primera vez a la isla, hacía ya tantos años. Incluso yo podía notar una especie de turbación, como si estuviera siendo arrastrado hacia lo desconocido. Maggie había descrito el trayecto de Morehead City a la isla Cedar, desde donde zarpaba el ferri, pero su descripción no había capturado por completo el carácter tan remoto de la región: solo pudimos ver alguna eventual granja dispersa, alguna caravana aislada. El paisaje tampoco era como en Indiana. A pesar de la bruma, era una región verde y exuberante, de las ramas colgaban cortinas de musgo, retorcidas y enmarañadas debido a los incesantes vientos costeros. Hacía frío, el cielo del amanecer era blanco en el horizonte, y las aguas grises de la ensenada de Pamlico Sound parecían dar paso de mala gana a cualquier embarcación que intentara cruzar. Incluso con Abigail a mi lado era fácil comprender por qué Maggie había usado la palabra «varada». Mientras veía la localidad de Ocracoke aumentar de tamaño en el horizonte, tenía la sensación de que podría ser un espejismo susceptible de esfumarse. Antes de salir hacia allí, había leído que el huracán Dorian había devastado la población en septiembre causando inundaciones catastróficas; al ver las fotografías en las noticias, me había preguntado cuánto tiempo llevarían las reparaciones o la reconstrucción. Por supuesto, me acordé de Maggie y la tormenta que había vivido, aunque lo cierto era que últimamente ella estaba en casi todos mis pensamientos.

El día que cumplí ocho años, mis padres me dijeron que

era adoptado. Me explicaron que Dios por alguna razón había encontrado la manera de que fuéramos una familia, y querían que supiera que me amaban tanto que a veces les parecía que el corazón les iba a explotar. Era lo suficientemente mayor como para comprender lo que quería decir adopción, pero demasiado joven para preguntarles seriamente sobre los detalles. Tampoco me importaban realmente; eran mis padres y yo era su hijo. A diferencia de otros niños, no sentía demasiada curiosidad por mis padres biológicos; excepto en raras ocasiones, apenas pensaba en el hecho de ser adoptado.

Pero a los catorce años tuve un accidente. Estaba haciendo tonterías con un amigo en un granero (su familia tenía una granja) y me corté con una hoz que, en primer lugar, seguramente ni siquiera tendría que haber tocado. Resultó que me corté una arteria, de modo que salió mucha sangre, y para cuando llegué al hospital tenía la cara casi gris. Me cosieron la arteria y se me hizo una trasfusión; resultó que era AB-negativo, y, obviamente, ninguno de mis padres tenía el mismo grupo sanguíneo que yo. La buena noticia fue que salí del hospital a la mañana siguiente y poco después hacía vida normal. Pero por primera vez empecé a plantearme quiénes serían mis padres de nacimiento. Como mi grupo sanguíneo era relativamente poco frecuente, a veces me preguntaba si también lo sería el de mi madre y mi padre biológicos. También pensé que tal vez habría otras cuestiones genéticas de las que debería estar al corriente.

Pasaron cuatro años más antes de que sacara a colación el tema de la adopción con mis padres. Temía herir sus sentimientos; solo en una mirada retrospectiva pude darme cuenta de que llevaban esperando esa conversación hacía años, desde que me lo contaron el día de mi cumpleaños. Me explicaron que se trataba de una adopción cerrada, que seguramente serían necesarias órdenes judiciales para poder abrir los archivos, y que no estaba claro que lo consiguiera en caso de seguir esa vía. Sería posible tal vez obtener información sanitaria importante, pero nada más, a menos que la madre biológica estuviera dispuesta a permitir que se desbloqueara el expediente. Algunos estados cuentan con una secretaría exclusiva para tales fines, donde tanto los adoptados como las personas que dieron un bebé en adopción pueden, si ambos están de acuerdo, comunicar su deseo de acceder a los datos. Pero no pude encontrar esa opción en Carolina del Norte, ni tampoco sabía si mi madre biológica lo había intentado por su parte. Supuse que me encontraba en un callejón sin salida, pero mis padres pudieron darme la información suficiente para ayudarme a seguir con la búsqueda.

Por la agencia se habían enterado de varias cosas: la chica era católica y el aborto no entraba dentro de sus creencias; era una persona sana y había recibido atención médica durante el embarazo; se enteraron, además, de que había seguido con los estudios a distancia y de que tenía dieciséis años cuando me tuvo. También sabían que era de Seattle. Puesto que nací en Morehead City, la adopción había sido más compleja de lo que imaginaba. Para adoptarme, mis padres tuvieron que trasladarse a Carolina del Norte en los meses anteriores a mi nacimiento, para demostrar que residían en ese estado. No es que eso fuera importante para descubrir la identidad de Maggie, pero sí ponía de relevancia su desesperado deseo de tener un hijo y, al igual que Maggie, hasta qué punto estaban dispuestos a sacrificarse para poder ofrecerme un hogar maravilloso.

No deberían haber sabido quién era la madre, pero sí se enteraron, en parte por las circunstancias, y también gracias a la firma de Maggie en el peluche. En el hospital había que pasar por la planta de maternidad para llegar a la unidad neonatal y la noche en la que nací había sido tranquila. Cuando mis padres llegaron, solo había dos habitaciones ocupadas en la planta de maternidad; en una de ellas había una familia de afroamericanos con cuatro hijos más; en la otra leyeron el nombre «M. Dawes» en un pequeño letrero al lado de la puerta. En la unidad neonatal les dieron el peluche con el nombre de «Maggie» garabateado en la planta de un pie, y de pronto pudieron componer el nombre de la madre. Mis padres en ningún caso habrían podido olvidarlo, aunque insistieron en que nunca hablaron de ello hasta que finalmente se produjo aquella conversación.

Lo primero que se me ocurrió fue lo mismo que pensaría cualquiera de mi edad: Google. Escribí el nombre «Maggie Dawes» y «Seattle» y apareció la biografía de una fotógrafa de renombre. Obviamente no podía estar seguro de que fuese mi madre, y por eso examiné el resto de su sitio web sin suerte. No había ninguna referencia a Carolina del Norte, ni tampoco decía si estaba casada o tenía hijos, y era obvio que ahora vivía en Nueva York. En la foto de perfil parecía demasiado joven para ser mi madre, pero no podía saber de cuándo databa el retrato. A menos que hubiera estado casada y que el apellido fuera el de su marido, no podía descartarla.

En su sitio web incluía vínculos que conectaban con sus canales de YouTube, y acabé viendo varios de sus vídeos, un hábito con el que seguí incluso después de la universidad. Aunque casi toda la información técnica contenida en esos vídeos me resultaba incomprensible, había algo que me fascinaba de esa mujer. Con el tiempo descubrí otra pista. En la pared que se veía en el fondo, en el estudio de su apartamento, podía verse la fotografía de un faro. En uno de sus vídeos incluso hablaba de ella, indicando que fue esa fotografía la que en primer lugar inspiró el interés por su profesión siendo todavía adolescente. Pulsé en pausa para detener el vídeo y tomé una foto de la imagen; luego busqué en Google imágenes de faros de Carolina del Norte. Tardé menos de un minuto en saber que el que adornaba la pared de Maggie se encontraba en Ocracoke. También averigüé que el hospital más cercano estaba en Morehead City.

Mi corazón dio un vuelco, aunque sabía que seguía sin ser suficiente para estar completamente seguro. Pero cuando tres años y medio atrás Maggie publicó su primer vídeo sobre el cáncer, me convencí de que así era. En ese vídeo decía que tenía treinta y seis años, lo cual confirmaba que en 1996 tenía dieciséis.

El nombre y la edad coincidían. Era de Seattle y había estado en Carolina del Norte cuando era adolescente; Ocracoke también parecía encajar. Y al fijarme más en su aspecto, me había parecido incluso percibir cierto parecido físico, aunque admito que eso podía ser fruto de mi imaginación.

Eso daba lugar a otra cuestión: aunque yo pensara que deseaba conocerla, no sabía si ella también lo querría. No estaba seguro de qué hacer y recé rogando orientación. Además, empecé a ver sus vídeos de forma obsesiva, todos sin excepción, especialmente aquellos en los que hablaba de su enfermedad. Curiosamente, cuando hablaba del cáncer ante la cámara, irradiaba una especie de carisma fuera de lo común; era honesta, valiente, y se mostraba asustada, optimista y graciosa de forma un tanto siniestra, y, al igual que muchas otras personas, me sentí incitado a seguirla. Cuantos más vídeos veía, más convencido estaba de querer conocerla. En buena medida, era como si se hubiera convertido en algo parecido a una amiga. También sabía, por sus vídeos y lo que yo mismo había investigado, que era poco probable que su enfermedad remitiera, lo cual significaba que se me acababa el tiempo.

Para entonces ya me había graduado y había empezado a trabajar en la iglesia de mi padre; también había tomado la decisión de continuar con mi formación, lo cual significaba que debía pasar el examen de acceso a estudios de posgrado y enviar mi solicitud a las universidades que ofrecieran el que me interesaba. Tuve la suerte de que me aceptaran en tres instituciones excelentes, pero la Universidad de Chicago era la opción obvia si tenía en cuenta a Abigail. Mi intención era matricularme en septiembre de 2019, como Abigail, pero una visita a mis padres lo cambió todo. Me pidieron que les ayudara a cargar con unas cuantas cajas para guardarlas; tras dejarlas en el desván, casualmente di con una en la que ponía «CUARTO DE MARK», y la curiosidad me llevó a abrirla. Encontré algunos trofeos y un guante de béisbol, archivadores con materiales escolares, guantes de hockey y muchos otros recuerdos que mi madre no había tenido el valor de tirar. En esa caja, además de todo eso, me encontré con la osita-Maggie, el peluche con el que había compartido mi cama hasta que cumplí nueve o diez años.

Al ver el peluche con el nombre de Maggie, me di cuenta de que había llegado el momento de tomar una decisión sobre lo que realmente quería hacer.

Podía no hacer nada, obviamente. Otra opción era sorprenderla en Nueva York y contárselo todo, tal vez comer juntos y luego regresar a Indiana. Supongo que es lo que habría hecho la mayoría de la gente, pero me pareció que eso sería ser injusto con ella, dada su dura situación, puesto que yo seguía sin saber siquiera si ella deseaba conocer al hijo que hacía tantos años dio en adopción. Con el tiempo empecé a considerar una tercera opción: quizá podría volar a Nueva York para conocerla sin contarle quién era.

Al final, tras muchas oraciones, elegí la tercera opción. La primera vez que visité la galería fue a principios de febrero, acoplándome a un grupo de turistas. Maggie no estaba allí, y Luanne apenas me vio, demasiado ocupada en distinguir entre compradores y turistas. Cuando pasé por la galería de nuevo al día siguiente, el público era aún más numeroso; Luanne parecía agobiada y apenas conseguía atender a todo el mundo. Maggie tampoco estaba, pero lentamente caí en la cuenta de que, aparte de tener la oportunidad de conocer a Maggie, tal vez podría incluso ayudar en la galería. Cuanto más pensaba en ello, más me convencía de que era buena idea. Me dije que, si con el tiempo tenía la sensación de que ella deseaba saber quién era realmente, le contaría la verdad.

Pero el asunto era un tanto complicado. Si me hacían una oferta de trabajo (y ni siquiera sabía si necesitaban a alguien, para empezar), tendría que posponer los estudios durante un año, y aunque suponía que Abigail aceptaría mi decisión, probablemente no se mostraría entusiasmada. Y aún más importante, necesitaba el visto bueno de mis padres. No quería que pensaran que estaba de algún modo intentando reemplazarles o que no apreciaba todo lo que habían hecho por mí. Necesitaba que supieran que a mis ojos siempre serían mis padres. Al volver a casa les expliqué mis reflexiones. También les mostré unos cuantos vídeos de Maggie sobre su batalla contra el cáncer, y en última instancia creo que eso fue lo que les convenció. Se dieron cuenta, igual que yo, de que se me acababa el tiempo. En cuanto a Abigail, fue más comprensiva de lo que esperaba, a pesar del giro que eso suponía en lo que llevábamos planeando hacía tiempo. Hice la maleta y volví a Nueva York, sin saber cuánto tiempo me quedaría ni si mi plan funcionaría. Aprendí todo lo que pude sobre la obra de Trinity y de Maggie, y por fin llevé mi currículum a la galería.

Celebrar una entrevista ahí sentado frente a Maggie fue el momento más surrealista de mi vida.

335

Υ

Una vez me contrataron, encontré un sitio donde vivir y aplacé el postgrado, pero admito que en algunos momentos me cuestionaba si no me habría equivocado. Durante los primeros meses apenas vi a Maggie, y cuando nuestros caminos se cruzaban, la interacción era limitada. En otoño empezamos a pasar más tiempo juntos, pero Luanne solía estar también presente. Curiosamente, aunque las razones que me habían llevado a trabajar en la galería eran personales, descubrí que tenía talento para el puesto, e incluso llegó a gustarme. En cuanto a mis padres, mi padre se refería a mi trabajo como «un noble servicio»; mi madre simplemente decía que estaba orgullosa de mí. Creo que se imaginaron que no estaría en casa por Navidad y por eso mi padre organizó el viaje a Tierra Santa con algunos miembros de su iglesia. Aunque siempre había sido su sueño, creo que en parte se decidieron porque no querían estar en casa en esas fiestas si su único hijo estaba ausente. Intenté recordarles con frecuencia mi amor por ellos y cuánto los querría siempre como los únicos padres que había conocido o que me gustaría tener.

Tras abrir su regalo, Maggie me preguntó innumerables cuestiones: cómo la había encontrado y otros detalles sobre mi vida y mis padres. También me preguntó si quería conocer a mi padre biológico. Suponía que sería capaz de darme la suficiente información como para empezar la búsqueda, si eso era lo que deseaba. Aunque mi curiosidad había surgido originalmente por mi raro grupo sanguíneo, me di cuenta de que encontrar a J. no me interesaba lo más mínimo. Llegar a conocer a Maggie había sido más que suficiente, aunque me conmovió su ofrecimiento.

Con el paso de las horas Maggie parecía tan agotada que la acompañé en taxi hasta su casa y la ayudé a acomodarse para la noche. Después no volví a saber de ella hasta media tarde. Pasamos el resto del día de Navidad juntos en su apartamento y por fin pude contemplar la foto del faro directamente.

—Esta foto nos cambió la vida —reflexionó en voz alta. No pude menos que mostrarme de acuerdo.

Pero, en los días y semanas posteriores, me di cuenta de

que Maggie no sabía realmente ser una madre y yo tampoco sabía cómo ser su hijo, de modo que simplemente llegamos a ser mejores amigos. Aunque la había llamado «mamá» al darle el peluche, después volví a usar su nombre, lo cual nos hacía sentir más cómodos a ambos. Tenía muchas ganas sin embargo de conocer a Abigail, y los tres fuimos juntos a cenar en dos ocasiones durante su visita. Se llevaban bien, y cuando Abigail envolvió a Maggie en un abrazo de despedida, advertí que Maggie disminuía de tamaño con cada día que pasaba; el cáncer le estaba arrebatando su peso y su esencia.

Justo antes de Año Nuevo, Maggie envió el vídeo con la actualización de su diagnóstico y luego contactó con su familia. Tal como había previsto, su madre le rogó que volviera a casa, a Seattle, pero Maggie no se había equivocado en cuanto a sus intenciones.

Cuando Luanne regresó de Maui, Maggie la puso al día sobre el pronóstico de su enfermedad y sobre mi identidad. Luanne insistió en que se olía que algo pasaba hacía mucho tiempo, y le dijo a Maggie que teníamos que pasar todo el tiempo posible juntos, de modo que enseguida programó mis vacaciones. En calidad de nueva directora de la galería (tanto Maggie como Trinity se mostraron de acuerdo en que era la mejor elección), era decisión suya, y eso nos permitiría tener el tiempo necesario para completar las lagunas sobre nuestras respectivas vidas que todavía no hubiéramos podido compartir.

Mis padres llegaron a Nueva York la tercera semana de enero. Maggie todavía no estaba postrada en la cama y les pidió hablar con ellos en privado en el sofá de su sala de estar. Les pregunté después a mis padres de qué habían hablado.

—Quería darnos las por gracias haberte adoptado —contestó mi madre con una emoción apenas contenida—. Dijo que se sentía bendecida. —Mi madre, curtida por las confesiones que solía escuchar debido a su profesión, casi nunca lloraba, pero en ese instante se sintió sobrepasada, y los ojos se le llenaron de lágrimas—. Quería decirnos que somos unos padres maravillosos y que pensaba que nuestro hijo era extraordinario.

Cuando mi madre se acercó para abrazarme, supe que lo

que más la había conmovido era que Maggie se había referido a mí como «su hijo». Para mis padres, mi decisión de ir a Nueva York había sido más dura de lo que imaginaba, y me pregunté cuánto les habría trastornado.

—Me alegro de que hayas podido conocerla —murmuró mi madre, todavía abrazándome con fuerza.

—Yo también, mamá.

Tras la visita de mis padres, Maggie no volvió a la galería, ni tampoco pudo salir de su apartamento. Le habían aumentado la dosis de calmantes, administrados por una enfermera que iba a su casa tres veces al día. A veces dormía hasta veinte horas seguidas. Yo la acompañaba durante muchas de esas horas, cogiéndola de la mano. Perdió aún más peso y su respiración era entrecortada, un silbido que dolía al oírlo. La primera semana de febrero ya no fue capaz de levantarse de la cama, pero cuando estaba despierta seguía encontrando motivos para sonreír. Normalmente era yo quien llevaba el peso de la conversación (a ella le costaba demasiado esfuerzo), pero de vez en cuando me decía algo que todavía no sabía de ella.

—¿Te acuerdas cuando te decía que deseaba que mi historia con Bryce hubiera acabado de otra manera?

—Por supuesto —dije.

Alzó la vista hacia mí, con un atisbo de sonrisa asomando a sus labios.

—Contigo, ahora tengo el final que habría deseado.

Los padres de Maggie llegaron en febrero y se acomodaron en un hotel *boutique* no muy lejos del apartamento de Maggie. Al igual que yo mismo, su madre y su padre simplemente deseaban estar cerca de ella. Su padre guardaba silencio, adhiriéndose a lo que decía su madre; pasaba casi todo el tiempo sentado en la sala de estar con la televisión en un canal de deportes. La madre de Maggie ocupaba la silla contigua a su cama y se retorcía las manos compulsivamente; cuando llegaba la enfermera le pedía explicaciones sobre cualquier cambio en la medicación para Maggie, así como otros aspectos de su cuidado. Cuando Maggie estaba despierta, su madre repetía en una constante cantinela que lo que estaba pasando no era justo, y le recordaba continuamente a Maggie que rezara. Insistía en que los oncólogos de Seattle tal vez habrían podido hacer más por ella y que Maggie debería haberla escuchado; conocía a alguien que conocía a otra persona que a su vez conocía a alguien más que había tenido melanoma en estadio IV y que la enfermedad había remitido desde hacía seis años. En ocasiones lamentaba el hecho de que Maggie estuviera sola y no se hubiera casado. Maggie, por su parte, aguantaba la cháchara ansiosa de su madre con paciencia; había oído lo mismo durante toda su vida. Cuando Maggie les dio las gracias a sus padres y les dijo que los quería, su madre se quedó desconcertada por el hecho de que Maggie sintiera la necesidad de expresarlo con palabras. Podía imaginármela pensando: «¡Claro que me quieres! ¡Mira todo lo que he hecho por ti, a pesar de las decisiones que tomaste en tu vida!». Era fácil comprender por qué a Maggie sus padres le resultaban agotadores.

La relación de sus padres conmigo era aún más complicada. Durante casi un cuarto de siglo, habían conseguido fingir que Maggie nunca había estado embarazada. Me trataban con cautela, como un perro que tal vez pudiera morder, y mantenían las distancias, tanto físicas como emocionales. No me preguntaron demasiado por mi vida, pero nos escuchaban cuando hablábamos, puesto que su madre solía estar rondando cerca cuando Maggie estaba despierta. Cuando Maggie le pedía que nos dejara a solas, la señora Dawes siempre se iba de la habitación ofendida, lo que cada vez hacía que Maggie pusiera los ojos en blanco.

Morgan lo tenía más complicado para hacerle una visita porque las niñas todavía eran pequeñas, pero consiguió venir dos fines de semana. Durante su segunda visita en febrero Maggie y Morgan hablaron durante veinte minutos. Cuando Morgan se fue, Maggie me hizo un resumen de la conversación, ofreciéndome una sonrisa irónica a pesar de su constante dolor.

—Me ha dicho que siempre estuvo celosa de mi vida libre y emocionante. —Maggie profirió una débil risita—. ¿Te lo puedes creer?

339

—Por supuesto.

—Incluso ha afirmado que a menudo habría deseado poder cambiarse conmigo.

—Me alegro de que hayáis podido hablar —dije, apretándole la mano, frágil como la de un parajillo.

—Pero ¿sabes qué es lo más absurdo?

Alcé una ceja.

—¡Me ha dicho que para ella fue dura nuestra infancia porque yo era la preferida de nuestros padres!

No pudo contener la risa.

—No puede creerlo de veras, ¿no?

—Creo que está convencida de ello.

—¿Cómo es posible?

—Porque —respondió Maggie— se parece más a mi madre de lo que es consciente.

Otros amigos y conocidos visitaron a Maggie en las últimas semanas de su vida. Luanne y Trinity iban a verla regularmente, y les dio el mismo regalo que me había hecho a mí. Cuatro editores de imagen pasaron por el apartamento, acompañados de su tipógrafa y alguien del laboratorio, y durante esas visitas escuché algunos relatos más de sus aventuras. Vino su primer jefe en Nueva York y dos ayudantes que había tenido, también su contable, e incluso su casero. A mí, sin embargo, me resultaba doloroso ver cómo transcurrían todas aquellas visitas. Podía percibir la tristeza de sus amigos al entrar en la habitación, su miedo de decir algo incorrecto al acercarse a la cama. Maggie conseguía de algún modo que se sintieran bienvenidos y se salía con la suya al decirles cuánto habían significado para ella. Me presentó a todos ellos como su hijo.

De alguna forma, en los pocos ratos que no estaba en su apartamento, consiguió, además, organizar un regalo para Abigail y para mí. Abigail había vuelto a mediados de febrero y, sentados en su cama, Maggie nos dijo que nos había pagado por adelantado un safari a Botsuana, Zimbabue y Kenia para ambos, un viaje de más de tres semanas. Le dijimos que era demasiado, pero ella le restó importancia.

—Es lo mínimo que puedo hacer.

Nos abrazamos y besamos, y le dimos las gracias, y ella apretó la mano de Abigail. Cuando le preguntamos qué podíamos esperar ver, nos agasajó con historias de animales exóticos y campamentos levantados en plena naturaleza salvaje, y, mientras hablaba, en algunos momentos parecía que volvía a ser la Maggie de siempre.

Sin embargo, a medida que avanzaba el mes, hubo momentos en los que su enfermedad se me hacía insoportable, y necesitaba salir del apartamento y dar un paseo para despejar la mente. Por muy agradecido que estuviera de haberla conocido, una parte de mí ansiaba más. Quería enseñarle la ciudad que era mi hogar en Indiana; quería bailar con ella en mi boda con Abigail. Quería una foto suya con mi hijo o mi hija en sus brazos, con los ojos brillando de dicha. No hacía mucho que la conocía, y sin embargo en cierto modo sentía como si la conociera de forma íntima, como a Abigail o a mis padres. Quería pasar más tiempo con ella, más años, y a veces, mientras ella dormía, me derrumbaba y rompía en sollozos.

Maggie debió percibir mi pena. Una vez, al despertar, me ofreció una tierna sonrisa.

—Esto es duro para ti —consiguió decir con voz ronca.

—Es lo más duro que he tenido que soportar en mi vida —admití—. No quiero perderte.

—¿Recuerdas lo que le dije a Bryce de eso? No querer perder a alguien se basa en el miedo.

Sabía que tenía razón, pero no estaba dispuesto a mentirle.

—Tengo miedo.

—Lo sé. —Alargó la mano para coger la mía; la suya se veía cubierta de hematomas—. Pero no olvides nunca que el amor es siempre más fuerte que el miedo. El amor me salvó, y ahora te salvará a ti también.

Esas fueron sus últimas palabras.

Maggie falleció aquella noche, a finales de febrero. Por respeto a sus padres dejó organizado el funeral que se celebraría en una iglesia católica cercana, aunque había insistido en ser incinerada. Se encontró con el sacerdote en una sola ocasión

341

antes de morir, el cual, siguiendo sus instrucciones, redujo la duración normal del servicio. Hizo un breve panegírico, pero mis piernas parecían estar tan débiles que creí que me iba a desplomar. Como música Maggie había elegido «(I've Had) The Time of My Life», de la película *Dirty Dancing*. Sus padres no pudieron comprender el porqué de su elección, pero yo sí, y mientras sonaba aquella canción, intenté visualizar a Bryce y a Maggie sentados juntos en el sofá en una de sus últimas noches en Ocracoke.

Sabía cuál era el aspecto de Bryce, del mismo modo que conocía el de Maggie cuando era adolescente. Antes de morir me había dado las fotos tomadas hacía tantos años. Pude ver a Bryce sosteniendo un tablero de contrachapado antes de cubrir con él una ventana; y a Maggie besando a Daisy. Quería que las tuviera porque creía que sabría apreciar más que ninguna otra persona lo valiosas que eran para ella.

Curiosamente, para mí eran casi igual de valiosas.

Abigail y yo llegamos a Ocracoke en el ferri de la mañana, y tras preguntar por las localizaciones necesarias alquilamos un carrito de golf y visitamos algunos de los lugares que Maggie había descrito en su historia: vimos el faro y el cementerio británico; pasamos al lado de los botes de pesca amarrados en el puerto y de la escuela a la que ni Maggie ni Bryce asistieron. Tras preguntar a algunos viandantes, encontramos incluso el local donde antaño se ubicaba la tienda en la que Linda y Gwen hacían sus bollos; ahora vendían baratijas para turistas. No sabía dónde había vivido Linda, ni tampoco Bryce, pero condujimos por todas las calles de modo que estábamos seguros de haber pasado por sus respectivas casas al menos una vez.

Abigail y yo comimos en Howard's Pub y luego fuimos a la playa. En mis brazos llevaba una urna que contenía parte de las cenizas de Maggie; en un bolsillo había guardado una carta que me había escrito. El resto de las cenizas se encontraban en otra urna que se habían llevado sus padres a Seattle. Antes de morir Maggie me había preguntado si podía hacerle un favor; no habría podido negarme.

Abigail y yo recorrimos toda la playa; pensé en todas las veces que Maggie y Bryce habrían estado allí juntos. Su descripción encajaba perfectamente con la realidad: era un lugar austero y virgen, una franja costera intacta, no afectada por la modernidad. Abigail y yo íbamos de la mano, y después de un rato le pedí que nos detuviéramos. Aunque no podía estar seguro, quería buscar un lugar que me pareciera adecuado, que pudiera ser el escenario de la primera cita de Bryce y Maggie.

Le pasé la urna a Abigail y saqué la carta del bolsillo. No tenía la menor idea de cuándo la había escrito; solo sabía con certeza que se encontraba en la mesita de noche cuando falleció. En el sobre había garabateado unas instrucciones en las que me pedía que la abriera cuando estuviera en Ocracoke.

Abrí la solapa del sobre y extraje la carta. No era muy larga, aunque la caligrafía era irregular y a veces difícil de descifrar, como consecuencia de la medicación y la debilidad. Noté que algo más salía del sobre, además del papel, y apenas conseguí atraparlo con mi mano para evitar que cayera a la arena: otro regalo para mí. Hice una respiración profunda y empecé a leer.

343

Querido Mark:

En primer lugar, quiero agradecerte que me buscaras y que te convirtieras en mi deseo hecho realidad.

Quiero que sepas lo especial que eres para mí, lo orgullosa que estoy de ti, y que te quiero. Ya te he dicho todas esas cosas con anterioridad, pero debes saber que me has dado uno de los regalos más bellos que he recibido en toda mi vida. Por favor, dales las gracias de nuevo a tus padres y a Abigail, por concederte el tiempo que necesitábamos para conocernos y llegar a querernos el uno al otro. Ellos, al igual que tú, son extraordinarios.

Estas cenizas representan lo que queda de mi corazón. Por lo menos de forma simbólica. Por razones que no necesito explicarte deseo que sean esparcidas en Ocracoke. Mi corazón, después de todo, siempre se quedó allí. Además, he llegado a creer que Ocracoke es un lugar encantado, donde lo imposible a veces se convierte en realidad.

Hay algo más que hace tiempo deseaba decirte, aunque sé que en un primer momento te parecerá una locura (quizá ya estoy loca;

el cáncer y los fármacos causan estragos en mi mente). Y sin embargo, creo verdaderamente en lo que estoy a punto de decirte, por muy descabellado que parezca, porque es lo único que me parece cierto de forma intuitiva ahora mismo.

Me recuerdas a Bryce en muchos aspectos, algunos que ni siquiera puedes imaginar: tu carácter y amabilidad, tu empatía y encanto. Te pareces un poco incluso físicamente a él y, tal vez porque ambos sois atletas, también te mueves con la misma gracia natural. Igual que Bryce eres más maduro de lo que corresponde a tu edad, y, a medida que profundizamos en nuestra relación, esas similitudes se han hecho más patentes.

Esto es entonces lo que he decidido creer: de alguna manera, a través de mí, Bryce se convirtió en una parte de ti. Cuando me acogía entre sus brazos, tú absorbías una parte de él; cuando pasamos nuestros días más dulces en Ocracoke, por alguna razón heredaste sus cualidades únicas. Eres el hijo, pues, de nosotros dos. Sé que eso es imposible, pero he elegido creer que el amor que Bryce y yo sentimos el uno por el otro de alguna manera tuvo algo que ver en la creación del joven extraordinario que he llegado a conocer y a amar. En mi mente no puede haber otra explicación.

Gracias por encontrarme, hijo mío. Te quiero.

MAGGIE

Tras acabar de leer la carta volví a introducirla en el sobre y después contemplé la cadena que me había dejado junto a la carta en su interior. Ya me la había mostrado antes, y al darle la vuelta al colgante con forma de vieira pude leer las palabras «Recuerdos de Ocracoke». El colgante me pareció demasiado pesado para lo que era, como si albergara toda la relación de Maggie y Bryce, toda una vida de amor condensada en unos cuantos breves meses.

Cuando creí estar preparado, devolví el colgante y la carta a mi bolsillo y cogí con suavidad la urna que sostenía Abigail. Estaba bajando la marea, moviéndose en la misma dirección que el viento. Avancé hacia la arena mojada, mis pies empezaron a hundirse, y pensé en Maggie en el ferri, cuando conoció a Bryce por primera vez. El oleaje era regular y rítmico, y el océano se extendía hasta el horizonte. Su vastedad se me antojaba incomprensible, incluso mientras imaginaba cometas iluminadas flotando en el cielo nocturno. Por encima de mí, el sol iniciaba su descenso y supe que pronto se haría la oscuridad. En la distancia vimos una furgoneta solitaria aparcada en la arena. Un pelícano pasó rozando las crestas de las olas. Cerré los ojos y vi a Maggie de pie en el cuarto oscuro al lado de Bryce, o estudiando sentados a la destartalada mesa de la cocina. Imaginé uno de sus besos y que por lo menos en ese momento todo en el mundo de Maggie parecía perfecto.

Ahora Bryce y Maggie ya no estaban, y sentí que me embargaba una tristeza abrumadora. Giré la tapa de la urna y la abrí; la volqué y dejé que la marea baja se llevara las cenizas. Me quedé ahí de pie, recordando algunos fragmentos de nuestra historia: *El cascanueces*, la sesión de patinaje, la decoración del árbol de Navidad. Después me encontré enjugándome unas repentinas lágrimas. Recordé su expresión extasiada al extraer de la caja a osita-Maggie, y supe que siempre creería que el amor es más fuerte que el miedo.

Respiré hondo y finalmente di media vuelta para volver lentamente hacia donde estaba Abigail. La besé suavemente, estreché su mano en la mía y ambos regresamos caminando en silencio por la playa.

345

Agradecimientos

Este año se cumple el vigésimo quinto aniversario de mi carrera como autor publicado, un logro que, con toda seguridad, no podía ni imaginar cuando por primera vez tuve entre mis manos una copia impresa de *El cuaderno de Noah*. Francamente, en ese momento no sabía si volvería a ocurrírseme una buena historia, ni tampoco podía imaginarme que sería capaz de ganarme la vida como escritor y mantener a mi familia.

El hecho de haber podido seguir haciendo lo que me gusta durante un cuarto de siglo es el testimonio del brillante grupo de personas que me apoyan incondicionalmente, me aconsejan, celebran mis éxitos conmigo, me regañan, me consuelan, planean estrategias y me recomiendan lo que me conviene en todo momento. Muchas de ellas han estado a mi lado durante décadas. Por ejemplo, Theresa Park: nos conocimos cuando ambos estábamos todavía en la veintena; trabajamos frenéticamente mientras pasábamos de los treinta a los cuarenta, mientras consolidábamos nuestras propias familias y colaborábamos en la producción de películas. Y ahora intentamos seguir viviendo de forma sabia y productiva en la cincuentena. Somos amigos, socios y compañeros de viaje en la carretera de la vida, y nuestra relación ha conseguido capear los incontables altibajos de nuestras respectivas carreras, que jamás han sido anodinas.

Hace tanto tiempo que conozco a todo el equipo de Park & Fine que me cuesta imaginar publicar un libro o promocionar una película sin ellos. Constituyen sin lugar a dudas el grupo de representantes editoriales más experto, sofisticado e intrépido de la industria: Abigail Koons, Emily Sweet, Alexandra Greene, Andrea Mai, Pete Knapp, Ema Barnes y Fiona Furnari aportan su alto nivel de excelencia y gran experiencia a todas sus colaboraciones en cuestiones de ficción; y en eso es del todo semejante la pericia de sus colegas que se ocupan del mundo de la no ficción. Celeste, me encantó conocerte mejor cuando combinaste tus capacidades con las de Theresa; al instante pude reconocer por qué encajáis a la perfección.

Grand Central Publishing sigue siendo mi casa, después de tantos años. Y aunque algunas caras hayan cambiado durante todas estas décadas, su carácter distintivo en cuanto a la honestidad, la amabilidad y el apoyo que ofrece a los autores sigue siendo una constante. Michael Pietsch ha guiado la compañía a través de innumerables cambios y desafíos con integridad y una visión estratégica; el editor Ben Sevier ha sido un gestor maravilloso y el arquitecto de un negocio en continua evolución; y la editora jefa Karen Kosztolnyik ha demostrado ser una amable y alentadora defensora de mi trabajo, rigurosa y al mismo tiempo respetuosa con su pluma. Brian McLendon, tus infatigables esfuerzos por reinventar la imagen y el mensaje de mis libros, año tras año, merecen un premio: a mi equipo le encanta tu entusiasmo irreprimible, que, junto con el trabajo ingente de Amanda Pritzker, mantiene mis libros lejos del olvido y siempre a punto para ser descubiertos. Beth de Guzman, eres una de las pocas personas que siguen colaborando con mi editora desde mi primer libro, y tu incansable empeño por conservar la frescura y el atractivo de mi fondo editorial es uno de los secretos de mi éxito. Matthew Ballast es el maestro zen de la publicidad de autor, imperturbable y de verbo amable, y su colega Staci Burt es el experto y entusiasta publicista que no teme al covid, ni a la impredecible programación de una gira, ni a las rabietas de autores cascarrabias. Y también quiero dar las gracias al director artístico Albert Tang y al diseñador de las cubiertas de mis libros desde hace largo tiempo, Flag: sois unos genios, conseguís sorprenderme con asombrosas y bellas portadas año tras año.

Catherine Olim merece la medalla al valor por todas las crisis que ha conseguido desactivar y la generosa publicidad que proporciona a mis obras: una guerrera y asesora impertérrita y franca, nunca recelosa de darme consejos sobre mis apariciones en pantalla, o protegerme de críticas injustas. La-Quishe «Q» Wright es una absoluta estrella de las redes sociales: su instinto, sus contactos y su destreza y experiencia estratégicas no tienen parangón en ese mundo tan voluble y rápidamente cambiante. Ama su trabajo, y su cartera de clientes estelares se beneficia de esa pasión. Mollie Smith, ¿acaso hay algún otro diseñador y experto en llegar a los admiradores con mejor intuición que tú acerca del diseño y cómo llegar a la audiencia? Lo tienes todo y, en colaboración con Q, siempre has dirigido la divulgación de mi obra al gran público con pericia y total seguridad.

Mi representante en Hollywood desde hace tanto tiempo, Howie Sanders, de Anonymous Content, ha sido un sabio consejero y un muy leal amigo durante décadas. Valoro tremendamente su asesoramiento y admiro su integridad; después de todo por lo que hemos pasado juntos, mi confianza en él es absoluta. Scott Schwimer ha sido mi implacable (y a un tiempo encantador) defensor y negociador durante veinticinco años, y se puede decir que lo ha visto todo: me conoce como nadie, así como los pormenores de mi carrera, y es un miembro de valor incalculable de mi cohesionado grupo de expertos.

En mi vida personal he sido bendecido con un círculo de amigos y una familia en cuyo amor y apoyo puedo confiar cada día de mi vida. Sin que el orden implique jerarquía alguna, quiero dar las gracias a Pat y Bill Mills; el clan Thoene, que incluye a Mike, Parnell, Matt, Christie, Dan, Kira, Amanda y Nick; el clan Sparks, con Dianne, Chuck, Monte, Gail, Sandy, Todd, Elizabeth, Sean, Adam, Nathan y Josh; y finalmente a Bob, Debbie, Cody y Cole Lewis. También quiero ofrecer mi reconocimiento a los siguientes amigos, todos los cuales significan tanto para mí: Victoria Vodar; Jonathan y Stephanie Arnold; Todd y Gretchen Lanman; Kim y Eric Belcher; Lee, Sandy y Max Minshull; Adriana Lima; David y Morgan Shara; David Geffen; Jeannie y Pat Armentrout; Tia y Brandon Shaver; Christie Bonacci; Drew y Brittany Brees; Buddy y Wendy Stallings; John y Stephanie Zannis; Jeanine Kaspar; Joy Lenz; Dwight Carlbom; David Wang; Missy Blackerby; Ken Gray; John Hawkins y Michael Smith; la familia Van Wie

(Jeff, Torri, Ana, Audrey y Ava); Jim Tyler; Chris Matteo; Rick Muench; Paul du Vair; Bob Jacob; Eric Collins; y por último, aunque no menos importante, debo mencionar a mis maravillosos hijos que son todo mi mundo. Miles, Ryan, Landon, Lexie y Savannah: os quiero a todos.